Er ist charmant. Er ist intelligent. Und er kann töten. Der dritte Band mit Dr. Bernhard Sommerfeldt von Nummer-1-Bestsellerautor Klaus-Peter Wolf.

Nur wer sich selbst aufgibt, ist verloren. Man kann im Leben verdammt tief fallen. Aber man kann auch wieder aufstehen und das Spiel von vorn beginnen. Als Johannes Theissen war ich ein Opfer. Unglücklich. Eine traurige Gestalt. Als Dr. Bernhard Sommerfeldt stieg ich in Ostfriesland zu einem geachteten, beliebten Mann auf. Nun, da Ann Kathrin Klaasen mich verhaftet hat, habe ich mich entschieden, einen anderen Weg zu wählen, um aus diesem Gefängnis hier herauszukommen: Ich werde krank werden. Als Dr. Bernhard Sommerfeldt, mit guten Kenntnissen des menschlichen Körpers und aller möglichen Gebrechen, fällt es mir nicht schwer, eine Krankheit vorzutäuschen. Denn ich habe noch einige Rechnungen offen, die ich begleichen möchte …

Klaus-Peter Wolf, 1954 in Gelsenkirchen geboren, lebt als freier Schriftsteller in der ostfriesischen Stadt Norden, im selben Viertel wie seine Kommissarin Ann Kathrin Klaasen. Wie sie ist er nach langen Jahren im Ruhrgebiet, im Westerwald und in Köln an die Küste gezogen und Wahl-Ostfriese geworden. Seine Bücher und Filme wurden mit zahlreichen Preisen ausgezeichnet. Bislang sind seine Bücher in 24 Sprachen übersetzt und über zehn Millionen Mal verkauft worden. Mehr als 60 seiner Drehbücher wurden verfilmt, darunter viele für »Tatort« und »Polizeiruf 110«. Die Romane seiner Serie mit Hauptkommissarin Ann Kathrin Klaasen stehen regelmäßig mehrere Wochen auf Platz 1 der Spiegel-Bestsellerliste, derzeit werden einige Bücher der Serie prominent fürs ZDF verfilmt und begeistern Millionen von Zuschauern.

Weitere Informationen finden Sie auf www.fischerverlage.de

Klaus-Peter Wolf

TODESSPIEL im Hafen

Sommerfeldt räumt auf

Roman

FISCHER Taschenbuch

MIX
Papier aus verantwortungsvollen Quellen
FSC www.fsc.org FSC® C083411

2. Auflage: August 2019

Originalausgabe

Erschienen bei FISCHER Taschenbuch
Frankfurt am Main, Juli 2019

Satz: Dörlemann Satz, Lemförde
Druck und Bindung: CPI books GmbH, Leck
Printed in Germany
ISBN 978-3-596-29920-1

1

Seit mich Kommissarin Ann Kathrin Klaasen in Gelsenkirchen verhaftet hat, geht es mir im Grunde gar nicht schlecht. Die Beamten in der JVA Meppen behandeln mich ausgesprochen höflich, ja freundlich. Ich bin eine Art Popstar unter den Serienkillern. Ja, ich genieße Promistatus.

Das Essen könnte besser sein. Man kann sich im Gefängnis leider nichts vom Pizzaexpress kommen lassen. Kaffee kochen können die überhaupt nicht, und der Tee mag ja hier im Emsland ganz okay sein, würde in Ostfriesland aber gegen die Verfassung verstoßen.

Seit ich hier bin, habe ich bereits zweiundvierzig Heiratsanträge erhalten. Sechs aus der Schweiz, vier aus den Niederlanden, drei aus Frankreich, drei aus Polen und sechsundzwanzig aus Deutschland. Die Liebesbriefe zähle ich nicht, nur die Heiratsanträge.

Die Frauen haben Verständnis für mich. Für einige bin ich ein Held, weil ich ein paar miese Schweinehunde aus dem Weg geräumt habe. Die Frauenfeinde hätten es nicht besser verdient.

Es sind sehr hübsche Frauen unter meinen Verehrerinnen. Ja, sie schicken mir Fotos. Manche von ihnen sind richtig gebildet. Die meisten haben Abitur oder gar studiert – falls ihre Angaben stimmen. Ich kann sie ja schlecht überprüfen.

Glaubt es oder glaubt es nicht, ein Schließer hier hat mich gebeten, ein Selfie mit mir machen zu dürfen. Am nächsten Tag brachte er es als Ausdruck mit und bat mich, es zu signieren, weil seine Frau so ein großer Fan von mir sei. Ja, er sagte *Fan*. Ich gab ihm mein erstes Autogramm als Serienkiller.

Eigentlich hatte ich früher mal gehofft, in Zukunft meine Bücher als Schriftsteller signieren zu können, aber das Leben schreibt seine eigenen Geschichten.

Obwohl, auch als Autor mache ich Fortschritte. Ein literarischer Agent hat mich besucht. Zwei große Illustrierte überbieten sich im Streit um die Rechte meiner Tagebücher – wie sie es nennen. Ich habe ihnen gesagt, das sind keine Tagebücher. Es sind Aufzeichnungen. Gedanken. Der Versuch, mich und mein Leben zu verstehen. Er nennt es meine Biographie. Jedenfalls ist es den Illustrierten einen Vorschuss von gut zweihunderttausend Euro wert. Der Agent meint aber, er könne noch mehr herausholen. Ich muss nur vorher ebendiesen Vertrag unterzeichnen …

Er will zwanzig Prozent und findet das wenig. Das Problem ist nur, meine literarischen Versuche werden gerade von der Polizei als Beweismittel gegen mich ausgewertet. Sie sind keineswegs bereit, mir die Texte auszuhändigen.

Der Agent will einen Prozess gegen die gesamte Justiz führen, um meine Kladden freizukriegen, und behauptet, das Ganze sei im Grunde schon Teil der Geschichte. Er spricht von einer genialen Marketingstrategie. Von Exklusivinterviews, Büchern und Filmen, einem Rechtepaket, das am Ende eine halbe Million bringen werde. Mindestens. Ich muss nur vorher ebendiesen Vertrag unterschreiben.

Mein Anwalt, Hans Werner Berendes, empfiehlt mir immer wieder, ich solle doch den Mund halten und ihn reden lassen, aber das fällt mir sehr schwer. Mein Ziel ist ja gar kein Freispruch, sondern mein Ziel ist, dass Cordula freigesprochen wird.

Ich ziehe alle Schuld auf mich. Und ich bitte ihn, mir dabei zu helfen. Das kommt ihm komisch vor.

Dieser Prozess kann Jahre dauern. So viel Zeit habe ich nicht. Deshalb habe ich darum gebeten, ein Interview geben zu dürfen.

Berendes hat mir trotz seiner Vorbehalte geholfen, das Interview mit Holger Bloem zu organisieren. Es fand unter großem Polizeiaufgebot statt. Diesmal kam er mit einem Kamerateam vom öffentlich-rechtlichen Fernsehen, wie er mehrfach betonte.

Vor laufender Kamera habe ich alles zugegeben. Ich habe Details erzählt. Selbst das Sicherheitspersonal wurde mucksmäuschenstill. Holger Bloem hat meine Erzählung richtig angefasst, das habe ich ihm deutlich angesehen. Ja, er war regelrecht berührt. Eine Tontechnikerin hat geweint.

Meinem Anwalt passte das alles gar nicht, aber er ließ mich machen, funkte mir nicht dazwischen, und das gefiel mir.

Ja, ich habe dieses Interview genossen. Es war geradezu ein Flirren in der Luft. Dieses Wissen: Das hier werden Millionen Menschen sehen …

Eine Maskenbildnerin hat mich vorher geschminkt. Also mein Gesicht abgepudert und meine Haare gekämmt. Ein paar lästige Strähnchen hat sie sogar weggeschnitten. Sie wollte auch meine Augenbrauen färben und meine Lippen, aber das war mir dann doch zu viel.

Ich warte noch bis zur Ausstrahlung meines Geständnisses, und dann werde ich diese gastfreundliche Stätte verlassen. Ein paar Leute werden sich vor Angst in die Hose machen, wenn sie hören, dass ich geflohen bin.

Ich krieg euch, alle miteinander! Das Spiel ist noch lange nicht vorbei. Ihr glaubt, ihr habt gewonnen? Ihr habt ja keine Ahnung!

2

Ich komme mir vor, als hätte mir jemand Drogen ins Essen gemischt. Es gab heute Chili con Carne und zum Nachtisch Quark mit Kirschen.

Gut, im Smutje oder im Dock N°8 schmeckt es besser, aber das Essen ist recht erfreulich. Lange nicht so, wie man sich »Knastfraß« vorstellt. Vielleicht liegt es daran, dass der Küchenjob von Häftlingen erledigt wird, natürlich unter der Anleitung von richtigen Köchen.

Sehr gerne würde ich mich in die Küche versetzen lassen. Von gutem Essen und der Zubereitung verstehe ich ja doch einiges, aber meine Chancen sind sehr gering. Man muss besonders geeignet für den Job sein, und damit sind zunächst nicht die Kochkünste gemeint, sondern der Gefangene braucht eine Genehmigung für den Umgang mit scharfen Messern. Hinterher werden die Messer natürlich trotzdem jedes Mal penibel gezählt, damit keiner eins mitnimmt. Aber ich fürchte, als jemand, der mehrere Menschen mit einem Messer ins Jenseits befördert hat, ist meine Chance nicht sehr groß, hier als unproblematisch eingestuft zu werden.

Jetzt sitze ich vor dem Fernseher. Ich sehe mich selbst, höre mich reden, und alles, was ich sage, stimmt. Aber es hört sich trotzdem falsch an. Gelogen.

Kommentare werden reingeschnitten. Gutachter befragt. Wieder – zum wievielten Mal eigentlich – sehe ich meine Gelsenkirchener Therapeutin Bärbel, die behauptet, mich sehr gut zu kennen. Ich sei zu solchen Taten gar nicht fähig.

Meine Blicke und Gesten werden gedeutet. Der Journalist Holger Bloem dreht voll auf. Er wirkt, als sei er total auf meiner Seite. Er erzählt, wie übel man mir in Bamberg mitgespielt habe. Ich sei um mein Erbe gebracht worden, und man habe mich als Sündenbock für den Firmenzusammenbruch konsequent aufgebaut.

Er fragt: »Wenn er der gesuchte Serienkiller ist, warum hat er dann diese Menschen verschont und stattdessen scheinbar wahllos Opfer gesucht? Ich selbst habe mich viele Stunden in seiner Gewalt befunden. Er hat mich höflich, ja zuvorkommend behandelt. Wir haben über Kunst und Literatur diskutiert. Nein, wenn Sie mich fragen, er ist tief in seinem Herzen ein gebildeter, hochintelligenter Menschenfreund. Kein Wunder, dass er als Hausarzt in Norddeich so beliebt war.«

Monika und Jörg Tapper vom Café ten Cate schildern mich als ruhigen, freundlichen Stammgast, der gern bei ihnen im Café saß und Romane las.

Im Anschluss spricht noch einmal meine Therapeutin Bärbel. Sie halte es für möglich, dass ich sogar selbst glauben würde, die Morde begangen zu haben. Es gäbe ja Äußerungen von mir, die dies vermuten ließen. Ich sei schließlich ein verhinderter Künstler, der mit diesen Ausführungen seinen Durchbruch schaffen wolle. Es seien aber reine Hirngespinste. Sie nennt es »Allmachtsphantasien«. Das könne so stark werden, dass ein Mensch die eigenen Phantasien am Ende für Realität halten würde. Für wahrer als die Wirklichkeit.

Der eine – sagt sie – hält sich für Napoleon, der andere eben für einen Serienkiller. »Es gibt auch Leute«, formuliert sie lächelnd in die Kamera, »die halten sich für unwiderstehlich, sie sind es aber ganz und gar nicht. Von der Sorte kennt doch jeder von uns ein paar …«

Mit diesen Worten, schlagfertig und mit dem ironischen Unterton, der für die Leute aus dem Ruhrpott so typisch ist, hebelt sie im Grunde alles aus, was ich gestanden habe. Genau so habe ich diesen Menschenschlag in Gelsenkirchen kennengelernt. In jedem Satz, den sie sprechen, liegt das Wissen darum, dass die Welt verrückt ist, völlig kopfsteht und man nicht alles ernst nehmen darf. Das haben die Ruhris, die Rheinländer und die Ostfriesen wohl gemeinsam: dieses stille Einverständnis darüber, dass alle anderen spinnen.

All diese Menschen, mein Anwalt, meine Therapeutin, Holger Bloem, dieses ganze Fernsehteam, sie meinen es im Grunde gut mit mir, wollen mir helfen, mir beistehen.

Warum werde ich trotzdem so fassungslos wütend auf sie?

Sie mögen mich. Sie stehen in schwierigster Zeit an meiner Seite, und ich werde nur sauer. Ich kann mich kaum bewegen vor Zorn. Mein Kopf schmerzt. Ich möchte brüllen, bleibe aber stumm.

Ich habe eine halbvolle Tasse kalten Anstaltskaffee vor mir stehen. Ich trinke aus. Immerhin. Ich schaffe es, die Tasse zum Mund zu führen und zu trinken. Ich kann schlucken. Es kommt mir vor wie ein Wunder.

Obwohl ich im Knast sitze, würde ich mich am liebsten verkriechen. Der Gedanke treibt mir Tränen in die Augen. Kann ich es so wenig ertragen, dass Leute zu mir halten, dass ich Unterstützer, ja Freunde habe?

Was habe ich in meinem vorherigen Leben nicht alles getan, um gemocht zu werden?! Es war doch geradezu eine Sucht von mir. In Ostfriesland, als Hausarzt, ist es mir zum ersten Mal gelungen. Aber in meiner Kindheit, da habe ich Liebe als Verachtung kennengelernt oder, besser, damit verwechselt. Dieses kalte Kritisiertwerden, diese Notenverteilerei meiner Mutter – wie sehr habe ich das verinnerlicht. Jeden noch so kleinen Fehler, den ich gemacht habe, hat sie mir aufs Brot geschmiert. Ich war ständig strengen Urteilen unterworfen. Hart und ungerecht.

Ich habe versucht, vorausschauend alles zu ihrer Zufriedenheit zu erledigen, und bin doch immer wieder an ihren Ansprüchen gescheitert. Sie hat mich mit Blicken und Gesten spüren lassen, dass ich für sie ein Nichts war. Für jeden unwichtigen Scheiß sprach sie mich schuldig. In jedem kleinen Versagen von mir wurde gleich deutlich, dass meine gesamte Persönlichkeit verurteilenswert war. Mickrig. Unterentwickelt. Peinlich.

Jetzt, da ich wirklich Schuld auf mich geladen habe, spricht man mich öffentlich frei, ja redet von mir, als sei ich ein besonders liebenswerter Mensch.

Es ist schwer für mich, das auszuhalten.

Sabine Hiller guckt in meine Zelle. Sie ist Sozialarbeiterin und gehört zu der Truppe, die die Häftlinge hier psychologisch betreut. Sie lächelt mich an. Sie hat die Sendung im Fernsehen gesehen und ist ganz beseelt davon.

Sie strahlt: »Jetzt werden Sie bestimmt bald freigelassen.«

Sie behauptet, sie habe den guten Kern in mir immer gespürt. Einer wie ich gehöre einfach gar nicht hierhin.

Sie fragt mich, ob ich Lust habe, mit ihr im Sozialraum einen Kaffee zu trinken. Es hört sich mehr nach einem Rendezvous als nach einem offiziellen Gespräch über meine weitere Zukunft an.

Sabine Hiller ist Mitte vierzig. Sie hat etwas von Bärbel. Diesen verständnisvollen Ton zwischen Kindergärtnerinnensingsang und Unischnack finde ich eigentlich zum Grinsen. Sie ist schlank, sportlich, mit langen, glatten Haaren, aber an ihren

Fingern sehe ich Nikotinspuren. Bestimmt ist es ihr peinlich, dass sie als intelligente Frau raucht, obwohl sie weiß, wie schädlich es ist. Ihre Zähne sehen zu makellos aus, um echt zu sein.

Nein, sie will kein Selfie mit mir machen. Sie versucht auch nicht, mich zu irgendeiner Aussage zu bewegen. In letzter Zeit bin ich ständig Leuten begegnet, die sich nur zu gern damit brüsten würden, ihnen habe der gefährlichste Mann Deutschlands sein Innerstes geöffnet. So eine ist Sabine Hiller überhaupt nicht.

Eine ganze Galerie von Psychologen und pensionierten Kriminalbeamten möchte Interviews mit mir machen oder will Bücher über mich schreiben. Das Böse scheint Hochkonjunktur zu haben. Mein Agent – oder sollte ich besser sagen, mein Möchtegernagent – hat mir, genau wie mein Anwalt Berendes, geraten, sie alle abblitzen zu lassen. Berendes hat Sorge, ich könne mich um Kopf und Kragen reden und im Gespräch hereingelegt werden. Vor dem Prozess solle ich überhaupt nichts sagen. Mein Agent hat Angst um die Exklusivrechte.

Sabine Hiller ist ganz anders. Sie will mir von sich erzählen. Ihre Schwester, sagt sie, also eigentlich ihre Stiefschwester, habe ständig Mist gebaut.

»Sie hat im Laden geklaut. Lippenstifte. Nagellack …« Frau Hiller winkt ab. »Kosmetika. So Mädchensachen halt …« Sie hebt eine Zigarettenpackung hoch. Filterlose Camel. »Zigaretten und auch Alkohol. Alles, was nicht niet- und nagelfest war. Je verbotener, desto besser …«

Sie schaut mich über den Tisch hinweg an. Die Frage hängt unausgesprochen in der Luft, ob ich mit ihr eine rauchen möchte. Will ich nicht. Auch wenn ich hier einsitze, achte ich weiterhin auf meine Gesundheit. Bei mir kann sie also damit nicht punkten. Aber ich wette, bei den meisten anderen Insassen schon. Zumal sie diese doch recht männliche Sorte bevorzugt.

Wir sind nicht in den Sozialraum gegangen, sondern sitzen bei ihr im Büro. Das klingt ungemütlicher, als es ist. Manchen Menschen gelingt es, jeden Raum wohnlich zu gestalten. So eine Person ist sie.

An den Wänden hängen Bilder. Ich weiß nicht, ob Gefangene sie gemalt haben oder sie selbst. Einige Bilder gefallen mir durchaus. Sie sind mit Wasserfarben gepinselt worden. Nichts davon wird später mal im Louvre landen, aber kitschiger Schrott ist es nicht.

Ich sehe eine Menge Herzen, Messer, Kreuze. Da haben Menschen versucht, ihren Gefühlen Ausdruck zu verleihen.

Ich bin mir gar nicht so sicher, ob es überhaupt erlaubt ist, dass wir zu zweit hier sitzen. Es soll meine Sorge nicht sein. Aber für mich gelten besondere Regeln. Da man in mir eine hochgefährliche Person mit außerordentlichem Gewaltpotential sieht, werde ich immer wieder von den anderen Gefangenen abgesondert, als müssten sie vor mir geschützt werden. Verglichen mit mir sind selbst die ganz schweren Jungs hier im Grunde Eierdiebe. Pfadfinder, die sich verlaufen haben.

Sabine Hiller schaut mich nicht an, als wolle sie mir sagen: Ich versteh dich. Nein! Sie tut, als würde sie sich von mir verstanden fühlen.

»Ich habe«, sagt sie und steckt eine Zigarette zwischen die Lippen, ohne sie anzuzünden, »ich habe meine Stiefschwester immer irgendwie bewundert für ihren Mut. Ihre Skrupellosigkeit. Ihre Lebensgier. Ich hätte mich das alles nie getraut, was sie getan hat. Aber wir haben dann zusammen die geklauten Zigaretten geraucht, Alkohol getrunken und uns geschminkt.«

Ich höre ihr zu und frage mich, was will sie von mir? Absolution? Oder soll ich das Gefühl bekommen, ihr vertrauen zu können?

»Wenn wir erwischt wurden, dann drehte sich die Situation immer. Vorher war ich die Feige. Sie die Mutige. Aber dann, wenn es um die Konsequenzen ging, wenn alles ausgebadet werden musste, dann habe ich mich nach vorne gedrängelt, und sie hat sich hinter mir versteckt.«

»Sie haben«, frage ich, »die Diebstähle gestanden?«

Sie nickt und schaut mir in die Augen. Sie hält den Blickkontakt aber doch nicht lange aus. »Ja, genau das habe ich getan. Ich habe den ganzen Ärger auf mich gezogen. Stubenarrest, Fernsehverbot …« Sie pflückt die Zigarette von ihren Lippen und klopft mit dem Zeigefinger darauf, als wolle sie Asche abstreifen. Dabei hat sie sie noch gar nicht angezündet.

Ich sehe Lippenstift an dem Zigarettenpapier. Dabei sieht Sabine Hiller ungeschminkt aus, wie die meisten Mitarbeiterinnen hier. Aber die Zigarette verrät sie doch.

»Klar«, sage ich. Sie glotzt mich ungläubig an.

»Echt?«

Sie schüttelt den Kopf. »Ich habe«, sagt sie und pflanzt die Zigarette wieder in den rechten Mundwinkel, »es ja selbst damals nicht verstanden. Ich tat es, ohne zu begreifen, warum.«

»Aber jetzt wissen Sie es …«, rätsele ich.

Ein bisschen komme ich mir vor wie meine Therapeutin Bärbel. Die hatte es drauf, einen mit Bestätigungen dessen, was man gesagt hatte, zu verunsichern. Ich habe es von ihr gelernt.

Sie lehnt sich zurück, reckt die Arme hoch über ihren Kopf, so als wolle sie ihn einrahmen, und gesteht: »Ja, ich denke schon. Ich habe mich ihr gegenüber schuldig gefühlt.«

»Sie haben sich schuldig gefühlt?« Ich rede tatsächlich schon wie Bärbel.

»Hm. Weil ich das echte Kind meiner Mutter war. Sie hat mich immer mehr geliebt als Elli. Elli hatte ihre Mutter verloren. Meine lebte noch. Ich kam mir – als meine Mutter Ellis Papa geheiratet hat – wie ein Eindringling in die Familie vor. Na ja, wie auch immer … Elli flippte aus und baute Scheiß, und ich fühlte mich schuldig und stand dafür gerade.«

Sie schweigt jetzt und sieht mich zwei, drei endlose Atemzüge lang nur an. Inzwischen weiß ich, wenn Therapeutinnen, Sozialarbeiterinnen oder Kommissarinnen einen so angucken, dann sind sie nicht verknallt. Sie sind verständnisvoll. Empathisch. Sie versuchen, sich in einen hineinzuversetzen. Sie sehen gern die Welt kurz mit den Augen ihres Gegenübers und hören mit den Ohren des anderen, um herauszufinden, was er fühlt. Das alles ist sehr sympathisch, kann aber leicht mit Verliebtsein oder wenigstens Zuneigung verwechselt werden.

Ich bin dafür besonders anfällig, weil meine Mutter so ein gefühlskalter Kühlschrank war und ich wirkliches Interesse an meiner Person nicht gewöhnt bin. Jetzt interessieren sich natürlich alle für den Serienkiller. Ich bin so etwas wie eine Attraktion im Zoo. Als hätten sie den letzten lebenden Tyrannosaurus gefangen. Oder nein, das trifft es noch eher, ich bin wie King Kong, der Riesenaffe. Bestaunt und bewundert. Verehrt und gefürchtet.

Ich beginne zu ahnen, worauf sie hinauswill. Ich sage aber nichts, schaue sie nur an und warte ab. Schließlich hält sie es nicht mehr länger aus und sagt, wobei sie, ohne zu zögern, ins Du übergeht: »Du bist genauso – stimmt's?«

Ich zeige keine Regung. Das verunsichert sie, und sie dreht noch mehr auf: »Ich habe von Anfang an gespürt, dass es zwischen uns eine Verbindung gibt. Eine tiefe Gemeinsamkeit. Jetzt, da ich den Film gesehen habe, weiß ich es.«

Ich bleibe vorsichtshalber beim Sie. Ich bin hier in einer JVA.

Da kann man sich eine Menge Ärger einhandeln. Ich habe nicht vor, hier lange zu bleiben. Aber ich will mir keine Schwierigkeiten an Land ziehen.

»Sie glauben, dass ich mich auch für etwas schuldig bekenne, das ich nicht getan habe …«

Sie lächelt mich wissend, ja fast komplizenhaft an. »Ich weiß, wie du dich fühlst. Ich kann deinen Stolz darüber spüren. Ich kenne ihn wie das Hemd, das ich anhabe.« Sie legt eine Hand auf ihr Herz. »Mir ging es genauso. Einerseits war ich frei von Schuld, andererseits rettete ich jemanden. Ich kam mir vor wie Christus, der sich für unsere Sünden ans Kreuz nageln ließ. Ja«, schwärmt sie, »wenn ich für fremde Taten gebüßt habe, fühlte ich mich großartig. Gott näher.«

Sie streckt eine Hand nach mir aus. Ich weiche zurück. Ich versuche, dabei nicht abweisend zu wirken, sondern eher scheu.

Meine Reaktion scheint ihr recht zu geben. Der Serienkiller, der mit einer Frau alleine in einem Zimmer sitzt und die Berührung fürchtet, ist für sie irgendwie unglaubwürdig.

»Jesus und ich haben nichts gemeinsam, Frau Hiller«, sage ich. »Wissen Sie, erstens habe ich all diese Morde wirklich begangen, und zweitens, als Jesus verhaftet wurde, sagte er zu Petrus, der das Schwert zog: ›Wer mit dem Schwert kämpft, wird durch das Schwert umkommen.‹ Er verlangte von ihm, dies sein zu lassen. Ich dagegen hätte die Schergen mit der Klinge erledigt, ohne einen Moment zu zögern. Ich bin nämlich keineswegs unschuldig.«

Sie setzt sich anders hin. »Ach, nun negieren Sie das doch nicht so apodiktisch. Es ist ein evidenter Sachverhalt, dass Sie sich von Frau Klaasen in dieser Gelsenkirchener Buchhandlung widerstandslos haben verhaften lassen …«

Sie siezt mich wieder und fällt in ihre Unisprache zurück. Das tun gebildete Menschen meiner Erfahrung nach, wenn sie unsicher werden.

Ich grinse darüber. Mich kann man so nicht beeindrucken. Ich habe selbst studiert. Medizin. Wenn auch nicht ganz bis zum Abschluss.

Sie merkt es selber. Sie rutscht auf dem Stuhl herum, räuspert sich und fügt mit sanftem Tonfall verständnisvoll hinzu: »Sie haben eben kein Massaker in Gelsenkirchen angerichtet, sondern sich dieser Kommissarin Klaasen ergeben, ohne dass ein Schuss fiel. Sie haben, Herr Dr. Sommerfeldt, das Schwert in der Scheide gelassen.«

Sie redet mich tatsächlich mit »Dr. Sommerfeldt« an, nicht mit meinem Geburtsnamen Johannes Theissen und auch nicht mit dem Namen, unter dem ich verhaftet wurde: Rudolf Ditzen. Sie lässt mir sogar den falschen Doktortitel. Warum? Was will sie von mir? Worum geht es ihr wirklich?

Sie wirkt ein bisschen wie eine leicht beleidigte Dame, die nicht glauben kann, dass sie beim Speeddating auf so wenig Interesse beim anderen Geschlecht stößt.

Ist sie echt in mich verknallt, wie so viele, die mich nur aus den Medien kennen und mir jetzt parfümierte Briefe schreiben, Fotos schicken, mich besuchen möchten, mich in echt kennenlernen wollen, ja von einem Leben mit mir nach dem Knast träumen? Einige wollen meine Seele retten.

Den Frauen, die sich da in etwas hineinsteigern, denen glaube ich. Der Serienkiller hinter Gittern kann ihnen ja nicht wirklich gefährlich werden. Der einlädt, von einem abenteuerlichen Leben zu träumen, das niemals stattfinden wird. Die unberührte Braut, die vor Sehnsucht vergeht und, statt zu ihm ins Bett steigen zu müssen, in Sicherheit von ihm schwärmen kann, die verstehe ich nur zu gut.

Aber Sabine Hiller ist eine gestandene Frau und den Umgang mit Gefangenen gewöhnt. Sie muss sich ständig abgrenzen, vor Angriffen genauso schützen wie vor Flirtversuchen. Jeder Zweite hier versucht doch, ihre Gunst zu gewinnen.

»Warum«, frage ich, »sitzen wir hier?«

Fahrig greift sie zu ihrer leicht zerknitterten halbvollen Packung mit den filterlosen Camel.

»Ich dachte, wir rauchen eine zusammen und …«

»Ich rauche nicht.«

»Ja. Ich ja im Grunde auch nicht mehr. Aber hier drinnen raucht praktisch jeder. Auch darin sind Sie die absolute Ausnahme, Herr Dr. Sommerfeldt.«

»Also«, hake ich nach, »worum geht es? Sie wollten mir doch nicht nur diese Geschichte mit Ihrer Stiefschwester erzählen.«

Sie guckt zum Buchregal und dann zum Porträt des Bundespräsidenten. Das schmucklose Bild an der Wand hatte ich zunächst für ein Foto ihres Vaters gehalten. Es ist aber ein langsam verblassendes Bild des Bundespräsidenten.

Ein Foto ihres Vaters steht hinter dickem Glas mit einem schwarzen Rand auf ihrem Schreibtisch. Er ist wohl vor einiger Zeit verstorben. Ein Bild von Ehemann, Mutter oder Kind sehe ich nicht.

»Ich glaube«, sagt sie leise, »dass Sie genauso unschuldig sind wie ich. Sie bekennen sich zu Taten, die Sie nicht begangen haben, um die Frau zu schützen, die Sie lieben.«

Ich widerspreche: »Nein, das tue ich nicht. Das schreiben nur die Illustrierten. Für Frauenzeitschriften offensichtlich ein beliebtes Thema.«

Sie greift hinter sich und hebt einen Stapel Illustrierte hoch. »Gleich auf zwei Blättern haben Sie das Cover.«

Sie sagt nicht: »Sie sind auf dem Cover«, sie sagt: »… haben

Sie das Cover«, so als würde mir etwas gehören, als hätte ich die Zeitschrift geentert wie ein Pirat ein vollbeladenes Frachtschiff auf der Nordsee.

»Ach«, winkt sie freundlich ab, »nun machen wir uns doch nichts vor. Sie spielen Ihre Rolle ja wirklich gut, aber mir können Sie doch nichts erzählen. Wenn ich Ihnen irgendwie helfen kann, dann …«

»Helfen?«

»Na ja, so ein Gefängnis ist nicht gerade ein Urlaubsparadies. Wenn Sie etwas brauchen, dann …«

Ich steige auf ihr Angebot sofort ein: »O ja. Sie könnten mir behilflich sein. Ganz im Gegensatz zu Ihnen und den Illustrierten halten mich Richter und Justiz nämlich für schuldig. Ich werde wohl die Freiheit nie wiedersehen. Wenn Sie mir also einen Nachschlüssel besorgen könnten und ein vollgetanktes Auto, wäre ich Ihnen sehr zu Dank verpflichtet.«

Sie lacht. »Ein Unschuldiger bekennt sich zur Tat und bricht dann aus der JVA aus! Welch eine Geschichte! Warum sagen Sie nicht einfach die Wahrheit, und schon sind Sie frei.«

Wir drehen uns im Kreis. Ich antworte nicht.

Sie spielt mit ihrer Filterlosen, klopft sie mehrfach auf einen Papierstapel, hält die Zigarette wie einen Bleistift, mit dem sie etwas notieren möchte.

»Ein Leben auf der Flucht«, sagt sie nachdenklich, »stelle ich mir nicht sehr romantisch vor. Eher furchtbar stressig. Was reizt Sie daran?«

»Ich will ja keinen Wellnessurlaub machen, sondern ich habe noch ein paar Rechnungen offen, die ich begleichen möchte.«

Meine Antwort lässt sie aufhorchen. »Ein Rachefeldzug?«

»Ja«, gestehe ich, »ein paar Leute, die mich übel reingelegt haben, würde ich zu gern zur Rechenschaft ziehen …«

»Wen denn?«

Da ich mir sicher bin, dass sie es nicht für sich behalten wird, präsentiere ich ihr genüsslich den ersten Namen: »Heiner Graff. Ihn würde ich zu gerne meine Klinge schmecken lassen.«

»Heiner Graff«, wiederholt sie, als hätte sie Angst, den Namen falsch verstanden zu haben.

Es macht mir Spaß. Ich sehe ihn schon, zitternd vor Angst, vor mir. Garantiert wird sie ihn informieren. Eine Warnung aussprechen: »Herr Dr. Sommerfeldt hat vor, Sie zu töten.« Ja, soll sein Speckbauch doch vor Angst schlottern! Wenn ich ihn mir schon nicht holen kann, dann will ich ihm wenigstens von hier aus Angst machen. Todesangst.

»Meinen Exschwiegervater, das verlogene Miststück, würde ich auch gerne über die Klinge springen lassen. Und es gibt noch ein paar Leute mehr.«

»Die Kommissarin, die Sie verhaftet hat«, fragt sie, »diese Frau Klaasen? Wollen Sie sich an der auch rächen?«

Ich winke ab. Stattdessen frage ich: »Was ist jetzt mit dem Schlüssel und dem Auto?«

Sie seufzt: »Das ist jetzt ein bisschen viel verlangt. Raushelfen können Sie sich nur selbst, indem Sie dem Richter ermöglichen, Sie freizusprechen. Aber ich könnte Ihnen helfen, Ihre Kommunikationsfähigkeit zu verbessern.«

»Nämlich?«, frage ich, neugierig geworden.

Sie öffnet ihre Schublade und fischt ein Handy heraus. Sie legt es auf den Tisch wie eine Einladung. Es hängt sogar ein Ladekabel dran.

Sie fixiert mich, versucht zu erraten, was ich denke.

»Das würde mir in der Tat einiges erleichtern. Mein Handy wurde mir abgenommen, und die Computer hier sind nicht mit dem World Wide Web verbunden.«

Sie macht eine großzügige Geste über den Tisch. »Lassen Sie sich nicht damit erwischen. Es würde sofort konfisziert werden.«

»Klar«, sage ich und stecke es ein. Ohne dass ich danach frage, erklärt sie: »Der Code ist dreimal die Null, einmal die Sieben.«

»Und, habe ich jetzt einen Handyvertrag abgeschlossen? Wie hoch sind die Gebühren?«

Sie schmunzelt: »Es ist mein altes Gerät. Wenn man es bei Ihnen findet, werden Sie sagen, dass Sie es hier bei mir im Büro gestohlen haben.«

»Klar. Müssen Sie den Diebstahl nicht melden?«

»Nicht, wenn ich ihn nicht bemerke«, fügt sie hinzu, und dann, nach einer kurzen Atempause, lächelt sie mich wieder an. »Eigentlich dürfte ich es nicht einmal mit hier reinbringen. Wir geben unsere Geräte vorne an der Schleuse ab. So wird wenigstens nichts gestohlen.«

»Warum tun Sie das für mich?«

Sie zuckt mit den Schultern, als sei das kaum der Rede wert: »Wenn ich hier einsitzen müsste, würde ich als Erstes versuchen, mir ein Handy zu besorgen. Wer will schon über Telio telefonieren?«

Sie sagt es, als müsse jeder Bürger wissen, dass Telio Kommunikationssysteme speziell für Justizvollzugsanstalten in ganz Europa anbietet und eigene Telefonanlagen für Gefangene baut. Diese Dinger sind verhasst, weil viel zu teuer. Da läuft echt noch der Gebührenzähler. Von wegen Flatrate. Dafür sind die Geräte leicht überwachbar und werden nur auf Antrag freigeschaltet. Die Gefangenen können raustelefonieren, aber nicht angerufen werden.

»Verstehe«, sage ich, als würde ich es eben nicht verstehen.

Sie ist ein zweifellos sehr empathischer Mensch, kann sich in andere hineinversetzen, aus ihrer Perspektive die Welt sehen. Aber trotzdem glaube ich ihr nicht ganz. Es gibt hier so viele Gefangene. Warum ausgerechnet ich?

Sie bemerkt, dass ich noch ganz ungläubig bin, und erklärt mir den Knastalltag: »Handys sind im Vollzug verboten. Sie gefährden massiv den Betrieb. Trotzdem versucht jeder, an ein Handy zu kommen. Nichts wird öfter über den Zaun geworfen. Handys und natürlich Drogen. Wir haben schon Hunderte illegaler Handys einkassiert. Wir haben Sender, sie zu orten. Aber im Moment fehlt dafür das Personal, und der letzte Sender ist defekt oder veraltet. Ich kenne mich mit dem technischen Kram nicht aus.

Wir haben natürlich auch Mobilfunkblocker. Die Geräte sind teuer und haben nur einen geringen Radius. Wir bräuchten hier ein Dutzend, aber es wird mal wieder an allen Ecken und Enden gespart …«

Sie schaut auf ihre Uhr. Es ist eine alte Männerarmbanduhr. Ich wette, ein Erbstück. Bestimmt hat vorher ihr Vater diese Uhr getragen.

Sie rückt nervös auf ihrem Stuhl herum. »Also, Herr Dr. Sommerfeldt, ich habe jetzt eine Gruppe zu leiten. Antiaggressionstraining. Das wäre bestimmt auch etwas für Sie, oder?«

Ich bedanke mich artig, lehne aber ab.

Sie begleitet mich zur Tür. Als ich gehe, berührt sie mich am Oberarm, dass es mich heiß durchrieselt.

Sie bleibt im Türrahmen stehen und sieht mir nach.

Ich gehe in den Kraftraum für ein paar Rückenübungen an der Lat-Maschine.

Sie lässt mich nicht von zwei Beamten abholen, die mich in meine Zelle zurückbegleiten. In den ersten Tagen war das immer so. Jetzt kann ich mich relativ frei bewegen, wenn man ignoriert, dass ich die meisten Türen nicht öffnen kann und folglich sehr eingeschränkt bin. Überall sind Kameras. Sie wissen immer genau, wo ich mich gerade aufhalte.

In meiner Zelle brühe ich mir einen Kaffee auf. Im Gefängnisshop kann man einkaufen. Die Auswahl ist nicht mit einem normalen Supermarkt zu vergleichen, eher mit einem Tante-Emma-Laden. Ich habe mir Kekse und Instantkaffee geholt. So träume ich mich ins Café ten Cate. Wenn ich die Augen schließe, den Kaffee rieche und in einen Schokokeks beiße, stelle ich mir vor, einen echten Kaffee aus Jörg Tappers Espressomaschine zu genießen und dazu ein Stückchen Baumkuchen mit schwarzer Schokolade.

Ich sehe den Anschluss von Telio jetzt mit anderen Augen. Ich habe die Nutzung erst gar nicht beantragt. Man kann nicht angerufen werden, sondern nur raustelefonieren. Aber bisher erschien mir der Gedanke abwegig.

Das Handy brennt jetzt in meiner Hosentasche wie manchmal das Messer, bevor ich loszog, um ein Krebsgeschwür aus der Welt zu schneiden. In der Tat hätte ich dieses Telio-Telefon sowieso nicht benutzt, aber jetzt, mit dem Handy, beginne ich, darüber nachzudenken, gewisse Leute anzurufen.

Cordulas Anwalt, um ihm zu sagen, dass er mit dem Scheiß aufhören soll, oder Holger Bloem, um ihm zu erklären, wie verdammt falsch er liegt mit seiner These. Aber auch meiner Therapeutin Bärbel würde ich gerne die Meinung sagen. Sie hat inzwischen eine wöchentliche Sendung. *Lebenshilfe am Telefon.* Einmal habe ich sie gehört. Es ging um Liebeskummer.

Das Handy ist internetfähig. Der Mobilfunkblocker reicht nicht bis in meine Zelle. Irre! Ich habe endlich wieder vollständigen Zugang zur Welt.

Ich google meinen Namen. Also den, unter dem mich alle kennen: *Dr. Bernhard Sommerfeldt.* Dann klicke ich *News* an und kann lesen, was so über mich geschrieben wird.

Nicht alle sind mir so wohlgesinnt wie Holger Bloem. Uns wird in einigen Blättern sogar eine komplizenhafte Beziehung unterstellt.

Mein Lieblingsbuch ist inzwischen *Der Graf von Monte Christo.* Sie haben es sogar in der Gefängnisbibliothek, aber ich werde seine Ausbruchsmethode nicht nachahmen. Weder kann man sich hier durch die Mauern nach draußen graben noch wird es mir gelingen, die Festung in einem Leichensack zu verlassen, so wie er es geschafft hat. Tote werden hier nicht einfach ins Meer geworfen.

Der moderne Strafvollzug ist für Leute, die abhauen wollen, durchaus ein Problem. Ja, für Freigänger ist es vielleicht einfach, nicht wieder zurückzukommen. Wer kaum noch einen Grund hat zu fliehen, bekommt jede Menge Gelegenheit dazu. Auch begleitete Besuche bei Verwandten sind ein nettes Angebot zu verduften. Doch für einen so hochgefährlichen Typen wie mich gibt es solche Hafterleichterungen nicht. Vor einem wie mir muss die Gesellschaft nämlich geschützt werden.

Ich lese auf dem Onlineportal einer großen Tageszeitung, zwischen mir und dem nächsten Opfer seien nur noch die hoffentlich hohen Gefängnismauern.

Den *Grafen von Monte Christo* kennt jeder. Aber wer weiß schon seinen richtigen Namen?

Edmond Dantès. Es ist wie bei mir. Der falsche Doktortitel klebt an mir wie der Adelstitel an ihm. Ich wette, würde er heute irgendwo auftauchen, würden ihn alle *Herr Graf* nennen. Die Menschen mögen die glamouröse Lüge lieber als die schnöde Wirklichkeit.

Edmond Dantès hat es nach seiner Flucht im Leichensack zu märchenhaftem Reichtum gebracht. Als Graf von Monte Christo beginnt er seinen Rachefeldzug an seinen Verrätern und Peinigern. Er empfindet sich als Strafe Gottes.

Mir geht es da nicht anders. Für viele ist *Der Graf von Monte Christo* nur ein billiger Unterhaltungsroman. Welch ein Irrtum! In Wirklichkeit erzählt er Zeitgeschichte. Wie nach der Französischen Revolution die Machtverhältnisse neu geordnet wurden. Die Restauration der Monarchie. Napoleons Niedergang. Aber für mich bedeutet der Roman noch viel mehr. Für mich ist er Seelenliteratur.

Alexandre Dumas' Roman hilft mir, an mich zu glauben. Es gibt immer einen Weg raus, solange einen die Gier nach Freiheit nicht verlässt. Nur wer sich selbst aufgibt, ist verloren. Man kann im Leben verdammt tief fallen. Aber man kann auch wieder aufstehen und das Spiel von vorn beginnen.

Als Johannes Theissen war ich ein Opfer. Unglücklich. Eine traurige Gestalt. Als Dr. Bernhard Sommerfeldt stieg ich in Ostfriesland zu einem geachteten, beliebten Mann auf und sorgte mit meinem Messer dafür, dass die Gegend nicht zu sehr von Drecksäcken verwüstet wurde.

Ich habe meine Patientinnen gern ganzheitlich behandelt. Zum Beispiel Susanne Ricklef. Als ihr Sohn mal wieder die Treppe runtergefallen war und sie erneut ein blaues Auge hatte, habe ich ihr natürlich nicht nur medizinische Hilfe angeboten. Aber weil sie gegen jeden Verstand trotzdem nichts vom Frauenhaus wissen wollte und erst recht nichts von der Polizei, da habe ich erst ihr Kind behandelt, dann sie und später, nachts, ihren Ehemann.

Gut, das hat zwar die AOK nicht gezahlt, und die Polizei findet es auch nicht so richtig in Ordnung, aber meine Methode hat doch die Welt ein bisschen lebenswerter gemacht. Zumindest für Frau Ricklef und ihren Sohn.

Nun, da ich weder begleitet noch unbegleitet auf Ausgang hoffen kann, habe ich mich entschieden, einen anderen Weg zu wählen, hier rauszukommen: Ich werde krank werden. Als Dr. Bernhard Sommerfeldt, mit guten Kenntnissen des menschlichen Körpers und aller möglichen Gebrechen, fällt es mir nicht schwer, eine Krankheit vorzutäuschen.

Ich war noch nie in einem Gefängniskrankenhaus, aber in meiner Vorstellung fällt es mir leichter, von dort zu fliehen als von jeder anderen Abteilung eines Gefängnisses. In der JVA Lingen gibt es das einzige Krankenhaus für Häftlinge in Niedersachsen. Auch aus Bremen werden Fälle dorthin ins Emsland geschickt.

Es beginnt schon beim Transport. Ich vermute, aus einem Krankenwagen kann ich leichter fliehen als aus einem gesicherten Gefängnistransport. Falls ich im Krankenwagen hingebracht werde. Mir fehlt es hier in jeder Hinsicht an Erfahrung.

Ich recherchiere im Internet. Da fährt es mir glühend heiß durch den Körper: Natürlich! Deswegen hat Sabine Hiller sich so komisch verhalten und mir ihr Handy geschenkt. Mit dem Ding werde ich kontrolliert! Wahrscheinlich liest gerade ein Gerät genau aus, welche Seiten im Netz ich mir anschaue. Sie registrieren jeden Anruf und überprüfen jede Telefonnummer, die ich wähle. Weil ich auf Telio nicht reingefallen bin, versuchen sie, mich so auszutricksen. Der Staatsanwalt sammelt Material gegen mich, oder sie wollen aufklären, ob ich Helfer habe.

Okay. Ich werde also abgehört. Ich stehe unter Beobachtung.

Ich fühle mich fast ein bisschen gebauchpinselt. Ich muss sehr wichtig für sie sein, wenn sie so ein halblegales Ding abziehen. Sie wissen also nicht genug. Gleichzeitig bin ich sauer, weil Sabine Hiller versucht hat, mich so unverschämt reinzulegen. Verdammtes Luder … Gerissen wie meine Mutter!

Zunächst breche ich meine Internetrecherche ab. Ich will ihnen keine Hinweise auf meine Pläne geben. Dann beschließe ich, das Ding nie für Anrufe zu nutzen und bei meiner Flucht nicht mitzunehmen. Ich will nicht von ihnen geortet werden. Ganz so leicht werde ich es ihnen nicht machen.

Aber dann überlege ich es mir anders. Ich könnte das Gerät auch einsetzen, um gezielt Informationen zu streuen, also Kripo und Justiz für mich zu instrumentalisieren.

Graff betreibt eine Privatdetektei in Bamberg. Ein guter Internetauftritt. Wirkt seriös. Sofern solche Angebote überhaupt seriös sein können.

Er testet die Treue von Ehepartnern oder überprüft Mitarbeiter einer Firma auf ihre Verschwiegenheit. Er sammelt Material für Arbeitsgerichtsprozesse und so weiter. Dass er auch für eine Bande von Drogendealern arbeitet und für sie die Drecksarbeit erledigt, steht nicht auf seiner Homepage.

Ich rufe ihn an. Eine piepsige Sekretärin meldet sich. Ich stelle sie mir blond vor, Anfang dreißig. Höchstens. Eine schmale Person. Keine sechzig Kilo.

Ich muss über mich selbst grinsen. Habe ich hier hinter Gittern so einen Mangel an Eindrücken, dass eine Stimme ausreicht, dass ich mir ein Bild von einer Person machen kann? Oder war das alles immer so? Lerne ich mich selbst hier im Gefängnis nur besser kennen?

»Ich möchte in einer delikaten Angelegenheit Ihren Chef sprechen.«

»Wie ist denn Ihr Name?«

Sie ist noch jünger, als ich dachte, vermutlich erst Mitte zwanzig. Entweder trägt sie eine Zahnspange, oder sie war heute Morgen beim Zahnarzt.

Am liebsten würde ich sie danach fragen. Ich überlege kurz, als wer ich angekündigt werden möchte, dann entscheide ich mich für den Donnerschlag: »Dr. Bernhard Sommerfeldt«, sage ich.

»Der war gut«, gluckst sie. »Die ganze Welt weiß, dass Dr. Sommerfeldt im Gefängnis sitzt. Nein, im Ernst, ich kann Sie nicht einfach so durchstellen. Herr Graff ist gerade in einer Besprechung. Kann er Sie zurückrufen? Geben Sie mir Ihren richtigen Namen und Ihre Nummer.«

»Ich bin es wirklich«, sage ich sanft, »und ich hätte Lust, dem fettigen Stück Abfall, das sich Ihr Chef nennt, mein Messer in den Wanst zu rammen. Ich würde ihm gerne sein Herz rausschneiden, wenn er denn eins hätte.«

Ich weiß, je freundlicher, je liebevoller solche Worte ausgesprochen werden, umso erschreckender wirken sie. Wer schreit und droht, macht sich nur zum Idioten, der sich nicht unter Kontrolle hat. Deshalb spreche ich ganz ruhig. Ich flüstere meine Ungeheuerlichkeiten geradezu, als würde ich einer Geliebten leidenschaftliche Schwüre und Versprechungen ins Ohr raunen: »Ich bekomme noch Geld von ihm. Ich habe auf Langeoog einen Kerl für ihn beseitigt. Heiko Mahr. Mein Lohn steht noch aus. Ich kann hier im Gefängnis wenig damit anfangen. Ich erwarte, dass er eine Hälfte an den Förderverein für das stationäre Hospiz am Meer in Norden überweist und die andere Hälfte an den Bödecker-Kreis Hannover. Die organisieren Schullesungen von Autoren im ganzen Land. Wissen Sie, junge Frau, ich finde beides wichtig. Das Leben in Würde bis zum letzten Moment und literarische Bildung in der Schule. Da kann man gar nicht früh genug beginnen. Was meinen Sie? Aber ich würde das Ganze Ihrem Chef gerne selbst sagen. Oder wollen Sie es lieber für mich ausrichten?«

Sie verschluckt sich an ihrem Speichel und hustet. Sie hat kapiert, dass ich es wirklich bin.

»Einen Moment«, sagt sie. »Ich versuche, Sie durchzu…«

Eine Weile höre ich nichts. Die Leitung ist wie tot. Es fühlt sich dumpf an. Dann meldet sich Graff. Im Hintergrund lautes Vogelgezwitscher. Befindet er sich im Freien? Sitzt der Sauhund mit einem Tässchen Kaffee auf der Terrasse und genießt, dass er mich reingelegt hat?

Sie muss ihm gesagt haben, wer am Telefon ist. Aber er meldet sich, als hätte er gar keine Ahnung, bemüht sich um Fröhlichkeit, hat aber einen Kloß im Hals: »Detektei Heiner Graff. Was kann ich für Sie tun?«

»Oh«, sage ich, »das ist ja toll. Ich spreche mit einem Toten.«

»Wie? Was?«

»Wer sich einen Dr. Sommerfeldt zum Feind macht, weiß doch, dass er es nicht überleben wird. Dafür bist du doch klug genug, oder, Arschgesicht?«

Er schluckt. Seine Stimme wird eunuchenhaft. »Ist das ein Telefonscherz?«

Ich lache. »Das sagst du, weil du befürchtest, dass mein Telefon abgehört wird. Und du willst nicht, dass die Polizei dir auf die Schliche kommt.«

Wenn du wüsstest, Alter, wie wahr das ist …

Ich lüge: »Keine Angst, ich habe ein sicheres Gerät. Ich will nämlich nicht, dass die Polizei dich holt. Glaub mir, Knast ist nichts für einen wie dich. Ich weiß sowieso nicht, ob es für dich den richtigen Ort gibt. Hast du dein Testament gemacht? Alle Dinge geregelt? Ich frage mich, ob du eine Feuerbestattung wünschst oder ob du lieber in einem kühlen, feuchten Grab verrotten willst. Für deinen Abtransport musst du schon selber sorgen, darum werde ich mich nicht kümmern. Von mir bekommst du lediglich die Fahrkarte ins Jenseits. Was aus dem Müllhaufen wird, den du deinen Körper nennst, interessiert mich dann nicht mehr. Wenn es dir wichtig ist, dann regle das schnell. Viel Zeit hast du nicht mehr. Ich würde keinen dicken Roman mehr beginnen. Den kriegst du sowieso nicht mehr zu Ende gelesen. Kein Dostojewski, höchstens ein, zwei Kurzgeschichten sind noch drin.

Für den Mord an Heiko Mahr schuldest du mir noch Geld. Ich habe deiner Sekretärin bereits gesagt, wohin es überwiesen werden soll. Eine Hälfte geht an den Förderverein für das stationäre Hospiz am Meer in Norden und die andere Hälfte an den Bödecker-Kreis Hannover.«

Er wird wütend: »Bödecker-Kreis? Wer, verflucht, soll das sein?«

Es macht mir Spaß, ihn mit solchen Dingen zu konfrontieren. Sie bringen ihn völlig aus dem Konzept.

»Du kennst dich in Dealerkreisen bestens aus, verstehst was von Mord, Totschlag und organisiertem Verbrechen. Davon, Menschen zu manipulieren und zu bespitzeln. Die meisten Geheimdienste der Welt suchen Typen wie dich. Da könntest du es bis zum Abteilungsleiter bringen. Von irgendwelchen Organisationen, die etwas Positives in die Welt bringen, hast du natürlich keine Ahnung. Über das Wort *Ehrenamt* kann einer wie du doch nur lachen. Für dich geht es doch immer nur um Kohle. Stimmt's?«

»Ich … ich muss mir das nicht bieten lassen.«

»O doch, das musst du. Angesichts des Todes werden ja manche Menschen plötzlich wieder gläubig. Falls das bei dir auch so ist, beeil dich, die Beichte abzulegen. Aber such dir dafür einen jungen, gesunden Beichtvater. Oder am besten einen Kripomann. Wir wollen doch nicht, dass ein Priester kurz vor der Pensionierung einen Herzinfarkt kriegt, nur weil du ihm von deinem Leben berichtest.

Aber zurück zu deiner Frage. Was ein Förderverein für ein Hospiz ist, kannst du dir wohl lebhaft vorstellen. Du wirst keins mehr brauchen. Aber für Menschen, die friedlich an einer Krankheit oder Altersschwäche sterben, ist das schon eine wichtige Einrichtung.

Und der Bödecker-Kreis, weißt du, der kümmert sich darum, dass unsere Schüler nicht restlos verblöden. Hast du dir mal angehört, was unsere Kultusminister so allen Ernstes verbreiten? Den Durchmarsch der Digitalisierung. Das digitale Klassenzimmer hätten sie gerne. Die Schüler sollen sich in der Schule nicht mehr an Bücher gewöhnen, sondern an einen Bildschirm. Die Buchkultur geht den Bach runter. Jedes Kleinkind kann mit einem iPhone umgehen, aber unsere Kultusminister befürchten, dass wir den digitalen Anschluss verpassen. Wollen unsere Schüler fit machen für eine buch-, sprich kulturlose Welt. Da stemmt sich der Bödecker-Kreis dagegen. Auf verlorenem Posten vermutlich, aber tapfer. Die schicken Autoren in die Schulen, wo sie den Schülern vorlesen. Dies ist heutzutage schon fast ein rebellischer, ja revolutionärer Akt.

Wenn man dir mehr vorgelesen hätte, wäre aus dir vielleicht auch ein anständiger Mensch geworden. Wer weiß. Gute Anlagen hattest du doch bestimmt.«

»Ich höre mir das nicht länger an«, behauptet er, legt aber nicht auf, sondern versucht, mich in eine Diskussion zu verwickeln.

»Ich weiß zwar nicht, wer Sie sind und was Sie von mir wollen, aber ich teile Ihre Meinung keineswegs.«

Aus seinen Worten trieft der Angstschweiß. Er weiß genau, dass wir abgehört werden. Wahrscheinlich versucht er jetzt, das Gespräch in die Länge zu ziehen, in der Hoffnung, dass die Polizei mich erwischt. Er muss davon ausgehen, dass ich aus dem Gefängnis geflohen bin, um mit ihm zu telefonieren. Nur das macht mich gefährlich. Wenn ich noch im Knast sitze, können ihm meine Drohungen egal sein. Dann ist es nur blöd für ihn, dass er durch den Anruf in den Fokus der Ermittlungen geraten wird.

Er eiert rum: »Einen Herrn Heiko Mahr kenne ich nicht. Ich weiß auch nichts von einem Bödecker-Kreis, und ich finde ein Hospiz eine sehr sinnvolle Einrichtung, da wäre ich auch gerne bereit zu spenden. Aber von irgendwelchen Spinnern lasse ich mich nicht erpressen.«

»Du wirst einfach sterben, Drecksack. Ich gebe dir hiermit die Möglichkeit, noch ein bisschen dein Gewissen zu erleichtern. Noch ein bisschen wiedergutzumachen. Oder glaubst du, dass es bei deinem jämmerlichen Leben sowieso keine Rolle spielt, weil du ohnehin in der Hölle landen wirst, wo du hingehörst?«

Ich höre Schritte im Flur und beende das Gespräch. Ich stecke das Handy ein.

Ich frage mich, ob man Gefängnisflure bewusst so baut, dass jeder Schritt hallt. Sollen die Insassen wissen, dass jemand kommt? Will man so eine bestimmte innere Alarmbereitschaft bei allen herbeiführen? Oder ist das einfach nur, weil man die Flure so besser wischen kann?

Die Schritte entfernen sich. Niemand kommt zu mir rein. Ich habe auch nicht ernsthaft damit gerechnet.

Sie haben mein Gespräch mit Sicherheit mitgeschnitten. Das wird unangenehm für Graff werden. Jeder normalintelligente

Staatsanwalt muss jetzt mit den Ermittlungen beginnen. Ich habe ihnen genügend Hinweise gegeben.

Wenn feststeht, dass Graff mir den Auftrag gegeben hat, Heiko Mahr auf Langeoog zu töten, ist Cordula damit aus dem Rennen. Ich nehme diesen Mord einfach zusätzlich auf meine Kappe. Was macht es schon, ob ich für sechs oder sieben Morde verurteilt werde? Ich habe ja sowieso ein paar mehr auf dem Gewissen, von denen sie keine Ahnung haben.

Die besten Morde sind ja die, die als solche überhaupt nicht registriert werden. Wenn der Arzt eine natürliche Todesursache bescheinigt, gibt es keine Ermittlungen, wird kein Mörder gesucht. Das nenne ich verdeckte Präzisionsarbeit. Sobald die Ermittlungsbehörden anfangen, ist die Situation im Grunde schon völlig vergeigt.

Ich frage mich, warum ich trotzdem einige so offensichtlich getötet habe. Einen Stich ins Herz kann ja kein Arzt als natürliche Todesursache bezeichnen. Damit kommt nie einer durch.

Wollte ich, dass sie mich schnappen? Oder wollte ich der ganzen Welt zeigen, welche Abgründe in mir stecken? Dass man vor mir Angst haben muss?

Gern würde ich mich selbst genauer kennenlernen, wissen, was eigentlich mit mir los ist. Deswegen bin ich in Gelsenkirchen zu Bärbel gegangen. Aber meine Therapeutin kann sich ja gar nicht vorstellen, dass ich ein Mörder bin. Herrje … Ist sie wirklich so naiv, oder gehört sie im Grunde zu den Frauen, die mir hierher Liebesbriefe schreiben? Erstaunlich viele von denen kommen aus helfenden Berufen. Krankenschwestern, Erzieherinnen, Zahnarzthelferinnen, Sozialarbeiterinnen.

Besonders sympathisch ist mir eine Altenpflegerin, Gerdis Hoffmeister, die mir in langen Briefen die Geschichte ihrer gescheiterten Ehe erzählt hat. Ihr Mann hat sie ständig betrogen, das Geld versoffen, Hypotheken aufs Haus aufgenommen, ohne dass sie eine Ahnung davon hatte. Sie hat versucht, ihn zu retten, und ist dabei furchtbar gescheitert. Das verzeiht sie sich offensichtlich nicht.

Als ihr Mann ganz unten war, ist er in eine Drogenklinik gekommen, hat einen Entzug gemacht, eine Therapie, und danach hat er sie verlassen und sich eine andere genommen. Sie blieb auf Bergen von Schulden hängen, zumindest behauptet sie das.

Jetzt hat sie sich in mich verliebt, will mich retten. Das ist für sie auch viel weniger gefährlich, denkt sie. Welchen Schaden sollte ich schon in ihrem Leben anrichten? Schließlich sitze ich ja im Gefängnis.

Sie schickt mir Fotos von den Kuchen, die sie selber backt. Ganze Bleche Apfelkuchen, Streuselkuchen, einen Gugelhupf kann sie besonders gut, mit Puderzucker, der draufliegt wie Schnee. Aber sie darf mir das nicht ins Gefängnis schicken oder mitbringen. Kuchen ist zwar erlaubt, selbstgemachter aber nicht. Stattdessen soll sie mir Kekse kaufen. Hier im Supermarkt. Aber sie findet, verglichen mit ihrem Kuchen sei das alles nur Industriemüll.

Ich kann mir vorstellen, bei einer dieser Frauen nach der Flucht unterzuschlüpfen. Immerhin sind sie alle bereit, mir irgendwie zu helfen, aber wie werden sie reagieren, wenn ich plötzlich vor der Tür stehe? Ist das dann der große Schock, das Aus für all die Hilfe und die Liebe? Oder erfüllt sich ihre Sehnsucht?

Damit werde ich schon fertig werden. Viel dringlicher ist für mich die Frage: Wird die Polizei mich sofort dort suchen? Ist das vielleicht ihr Standardprogramm? Mit Sicherheit haben sie alle Namen und Adressen registriert, bevor sie die Post an mich weitergeleitet haben.

Ist vielleicht unter diesen Briefen sogar ein Lockvogel? Jemand, der ein doppeltes Spiel spielt, so wie Sabine Hiller?

Kriege ich hier im Knast Paranoia, oder kann ich wirklich niemandem mehr trauen?

Jedenfalls will ich hier raus. Mein Leben wird ohnehin in so einer Zelle enden, denke ich. Selbst wenn ich es schaffe, mich irgendwohin abzusetzen, sie werden mich immer suchen.

Ich kann meinem Schicksal vermutlich nicht entgehen, aber wenn ich im Gefängnis sitze, so möchte ich mich entspannt zurücklehnen können, weil ich weiß, dass meine Arbeit erledigt ist. Dann kann ich mich auf den Knastalltag einlassen. Mich quer durch die Bibliothek lesen, meinetwegen werde ich sogar einer sinnvollen Arbeit nachgehen. Warum nicht in der Bäckerei? In Lingen haben sie eine. Die beliefern viele Läden im ganzen Land. Und da werden wohl nicht ganz so viele Messer eingesetzt.

Ich habe gehört, man könne da im Knast sogar eine Tischlerlehre machen. Auf jeden Fall irgendwas mit Holz.

Ein bisschen freue ich mich sogar darauf. Ich habe das Gefühl, im Gefängnis mehr Zeit für mich zu haben. Zur Besinnung zu kommen. Lesen zu können. Die beschränkte Auswahl nervt mich ein bisschen, aber noch komme ich mit dem vorhandenen Material ganz gut klar, und über Fernausleihen sind viele Dinge möglich. Zumindest, wenn sie nicht auf dem Index stehen und nicht meine Resozialisierung gefährden.

Ich muss immer grinsen, wenn ich dieses Wort höre. Es hat doch mit mir so gut wie nichts zu tun.

Mein Entschluss steht fest. Ich muss noch einmal raus aus dem Gefängnis und so richtig aufräumen. Innerlich habe ich bereits eine Liste gemacht. Graff wird der Erste sein, weil er der Letzte war, der mich verraten hat. Dann muss mein ehemaliger Schwiegervater dran glauben, der zusammen mit seiner Tochter und meiner Mutter das Unternehmen an sich gerissen und mich dem Staatsanwalt zum Fraß vorgeworfen hat.

Jetzt, da ich hier einsitze und im Grunde zur Untätigkeit verdammt bin, kann ich mir sogar vorstellen, meiner Exfrau und meiner Mutter das Messer an den Hals zu setzen. Ob ich das dann in Wirklichkeit schaffe, weiß ich nicht. Ich habe ja immer noch dieses Scheißproblem, dass ich Frauen nichts tun kann.

Macht mich das eigentlich zu einem besseren Menschen oder einfach nur zu einem lausigen Serienkiller?

Graff und mein Schwiegervater sind so gut wie erledigt. Sie zu töten wird ein einziges Vergnügen. Aber wie mache ich es, wenn ich meiner Mutter gegenüberstehe? Sie wird der schwierigste Brocken.

Ich beschäftige mich wieder mit griechischer Mythologie. Orestes hat der Sage nach seine Mutter getötet. Dafür bestraften ihn die Götter mit Wahnsinn. Er wurde grausam verfolgt. Niemand wollte einen aufnehmen, der seine eigene Mutter getötet hatte. In Athen wurde seine Tat verhandelt. Dort kippte alles zu seinen Gunsten, und er wurde freigesprochen. Aber trotzdem lastete ein Fluch auf ihm. Am Ende starb er durch den Biss einer Schlange.

Viele Autoren haben sich mit Orestes beschäftigt. Goethe in *Iphigenie auf Tauris*, aber näher als alle anderen ist mir Jean-Paul Sartres *Die Fliegen*. Es geht um Freiheit und Existenz.

»Der Mensch ist verurteilt, frei zu sein. Verurteilt, weil er sich nicht selbst erschaffen hat, andererseits aber dennoch frei, da er, einmal in die Welt geworfen, für alles verantwortlich ist, was er tut.«

In Erinnerung geblieben von den Proben ist mir der Satz: *»Ich will ein Mensch sein, der irgendwohin gehört, ein Mensch unter Menschen.«*

In Ostfriesland ist es mir gelungen. Da war ich einer von ihnen, aufgenommen in die Gemeinschaft, geachtet und anerkannt. In Bamberg hatte ich das Gegenteil erfahren. Ich musste erleben, wie man ausgestoßen wird, zum Übeltäter gestempelt, erst zum Versager, dann zum Verbrecher gemacht.

Ich habe das Stück nie im Theater gesehen. Wird es überhaupt noch irgendwo aufgeführt? Unsere Theater-AG in der Schule wollte es machen, mit einem sehr engagierten Lehrer, und ich, man mag es kaum glauben, war der Orestes. Der Muttermörder.

Ich habe mich richtig reingefuchst, die Texte gelernt, aber das Ganze war dann wohl doch für uns Schüler ein bisschen zu groß. Am Ende mussten wir uns entscheiden zwischen guten Mathenoten oder einem Weiterwirken in der Theater-AG.

Noch vor der ersten Aufführung kippte das Stück. Mitwirkende stiegen aus, Proben zogen sich in die Länge. Dann begann diese schreckliche Diskussion, ob uns das Stück denn heute noch etwas zu sagen habe. Eine basisdemokratische Debatte hob an, ob wir nicht ganz andere, modernere Dinge auf die Bühne bringen sollten, und schließlich versandete alles.

Aber ich habe Teile dieses Stücks immer noch verinnerlicht, und ich weiß, es geht um die Freiheit der Entscheidung. Ich habe mich an einer bestimmten Wegkreuzung für dieses Leben entschieden: das des Serienkillers. Des Rächers. Des Mannes, der versucht, mit seinem Messer aufzuräumen. Jetzt muss ich es dann auch mit allen Konsequenzen sein.

Ich werde also diese gastliche Stätte verlassen. Meine Aufgabe zu einem Abschluss führen. Alles muss rund werden. Danach werde ich mich vor den Konsequenzen kaum drücken können.

Okay, ich werde es versuchen. Vielleicht gelingt es mir, irgendwo noch unerkannt ein paar schöne Jahre zu fristen. Ich will mich daran erfreuen, dass ich meine Gegner getötet habe und mir trotzdem weiterhin die Sonne ins Gesicht scheint, während ich Drinks, aus denen bunte Schirmchen ragen, schlürfe und dabei das Meer rauschen höre.

In guten Momenten kann ich mir vorstellen, eine Zeit in der Karibik in Freiheit zu verbringen. Bis dorthin wird der Arm des Gesetzes eine Weile brauchen, um mich zu erwischen. Lieber aber als in der Karibik wäre ich in Ostfriesland. Ja, verdammt! Auf einer Insel. Auf Wangerooge oder auf Langeoog. Juist wäre auch nicht schlecht.

Eine autofreie Insel sollte es sein, wo keine Polizeiwagen mit Blaulicht heranrauschen. Zwischen Fahrrädern und Pferden möchte ich die restliche Zeit verbringen. Am wichtigsten aber ist mir die Nähe zum Meer. Das Rauschen der Wellen. Die weißen Schaumkronen will ich tanzen sehen und das alles in mich aufsaugen.

Ich stelle mir vor, dass ich auf Langeoog am Flinthörn einkassiert werde. Hinter mir das Meer, um mich herum der Sand, und oben von den Dünen kommen sie. Zehn, zwölf, in ihrem martialischen Aufzug, mit Helmen und schusssicheren Westen.

Ich hebe nur die Hände und sage: »Keine Angst, ich schieße nicht. Ich mag diesen lauten Knall nicht. Damit werde ich mir doch nicht die letzten Minuten auf dieser zauberhaften Insel verderben. Nehmt mich einfach so mit, aber lasst mich noch einmal einen Blick auf die Nordsee werfen. Wer kann denn angesichts dieser Kraft und Schönheit an eine wilde Schießerei denken?«

Das ist ein Abgang, wie ich ihn mir wünsche. Sie bringen mich in den Hubschrauber, und sie fliegen mit mir rüber zum Festland. Ich habe einen weiten Blick über die Küste, kann noch einmal die Schönheit der Landschaft genießen. Das Watt von oben. Vogelschwärme unter uns. Hunderte Wildgänse auf dem Deich.

Ich werde diese Bilder in mich aufsaugen, denke ich, bis sich die Zellentüren hinter mir schließen. Das Kino in meinem Kopf ist später dann viel schöner, als es die Fernsehbilder je sein können.

Ja, über all diese Dinge denke ich nach und bin mir nicht sicher, ob ich mit mir selbst rede oder ob alles nur in mir stattfindet. Jedenfalls muss ich hier raus, bevor ich mich meinem Schicksal ergebe. Ich muss mir ein Messer besorgen und mein Werk vollenden.

»Ich komme«, sage ich leise. »Das wisst und zittert.«

3

Auf Hilfe von außen kann ich nicht hoffen. Die Ladys, die mir Briefe schreiben, sind nicht mal in der Lage, hier ein Stück selbstgemachten Kuchen reinzuschmuggeln. Was soll ich von ihnen erwarten?

Ja, wenn ich einmal draußen bin, dann ist das sicherlich anders. Aber um mir bei einem Fluchtversuch zur Hand zu gehen, sind diese guten Menschen sicherlich ungeeignet. Ich muss es ganz aus eigener Kraft schaffen.

Die Justizvollzugsbeamten hier tragen Walkie-Talkies mit einem roten Knopf obendrauf. Wenn sie in eine schwierige Situation geraten, drücken sie den, dann kommt sofort Hilfe angelaufen. Die Walkie-Talkies sind mit einer Kordel an ihrem Körper befestigt. Wenn jemand ihnen das Ding abnimmt, reißt die Kordel, und es wird sofort ein Alarm ausgelöst. Das Walkie-Talkie sendet den genauen Standort an alle anderen Justizvollzugsbeamten. Diese Geräte bieten also eine ziemliche Sicherheit.

Ich habe gesehen, wie eine junge Frau – ich glaube, sie gehört zum psychologischen Dienst – von einem Häftling angegriffen wurde. Ich war oben am Fenster im Flur, hinter Gittern. Ich konnte es sehen, aber natürlich nichts machen.

Sie hat das Walkie-Talkie selbst abgerissen, um den Alarm auszulösen. Als Dr. Sommerfeldt wäre ich nur zu gerne zu ihr geeilt, um dem Typen Manieren beizubringen. Er hatte dieses getriebene Aussehen von Drogensüchtigen. Diese stechenden, fiebrigen Augen.

Ich war keine fünf Meter von den beiden entfernt und konnte doch nichts tun. Einerseits habe ich dabei einiges über diese Walkie-Talkies gelernt, andererseits aber auch über mich. Mir wurde klar, wie groß mein Verlangen ist, einzuschreiten, wenn jemand einer Frau etwas Böses tut. In diesem Fall sogar einer, die ich gar nicht kenne. Ich weiß nicht einmal ihren Namen.

Ich solidarisiere mich keineswegs mit dem Mithäftling. Vielleicht ist ihm ja irgendein Unrecht widerfahren. Aber so etwas schließe ich erst gar nicht in meine Gedanken ein. Nein, für mich ist er einfach ein Junkie, der dem Suchtdruck nicht länger standhält und jetzt auf eine Person losgeht, die er für schwächer hält. Von den starken jungen Männern hier hat er ja niemanden angegriffen, sondern genau diese zierliche junge Frau.

Für Typen wie den wurde mein Einhandmesser geschmiedet.

Ich habe Phantasien darüber, wie ich ihn erledige. Selbst in diesen Tagträumen bin ich nicht wirklich frei. Ich benutze mein Einhandmesser nicht, um ihn zu abzustechen, sondern muss mich mit primitivem selbstgemachtem Werkzeug begnügen. Ich sehe mich, wie ich aus einem Plastikkamm eine Stichwaffe herstelle. Messer kann man das ja kaum nennen. Nicht zum Schneiden geeignet, aber für einen Stich ins Herz sollte es reichen.

Irgendwie habe ich es geschafft, mich in das Vertrauen des Personals zu schleichen. Ich muss den Hofgang nicht mehr alleine machen, ich darf mit den anderen eine Runde drehen. Ja, bald schon werde ich vielleicht draußen an Ballspielen teilnehmen dürfen, und dann komme ich ganz in seine Nähe.

Ich komme ihm nahe. Ich würde ihm gerne eine Chance geben. Ich möchte ihm die Spitze meiner Waffe auf die Brust setzen und ihn bitten, ein Gedicht aufzusagen. Ja, mit einer guten Gedichtrezitation könnte er überleben. Vermutlich führt einer wie der aber ein so unpoetisches Leben, dass ihm keine zwei zusammenhängenden Zeilen einfallen.

Gern würde ich ihn auffordern, sich in der Gefängnisbibliothek ein, zwei Lyrikbände auszuleihen. Sie haben zum Beispiel Erich Kästner. Aber ich fürchte, die Poesie wird ihre heilsame Wirkung hier nicht entfalten können, denn überall sind Kameras. Ich könnte es kaum schaffen, länger als dreißig Sekunden unbeobachtet mit ihm allein zu sein. Wenn es mir überhaupt gelingt, ihn so lange in eine Ecke zu drängen, ohne einen Alarm auszulösen.

Bis in seine Zelle komme ich leider nicht. Da wären wir allein miteinander. Aber die anderen haben die Freiheit, sich gegenseitig auf den Fluren zu treffen. Ich bin leider von ihnen isoliert. Ich muss es also selbst in meiner Phantasie ganz schnell erledigen.

Keine Chance. Keine Gedichte aufsagen. Ich erledige ihn einfach mit einem gezielten Stich ins Herz. Der wird keine Frauen mehr belästigen.

Das alles findet nur in meiner Phantasie statt, während ich Kaffee trinke, die Wand anschaue oder die Liebesbriefe lese, die an mich geschrieben wurden.

Was würde meine Therapeutin Bärbel zu solchen Tagträumen sagen? Ich vermute, sie würde es Allmachtsphantasien nennen, obwohl ich mich gerade überhaupt nicht allmächtig fühle.

Ich stelle mir vor, wie sie in ihrem Sessel sitzt, hochkonzentriert zuhört und weiterführende Fragen stellt oder die letzten Sätze von mir als Frage wiederholt. Ich kann in der Einsamkeit meiner Zelle ihre Stimme hören: »Und, wie hast du dich dabei gefühlt? Und wie geht es dir jetzt?«

Wahrscheinlich wird sie eine sehr einfache Erklärung für meine Tötungsphantasien haben. Ich würde in meinen Wünschen und Vorstellungen halt gerne zu dem Typen werden, der ich so überhaupt nicht bin. Zu dem, der konsequent für seine Sache eintritt. Rücksichtslos sein Ding durchzieht. Der keine Angst davor hat, anderen weh zu tun. Der sich selbst behaupten kann, ja sogar so stark ist, dass er zum Beschützer für die anderen wird. Statt mich von starken Frauen unterdrücken zu lassen, träume ich davon, mich zum Beschützer der Schwachen aufzuspielen. So ähnlich hat sie es im Fernsehen formuliert.

Wenn ich hier noch ein paar Jahre einsitze, könnte ich mir im Laufe der Zeit vielleicht genügend Privilegien und Vertrauen erarbeiten, um diesen kleinen Drecksack kaltmachen zu können. Aber so viel Zeit werde ich hier nicht mehr verbringen. Er wird also ungeschoren davonkommen. Leider.

Ich muss mich wichtigeren Aufgaben stellen, und dazu ist es nötig, diese gastliche Stätte hier zu verlassen. Ich fürchte, ein Ausbruchsversuch von hier aus ist für mich so gut wie unmöglich. Das heißt, dazu müsste ich schon Geiseln nehmen, und so einer bin ich nicht. Ich mache es lieber auf die feine Art.

Die Einweisung ins Justizvollzugskrankenhaus nach Lingen erfolgt auf ärztliche Anordnung. Das sollte mir doch nicht allzu schwerfallen.

Welcher Schock ist größer? Wenn sie bei einem Blick in meine Zelle sehen, dass ich in Krämpfen auf dem Boden liege, oder wenn es passiert, während mich jemand beim Rundgang im Hof begleitet?

Soll ich es langsam ankündigen? Nach Schmerztabletten verlangen? Davon berichten, dass es mir nicht gutgeht, bis sie selbst draufkommen, dass es besser wäre, mich einem Arzt vorzustellen? Oder mache ich es besser schockartig?

Ja, ich entscheide mich für die zweite Methode. Menschen unter Stress reagieren oft unüberlegt und schnell, wollen einfach, dass die Sache vorbei ist. Je schneller ich nach Lingen komme, umso größere Chancen erhoffe ich mir, ausbrechen zu können.

4

Sabine Hiller kommt mich besuchen. Sie hat einen schlichten dunkelgrünen Pullover an. Er wirkt selbstgestrickt. Ich vermute aber, nicht von ihr. Ich kann sie mir nur schwer mit klappernden Stricknadeln in den Händen vorstellen. Das Ding hängt lappig an ihr. Dazu trägt sie eine Stretchjeans. An den Oberschenkeln hauteng, an den Knien ausgebeult.

Das Rufgerät baumelt lässig an ihrer Hüfte wie ein Colt am Westernhelden, wenn er zum Duell schreitet.

Ich sehe nur ihre linke Hand. Die rechte hält sie hinter ihrem Rücken verborgen.

Sie fragt mich, ob ich Lust hätte, an einer Autorenlesung teilzunehmen. Ein junger Autor möchte den Insassen seinen Roman vorstellen. Eigentlich genau mein Ding, aber ich ahne, dass sie nicht allein deswegen kommt.

Ich frage: »Heißt das, ich darf mit allen anderen Gefangenen einfach so zusammen sein?«

Sie lächelt süffisant: »Es wird ein erlesener Kreis sein. Unsere Lesekönige.«

»Lesekönige?«

»Ja, die, die in der Bibliothek die meisten Bücher ausgeliehen haben. Dazu kommt natürlich noch einiges Sicherheitspersonal.«

»Damit keiner dem Dichter etwas tut?«, grinse ich.

»Nein, um offen zu sein, er hat unter unseren Mitarbeitern viele Fans. Sie wollen einfach gern dabei sein.«

»Dann wäre es mir eine Ehre und ein Vergnügen, wenn ich auch dabei sein dürfte«, sage ich, fest entschlossen, diese Bühne, wenn sie schon einmal da ist, für meine Pläne zu nutzen.

»Kommt Akim auch?«, frage ich.

»Akim? Wer soll das sein?«

Ich zucke gelangweilt mit den Schultern. »Heißt der Typ nicht so, der die junge Frau beim Rundgang attackiert hat?«

»Nein, das war Thorsten. Ich glaube kaum, dass wir den dazu holen werden.«

»Schade.«

Sie will wissen, was denn daran schade sein soll.

»Na ja, Literatur lässt Menschen nachdenklich werden, hilft ihnen, sich selbst zu erkennen. Nicht an anderen auszuagieren, sondern stattdessen zu reflektieren. Dieser Thorsten hat ein bisschen Hilfe dabei schwer nötig, finden Sie nicht?«

Sie verzieht den Mund und guckt mich abschätzig an, als wolle sie meine Kleidergröße feststellen und mir dann durch meine Augen direkt ins Gehirn schauen, um meine Gedanken zu lesen.

Sie fällt ins Du zurück und behauptet: »Von dir sagt man, du seist ein äußerst belesener und gebildeter Mensch. Wenn deine Theorie also richtig ist, dann verrate mir mal, warum um alles in der Welt ein solcher Liebhaber von Kunst und Literatur wie du ein halbes Dutzend Menschen aufschlitzt und die Welt in Angst und Schrecken versetzt.«

Sie wippt mit dem rechten Bein und verzieht die Lippen zu einem triumphalen Lächeln, als hätte sie gerade den entscheidenden Trumpf gespielt oder zumindest einen Punktsieg eingeläutet.

Ich schaue sie nur an und sage nichts.

Sabine Hiller steht immer noch so merkwürdig – die rechte Hand verborgen – vor mir. Hat sie eine Überraschung für mich?

»Der Prozess gegen Ihre Freundin Cordula Baumann wird heute eröffnet. Pünktlich zu Prozessbeginn startet auch der Vorabdruck Ihrer Aufzeichnungen.«

Sie holt die rechte Hand nach vorne. Sie hält eine zusammengerollte Illustrierte wie ein Kurzschwert in der Hand. Sie zögert einen Moment. Will sie testen, wie neugierig ich darauf bin, mein Geschreibsel gedruckt zu sehen? Erwartet sie von mir ein »bitte«?

»Sie nennen es Roman. Einige Menschen könnte das irritieren. Wird hier ein Mörder als Genie gefeiert?«

»Sie loben bestimmt nicht meine Morde, sondern, wenn überhaupt, meine Literatur.«

Sie legt die Illustrierte in meine offene Hand. Die Blätter sind immer noch zusammengerollt. Ich lege sie – ohne sie weiter zu beachten – auf meinen kleinen Tisch.

»Ich dachte, meine literarischen Versuche seien von der Staatsanwaltschaft beschlagnahmt worden«, wende ich ein.

Sie lächelt breit: »Sie haben gute Anwälte und, wie es scheint, mächtige Freunde in den Medien.«

Ich tue ganz cool, aber in Wirklichkeit kenne ich keine Medienleute. Den Journalisten Holger Bloem mal ausgenommen und das Fernsehteam, das hier war, um mich zu befragen.

»Sie werden bestimmt als Zeuge im Prozess gegen Ihre ehemalige Sprechstundenhilfe geladen. Ich hoffe, dass Sie bis dahin mit sich selbst im Reinen sind und denen nicht Ihren eigenen Kopf auf dem Silbertablett servieren.«

Sie tritt näher an mich heran, als habe sie Angst, jemand könne uns zuhören. »Hilft das Handy hier in der Zelle, oder wirkt hier noch dieser Internetblocker?«

Du falsche Schlange, denke ich. Du weißt genau Bescheid. Das fragst du nur, damit ich mich in Sicherheit wiege und du dich als meine Komplizin aufspielen kannst. Ich bin längst nicht so dumm, wie ihr denkt. Auf eure simplen Tricks und Intrigen falle ich nicht rein. Dafür habe ich zu viele Agententhriller gelesen. John le Carré, Eric Ambler und, nicht zu vergessen, Graham Greene.

»Ja«, sage ich, »das Handy hilft mir. Danke noch einmal.«

»Ich höre mir den Dichter auch an. Ich hole dich hier ab.«

»Das klingt nach einem verlockenden Date«, sage ich und zwinkere ihr zu. Sie wird sofort wieder zum Eisblock.

5

Im Internet erlebe ich den Prozessauftakt gegen Cordula mit. Sie sieht großartig aus. Sie hat ein paar Kilo abgenommen, aber nichts von ihrer Fraulichkeit verloren. Immer noch ist alles an ihr rund, geschwungen, weiblich.

Sie benutzt ein Make-up, das sie ernst, ja verletzlich erscheinen lässt. Ihre Augen liegen tiefer. So, wie sie in die Kamera guckt, glaubt man ihr, dass sie die Hölle gesehen hat und den Teufel persönlich kennt.

Sie bleibt bei ihrem vollumfänglichen Geständnis. Ja, sie habe alle Morde begangen und, so fährt sie vor laufender Kamera im Flur des Landgerichts fort: »Wenn ich nicht gestoppt worden wäre, hätte ich weitergemacht! Weiter und weiter und weiter.«

Ihr Anwalt will das Gespräch beenden. Zwei Polizisten versuchen, Reporter abzudrängen, doch einer ruft ihr zu: »Aber warum? Warum?«

Später, in einer Sondersendung nach den Sportnachrichten, gibt der Journalist die Antwort selbst: »Männerhass« nennt er ihr Motiv. »Mit Männern, die aus Frauenhass zu Serienkillern werden, kennt die Forensik sich aus. Hier haben wir es mit einer Frau zu tun, die aus Männerhass handelt. In der Tiefe hat das vermutlich ähnliche Ursachen. Ein Nichtklarkommen mit dem anderen Geschlecht. Sich ihm unterlegen zu fühlen und gleichzeitig von ihm angezogen sowie abgestoßen zu werden.«

Was bezweckst du, Cordula? Willst du echt für mich all diese Morde abbüßen? Glaubst du, dass ich dich dann für immer lieben werde? Kannst du dir im Ernst vorstellen, dass sie mich freilassen und dich an meiner Stelle einsperren? So ein Schwachsinn! Aber versteh einer die Frauen …

6

Diese Dichterlesung wird meine Abschiedsvorstellung hier in Meppen. Falls dieser Thorsten doch kommt, so werde ich ihm deutlich zeigen, was ich von Frauenschlägern wie ihm halte.

Ich habe, damit ich schreiben kann, nicht nur Hefte bekommen, sondern auch, auf meinen ausdrücklichen Wunsch hin, einen Füller. Es ist ein bunter mit Comics drauf. Ein Kinderfüller. Aber ein Füller mit mörderisch spitzer Feder. Außerdem habe ich auch noch einen Kugelschreiber.

Für meinen Bleistift fehlt mir leider der Anspitzer. Zu gefährlich für einen wie mich. Sie haben wohl Angst, ich könne auch daraus ein Mordwerkzeug basteln. Aber wenn ich diesem Thorsten meinen Kugelschreiber ins rechte Auge haue, kann ich ihn mit ein bisschen Glück bis in sein dummes Gehirn rammen. Das wird der Höhepunkt der Autorenlesung. Es tut mir leid, aber ich werde dem jungen Dichter wohl die Schau stehlen.

7

Sabine Hiller holt mich nicht alleine ab. Bei ihr sind zwei Justizvollzugsbeamte. Junge, nette Typen, die Haare über den Ohren kurzrasiert. Der eine sieht aus, als hätte er gerade Abitur gemacht, der andere, als sei er zum zweiten Mal durch die mündliche Prüfung gefallen und hätte nun beschlossen, für immer den Mund zu halten.

Sie gehen im Gleichschritt. Das hat aber nichts Militärisches an sich, sondern wirkt eher, als seien sie Seelenverwandte mit einer tiefen inneren Verbindung. Zwillinge von verschiedenen Müttern. So irre es klingt, genau so kommen sie mir vor. Zwillinge, die nicht miteinander verwandt sind und sich nicht ähnlich sehen.

Sie kauen beide Kaugummi. Selbst ihre Kaubewegungen sind synchron. Vermutlich, denke ich, schweigt der eine, weil der andere für sie beide redet.

Wir überqueren den Hof. Ich sehe diesen Thorsten. Ich werde ihn vor aller Augen erledigen. Damit werde ich meinen Ruf als Serienkiller Dr. Bernhard Sommerfeldt festigen und gleichzeitig die Welt von einem üblen Subjekt reinigen.

Komisch, dieser Gedanke ist fast wichtiger für mich als der Ausbruch. So, als müsse ich hier beweisen, wer ich wirklich bin.

Wir sind die Letzten, die den Raum betreten. Er sieht aus wie ein altes Schulzimmer. Fehlt nur die Schultafel.

Es geht ein Raunen durch den Saal, als die Zuhörer mich erkennen, und auch der Dichter wird ganz nervös. In solchen Momenten spüre ich: Ich bin eine echte Berühmtheit.

Es kribbelt geradezu auf meiner Haut. Ich bin ein Popstar geworden, ohne ein Musikinstrument zu spielen. Ich bekomme Post von Groupies, und die Menschen in meiner Nähe werden allein durch meine Anwesenheit ganz aufgeregt.

Nein, es ist nicht, weil sie Angst vor mir haben. Gerade die Kerle hier drin fürchten mich nicht. Es ist, weil meine Anwesenheit sie irgendwie erhebt. Sie zu etwas Besonderem macht. Später werden sie etwas zu erzählen haben: *Ich kannte übrigens diesen Dr. Bernhard Sommerfeldt persönlich.*

Der Dichter, der mir bisher unbekannt war, heißt Andreas Edelhoff, und eins weiß ich: Ich werde Fan. Er begrüßt mich mit Handschlag. Ich sehe in ein offenes, fröhliches Gesicht. Er hat diesen Ruhrgebietston drauf, an den ich mich in meiner Zeit in Gelsenkirchen gewöhnt habe. Dieses: *Hart, aber herzlich.* Im Pott macht man gern aus einem »s« ein »t«. Also aus »was« »watt« und aus »das« »datt«. So entsteht ein Singsang, den ich mag.

Er hat einen festen Händedruck. Erst gibt er mir die Hand, dann Sabine Hiller und zum Schluss dem doppelten Lottchen.

Edelhoff sagt zu mir: »Es ist mir eine Ehre, Herr Dr. Sommerfeldt, dass Sie an meiner Lesung teilnehmen. Ich würde mich später gern noch mit Ihnen unterhalten.«

Ich stimme zu. Ich mag ihn sofort. Als er Sabine Hiller die Hand schüttelt, schaut er ein bisschen betreten drein, weil er die Dame nicht zuerst begrüßt hat, aber sie nimmt es ihm nicht krumm. Sie spricht sogar ein paar einleitende Worte, sagt, er sei eigentlich im Brotberuf Rettungsassistent, aber auch ein brillanter Kriminalschriftsteller. Sie bedankt sich, dass er bereit ist, hier aufzutreten.

Thorsten sitzt ganz hinten zwischen zwei Bewachern. Ich muss vorne Platz nehmen. Eigentlich habe ich so etwas wie den Ehrenplatz, genau in der Mitte, ganz vorn. Dabei sind wir zuletzt gekommen.

Neben mir, wie die Königinmutter, thront Sabine Hiller und schlägt die Beine übereinander. Fix und Foxi bleiben stehen. Sie gucken auch nicht zum Dichter, sondern nur auf das Publikum. Ihnen entgeht keine Bewegung.

Ich schätze, hier hocken gut zweihundert Jahre Knast auf engstem Raum zusammen, wenn nicht dreihundert. Ich überlege, wie ich in Thorstens Nähe kommen kann. Er fläzt sich in seinem Sitz, als ginge ihm die Dichterlesung sowieso am Arsch vorbei und als wisse er gar nicht, was der Blödsinn solle. Alleine für diese Unverschämtheit verdient er den Tod. Wer Kunst und Literatur nicht achtet, hat von mir kein Pardon zu erwarten.

Ich flüstere Sabine Hiller zu: »Der kleine Drecksack ist ja auch da.«

Sie lächelt. Ahnt sie, was ich vorhabe, oder will sie ihn echt mit Literatur zu einem besseren Menschen machen? Glaubt sie, dass unser Dichter den Scheißkerl emotional knacken kann?

Andreas Edelhoff beginnt damit, sich vorzustellen. Er macht es klug. Er sagt: »Ich schreibe Kriminalromane. Sie sind für mich also praktisch Fachpublikum.« Er erntet Gelächter, und die Herzen fliegen ihm zu.

Er liest aus seinem Roman *Halbgötterdämmerung*. Eigentlich würde ich gerne mitten in der Vorlesung zusammenbrechen. Aber aus Respekt vor Andreas Edelhoffs Vortrag tue ich es nicht. Außerdem ist er wirklich amüsant. Seine Sprache erinnert mich an den legendären Borussentrainer Adi Preißler. Im Ruhrgebiet kommt man an ihm nicht vorbei. Er, der vermutlich nicht wusste, wie man Philosophie schreibt, hat mit seinem legendären Ausspruch »Grau ist alle Theorie – entscheidend is auf'm Platz« einen bedeutenden Beitrag zur Erkenntnistheorie geleistet.

Die Gäste der Lesung dürfen auch Fragen stellen, und Andreas Edelhoff gibt bereitwillig Auskunft. Wie er auf seine Ideen komme und ob er schon immer Schriftsteller werden wollte, ob er Vorbilder habe, wird er gefragt.

Er zeigt auf mich. »Ja, ich möchte einmal so berühmt werden wie Dr. Bernhard Sommerfeldt.«

Ein paar Leute lachen, andere klatschen. Thorsten gähnt demonstrativ.

Du bist tot, Stinkefinger. Du weißt es nur noch nicht.

Am Schluss gibt Andreas Edelhoff Autogramme. Justizvollzugsbeamte stehen mit Häftlingen in einer Schlange. Sie sprechen über das Gehörte.

Komm nur, Thorsten. Hier erwische ich dich, und ich störe die Lesung jetzt nicht mehr. Deine Zeit ist gekommen.

Aber Thorsten ist der Einzige, der kein Autogramm will.

Ein guter Zeitpunkt zum Sterben, denke ich. Als er an mir vorbei zur Tür will, haue ich ihm die Beine weg. Er fällt dem Dichter praktisch vor die Füße. Der hilft ihm auch noch hoch. Reicht ihm die Hand.

Die Justizvollzugsbeamten blicken leicht irritiert. Sie glauben vermutlich, dass Thorsten gestolpert ist.

Er kommt hoch und würdigt den Dichter, der ihm geholfen hat, keines Blickes, der Banause! Ich sehe den blanken Hass in Thorstens Augen. Er hat natürlich genau mitgekriegt, was passiert ist. Er will auf mich losgehen, der kleine Wüterich.

Ja, denke ich, gut so. Komm nur. Greif mich an!

Es ist, als würden meine Wünsche als Befehle in seinem Kopf ankommen. Er stößt den großen Schweiger um. Der verschluckt sich am Kaugummi.

Jetzt stehen wir zwei uns gegenüber. Ich halte den Kuli locker in der Hand. Der Füller ist mir zu schade.

Einen Füller bist du nicht wert. Ein Kuli muss reichen. Gleich wird dir dein bisschen Gehirn auslaufen. Komm nur …

Er ist ungestüm und fletscht die vergilbten Zähne wie ein Straßenköter, der zubeißen möchte, aber sich noch nicht entschieden hat, in welches der Stuhlbeine, die ihm hingehalten werden, er seine Zähne rammen soll.

Ich halte ihm die offene rechte Flanke hin, tue so, als wolle ich mich nach links wegdrehen. Er fällt darauf rein und attackiert meine ungeschützte Stelle. Er rennt praktisch in meinen Stich hinein. Ich brauche nur den Arm auszustrecken, und er wird sich selbst aufspießen.

Doch dann, im letzten Moment, hält dieser Dichter Thorsten auf. Er packt ihn von hinten: »Hey, hey, hey, friedlich bleiben!«, lacht Edelhoff, als sei das alles ein Scherz.

Thorsten haut um sich. Er stößt mit dem Kopf nach hinten und verpasst dem Dichter eine blutige Nase.

Einige Leute springen weg und geben den Kampfraum frei. Hauptsächlich die Gefangenen halten sich raus. Die Justizvollzugsbeamten stattdessen stürmen herbei, um die beginnende Prügelei im Keim zu ersticken.

Thorsten tut mir sogar den Gefallen und brüllt: »Ich bring dich um!«

Dann springt er mich an, und mein Kugelschreiber dringt durch sein rechtes Auge in sein Analphabetenhirn. Er brüllt wie am Spieß, und in gewisser Weise ist das ja auch korrekt.

Ich wähle diesen Zeitpunkt, um zusammenzubrechen. Schon liege ich auf dem Boden, krümme mich und zucke mit den Gliedmaßen.

Es ist wie ein Konkurrenzkampf zwischen Thorsten und mir.

Wer ist schwerer getroffen? Wer bekommt mehr Aufmerksamkeit? Der Rüpel mit dem Schreibgerät im Auge oder ich?

Andreas Edelhoff kümmert sich um mich. Es kommt mir vor wie eine Auszeichnung. Er brüllt ein paar Befehle. Energisch, aber ohne Hektik. Man merkt, dass er sich mit medizinischen Notfällen auskennt.

Er fragt mich, wo ich erwischt worden sei. Ich krümme mich nur.

Mitten in der Hektik und dem Gebrüll höre ich einen Gefangenen, der brav fragt, ob man jetzt nach draußen gehen könne, um eine zu rauchen. Die Veranstaltung sei ja wohl zu Ende.

Damit hat er zweifellos recht.

Thorsten und ich werden in getrennte Räume gebracht. Andreas Edelhoff ist bei mir. Er vermutet, dass ich von einem Schlag erwischt wurde. Ich behaupte, mich an nichts zu erinnern.

Auf einer Liege mit Gummiüberzug warte ich auf den Doktor. Der Dichter und Frau Hiller bleiben bei mir. Sie sagt ihm, er habe sehr beherzt eingegriffen. Er erzählt, er sei Kampfsportler und trage den schwarzen Gürtel im Taekwondo.

Damit steigt er noch mehr in ihrer Achtung. Sie will von ihm wissen, was eigentlich passiert sei. Er erklärt, Thorsten sei wohl etwas unachtsam gewesen, über mein Bein gestolpert und dann sofort aggressiv geworden. Er hätte mich angegriffen, ich hätte einen Kugelschreiber in der Hand gehabt …

»Kann sogar sein, dass es meiner war. Ich denke, Doktor Sommerfeldt wollte ein Autogramm von mir. Er hat dann den Angriff abgewehrt und dabei unglücklicherweise …«

Der Arzt kommt. Er spricht mich mit »Kollege Sommerfeldt« an und fragt, weil ich nicht antworte, die anderen, was geschehen sei. Danach bittet er sie, kurz den Raum zu verlassen.

Er will von mir wissen, ob ich schon öfter epileptische Anfälle gehabt hätte. Ich verneine, räume dann aber ein, ich sei kurz vor meiner Verhaftung einmal mit dem Fahrrad in Gelsenkirchen gestürzt und erst eine Weile später in einem Graben im Stadtpark wieder wach geworden.

Er will wissen, ob ich genug Flüssigkeit zu mir genommen hätte, und erklärt mir, auch Stresssituationen könnten einen Grand Mal auslösen.

Ich wehre mich heftig dagegen, einen epileptischen Anfall gehabt zu haben. Das macht ihn umso glaubwürdiger.

Danach erwähne ich, mein Vater habe an Epilepsie gelitten. Damit schaffe ich seiner Diagnose den Hintergrund. Wir wissen doch beide genau, dass die genetische Veranlagung eine maßgebliche Rolle spielt.

Sofort versucht er, alles zu bagatellisieren und mich zu beruhigen: »Jeder Mensch kann in äußersten Stresssituationen so reagieren, und ich stelle mir Ihr Leben in den letzten Monaten so ziemlich als Achterbahnfahrt vor.«

»Aber, Herr Kollege, ich sitze im Gefängnis und schiebe eine ruhige Kugel«, sage ich. Er lächelt wissend.

»Aber innerlich geht bei Ihnen die Post ab. Stimmt's?«

»Ich bin schon wieder fit«, sage ich. Ich versuche aufzustehen, sacke dann aber zusammen. Er hält mich.

Während er meinen Blutdruck misst und mir Blut abnimmt, reden wir über ganz andere Dinge. Viele Schriftsteller seien wie ich aus medizinischen Berufen gekommen, behauptet er. Gottfried Benn. Alfred Döblin. Arthur Schnitzler. Arthur Conan Doyle. Heinar Kipphardt.

Er zitiert Tschechow: »Die Medizin ist meine gesetzliche Ehefrau, die Literatur meine Geliebte. Wenn mir die eine auf die Nerven fällt, nächtige ich bei der anderen.«

Ich stoppe seine Begeisterung: »Ich bin weder das eine noch das andere. Kein richtiger Mediziner und auch kein echter Schriftsteller.«

Er schaut mich an, als könne das nicht mein Ernst sein. »Sie haben Medizin studiert wie Bertolt Brecht. Ibsen! Johannes R. Becher! Stanislaw Lem! Strindberg! Wir sind Fachleute für menschliches Leid. Sie sind als Hausarzt berühmter geworden als die letzten drei Kollegen, die den Medizinnobelpreis bekommen haben. Schall und Rauch ihre Namen. Wer kennt sie?«

Er fuchtelt mit den Armen, als suche er die Antwort in der Luft. »Aber Dr. Bernhard Sommerfeldt, den kennt jeder. Sie retten gerade unsere Zunft.«

»Was?«

»Jaja, das meine ich ganz ernst. Eine breite öffentliche Diskussion über Hausärzte hat begonnen. Sie ahnen ja nicht, was Sie mit Ihren Aussagen über unsere bürokratischen Schwierigkeiten in der Praxis losgetreten haben! Ihre anarchistische Art, damit umzugehen! Das alles ist da draußen von viel größerer Bedeutung, als Sie hier drinnen auch nur erahnen.«

Er zitiert aus dem Kopf meine Zeile: »›Sie wollen aus Heilern Buchhalter machen.‹ Ja, das hat gesessen, sage ich Ihnen. Und für Ihren Satz, dass es Ihnen peinlich ist, wie wenig Ihre Sprechstundenhilfen verdienen, fliegen Ihnen da draußen die Herzen nur so zu.«

Ich fasse mir an den Kopf. Ich muss versuchen, das Gespräch wieder auf meine Krankheit zu bringen, sonst bittet der mich gleich, seine schriftstellerischen Versuche zu lesen und ihm ein paar Tipps zu geben.

»Manchmal«, sage ich, und das ist viel ehrlicher als nötig, »schmerzt mein Kopf. Ich höre Geräusche, als würde jemand auf Glasscherben treten oder über Metall kratzen.«

»Geht das«, fragt er, »mit Stimmungsschwankungen einher?«

»Stimmungsschwankungen ist gut. Ich wurde vom liebevollen Lover zum Killer. Vom verständnisvollen Hausarzt zum blutrünstigen Rächer.«

»Hört der Lärm in Ihrem Kopf nur auf, wenn Sie töten?«

»Ja. Genau so ist es.«

»Ich bin kein Psychiater, Herr Sommerfeldt, aber ich denke, Sie müssen dringend genauer untersucht werden. Wann haben Sie sich zum letzten Mal richtig durchchecken lassen?«

Ich lache laut: »Vorsorgeuntersuchungen und so? Ach herrje, ich war mit falscher Identität auf der Flucht! Ich bin nicht mal zum Zahnarzt gegangen, weil ich davon ausgehen musste, dass ein Status von meinem Gebiss erstellt und überall vorliegen würde.«

»Ich überweise Sie in das Krankenhaus in Lingen. Dort werden Sie gut medizinisch betreut werden.«

Ich protestierte zum Schein, denn ich habe Angst, dass mein plumper Versuch, in eine Krankenstation zu kommen, sonst auffliegen könnte: »Nein, das ist nicht nötig. Ich bleibe lieber hier.«

»Besser den Spatz in der Hand als die Taube auf dem Dach, was?«

Ich lasse meine Arme hängen und starre geradeaus, als sei alle Energie aus mir gewichen.

»Sie werden von Lingen begeistert sein. Der freundlichste Knast des Landes, sagt man, und ein gutes Gefängniskrankenhaus. Das beste und einzige in Niedersachsen.«

»Es hat«, sage ich, »nicht nur Mediziner gegeben, die Romane und Theaterstücke geschrieben haben. Viele Werke sind auch im Knast entstanden.«

Da kennt er sich nicht so gut aus. Er guckt nur.

»Hat Karl May nicht im Gefängnis *Winnetou* geschrieben?

Jean Genet hat viele Jahre gesessen. Hans Fallada nicht zu vergessen. Ohne seine Haftstrafen wäre *Wer einmal aus dem Blechnapf frisst* nie entstanden.«

Er reagiert nicht. Er kennt Falladas Werk offensichtlich nicht, weiß nicht, was es zu bedeuten hat, dass ich als Rudolf Ditzen verhaftet wurde.

»Aber ich denke, in einigen Staaten sitzen heutzutage mehr Journalisten und Schriftsteller im Gefängnis als Drogendealer. Bei mir ist das aber nicht so. Ich gehöre wirklich hier rein. Nicht mein Füller hat mich hierhingebracht, sondern mein Messer. Ich gehöre wirklich hierhin, verstehen Sie? In eine Zelle! Früher hätte man einen wie mich aufgehängt. Heute lässt man mich leben …«

»Auch Sie haben ein Recht auf menschenwürdige Behandlung und medizinische Hilfe«, doziert er.

»Meinen Sie wirklich?«

»Ja, das ist meine feste Überzeugung.«

Und dann fragt er mich tatsächlich, ob ich bereit sei, seine literarischen Ergüsse zu lesen. Er schreibe nämlich auch schon seit langem an einem Roman. Allerdings hätte er viel zu wenig Zeit dafür.

»Mein Problem«, sagt er, »ist das Versickern der kreativen Zeit im Alltag.«

»Ja«, antworte ich verständnisvoll, »dann wäre ein Aufenthalt im Knast für Sie bestimmt auch eine gute Lösung.«

Er lächelt. Er weiß nicht, ob ich ihn auf den Arm nehme oder es ernst meine.

8

Ein Krankenwagen soll mich abholen, und zwei Aufpasser sollen mich nach Lingen begleiten. Ich scherze mit den beiden, nenne sie »das doppelte Lottchen«. Aber Leute mit solchen Frisuren haben vermutlich Erich Kästner nicht gelesen. Sie gucken verständnislos.

Frau Hiller kommt zur Schleuse, in der der Krankentransporter steht. Sie steckt mir eine Telefonnummer zu.

»Wenn ich etwas für dich tun kann …«, flüstert sie. »Einer«, sagt sie dann sanft, »musste diesen Thorsten stoppen. Er ist ein übler Frauenhasser. Meiner Meinung nach therapieresistent. Da ist Hopfen und Malz verloren.«

»Hat er überlebt?«, frage ich sie.

Sie verzieht den Mund. »Leider. Er wird nur in Zukunft Glasauge genannt werden oder vielleicht auch Captain Hook.«

Du intrigantes Luder … Was versprichst du dir davon, dich an mich ranzuschmeißen? Eine Beförderung? Ruhm? Ehre?

Es gibt etwas in mir, eine lauter werdende Stimme, die verlangt, ich solle ihr ins Gesicht sagen, was ich von ihr halte, und ihr das beknackte Handy vor die Füße werfen. Mein Gesicht ist ganz nah an ihrem. Ich kann das Shampoo riechen, mit dem sie sich heute Morgen die Haare gewaschen hat. Ein Hauch von Kokosnuss. Soll der Duft den schmerzlichen Traum der Gefangenen von Reisen in ferne Länder nähren?

Ich raune ihr zu: »Danke für das Aufladen der Prepaidkarte.«

Sie zuckt zusammen, nimmt Abstand und guckt mich irritiert an. Ich habe sie erwischt. Sie fängt sich sofort wieder und lächelt: »Nicht dafür.«

Jetzt fragt sie sich, ob ich sie durchschaut habe oder ob ich mich wirklich bedanken wollte.

Ich hatte das vorab bezahlte Datenvolumen rasch verbraucht und bekam dann die Nachricht, dass weitere neunundneunzig Euro eingezahlt wurden. Jemand hat also ein hohes Interesse daran, dass ich telefoniere und ins Internet kann. Wer immer die Karte für mich brav neu auflädt, benutzt dazu ein Konto. Es ist also zurückzuverfolgen. Wenn ich auffliege, ist die Person damit enttarnt. Das kann ihr nur dann gleichgültig sein, wenn sie sowieso in staatlichem Auftrag handelt.

Sie versucht, mich zu durchschauen, und ich sie. Es ist wie ein Schachspiel. Jeder will im Voraus berechnen, was der andere tun wird. Nur ich glaube, ich kenne ihre Züge bereits.

»Ich hoffe«, sagt sie laut, »dass Ihnen in Lingen geholfen werden kann und wir uns dann in alter Frische wiedersehen. Wir haben noch viele Pläne mit Ihnen.«

»Pläne? Wieso? Welche?«

Fix und Foxi kauen im Takt Kaugummi. Sie schmatzen sogar gleichzeitig. Ich warte darauf, dass sie gleichzeitig Blasen machen und sie dann in einem Doppelknall platzen lassen. Das geschieht aber leider nicht. So geschickt sind sie nun doch nicht. Wohl aber clever genug, mich mit Handschellen im Wagen anzuketten, während Frau Hiller von draußen mit mir spricht.

Sie steht vor dem offenen Wagen und redet so laut, als wäre ich schwerhörig. Oder sie will, dass es jeder mitkriegt.

»Sie sollen unseren Schreibkurs leiten. Wir haben ein paar Insassen hier, die zu gern ihre Erfahrungen zu Papier bringen wollen. Sie wünschen sich einen richtigen Bestsellerautor als Coach. Einer schreibt an einem Fantasyroman. Schon drei-, vierhundert Seiten. Ist das nicht toll?«

»Ich habe keine Bestseller geschrieben«, rufe ich ihr zu. Sie winkt ab, als sei das bei mir reine Bescheidenheit, und jeder wisse von meinem Understatement.

Ich verspotte meine Bewacher: »Ja, macht mich nur gut fest, Jungs. Ich verstehe, dass ihr Schiss habt. Ich meine, ihr seid nur zu zweit, und ich bin immerhin alleine.«

Sie reagieren nur mit einem muffigen Grunzen. Aber Sabine Hiller ist amüsiert.

Ich ziehe die beiden aus Spaß noch ein bisschen auf: »Wer von euch ist eigentlich Lotte und wer Luise?«

Die beiden kapieren nichts. Der große Schweiger zieht meine Handschellen fester. Es schmerzt. So leicht ist ein Dr. Sommerfeldt aber nicht einzuschüchtern, du Intelligenzbestie, denke ich.

Ich fühle mich gut, leicht und durchtrieben. Endlich habe ich die Handlungsführung zurück. Meine Pläne entwickeln sich zu meiner Zufriedenheit. Die Situation, als Häftling in ein Gefängniskrankenhaus transportiert zu werden, bedrückt mich nicht. Die ganze Szene amüsiert mich, als sei alles nur zu meinem Vergnügen arrangiert worden.

Andere Menschen fahren mit der Achterbahn oder spielen Karten, um solche Thrills zu haben. Der Dr. Sommerfeldt in mir liebt den Nervenkitzel. Die Gefahr.

»Wisst ihr«, grinse ich die beiden an, »ich fürchte, wenn ich einen epileptischen Anfall bekomme, werden die Handschellen nicht helfen. Warum guckt ihr denn so sauer? Ich wollte euch mit dem ›doppelten Lottchen‹ nicht beleidigen. Sagt mir jetzt nicht, ihr kennt die Geschichte gar nicht?«

Beide gucken betont gelangweilt, aber hinter ihrem Rücken zwinkert Sabine Hiller mir zu und zeigt den erhobenen Daumen.

Fröhlich fahre ich fort: »Lotte und Luise wissen nicht, dass sie Zwillinge sind. Sie begegnen sich zufällig in einem Schullandheim oder so. War bei euch bestimmt nicht anders, oder? Ihr habt euch doch garantiert erst hier bei der Arbeit kennengelernt, stimmt's?«

Der Geschwätzige brummt. Der Schweiger schweigt.

»Am Ende ihres Urlaubs tauschen sie. Die eine fährt zum Vater zurück, die andere zur Mutter. Durch die unterschiedlichen Charaktereigenschaften der beiden Kinder kommt Bewegung in die jeweilige Kleinfamilie.«

Ich zerre an den Ketten: »Och, nun schaut doch nicht so belämmert drein! Wenn ihr mir die Handschellen noch ein bisschen strammer macht, sterben meine Hände ab, dann haben sie in Lingen im Krankenhaus gleich was zu tun …«

Mit einem Blick zu Frau Hiller lockern sie die glänzende Metall-Acht.

Ich lächle der falschen Schlange zu. Mich wickelst du nicht ein …

Ich ziehe weiter die zwei Kaugummikauer auf: »Wisst ihr, ihr denkt jetzt, das ist irgend so ein langweiliges Kinderbuch. Irrtum. Als Kästner während des Krieges das Drehbuch schrieb, wollte von Báky es verfilmen. Aber Kästner bekam mal wieder Schreibverbot. So erschien die Geschichte erst nach dem Krieg, und zwar zunächst als Buch. Das war auch da noch ein Tabubruch. Nix traditionelle Frauenrolle! Er beschrieb eine alleinerziehende Mutter. Eine starke Frau. Berufstätig und …«

»Halt endlich die Fresse!«, faucht der Schwätzer.

Ich strahle ihn demonstrativ an: »Ach, das Thema interessiert euch nicht so. Okay. Lasst uns über Sachen reden, von denen ihr was versteht. Die Preise auf dem Babystrich? Wo es Viagra ohne Rezept gibt oder …«

Er droht mir einen Faustschlag ins Gesicht an, führt ihn aber nicht aus.

»Das will der doch nur«, ruft Sabine Hiller. »Dann kann bei der Aufnahme in Lingen gleich festgestellt werden, dass er hier bei uns misshandelt wurde. Das gibt bei so einem Promi sofort Presseschlagzeilen. So verkauft man Bücher.«

»Es gibt keine Bücher von mir. Ich habe nichts zu verkaufen! Ich will nur ein bisschen Spaß mit diesen Clowns hier. Ich liebe eine gepflegte Unterhaltung über Bücher, Kunst oder Autoren.«

Die Flügeltüren werden zugeschlagen. Der Motor springt an.

»Also okay, Jungs, bis Lingen ist es ja nicht so weit. Schweigen wir uns eben an«, schlage ich vor.

Einen Fluchtversuch aus dem Krankenhaus heraus halte ich für töricht. Mit den beiden Aufpassern würde ich schon fertig. Sie fühlen sich viel zu sicher. Einer verlässt sich blind auf den anderen. Wenn ich einen ausknocke, kümmert sich der andere garantiert um seinen Partner statt um mich. Ich müsste sie nur dazu bringen, die Handschellen zu lösen, und dann einen von ihnen ernsthaft verletzen. Aber der Wagen wird erst halten, wenn wir im Innenhof der Lingener JVA sind oder in der Schleuse. Dann komme ich nicht mehr gut weg.

Ich könnte während der Fahrt die Türen öffnen und rausspringen. Riskant und wenig erfolgversprechend.

Nein, ich beschließe, mich zunächst richtig auf die Krankenstation einweisen zu lassen. Von dort, so hoffe ich, wird es einen Weg in die Freiheit geben. Und wenn nicht, so muss ich herausfinden, welche Untersuchungsmöglichkeiten sie dort nicht haben, so dass ich nach draußen in eine private Praxis gebracht werden muss. Ja. Es ist wirklich wie Schach. Ich plane die nächsten Züge im Voraus und entwickle immer gleich einen Plan B.

Ich bin nicht mehr Spielball des Lebens, wie damals in Bamberg, ich spiele endlich selbst ... Seit Ostfriesland bin ich frei. Selbst die Handschellen können daran nichts ändern.

9

Das Krankenhaus in der JVA unterscheidet sich wenig von einem in der freien Wildbahn, wenn man vom Stacheldraht mal absieht. Da für Gefangene nicht die Versicherungspflicht in der gesetzlichen Renten- und Krankenversicherung besteht und auch kaum einer hier seine private First-Class-Versicherung aufrechterhält, sind zunächst mal alle Patienten gleich.

Die klassenlose Gesellschaft wird im Gefängnis Wirklichkeit, denke ich. Wir unterliegen alle der Gesundheitsfürsorge nach dem Strafvollzugsgesetz. Leider – zum Kummer für einige, die hier ein paar Jahre ihres Lebens absitzen und danach wieder in den Dschungel des Arbeitslebens entlassen werden – zählt die Zeit in der JVA nicht als Ersatz- oder Anrechnungszeit in der Rente.

Hier in Lingen werden kleine Operationen durchgeführt. Es gibt eine ordentliche Diagnostik und getrennte Stationen für Männer und Frauen. Wobei die Frauen meist aus Vechta oder Hildesheim kommen.

Die Ärzte sind jung, motiviert und freundlich. Auch von ihnen werde ich voller Respekt behandelt, und sie gehen mit mir um, als sei ich ein geschätzter Kollege. Überhaupt fällt mir auf, dass sich die Mitarbeiter der JVA alle um einen höflichen, menschlichen Ton und ein gutes Miteinander bemühen. Sie können auch anders, das machen sie, wenn nötig, deutlich, aber wenn man hier nicht allzu viel Ärger macht, kommt man gut klar.

Die Zimmer auf der Krankenstation sind spartanisch eingerichtet, aber mir reicht es. Ich kann hier in Ruhe schreiben, und das Essen schmeckt.

In der Bibliothek habe ich mir Edgar Wallace ausgeliehen, *Neues vom Hexer.* Ein ganz alter Schinken. Garantiert eine Spende.

Ich muss die Diagnose gar nicht in Richtung Tumor lenken. Dr. Hage kommt von selbst drauf. Er sagt, er würde sich besser fühlen, wenn durch eine Computertomographie alles abgeklärt werden könnte. Da es hier im Krankenhaus dafür keine Möglichkeit gibt, muss das CT außerhalb gemacht werden.

Na bitte, das ist meine Chance! Eine ganz normale Arztpraxis wird mir genügend Möglichkeiten geben zu türmen. Da liegen chirurgische Messer herum, Skalpelle, Spritzen, selbst eine Lanzette würde mir ausreichen. Mit diesen harmlosen zweischneidigen Stechinstrumenten, die eigentlich zur Kapillarblutentnahme genutzt werden, könnte ich mir schon den Weg in die Freiheit erpressen. An der richtigen Körperstelle angesetzt, kann selbst damit ein erhebliches Drohszenario aufgebaut werden.

Nein, ich will niemanden schwer verletzen. Keiner soll sein Augenlicht verlieren und erst recht nicht sein Leben. Ich will einfach nur raus.

Eine Lanzette, auf die Halsschlagader gedrückt, zeigt garantiert Wirkung. Ein Skalpell natürlich noch mehr.

Ich überlege mir klare Forderungen und Aussagen. So etwas ist wichtig. Im entscheidenden Moment muss jeder Satz sitzen.

Niemandem muss etwas passieren. Wenn Sie tun, was ich sage, können wir das alles hier friedlich regeln. Es wird ohne Blut-

vergießen und ohne Verletzte abgehen. Ich brauche Ihre Autoschlüssel.

Ich werde einem die Klinge an den Hals halten und dann die anderen motivieren, sich gegenseitig zu fesseln. Ich werde rauskommen, da bin ich mir sicher.

Ich könnte eine Geisel nehmen, aber das will ich nicht. Es traumatisiert eine unschuldige Person. Ich will abhauen, aber dabei so wenig Schaden wie möglich anrichten. Dieses nette Personal hier macht es mir besonders schwer, meinen Fluchtversuch zu planen. Ja, hätte ich so richtig schlimme Wärter und Aufseher, wie Henri Charrière in *Papillon* beschrieben hat, fiele es mir leicht, ein, zwei sadistische Schweine einfach auszuknipsen. Aber wir sind hier nicht in Französisch-Guayana. Ich befinde mich nicht auf der Teufelsinsel, sondern im Emsland.

Ich werde hier wie ein menschliches Wesen behandelt. Es beschämt mich fast, und es erschwert meinen Plan. All diese netten Menschen machen mir das Leben schwer. Ich will auch meinen Anwalt nicht belasten. Er soll nicht in den Verdacht geraten, mir irgendwie geholfen zu haben. Er ist eine ehrliche Haut. Ein guter Kerl. Und ich wünsche ihm ein tolles Leben.

Ich muss das hier also ganz alleine durchziehen. Es liest sich komisch, aber ich will hier kein Blut vergießen. Später werde ich dann in Bamberg ein Schlachtfest veranstalten. Ich kann Graffs Angst spüren. Sie tut mir gut, wirkt wie ein Aphrodisiakum auf mich.

Wenn ich aus der Arztpraxis raus bin und mich frei und ohne Geisel bewegen kann, muss ich so schnell wie möglich irgendwo abtauchen. Sie werden mich überall suchen. Mein Gesicht wird auf allen Kanälen zu sehen sein. Ich brauche eine Verkleidung und ein Versteck. Das wird ganz ohne Unterstützung von außen nicht gutgehen.

Es gibt dafür nur zwei Möglichkeiten: Entweder, ich zwinge jemanden, mir zu helfen, damit traumatisiere ich die Person in der konkreten Situation, aber später steht sie zumindest juristisch gut da. Als mein Opfer hat niemand Stress mit dem Gesetz zu befürchten. Als mein freiwilliger Helfer schon.

Verdammt, warum kann ich nicht einfach gewissenlos sein? In einem sechsseitigen Illustriertenartikel wurde ich als »skrupelloser Killer« bezeichnet, »der kalt, ohne Gefühlsregung, mordet«. Ich sei ein Soziopath. Ich?! Was für ein Idiot von Schreiberling! Wenn ich nur etwas weniger Gewissensbisse hätte, fiele mir vieles leichter. Im Grunde bin ich als Serienkiller eine denkbar schlechte Besetzung. Erfolgreich zwar, aber trotzdem ungeeignet.

Ich versuche, all diese Bedenken beiseitezuschieben. Ich muss Kontakt zu einer meiner Bewunderinnen aufnehmen. Unter ihnen finde ich bestimmt eine, die bereit ist, mir bei der Flucht zu helfen. Ein Auto, ein Bett, Internetzugang, ein gut gefüllter Kühlschrank, viel mehr brauche ich nicht. Aber wie nehme ich Kontakt auf, ohne dass meine Aufpasser mitlesen oder -hören? Das Handy von Sabine Hiller werde ich jedenfalls nicht benutzen.

Das Blöde an meiner Situation ist, ich habe die Herrschaft über meinen Terminkalender verloren. Ich kann mir nicht beim Facharzt einen Termin fürs CT machen. Ich bin dazu verdammt, abzuwarten.

Meine Aufpasser müssen bereitstehen. Die Situation in der Praxis muss stimmen. Ich habe dann einzuwilligen. Auf die Termine habe ich überhaupt keinen Einfluss.

Ich muss an den ehemaligen Berliner Bürgermeister Klaus Wowereit denken. Ich sah ihn neulich in einer Talkshow. Er sagte, er habe jetzt, als Privatmensch, endlich wieder die Verfügungsgewalt über seinen Terminkalender. Als Regierender Bürgermeister sei er im Grunde fremdbestimmt gewesen. Gregor Gysi hat mal etwas Ähnliches gesagt.

Ich verstehe beide gut. Das verbindet uns. Ich will auch die Fremdbestimmung abschütteln und wieder Herr über meine Zeit werden. Im Gegensatz zu Wowereit und Gysi kann ich aber nicht einfach meinen Rückzug aus der Politik oder von meinen Ämtern erklären.

Hiermit gebe ich, Johannes Theissen, alias Dr. Bernhard Sommerfeldt, alias Rudolf Ditzen, bekannt, dass ich beschlossen habe, mein Werk als Serienkiller zu beenden. Ich habe das alles lange genug gemacht. Jetzt ist mal der Nachwuchs dran. Ich möchte mich in Zukunft meinem Garten widmen und mich vielleicht noch ehrenamtlich in ein, zwei wohltätigen Projekten einbringen. Meine Erfahrung und meine Durchsetzungskraft sind ja durchaus noch gefragt.

Ich prüfe einige Angebote. Talkshows haben mich eingeladen. Ich werde als Redner gebucht und soll Seminare für angehende Serienkiller geben. An Nachwuchskräften mangelt es nicht. Aber denen fehlt eben noch die Klasse. Der letzte Schliff sozusagen.

Ganz so wird es bei mir wohl nicht laufen.

10

Das Warten macht einen verrückt. Stunden werden zu Tagen. Tage zu Wochen. Man hat das Gefühl, in einer Endlosschleife zu sitzen. Alles wiederholt sich. Selbst der Speiseplan.

Ich werde an *Und täglich grüßt das Murmeltier* erinnert. Ich habe den Film damals noch in Bamberg gesehen. Da führte ich ein ganz anderes Leben. Heute kann ich mich mit Bill Murray, dem zynischen Wetteransager, identifizieren. Er erlebt denselben Tag immer wieder, aber er beginnt, dieses Wissen für sich zu nutzen, um immer mehr über die Menschen zu erfahren, um eine Frau zu verführen oder seine kleinen egoistischen Ziele durchzusetzen. Am Ende jedoch bringt ihn die ständige Wiederholung zu sich selbst und macht ihn schrittweise zu einem besseren Menschen.

Ich glaube kaum, dass mir das hier passieren wird. Auch wenn jeder Tag ein Murmeltiertag für mich ist, so bleiben mir doch wenigstens noch die Bücher. Geschichten, die Bilder in meinem Kopf entstehen lassen, liebe ich am meisten. Autoren, die das schaffen, sind meine Helden. Ich identifiziere mich mit Romanfiguren und erlebe so, in meiner Zelle sitzend, Abenteuer.

Solveig Drechsler hat mir einen Brief geschrieben und ein Foto beigelegt. Sie sieht schüchtern aus, versteckt ihr Gesicht hinter einer dicken Hornbrille und langen, in die Stirn gekämmten Haaren. Ich schätze, sie trägt Kleidergröße achtunddreißig. Sie wohnt in Dangast, am Jadebusen. Sie schreibt, Dangast gehöre eigentlich zu Varel und sei nicht weit von Wilhelmshaven entfernt. So, als wisse ich nicht, wo Dangast ist, oder als müsse man sich dafür schämen, dort zu wohnen. Dabei habe ich Dangast als ganz zauberhaften Ort in Erinnerung.

Überhaupt kommt sie mir sehr bescheiden vor. Zu bescheiden. Alles bei ihr ist Tiefstapelei. Sie sei Servicekraft in einem Café und habe auch schon als Zimmermädchen auf Borkum gearbeitet. Von ihren Großeltern habe sie eine Ferienwohnung auf Wangerooge geerbt. Zwei Zimmer in einem kleinen Häuschen, direkt unterm Dach.

Die Wohnung müsse dringend renoviert werden. Sie würde sie eigentlich nur noch mit schlechtem Gewissen an Stammgäste vermieten. Sie wolle sie am liebsten verkaufen, hänge aber doch so sehr daran, dass sie im letzten Moment immer wieder davor zurückschrecke.

Ihr ganzes Leben sei ein einziges Hin und Her. Entscheidungen fielen ihr unsagbar schwer. Schließlich spräche ja immer etwas dafür und gleichzeitig auch etwas dagegen. Sie habe sich deshalb vermutlich nie wirklich für einen Mann entscheiden können. Alle hätten bei genauem Hinsehen doch irgendwelche Macken gehabt.

An mir liebt sie die Entschlossenheit. Bei mir, so schreibt sie, gäbe es kein *Aber* und kein *Vielleicht.* Kein *Ich-weiß-noch-nicht-so-genau.* Ich hätte immer glashart mein Ding durchgezogen, notfalls auch gegen alle Spielregeln.

Ich antworte ihr handschriftlich. Ich erzähle ihr, ich sei einst genauso gewesen. Vermutlich war ich deshalb im Grunde erleichtert, dass andere mir meine Entscheidungen abgenommen haben. Ich konnte dann auf die wütend sein oder ihre Entscheidungen falsch finden, aber ich musste mich nicht selbst entscheiden.

Ich erzähle ihr von meiner Mutter, von meiner Exfrau, ihrem Vater und wie sie mich gemeinsam hereingelegt und um mein Erbe gebracht haben. Um meine Ehre und um alles, was ich einst war.

Einerseits tut es mir gut, das alles noch mal Revue passieren zu lassen. Es zeigt mir, wie ich wurde, wer ich bin. Andererseits habe ich das Gefühl, Solveig vielleicht mit meinen Worten helfen zu können, sich nicht mehr so unverstanden zu fühlen.

Gleichzeitig stelle ich mir vor, wie es wäre, nach meiner Flucht plötzlich bei ihr in Dangast aufzutauchen. Sie würde mich nicht verraten, da bin ich mir sicher. Zum einen übe ich eine große Anziehungskraft auf sie aus, zum anderen könnte sie, vor die Wahl gestellt, die Polizei zu rufen oder nicht, sich sowieso nicht entscheiden, zum Telefon zu greifen. Ihr Lebensdrama. Einiges spricht eben dafür und einiges auch dagegen.

Im Krankenzimmer neben mir ist ein riesiges Theater. Da brüllt jemand rum und beschimpft eine Frau auf übelste Weise. Die Worte sind so hässlich, dass es mir widerstrebt, sie aufzuschreiben. Eine Tür knallt.

Eine Krankenschwester flüchtet sich regelrecht in mein Zimmer. Sie heißt Roswitha. Ich finde sie sehr nett. Wir reden manchmal miteinander über Romane. Sie mag russische Literatur. Sie liest Tolstoi und Dostojewski. Ja, solche Menschen gibt es tatsächlich noch. Sie finden nicht viele Gesprächspartner, aber ich bin einer.

Ich schätze, sie ist Anfang fünfzig. Das Leben hat ihr nicht immer die besten Karten gegeben. Spuren davon sind in ihrem Gesicht zu sehen.

Sie lehnt sich gegen die Tür und heult. Sie zittert.

Der Dr. Sommerfeldt in mir ist sofort kampfbereit. Ich richte mich im Bett auf: »Was ist passiert, Roswitha?«, frage ich leise.

Sie putzt sich die Nase und sagt: »Nichts.«

»Das sieht man.«

»Ich musste einfach nur da raus.«

Um das zu verstehen, brauche ich keine weiteren Erklärungen. Der Patient neben meinem Zimmer wird von allen nur »Bruce« genannt. Er hat eine lebenslange Haftstrafe zu verbüßen. Heißt vermutlich, fünfzehn Jahre mit anschließender Sicherungsverwahrung, weil die Gesellschaft vor ihm geschützt werden muss. Er gilt als Raubtier. Ein halbes Dutzend Vergewaltigungen hat man ihm nachweisen können. Wegen zweiundzwanzig war er angeklagt. Zwei Frauen hat er erwürgt. Mit einer davon war er verheiratet oder zumindest verlobt. So viel weiß ich über den Flurfunk.

»Ich gehe zu dem nicht mehr rein!«, schwört Roswitha. »Nie wieder!«

»Hat er Sie angefasst?«, frage ich.

Sie schüttelt den Kopf. »Nein. Er hat nur geguckt und schweinische Sachen gesagt.« Sie schüttelt sich und streift sich über den Körper, als müsse sie Schmutz von ihrer Kleidung entfernen.

»Machen Sie sich nichts draus«, schlage ich vor. »Das hier ist ein Gefängniskrankenhaus, da sind die Patienten nicht ganz so normal wie woanders.«

Sie wischt sich mit immer schnelleren Bewegungen die Kleidung ab. Sie wirkt, als stünde sie kurz vor einem Nervenzusammenbruch.

»Ich weiß«, raunt sie mit heiserer Stimme. »Ich glaube, ich bin für diesen Job wirklich nicht geeignet. Ich war auch einfach zu lange raus.«

»Sie sind neu hier?«, folgere ich.

Sie nickt, schaut mich aber nicht an, sondern guckt auf ihre vermutlich bequemen, aber recht hässlichen Schuhe. »Ich hatte in meinem Job ein paar Probleme. Dies hier sollte eigentlich mein beruflicher Neustart werden. Aber vielleicht bin ich tatsächlich ungeeignet. Ich habe das ein paar Jahre in Oldenburg gemacht, dann hatte ich einen Nervenzusammenbruch.«

Ich stehe auf. »Für sensible Menschen ist der Beruf bestimmt besonders stressig«, sage ich.

Nebenan brüllt der Typ wieder rum.

»Was erzähle ich Ihnen das eigentlich alles? Ich sollte mit so etwas nicht zu Ihnen kommen. Ich wollte doch nur … Ich musste da raus …«

»Sie müssen sich nicht schuldig fühlen, weil Sie sich in mein Zimmer geflüchtet haben. Aber warum haben Sie nicht den Alarmknopf gedrückt?«

»Weil … na ja …« Sie tritt von einem Fuß auf den anderen. »Er hat ja eigentlich nichts gemacht. Ich habe versagt. Ich! Ich bin ja selber schuld.«

»Versagt? Wovon reden Sie überhaupt?«

»Ich sollte ihm Blut abnehmen, und ich war so nervös. Ich habe die Vene nicht gefunden. Ich bin einfach nicht gut darin. Ich habe es ein paarmal versucht, und dann ist er sauer geworden … Kann ich ja auch verstehen …«

Meine nackten Füße auf dem kühlen Boden lassen mich etwas von Freiheit spüren. »Kommen Sie«, schlage ich vor und gehe ins andere Krankenzimmer.

Sie bleibt im Türrahmen hinter mir stehen.

Das Spritzenbesteck liegt noch auf dem Tisch. Sein Arm ist noch abgebunden. Bruce funkelt mich zornig an und reckt sich, um hinter mir ihr Gesicht zu sehen.

»Was willst du?«, faucht er mich an.

»Dein Blut«, sage ich ruhig.

Er staunt. Sein Gehirn ist noch nicht so matschig. Er ahnt, dass meine Aussage doppelbödig gemeint sein könnte. Er spürt Sommerfeldts Energie.

»Du wirst dich jetzt«, sage ich höflich, »bei der Dame entschuldigen.«

Er ist sofort kampfbereit und reckt sein Kinn vor. Eine Steilvorlage für mich.

»Sie ist zu dämlich, eine Spritze zu setzen!«, schreit er. »Jeder Junkie kriegt das besser hin!«

Ich treffe sein Kinn ansatzlos. Er fliegt ins Bett zurück. Mein Ellbogen auf seiner kurzen Rippe nimmt ihm die Luft.

»Nicht«, haucht Roswitha, »was tun Sie denn da?«

Ich zerre den Drecksack aus dem Bett und setze einen Armhebel an. Er jault. Mit einem Ruck und ein bisschen Druck könnte ich seinen Arm im Gelenk brechen. Das sagt ihm der Schmerz. Ich überdehne ihn aber zunächst nur ein bisschen, damit es schön weh tut.

»Du brichst mir den Arm«, stellt er erstaunlich genau fest.

»Ja«, sage ich, »ich kann das gleich machen. Aber eigentlich wollte ich nur mal gucken, wo deine Adern sich verstecken. Du hast wirklich verdammt schlechte Venen. Wir werden jetzt mal dafür sorgen, dass die besser hervortreten.«

»Wie? Was?« Er wirkt dümmlich, sieht aus wie ein Clown, der gleich weinen muss, weil er die Welt nicht mehr versteht.

Ich werfe ihn zu Boden. Er fängt sich nicht richtig ab und stößt sich wohl die Nase. Er guckt zu mir hoch.

»Na bitte«, freue ich mich, »Blut ist doch genug da. Darum müssen wir uns also keine Sorgen machen. Ich hatte schon Angst, du seist ein blutleeres Geschöpf. Jetzt läuft es leider aus deiner Nase. Falsche Stelle, aber immerhin.«

Er will aufstehen. Ich knalle ihm gleich noch eine und stelle meinen Fuß auf seinen Rücken.

»Jetzt machst du mal ein paar Liegestütze. Damit hilfst du Roswitha. Dadurch treten deine Venen gut hervor. Los! Fünfzig werden für den Anfang reichen. Zähl laut mit.«

Er protestiert. Das tut ihm aber sehr schnell weh, und darum gibt er auch gleich wieder auf. Er beginnt mit seinen Liegestützen, dabei prustet er und stöhnt. Er zählt aber nicht mit. Dieses auf seinen rechten Arm tätowierte Herz scheint heftig zu klopfen.

»Ohne Zählen zählt es nicht. Das ist dir doch klar, oder?«, frage ich ihn.

Er beginnt. »Eins, zwei, drei ...«

»Sie sollten das besser nicht tun, Dr. Sommerfeldt«, ermahnt Roswitha mich, doch etwas in ihrer Stimme sagt mir, dass sie es großartig findet, dass sie das eine sagt, aber das andere denkt.

Ich lache: »Doch, Roswitha, das ist schon lange notwendig. Und jetzt reinigen wir seinen Mund von der schrecklichen Sprache. Es ist ihm ja nicht gelungen, sich richtig zu entschuldigen.«

Mit dem Fuß helfe ich ein bisschen mit, damit er schneller wird.

»Geben Sie mir die Seife da, Roswitha.«

Sie guckt zum Waschbecken und zögert.

»Bitte. Die Seife.«

Sie tut es.

Er pumpt immer noch fleißig rauf und runter. Ich nehme das Seifenstück und halte es so, dass ich es, als sein Kopf knapp über dem Boden schwebt, zwischen seine Lippen schieben kann.

»Siebzehn ...«

»Zubeißen!«, fordere ich.

Er spuckt, jammert, aber er klemmt es sich zwischen die Lippen.

»Brav!«, lobe ich ihn. Dann frage ich Roswitha: »Welches von Tolstois Werken hat Sie am meisten beeindruckt? *Krieg und Frieden? Anna Karenina?*«

»*Anna Karenina* habe ich während langer Nachtdienste gelesen. Aber die Kurzgeschichte ›Gott sieht die Wahrheit, sagt sie aber nicht sogleich‹ hat mir am besten gefallen. Bitte hören Sie auf, Dr. Sommerfeldt. Sie quälen ihn …«

»Ich quäle ihn? Nein, er hat Sie gequält und einige andere Frauen auch. Und er hat Scheißvenen, und daran ändern wir jetzt gerade etwas.«

Ich drücke mit meinem Fuß in den Rücken des Vergewaltigers. Es dauert nicht lange, und Bruce bleibt auf dem Boden kleben. Er ist erst bei siebzehn. Aber alleine kommt er nicht mehr hoch. Ich helfe ihm.

»Bitte«, stöhnt er, »ich kann nicht mehr.«

Ich begleite ihn zum Bett, wie einen alten Mann, der seinen Rollator vergessen hat. Dann klopfe ich auf seine Armbeuge. Da sind gleich zwei Venen zu sehen.

»Na bitte«, freue ich mich, »jetzt können wir doch problemlos Blut abnehmen.«

Er bekommt Angst. Von seiner Nase tropft es noch immer auf sein Krankenhausnachthemd.

Ich bitte Schwester Roswitha um die Spritze.

Er schüttelt vehement den Kopf: »Nein, nein, nicht!«

Ich lege meinen Finger über seine Lippen. »Psst. Ganz still. Wenn du sie höflich um Entschuldigung bittest, wird sie es machen. Sonst ich.«

»Ich … ich … ich soll mich entschuldigen? Weil die blöde Fotze zu dämlich ist …«

»Ich werte das mal als misslungenen Versuch einer Entschuldigung. Das müssen wir aber wirklich noch üben …«

Ich haue ihm die Nadel in die Vene, und sein Blut sprudelt ins Röhrchen.

»Mir wird schlecht«, stammelt er.

Ich zitiere: »›Alle glücklichen Familien gleichen einander, jede unglückliche Familie ist auf ihre eigene Weise unglücklich.‹ Von wem ist das?«, frage ich.

Er hat natürlich keine Ahnung. Aber Schwester Roswitha antwortet für ihn: »Das ist der erste Satz aus dem Roman *Anna Karenina.*«

»Ja«, lache ich, »genau so ist es. Weißt du, ich sammle erste Sätze. Ich liebe sie. Sie legen fest, wie eine Geschichte laufen wird. Ein schlechter erster Satz verdirbt alle weiteren.«

Ich reiche Roswitha die Blutspritze. »So. Das hätten wir. Und diese kleine Hilfestellung von mir bleibt natürlich unter uns. In Zukunft wird unser kleiner Mörder und Vergewaltiger ein ganz braver Patient sein, stimmt's, Bruce?«

Ich tätschle seine rechte Wange. Er nickt.

Roswitha zeigt auf seine Armbeuge. Blut pulsiert noch aus der Vene.

»Wir sollten das verbinden«, sagt sie sanft. Ich stimme ihr zu. Sie macht es.

Bruce schaut sie dankbar an und lächelt verschämt. »Danke. Herzlichen Dank«, flötet er.

»Na bitte. Geht doch!«, sage ich und lasse die zwei alleine. Ich warte kurz vor der Tür.

Erlaube dir nur eine kleine Frechheit, und ich erledige dich … Ich warte nur darauf. Komm, gib mir die Chance. Sag ein böses Wort zu ihr.

Als nichts passiert, reiße ich die Tür auf. »Ach«, lache ich demonstrativ laut, »wie konnte ich das nur vergessen? Ich soll dem Guten ja noch einen Katheter legen ...«

Er quiekt vor Angst. »Nein, nicht! Ich brauche so etwas nicht!«

»Rufen Sie mich, Roswitha, falls es doch notwendig wird. Ich mache das gerne. Katheter sind meine Spezialität.«

»Ja, danke, Herr Doktor. Ich sage dann Bescheid«, grinst sie und wirkt, als sei sie wieder ganz Herrin der Lage.

11

Wenn ich den Fernseher einschalte, fühle ich mich erst recht als Gefangener. Die Berichterstattung über den Prozess gegen Cordula nimmt breiten Raum ein. Die Meinung kippt in einigen Sendern um. Erst machten sie mich zum unschuldigen, verliebten Mann, der Morde gesteht, um die Frau seines Herzens zu retten, jetzt werde ich wieder zu dem berechnenden, manipulativen Killer, der ich zu Beginn für sie war. Cordula stellen sie als Opfer dar. Abhängig von mir. Worte wie *hörig* fallen.

Meine kleine Blutspendeaktion mit Bruce spricht sich rasch herum und führt dazu, dass ständig Häftlinge bei mir vorstellig werden. Sie betrachten mich als einen der Ihren, wollen lieber von mir untersucht und behandelt werden als von den Ärzten hier, oder zumindest wollen sie Tipps von mir. Sie schildern mir ihre Krankengeschichten.

Ihr Vertrauen ehrt mich auf eine gewisse Weise, und es nutzt gar nichts, dass ich ihnen sage, ich sei kein richtiger Arzt.

Die meisten sind sich einig, dass es prima von mir war, Bruce in seine Schranken zu weisen. Viele haben zu Hause Frauen, Töchter, Schwestern, und Vergewaltiger sind hier nicht gut angesehen. Unter ihnen stehen nur noch die Kinderficker.

Ich könnte in meinem Krankenzimmer inzwischen eine Praxis eröffnen.

Hermann, der mehr als sein halbes Leben in Gefängnissen verbracht hat, glaubt, dass sie ihn hier vergiften wollen. Er solle umgebracht werden, weil er zu viel darüber weiß, was wirklich läuft ... Er erzählt mir, die Justizvollzugsbeamten, die er Wärter nennt, seien in Wirklichkeit Cyborgs. Maschinen, mit menschlicher Haut überzogen. Unsere Regierung sei nämlich schon vor ein paar Jahren von Aliens übernommen worden. Die Politik, die Fernsehnachrichten, das Gezanke der Volksvertreter in den Talkshows, das alles sei nur ein Fake. Reine Unterhaltung, um uns dumm zu halten, damit wir glauben, wir hätten die Geschichte der Welt noch in der Hand. Das sei aber schon lange nicht mehr so. Vielleicht sogar nie so gewesen. Und weil er das alles durchschaut, haben sie ihn hier eingesperrt.

Die Urteile gegen ihn wegen Betrugs – »Hahaha«, er tippt sich an die Stirn, »wer betrügt denn hier? Die oder ich? Ich bin ein richtiger Mensch. Die nicht.« – entbehren natürlich jeglicher Grundlage.

Er nimmt meine Hand und führt sie zu seiner rechten kurzen Rippe. Er will, dass ich ihn berühre. Er zeigt mir, wo er diese unerträglichen Schmerzen hat.

Ich deute an, es könnten Gallenkoliken sein. Vielleicht ausgelöst durch Gallensteine.

Meine Diagnose gefällt ihm gar nicht. Sie ist nämlich fast deckungsgleich mit der, die beim Ultraschall hier im Krankenhaus gestellt wurde. Von einem Alien, versteht sich.

Hermann glaubt, man wolle ihm bei der geplanten Operation Maschinen einsetzen und ihn damit zum Cyborg machen. Er will hier raus. Genau wie ich. Nur im Gegensatz zu mir ist er panisch und völlig verrückt.

Er hat sogar einen Plan. Er will einen Cyborg auf dem Flur erledigen und die Maschine in ihm offenlegen. So, hofft er, könne es zu einem Aufstand kommen, wenn die Menschen sehen, was wirklich los ist, und sich dann gegen die Cyborgs und die Aliens erheben. Hier, in der Lingener JVA, soll der Aufstand starten, der am Ende die Welt retten könnte.

»Viele von uns sitzen hinter Gittern«, flüstert er mit Fistelstimme. »Sehr viele. Aber man kann die Cyborgs töten.«

Er verrät mir, dass sie knapp über dem Bauchnabel ihr Energiezentrum haben, so etwas wie eine Batterie.

Er macht es mir vor. »Wenn man die herausnimmt, werden sie zu zappelnden Marionetten. Und dann«, verspricht er, »bleiben sie stocksteif stehen. Wenn die letzte Energie verbraucht ist, werden sie wieder zu den leblosen Gegenständen, die sie eigentlich sind. Und dann sind sie harmlos.«

Er macht auch das vor, als hätte er Angst, mein Vorstellungsvermögen könne dafür nicht ausreichen.

»Nach einiger Zeit«, doziert er weiter, als sei dies ein wissenschaftlicher Vortrag vor Studenten, »beginnen sie allerdings zu stinken. Die Haut fault ab. Das ist kein schöner Anblick.«

Er ist noch verrückter, als ich dachte, und gehört eigentlich in eine geschlossene Psychiatrie.

Ich frage ihn, ob er das denn schon mal gesehen hat. Er nickt. Ja, seine Exfrau sei ein Cyborg gewesen. Sie sei geschickt worden, um ihn unter Kontrolle zu bekommen. Das sei natürlich schiefgelaufen. Er habe sie durchschaut und schließlich komplett auseinandergebaut. Aber der Gestank hätte irgendwann die Nachbarn mobilisiert …

Auch Hermann soll zur CT, denn an seiner Leber wurde beim Ultraschall etwas gefunden, das da nicht hingehört. Er hält auch das für einen miesen Trick der Aliens und will sich nicht von denen durchleuchten lassen.

Ich könnte ihn vermutlich für meine Ausbruchspläne einsetzen, aber ich arbeite am liebsten allein. Auf mich selbst kann ich mich wenigstens verlassen. Jedes Mal, wenn ich mit jemand anderem zusammengearbeitet habe, ging es entweder schief, wie mit Cordula, oder ich wurde verraten, wie von Graff.

Vielleicht braucht jemand, der so viele Persönlichkeiten in sich hat wie ich, einfach gar keinen anderen Menschen, weil er sich selbst genug ist. Doch warum habe ich dann diese Sehnsucht nach Kontakt? Nach Menschen? Einer Partnerin? Dem Meer? Nach Ostfriesland?

Ja, die Sehnsucht werde ich nicht los. Sonst wäre hier im Gefängnis der beste Ort. Hier ist der Dichter in mir in gutem Kontakt mit dem Heiler und dem Rächer.

Ich träume nachts von Spaziergängen auf der Deichkrone. Ich renne von dort nackt ins Watt und suhle mich im Schlamm. Ich liege dann ganz ruhig. Unter mir krabbeln Meerestierchen. Ich spüre Wattwürmer und Krebschen an meiner nackten Haut unter meinem Rücken. Mein Oberkörper wird vom Nordseewind gestreichelt. Ich blicke dabei in den klaren Sternenhimmel. Ich höre die Anwesenheit des Meeres wie die Prophezeiung einer heranrollenden Urgewalt, die allen Druck, alle Sorgen, jeden störenden Mist aus meinem Leben spülen wird. Dazwischen die Schreie der Möwen. Sie klingen wie Weckrufe. Sie sagen mir: »Du bist frei! Frei! Frei! Schau uns an – wir säen nicht und ernten doch. Wir sind Raubvögel! Eure Gesetze gelten für uns nicht. Wir scheißen auf eure Denkmäler und Sehenswürdigkeiten. Wir holen uns, was wir brauchen.«

Sollte ich wiedergeboren werden, möchte ich als Möwe zur Welt kommen. In den Sommerferien werde ich Kindern die Pommes klauen, und wenn keine Touristen da sind, jage ich am Strand Krebse.

Ich kann mich so sehr hineinträumen, dass ich mit ausgebreiteten Armen in das Gefühl komme, segelfluggleich immer mit dem Wind über der Küste zu schweben. Ja! Eine Möwe möchte ich werden. Weiß. Stark. Mit messerscharfem Schnabel und bösem Blick.

Hermann ist noch bei mir. Der Fernseher läuft. Er möchte immer, dass er an ist, wenn er mit mir spricht und mir seine Weltsicht erläutert. Er glaubt, wenn der Apparat aus ist, beobachten sie uns dadurch. »Wenn wir sie aber sehen können, sind wir für sie unsichtbar.« Ja, genau das ist seine Logik.

Ich sehe Bilder von Cordula. Sie verlässt das Landgerichtsgebäude und winkt einer Menschentraube zu, die davor wartet.

Und dann die Nachrichtensprecherin Judith Rakers. Sie sagt es lächelnd, so als würde es ihr gefallen: »Cordula Baumann ist gerade freigesprochen worden.«

Ich freue mich. So ist es richtig. Sie soll nicht für meine Taten büßen, und den Mord an Mahr nehme ich gerne auf mich. Es war ja eh mein Job.

Das Möwengefühl erfasst mich, als würde ich schweben. Und dann sehe ich alles von oben. Auch mich, wie ich im Watt liege wie der gekreuzigte Jesus, nur eben ohne Kreuz, dafür im Schlamm.

Meine Nordseesehnsucht wird so groß, dass meine Entscheidung, zuerst nach der Flucht Heiner Graff zu richten, ins Wanken gerät. Ich werde ein paar Tage bei Solveig Drechsler in Dangast untertauchen. Werde mich erst mit Meeresluft vollsaugen, bevor ich mein Schlachtfest in Bamberg beginne.

12

Mein Arzttermin kommt unvermittelt. Ein so gefährlicher Mann wie ich bekommt natürlich einen Sondertermin. Es ist den Patienten nicht zuzumuten, mit mir und zwei Bewachern im Warteraum zu sitzen. Bei einfachen Schwerverbrechern, die noch zehn, zwölf Jahre abzusitzen haben, bei Bankräubern, Betrügern, Drogendealern, da ist man weniger zimperlich.

Ich werde von zwei netten Begleitern zum Wagen gebracht, der in der Schleuse wartet. Einer von ihnen, mit einem Schnauzbart wie Horst Lichter, fragt mich, ob das, was ich über mein Leben veröffentliche, alles stimme oder ob ich auch etwas dazu erfunden hätte.

Ich schaue ihn nur an. Er erklärt mir, er schreibe auch an einem Buch, total autobiographisch, und er erwische sich selbst dabei, dass er manches anders schildere, als es gewesen sei.

»Manchmal«, sagt er, »spiele ich meine Rolle runter, manchmal mache ich sie aber auch größer.«

Ich entlaste ihn: »Das ist nicht schlimm, das machen wir doch alle. Es ist vielleicht genau der Gestaltungsspielraum, den wir dichterische Freiheit nennen. Mit Lüge hat das nichts zu tun.«

Er wirkt erleichtert. Entschuldigt sich und sagt, es sei eigentlich wegen der potentiellen Gefahr, die von mir ausginge, angesagt, dass ich Fußfesseln zu tragen hätte. Aber er lehne so etwas als menschenunwürdig ab.

Mein Herz hüpft vor Freude. Ich würde ihm am liebsten prophezeien, dass aus ihm mal ein großer Schriftsteller werden wird, aber ich will ihn nicht misstrauisch machen.

Sein Kollege brummt: »Meine Freundin liest wie blöde. Die kann ohne Bücher nicht leben.«

Er besucht offensichtlich ein Fitnessstudio, und ich bin mir nicht sicher, ob er zum Muskelaufbau nur Eiweißdrinks oder auch illegale Präparate nutzt. Seine Akne spricht für anabole Steroide.

Ich zaudere. Soll ich ihm sagen, dass dieses Zeug psychisch abhängig macht, oder halte ich besser den Mund?

Im Gefangenentransporter sitzt schon, mit einer silbernen Acht an den Handgelenken, Hermann. Er hat fiebrige Augen und ein verschwitztes Gesicht. Sein rechtes Bein wippt nervös auf und ab. Es geht ihm nicht gut. Er wirkt wie auf Entzug. Er hat Angst, zur Maschine gemacht zu werden, und er ist, wie ich ihn einschätze, ein Angstbeißer. Die Fußfesseln wären für ihn viel angebrachter gewesen als für mich.

»Die Praxis ist heute Abend ganz allein für euch beide reserviert worden«, grinst Horst. »Promibonus sozusagen.«

Auch ich muss Handschellen tragen.

Der Weg zur Arztpraxis ist gefühlt keinen Kilometer weit. Kaum eingestiegen, sind wir schon da. Ich registriere keine scharfen Kurven oder so etwas. Die Straßenlaternen sind noch nicht an, der Mond ist am blauen Himmel milchig zu sehen. Oder soll das da die Sonne sein? Sind meine Sinne verwirrt?

Hermann nennt die Horst-Lichter-Imitation »einen Haufen Schrott«.

Der bleibt ruhig. Beleidigungen von Hermann sind sie alle gewohnt. Da ist »Schrotthaufen« noch vergleichsweise harmlos, ja fast schon nett.

Wir parken im Hof. Ich checke mit einem Blick die Lage und sauge tief Luft ein. Es sind mehrere Mehrfamilienhäuser, vermutlich vorne raus mit Arzt- oder Anwaltspraxen. Alles wirkt nicht gerade arm. Dies hier wird also mein Tor in die Freiheit werden …

Der Bodybuilder will mich vorwärtsschieben. Ich bleibe aber stehen wie ein störrischer Esel und atme. Dabei checke ich weiter die Lage.

Horst grinst: »Na, schmeckt die Luft hier draußen anders als drinnen?«

»In der Tat«, lache ich.

Zwei Fenster stehen ganz offen, die meisten sind gekippt. Die milde Luft hilft mir. Danke, Universum!

Im Hof parken noch vier Autos. Alle gut gepflegt und keins älter als drei, vier Jahre. Ein BMW. Ein Porsche. Ein großer Renault für die ganze Familie und ein VW-Bus. Aber es gibt nur diese eine Ausfahrt hier, um mit dem Wagen rein- oder rauszukommen. Ich könnte dort in eine Falle geraten, wenn draußen die Polizei wartet.

Viel Zeit habe ich nicht. In einer der Wohnungen zu verschwinden erscheint mir einfacher. Bis die alle durchsucht sind, bin ich längst wieder weg.

Ich höre Autolärm. Da fahren Fahrzeuge an, andere bremsen ab. Von hier aus unsichtbar, also nach vorne heraus, muss es eine vielbefahrene Straße geben. Die, von der wir gekommen sind. Den Geräuschen nach zu urteilen ist dort eine Kreuzung. Ich denke mal, mit Ampeln.

Die Polizeistation liegt in Lingen dem Gefängnis schräg gegenüber. Neben dem Gefängnis sind die Gleise und der Bahnhof. Zur anderen Seite liegen die Kunsthalle und die Hochschule. Dann gibt es da auch noch einen Hauch von Rotlicht mit einer Stripteasebar und einer Spielhalle. Man kann sagen, der Knast liegt mitten drin im Spektrum des Lebens, und wir sind hier nicht weit davon entfernt.

Ich muss aufpassen, nicht in die falsche Richtung zu fliehen. Ich würde nicht gerne im gestohlenen Auto an der Polizeiwache vorbeifahren.

Ich versuche, mich zu orientieren. Wir sind praktisch nur geradeaus gefahren.

Die Arztpraxis ist angenehm kühl. Es duftet nach Blumen und Grünzeug. Nicht dieses übliche Spray oder diese schrecklichen Duftbäume, die jeder zweite Stinker im Auto am Rückspiegel baumeln hat. Nein, es riecht echt. Frisch. Angenehm. Ich sehe auch viele großblättrige Pflanzen. An den Wänden viel Kunst. Moderne Graphik und Malerei.

Ein abstraktes Bild von Marlies Eggers neben Seekarten und Leuchttürmen von Ole West.

Herbert Müller, aber nicht mit einem Landschaftsbild, sondern mit einer kritischen Aufarbeitung des KZ in Engerhafe.

Drei Drucke von Holzschnitten und eine Skulptur, die mich an Ann Kathrin Klaasen erinnern. Sie sehen für mich aus, als könnten sie von Horst Dieter Gölzenleuchter sein. Er ist doch der Künstler, der den prägenden Einfluss auf sie hatte, weil sie ihm schon als Kind begegnet ist, er sie ernst nahm, ihr Gedichte vorgelesen und seine Holzschneidetechnik erklärt hat.

Jetzt ist es so, als sei über diese Kunstwerke Ann Kathrin Klaasen hier. Ich empfinde keinen Groll gegen sie, obwohl sie mich verhaftet hat. Es ist eher so etwas wie eine Verbundenheit zwischen uns beiden. Würde sie nicht auf der anderen Seite stehen, wer weiß, was aus uns beiden geworden wäre …

Hermann vibriert vor Nervosität. Er wirkt fast wie ein Junkie auf Entzug. Aber bei ihm ist es nicht der Suchtdruck. Er hat große rote Flecken im Gesicht, die sich je nach Gefühlslage verändern. Sie wandeln sich von Rosa zu Tiefrot, und sie scheinen zu wandern. Es sind Warnsignale seiner lodernden Wut.

Trotzdem nimmt unser Arnold Schwarzenegger, als die Türen der Praxis sich hinter uns geschlossen haben, erst ihm, dann mir die Handschellen ab. »Jetzt«, sagt der Bodybuilder, »sind wir ja unter uns.«

Ich muss wohl erstaunt geguckt haben, denn er fügt hinzu: »Ich kann mich doch auf euch verlassen? Ihr macht ja keinen Scheiß, oder?!«

»Wir doch nicht«, grinst Hermann süffisant.

Sie machen es mir leichter, als ich gedacht hatte. Ich fühle mich schon fast frei. Der Dr. Sommerfeldt in mir atmet tief durch und übernimmt die Handlungsführung.

Hermann betrachtet die Skulptur im Wartezimmer und betastet sie.

»Äi«, mahnt Schwarzenegger ihn, »das ist Kunst. Nicht anpacken!«

»Gölzenleuchter-Arbeiten«, sage ich, »wollen den Betrachter berühren und durchaus auch von ihm berührt werden.«

Arnold nickt verständnisvoll.

Horst regelt alles mit der Sprechstundenhilfe an der Rezeption. Wenn man einmal in der Obhut der Justiz ist, muss man nur noch wenig selbst erledigen. Arzttermine ausmachen zum Beispiel, den Mist mit der Versicherung klären und so, dafür hat man dann seine Leute.

Horst lässt die Tür zum Wartezimmer, also zu uns, offen und flirtet ein bisschen mit der Sprechstundenhilfe. Arnold ist alleine mit uns in dem Raum mit den bunten Stühlen, den Pflanzen und den Kunstwerken an den Wänden. Hier hängen drei Gölzenleuchter-Drucke hinter Glas. Alle sind signiert und nummeriert. Der Arzt wird mir immer sympathischer.

Hermann nutzt ein Kunstwerk als Waffe, um sich den Weg in die Freiheit zu erkämpfen, und donnert die Skulptur gegen Arnolds breiten Stiernacken. Er hätte ihn zweifellos lieber am Kopf erwischt, doch Arnold dreht sich im letzten Moment weg. Er sackt kurz in den Knien ein, geht aber nicht wirklich zu Boden, sondern richtet sich auf und pumpt seinen Oberkörper mächtig auf. Dann breitet er seine Arme aus und geht wie ein Gorilla auf Hermann los, nimmt ihm die Skulptur ganz einfach wieder ab. Er schlägt ihn nicht einmal. Er schüchtert ihn nur mit seiner ganzen massiven Körperlichkeit ein.

Arnold sammelt bei mir echt Pluspunkte, denn er stellt das Kunstwerk vorsichtig wieder auf seinen Platz. Ich stehe ganz fasziniert da und gucke nur zu. Horst greift nicht ein. Er schielt von der Theke aus rüber, hat aber wohl das Gefühl, Arnold habe hier alles voll im Griff. So bleibt er an der Rezeption und beflirtet weiter die Sprechstundenhilfe.

Aber Hermann gibt noch nicht auf. Er holt einen Gölzenleuchter-Druck von der Wand. Es sind Bäume, die brüderlich zusammenstehen. Damit schlägt er zu. Diesmal erwischt er Arnold am Kopf. Das Glas zersplittert, und Arnold fällt um. Er liegt auf dem Rücken, als hätte er sich zum Sonnenbaden ein stilles Plätzchen gesucht. Er macht einen entspannten Eindruck.

Jetzt wäre der beste Zeitpunkt, um zu fliehen, bevor jemand die Polizei ruft.

Horst stürmt ins Wartezimmer. Hermann hält eine große Glasscherbe in der Hand. Horst greift zu seinem Gürtel, aber Hermann droht nicht erst, er sticht sofort zu. Horst bricht zusammen. Blut sprudelt aus einer tiefen Wunde rechts zwischen seinen Rippen.

Hoffentlich, denke ich, hat er nicht seine Leber erwischt.

Horst schreit.

Die Sprechstundenhilfe kreischt.

Hermann sticht noch einmal zu.

Horst windet sich in seinem eigenen Blut am Boden. Die Scherben knirschen. Er starrt mich an und drückt beide Hände gegen eine Bauchverletzung. Zwischen seinen Fingern quillt Blut hervor.

Hermann kniet sich auf Arnold und lacht: »So, du Scheißmaschine, jetzt leg ich deine Batterien frei!«

Er zerrt Arnolds Klamotten auseinander, reißt an seiner Hose herum. Knöpfe fliegen durch die Gegend. Einer rollt vor meinen Fuß.

Hermanns Hand, in der er die große Scherbe hält, blutet. Bei jeder seiner raumgreifenden Bewegungen regnet es Tropfen. Einige klatschen an die Wand und rinnen an den Bildern herunter.

Ich erlebe alles wie in Zeitlupe. Ich höre nichts mehr. Stille umgibt mich, noch bevor ich handle. Ich sehe die schreienden Menschen, aber in mir herrscht jetzt Ruhe.

Arnolds Bauchnabel liegt frei. Hermann hebt seine Glasklinge an. Er schaut sich stolz zu mir um, als sei ich der einzige für die Nachwelt so wichtige Zeuge.

Ich lese es mehr von seinen Lippen ab, als dass ich es höre. »Jetzt«, ruft er, »wirst du staunen!«

Er hebt die Scherbe mit ausgestreckten Armen höher, um genug Wucht in den Stich zu legen. Aus den Schnittwunden in seinen Handflächen perlen Tropfen auf den nackten Bauch des Bodybuilders.

Sein Sixpack wird ihm jetzt nichts mehr nutzen, denke ich.

Das Glas, das einst ein Kunstwerk schützte, wird jetzt seine Muskeln durchtrennen wie ein Stück Fleischwurst.

Wenn ich hier rauswill, dann ist jetzt der richtige Moment. Bald schon, sehr bald wird es hier von Kripoleuten nur so wimmeln. Vermutlich rücken auch Journalisten an. So ein Gefängnisausbruch ist doch immer ein dankbares Thema.

Ich habe keine Handschellen um. Meine Bewacher liegen handlungsunfähig am Boden. Ich könnte ihnen die Schlüssel für den Wagen abnehmen und dann … Aber etwas in mir entscheidet sich anders.

»Hermann!«, rufe ich. Er dreht sich zu mir um. Er lächelt triumphierend, die Glasscherbe immer noch hoch über seinem Kopf, zu einem weiteren Stoß ausholend.

Die Sprechstundenhilfe ist nicht geflohen. Sie steht jetzt vor der Rezeptionstheke. Sie presst ihre Knie zusammen, als hätte sie Angst, sich in die Hose zu machen. Sie ruft etwas. Ihr Gesicht zeigt mir fassungslose Verzweiflung. Ihr Verstand weigert sich zu akzeptieren, was sie sieht. Sie hält sich sogar die Hände vors Gesicht.

Ich lande eine ansatzlose rechte Gerade auf Hermanns Nase. Er fällt in die am Boden liegenden Scherben. Das wird er mir nie verzeihen. Jetzt bin ich bestimmt auch ein Cyborg für ihn.

Ich packe ihn an den Beinen und ziehe ihn in die andere Ecke des Zimmers. Ich will ihn nicht bei den Scherben haben, damit er sich schnell wieder bewaffnen kann.

Ich rufe der Sprechstundenhilfe zu: »Die beiden brauchen einen Notarzt! Schnell! Holen Sie Ihren Chef! Rufen Sie einen Krankenwagen!«

Hermann wird wach und richtet sich auf. Er brüllt mich an. Ich höre ihn nicht, ich sehe nur die rasende Wut in seinem Gesicht und die faulen Zähne im weit aufgerissenen Mund.

Da ein Kinnhaken für den, der ihn austeilt, oft schmerzhafter ist als für den, der ihn einstecken muss, entscheide ich mich, die Finger meiner rechten Hand zu schonen. Ich knalle ihm die Faust stattdessen gegen die Schläfe. Er fällt sofort ins Dunkle.

Klar könnte ich Erste Hilfe leisten. Aber immerhin sind wir hier in einer Arztpraxis. Der Doktor muss im Nebenzimmer sein.

Mein Gehör lässt wieder Töne durch. Jetzt bin ich auf der Flucht, und da darf mir nichts entgehen. Es ist, als hätte nicht der Verstand die Führung, sondern der Körper. Oder etwas Altes, Archaisches. Es fühlt sich fremd und zugleich doch vertraut an. Es ist reptilienhaft und wölfisch.

Ich laufe zum erstbesten Fenster. Da die Praxis im Parterre liegt, steige ich mühelos aus. Später frage ich mich, warum ich nicht einfach durch die Eingangstür gegangen bin. Aber vielleicht war das der Person, die jetzt die Führung in mir übernommen hat, als Abgang einfach zu popelig.

Ich stehe jetzt draußen und beuge mich noch einmal ins Wartezimmer. Die Sprechstundenhilfe hält sich am Türrahmen fest.

»Der Arzt! Sie müssen Ihren Chef holen! Hier wartet Arbeit auf ihn. Er kann jetzt ruhig kommen. Die Gefahr ist gebannt. Und bitte – rufen Sie schnell einen Krankenwagen! Die beiden brauchen Hilfe.«

»Danke«, krächzt sie. »Danke.«

Ich sprinte los. Als ich durch die Unterführung laufe, ist der Straßenlärm wie eine Wand aus Geräuschen. Tatsächlich ist genau hier eine Kreuzung mit Ampeln. Vor mir steht ein dunkelblauer VW Touareg. Ich will die Beifahrertür öffnen und einfach einsteigen. Sie ist leider verriegelt.

Bevor ich versuche, die Scheibe einzuschlagen, beugt sich die Fahrerin vor und öffnet mir.

»Was kann ich für Sie tun, junger Mann?«

Ich steige einfach ein.

Ich schätze sie auf Anfang fünfzig. Sie hat kurze schwarze Haare und einige silberne Strähnchen. Seegrüne Augen. Sie trägt lockere, wallende Kleidung, vermutlich, um ein paar Speckröllchen zu verbergen. Um ihren Hals hängen mehrere Perlenketten, oder es ist eine ganz lange, die sie sich mehrfach umgewickelt hat. An den Ohren ebenfalls jeweils eine dicke Perle in einer Goldfassung.

Ihre ganze Art ist kumpelhaft und burschikos. Hinter dieser Maske verbergen sich nach meiner Erfahrung oft sehr sensible, verletzliche Menschen, die gern so tun, als hätten sie alles im Griff, aber in Wirklichkeit fürchten sie nur, die Dinge könnten aus dem Ruder laufen.

Die Ampel springt auf Grün. Wir fahren an.

Wenn es da oben einen Gott gibt, dann hat er Humor. Im Radio läuft »Freedom« von Richie Havens.

»Bitte schnallen Sie sich an«, sagt sie sachlich, »sonst geht gleich dieses Gepiepse los. Man kann ja heutzutage nur noch Autos kaufen, die einen auf jeden Fehler aufmerksam machen, als gäbe es dafür nicht schon genügend Menschen ...«

Sie lacht jetzt über ihre eigene Aussage. Ihr Lachen klingt künstlich. Aufgesetzt. Sie will damit eine Verbindung zu mir herstellen. Ja, ihr Lachen ist ein bewusstes Beziehungsangebot.

So kann über Dinge Einigkeit erzielt werden, denke ich. Wer mit anderen über etwas lacht, gründet so etwas wie eine gemeinsame Identität.

Natürlich schnalle ich mich brav an. Mit dem Gurt stelle ich mich aber etwas ungeschickt an. Sie hilft mir, ohne hinzusehen. Unabsichtlich berühren sich dabei kurz unsere Hände.

»Das Ding klemmt immer«, scherzt sie.

Erst jetzt entdecke ich die Blutflecken an meiner Kleidung. Ich bin mir sicher, dass sie sie noch nicht bemerkt hat. Aber sie wird beim ersten ruhigen Blick auf mich bestimmt erschrecken.

Ich brauche eine Erklärung. Ich will die nette Dame nicht als Geisel nehmen. Sie soll mich nur aus dem ersten Fahndungsring herausbringen.

Sie werden garantiert die Autobahnauffahrten sperren und einen Ring von zwanzig, dreißig Kilometern Umkreis ziehen. Mit Sicherheit gibt es für Ausbrüche einen konkret ausgearbeiteten Einsatzplan. Schließlich steht das Gefängnis hier nicht erst seit gestern.

Sie bringt mich mit der Frage: »Wo wollen Sie denn hin?« in Verlegenheit.

Ich habe keine Antwort parat.

Soll ich mein richtiges Ziel nennen? Vielleicht verrät sie es später einmal. Oder soll ich irgendetwas erfinden? Aber wo setzt sie mich dann ab? Soll ich mich zu erkennen geben? Wird dann aus dem Ganzen hier ein Kidnapping?

»Mein Auto ist kaputtgegangen.« Ich formuliere es absichtlich so jungenhaft, als würden wir über Spielzeug reden. Ich versuche, die Situation harmlos erscheinen zu lassen, will auch in einen scherzhaften Ton wechseln. »Die Kiste lässt mich grundsätzlich im entscheidenden Moment im Stich.«

Sie lacht und klopft auf ihr Lenkrad: »Toi, toi, toi! Da habe ich mehr Glück mit meinem Hassan.«

»Hassan? Sie haben Ihrem Auto einen Namen gegeben?«

»Ja, ich finde, ein Touareg sollte einen Namen haben. Versuchen Sie es auch mal. Die Maschine wird es Ihnen danken.«

Die Frau ist mir sehr sympathisch. Sie hat offensichtlich Redebedarf.

Sie deutet auf das Radio: »Richie Havens. Kennen Sie den noch?«

»Das legendäre Woodstock-Konzert«, antworte ich. »Er ist zahnlos aufgetreten. Vorne fehlten bestimmt drei Schneidezähne, wenn nicht mehr.«

Sie freut sich über mein Wissen. Wieder entsteht eine Verbindungslinie zwischen uns.

»Aber als er gesungen hat, war das nicht zu hören. Einmalig!«

»Und als Cocker mit »With a little help from my friends« aufgetreten ist, das vergesse ich nie! Er hat es viel besser interpretiert als die Beatles. Dreckig. Rau. Als hätte er Tage zuvor zu viel gesoffen und geraucht.«

»Hat er vermutlich auch«, kommentiert sie.

»In Minuten wurde aus einem Klempner ein Weltstar.«

»Sie reden über Woodstock, als seien Sie da gewesen«, grinst sie. »Das kann doch gar nicht sein.«

»Neunundsechzig war ich noch nicht geboren. Ich kenne leider nur den legendären Film.«

»Und ich war vier«, freut sie sich.

Sie fährt ruhig und sicher. Mir ein bisschen zu langsam. Ich will so schnell wie möglich hier weg. Noch sind keine Hubschrauber zu hören. Keine Polizeisirenen. Vielleicht haben wir noch ein paar Minuten.

Sie werden erst zu der Arztpraxis fahren. Bis sie sich richtig orientiert haben, könnte für mich das entscheidende Zeitfenster entstehen.

»Also«, sagt sie, »ich muss nach Oldenburg zurück. Ich habe meine Schwester in Lingen besucht. Drei Tage. Jetzt reicht es auch. Ich nehme Sie gerne bis Oldenburg mit. Oder wo müssen Sie hin?«

»Nach Jemgum«, lüge ich. Ich denke, wenn ich zum Jadebusen will, ist es besser, einen Ort am Dollart anzugeben.

»Schönes Städtchen. Ich hatte da mal eine Freundin mit Haus direkt an der Ems. Traumhaft.«

Im Radio läuft jetzt ein Bericht über »verbotenes Gemüse«. Kartoffel- und Tomatensorten. Es gibt laut Radiosprecher weltweit etwa fünfzehntausend Tomatensorten. Im Supermarkt finden die Kunden aber nur die offiziellen Sorten, die teilweise nur noch wie Tomaten aussehen, aber nicht mehr so schmecken. Nun gibt es immer mehr Gemüserebellen, die schmackhafte Sorten anbauen und verkaufen. In Ostfriesland kommen über Wochenmärkte immer mehr alte Gemüsesorten, Grünkohl und Kartoffeln unters Volk. Die dürfen zwar zum Verzehr verkauft werden, aber nicht als Saatgut. Ein Biobauer fragt, ob er jetzt ins Gefängnis muss, weil sein Gemüse nicht zugelassen ist …

Wir müssen beide lachen. Welch eine Posse!

»Wenn Politiker und Juristen keine anderen Sorgen haben«, kommentiert meine Fahrerin, »dann müssen die sich nicht wundern, wenn die Menschen sie nicht mehr ernst nehmen.«

Wie wahr, denke ich, wie wahr …

Sie stellt sich vor: »Ich heiße Hannah. Vorne und hinten mit h. Egal, wie man meinen Namen schreibt, es kommt immer dasselbe raus. Vorwärts wie rückwärts. Genau wie bei Otto. Hannah Grün.«

»Ich heiße Matthias«, sage ich. »Zwei t, ein h.« Einen Nachnamen erspare ich mir. Wer viel lügt, braucht ein gutes Gedächtnis.

Wir sind seit gut zwanzig Minuten unterwegs. Inzwischen hat sie mehrfach zu mir rübergeschaut. Hat sie die Blutflecken registriert? Jedenfalls ist sie schweigsamer geworden.

Die Radiosendung wird unterbrochen. Mist. Eine Sondermeldung:

»In Lingen sind zwei Straftäter ausgebrochen. Einer von ihnen ist noch flüchtig. Es soll sich um den als Dr. Bernhard Sommerfeldt bekannten, hochgefährlichen mutmaßlichen Serientäter handeln. Zwei Justizvollzugsbeamte wurden durch Stichwunden schwer verletzt. Die Bevölkerung wird um Mithilfe gebeten. Bitte nehmen Sie keine Tramper mit. Handeln Sie nicht eigenmächtig. Informieren Sie die Polizei, wenn Ihnen eine verdächtige Person auffällt. Der flüchtige Täter gilt als äußerst rücksichtslos.«

Sie fährt weiter geradeaus, schaut mich aber die ganze Zeit an.

»Das gibt es doch nicht«, haucht sie nach einer Denkpause. »Dr. Bernhard Sommerfeldt? Von wegen Matthias?«

»Sie brauchen keine Angst zu haben«, verspreche ich. »Ich tue Ihnen nichts. Ich muss nur schnell von hier weg.«

»Dann haben Sie auch nicht vor, nach Jemgum zu fliehen.«

»Nein, aber irgendetwas musste ich ja sagen.«

Sie kaut auf ihrer Unterlippe herum und erhöht das Tempo.

»Ich habe«, behauptet sie, »Ihren Fall verfolgt. Für mich sind Sie unschuldig.«

»Ich habe nie behauptet, unschuldig zu sein.«

»Ach, hören Sie doch auf! Diese Cordula hat Sie reingelegt. Das ist ein ganz falsches Luder. Habe ich gleich gesehen!«

Ich sage nichts. Ich frage mich, wie ich mit der Situation umgehen soll. Am nächsten Rastplatz könnte ich sie bitten anzuhalten. Ich stelle mir vor, irgendeinen Lkw-Fahrer niederzuschlagen und die nächste Teilstrecke mit seinem Lkw zu fliehen. Wer sucht schon einen Lkw-Fahrer?

»Ist das Blut auf Ihrer Hose und am Hemd?«, fragt sie.

»Ja«, antworte ich ehrlich. Lügen nützt ja jetzt doch nichts mehr.

»Haben Sie die beiden Wärter umgebracht?«

»Ich hoffe, sie leben noch. Aber ich war's nicht. Ein völlig verrückter Häftling hat es getan. Ich habe ihn niedergeschlagen und dann die Gunst der Stunde genutzt.«

Sie atmet schwer aus und sagt zu sich selbst: »Wer nicht den Mut hat, Fehler zu machen, kriegt selten etwas Tolles hin.«

Sie setzt sich gerade hinters Lenkrad und nimmt es fester in die Hände. Sie räuspert sich: »Also, so wie Sie aussehen, kommen Sie nicht weit. Mein Mann ist geschäftlich unterwegs. Ich kann Sie mit zu mir nehmen. Die Sachen von meinem Mann müssten Ihnen passen …«

»Ist das Ihr Ernst?«

Sie nickt, guckt aber, als könnte sie selbst nicht glauben, was sie da gerade gesagt hat.

»Ihre Nachbarn könnten sehen, dass Sie einen Mann mit nach Hause bringen. Es könnte mich jemand erkennen …«

Sie winkt ab: »Wir haben von der Garage einen direkten Zugang zum Haus. Ich fahre rein, Tor zu und gut ist.«

Wir schweigen eine Weile, und ich frage mich, warum sie das tut. Glaubt sie wirklich an meine Unschuld? Leidet sie an einem Helfersyndrom? Hat sie einfach nur Bock auf ein Abenteuer? Oder will sie – ganz kalt berechnend – einer Geiselnahme durch mich entgehen, indem sie sich als meine Komplizin anbietet?

Ich höre mich sagen: »Wenn das hier vorbei ist, wird Ihr Leben weitergehen, und Sie müssen vielleicht ein paar Leuten Dinge erklären.«

»Zum Beispiel?«

»Warum Sie mich haben einsteigen lassen. Die Beifahrertür war bei laufendem Motor verriegelt.«

Sie lächelt. »Ich war in meiner Jugend eine wilde Hummel. Bin zu Konzerten getrampt. Meine Eltern sind fast ausgeflippt. Einmal stand ich fast zwei Stunden im Regen. Keiner hat mich mitgenommen. Viele haben mich aber nassgespritzt.« Sie schüttelt sich. »Ich bin richtig krank geworden. Mit vierzig Fieber und so ... Damals habe ich mir geschworen, wenn ich mal ein Auto habe, dann nehme ich jeden Tramper mit. Aber es gibt ja immer weniger richtige Tramper. Die verabreden sich heutzutage auf Internetplattformen zur gemeinsamen Reise und handeln sogar Preise aus. Für mich ist das nichts. Eine Mitfahrgelegenheit sollte kostenlos sein. Für ein Lächeln und ein gutes Gespräch.«

Sie redet jetzt wie ein Wasserfall. Manche Menschen werden sprachlos, wenn sie Angst haben, andere bekommen Sprechdurchfall. Hat sie Angst vor mir? Sie wirkt überhaupt nicht so.

»Wenn Sie wegen mir Schwierigkeiten bekommen, können Sie sagen, dass ich Sie zu allem gezwungen habe.«

Sie schüttelt verständnislos den Kopf: »Warum sollte ich? Ich lüge nicht. Darin bin ich nicht gut.«

Ich lache. »Jeder lügt.«

»Ich nicht. Am Ende fährt man mit der Wahrheit immer besser.«

»Und wenn Ihre Freundin ein schreckliches Kleid anhat und fünf Kilo zugenommen hat? Sagen Sie ihr dann: ›Oh, du bist aber fett geworden, und das Kleid steht dir auch nicht, du siehst darin aus wie eine Presswurst‹?«

Sie wiegt den Kopf hin und her. »Nun, ich würde es vermutlich anders ausdrücken, aber lügen würde ich nicht.«

Sie fährt auf der linken Spur über hundertfünfzig. Sie greift sich in die Seite. »Darf ich Sie etwas fragen, Dr. Sommerfeldt?«

»Klar.«

»Ich habe hier Schmerzen. Die Galle. Ich habe da seit ein paar Jahren Last mit. Schweißausbrüche. Krämpfe. Koliken. Mein Hausarzt sagt, die Galle muss raus, aber ich habe doch solchen Schiss vor Operationen ... Kann man die Steine nicht auch zertrümmern oder mit Medikamenten ...?«

»Ich bin kein richtiger Arzt …«

»Da sind viele Leute aber ganz anderer Meinung. Ihre Patienten haben sich ja wohl nie über Sie beschwert. Ich habe eine Sendung über Sie gesehen. Sie waren als Hausarzt sehr beliebt.«

»Okay, schon gut. Also, ich würde den Auslöser für die Koliken erkunden. Ist es zum Beispiel immer nach fettem Essen oder immer, wenn Sie Alkohol trinken, oder nur nach emotionalen Stresssituationen?«

Sie wird langsamer. »Emotionaler Stress?«

»Ja. Was machen Sie beruflich?«

»Ich bin Bibliothekarin. Halbtags.«

»Und wie läuft es privat?«

Sie winkt ab und stöhnt. »Privat ist mein Leben eine einzige Achterbahnfahrt. Ich habe zwei Schwestern. Beide gut verheiratet, mit tollen Männern und vorbildlichen Kindern.«

Sie sagt es, als würde sie von einem Tiefschlag berichten.

»Und Ihre Kinder, Hannah? Missraten?«

Sie rollt mit den Augen: »Der eine will Künstler werden. Maler. Malt so abstrakte Sachen. Und der andere trinkt lieber Bier. Genau wie mein Mann. Aber mein Mann hat es im Griff, Dennis nicht.«

»Das alles«, unterstelle ich, »ist aber nicht das wirkliche Problem.«

Sie haut aufs Lenkrad. »Nein, verdammt! Ist es nicht! Mein Mann hat eine andere. Das läuft schon seit ein paar Jahren. Der führt im Grunde zwei Ehen. Eine mit mir und eine mit seiner …«

Es scheint ihr schwerzufallen, den Namen auszusprechen. Dann platzt es heraus: »Patrizia! Er nennt sie aber liebevoll Patty!«

»Vielleicht sollten Sie sich dann besser von Ihrem Mann trennen als von Ihrer Galle.«

Entweder sie hat etwas im Auge, oder sie weint gerade. Sie wischt sich übers Gesicht. »Und ich blöde Kuh lasse mich immer wieder bequatschen und bleibe bei ihm. Ich muss masochistisch veranlagt sein. All diese Wochenenden, wenn ich genau weiß, er ist bei ihr, und ich sitze in Ofenerdiek und warte und quäle mich und verfluche ihn, und dann bin ich doch froh, wenn er wiederkommt ... Er kann so ein verdammtes Arschloch sein!« Sie schluckt. »Männer wie ihn haben Sie getötet, stimmt's, Dr. Sommerfeldt?«

»Nein, das stimmt nicht. Ich habe keine untreuen Ehemänner umgebracht. Ich habe haltlosen Säufern, die Frau und Kind verhauen haben, zu einem Gespräch mit ihrem Schöpfer verholfen. Männer, die Frauen erpresst haben oder ...«

Ich rede nicht weiter, denn hinter uns taucht ein Polizeiwagen auf. Wenn jemand in Lingen gesehen hat, in welches Fahrzeug ich eingestiegen bin, dann ...

Der silberblaue Wagen überholt uns. Ich rechne damit, dass jetzt jemand die Kelle raushält und uns an den Seitenstreifen winkt oder dass *Bitte folgen!* aufleuchtet. Aber nichts dergleichen geschieht.

Haben sie zu zweit Schiss, mich zu stellen? Rufen sie erst Verstärkung?

»Was soll ich tun?«, fragt Hannah.

»Wie viele PS hat die Kiste?«, frage ich.

Sie lächelt. »Ich weiß es nicht genau. Ich habe mich mehr für Farbe und Innenkomfort interessiert. Ich glaube, mein Mann hat mal gesagt, dreihundert.«

»Na, das sollte reichen.«

»Um die da abzuhängen?«

»Ja, genau.«

»Erwin ist mal hundertachtzig gefahren. Da habe ich ihn aber gebeten, den Fuß vom Gas zu nehmen.« Sie blickt kurz zu mir rüber. »Sie meinen, wir sollten …?«

Ich brumme nur: »Hmm.«

Sie raunt: »Ich glaube nicht, was ich hier tue.«

Sie setzt ordentlich den Blinker und überholt den Polizeiwagen. Die Herren darin unterhalten sich. Wir fahren inzwischen gut hundertneunzig auf der freien linken Spur. Einen trödeligen Renaultfahrer vor uns verweist Hannah mit der Lichthupe auf die rechte Spur.

»Ich glaube«, sagt sie, erstaunt über sich selbst, »das war jetzt Nötigung. Ich habe so etwas noch nie gemacht und mich immer darüber geärgert, wenn mich einer von der linken Spur gedrängt hat.«

Ich gucke im Rückspiegel nach hinten. Das silberblaue Auto ist nicht mehr zu sehen. Vielleicht, denke ich, vermutet mich niemand in so einer Geländelimousine mit Oldenburger Kennzeichen. Vielleicht werde ich gleich schon in Sicherheit sein. Oder sie haben längst die Halterin des Touareg ermittelt, und in ihrem Haus erwartet mich ein mobiles Einsatzkommando.

13

Hannah wohnt im Oldenburger Stadtteil Ofenerdiek. Einst züchteten die Oldenburger Grafen hier Fische. Daher kommt wohl auch der Name. »Diek« wird auf Platt ein Teich genannt. Wo einst Teiche und Moorlandschaften die Gegend prägten, stehen heute Ein- und Zweifamilienhäuser mit schönen Gärten.

Ich habe ein bisschen das Gefühl, hier in Holland zu sein. Vielleicht liegt es an den Straßengräben neben der Ofenerdieker Straße. Ein Ort, um sich wohl zu fühlen. Wer vermutet hier einen wie mich?

»Besser, Sie ducken sich jetzt«, schlägt sie vor.

Ich rutsche in den Fußraum und hoffe, dass alles gutgeht. Es kommt mir erbärmlich vor, mich hier so zu verstecken. Ich hebe kurz den Kopf, denn ich muss mich vergewissern, ob wir direkt in eine Falle kutschieren.

Hannah winkt grüßend einer Nachbarin zu. Ihr Haus hat einen großen Garten mit altem Baumbestand und hohen Sträuchern. Schwer von außen einsehbar.

»Kopf runter!«, fordert sie. Hat sie Angst um ihre Reputation als treue Ehefrau oder um mich?

Wir rollen, ganz wie versprochen, direkt in die Garage. Ich krieche aus dem Fußraum. Das Garagentor schließt sich hinter uns. Automatisch geht ein Licht an.

Jetzt, da ich mich vor dem Auto recke, sehe ich in dem Licht erst, wie blutbespritzt ich wirklich bin.

Wenn hier ein mobiles Einsatzkommando auf mich wartet, bin ich erledigt. Die Mausefalle ist perfekt.

Ich werde ganz ruhig. Ich schaue mich in der Garage um. Da hängen mehrere Geweihe an einer Wand. Wer hängt sich so etwas in die Garage? Jemand, der sie im Wohnzimmer nicht mehr haben will oder der dort keinen Platz mehr hat.

Es gibt ein Regal mit Werkzeug und einen alten Strandkorb.

»Ist Ihr Mann Jäger?«, frage ich.

Sie verzieht den Mund. »Ja. Er ist aus dem Schwarzwald.« Sie denkt gleich weiter: »Gewehre und Munition sind drinnen in seinem Waffenschrank. Ich weiß sogar, wo der Schlüssel hängt.«

Ich bedanke mich höflich, erwähne dann aber, dass Knallwaffen nicht so mein Ding sind. An einem guten Jagdmesser hätte ich aber Interesse.

»Da sind Sie hier genau richtig. Er hat eine Riesensammlung.«

Sie führt mich ins Haus. Große Räume. Warme Farben. Dicke Teppiche. Massivholzmöbel. Eiche, Kirsche und Nussbaum. Im Wohnzimmer ein wunderschöner Sekretär aus Kirschholz, wahrscheinlich wertvoller als die gesamte Zimmereinrichtung.

Die Bilder an den Wänden gefallen mir nicht und sprechen von einem seltsamen Kunstgeschmack. Alles Öl, aber Massenware. Dazwischen Geweihe. Fast versteckt, in der Küche, zwei Radierungen von Horst Janssen.

Sie kann meine Gedanken wohl lesen und lacht: »Die habe ich aufgehängt.«

Ich schaue überall kurz aus dem Fenster. Ich kann draußen nichts Verdächtiges erkennen.

Sie bringt mich ins Jagdzimmer. Ein Waffenschrank und eine Vitrine mit seinen Messern. Ich bin im Paradies angekommen!

Die Jagdtrophäen interessieren mich nicht. Der dicke Rauchertisch mit dem eingearbeiteten Humidor auch nicht. Er liebt wohl kubanische Zigarren.

Sie schließt mir die Vitrine auf. Darin lagern edle Klingen. Messergriffe von bestechender Schönheit, aber ich greife sofort zu einer japanischen Klinge. Ein Damaszener Jagdmesser aus der Schmiede von Tsukasa Hinoura. Ich betrachte es. Die Klinge ist gut achtzehn, wenn nicht zwanzig Zentimeter lang. Der Griff aus Palisander.

»Ein Tsukasa Flusssprung …«, sage ich beeindruckt.

Sie lächelt. »Ja, ihr seid euch wirklich sehr ähnlich. Er sieht es genauso andächtig an wie Sie. Oder sollte ich sagen, verliebt? Es ist ein handgeschmiedetes Unikat. Ich habe es ihm zum Hochzeitstag geschenkt. Damals waren wir noch …« Sie winkt ab und redet nicht weiter.

Ich will mir jetzt ihre Ehegeschichten nicht anhören. Es rutscht mir heraus: »Das muss ein kleines Vermögen gekostet haben.«

Sie nickt. Ich höre ihre Perlen gegeneinander klacken.

»Ich habe viertausend Euro gezahlt, und man sagte mir, das sei ein Schnäppchen. Aber spülmaschinenfest ist das Ding nicht und auch nicht rostfrei. Er ist ausgeflippt, als ich es …« Sie stoppt mitten im Satz, als würde sie sich schämen, diesen Frevel vor mir zuzugeben.

»Sie haben es doch nicht im Ernst in die Spülmaschine …«

»Doch. Habe ich. Und er ist ausgerastet.«

»Verstehe ich gut.«

»Männer«, stöhnt sie und wendet sich ab. »Ich mache uns erst mal einen Tee. Oder bevorzugen Sie Kaffee?«

»Ich nehme, was ich kriegen kann.«

Sie schmunzelt. »Und Hunger haben Sie bestimmt auch. Unsere Kühltruhe ist voll mit Wild.«

»Wild? Klingt gut!«

Zu dem Messer gehört eine Holzscheide mit Kupferintarsien und Lederriemen. Welch eine Waffe!

Ich stelle mir vor, wie ich Graff damit erledige. Allein der Angriff wird ihm schon eine irre Angst einjagen, und die extrascharfe Klinge wird seine Haut so schnell aufschlitzen, dass er das Blut aus sich herausspritzen sieht, bevor er den Schmerz spürt.

»Nehmen Sie sich, was Ihnen gefällt«, schlägt sie vor, ohne sich zu mir umzudrehen.

Das Angebot nehme ich nur zu gerne an.

Sie lässt mich im Jagdzimmer allein und rumort in der Küche herum. Ihr Mann hat sogar ein Beinholster. Es ist für Tauchermesser gedacht, aber ich kann es gut unter einer weiten Hose tragen. Ich binde mir das Holster unterhalb der Kniescheibe fest. Passt. Ein gutes Versteck für ein zweites Messer.

Er hat auch Wurfmesser. Die interessieren mich. Federstahl. Ich balanciere eins über meinem Zeigefinger. Es ist vorderlastig und scharf. Schwer genug, um es kontrolliert zu werfen.

Hannah steht plötzlich wieder da. Sie hat Wäsche bei sich. Einen hellgrauen Anzug und einen cremefarbenen.

»Die passen meinem Mann sowieso nicht mehr. Aber er behält sie, für den Fall, dass er doch mal abnimmt, was natürlich nicht passiert.«

»Wenn ich den anziehe«, sage ich, »sehe ich aus wie ein Stückchen Buttercremetorte.«

»Ich mag Buttercremetorte«, kontert sie.

Sie lässt mir alles da und will wieder in die Küche, aber ich halte sie auf. »Hannah, später können Sie jedem erzählen, ich hätte die Sachen geraubt und Sie gezwungen, mir zu helfen. Damit schaden Sie mir nicht. Wer sich für ein halbes Dutzend

Morde verantworten muss, für den spielt so etwas überhaupt keine Rolle.«

Sie guckt mich verständnisvoll an.

»Aber, Hannah, zwischen uns muss eins ganz klar sein«, betone ich. »Sie tun das hier freiwillig. Ich zwinge Sie zu nichts. Sie haben mir schon unglaublich geholfen. Ein Wort von Ihnen, und ich verschwinde sofort.«

»Das weiß ich doch, Herr Doktor«, scherzt sie. »Bitte bleiben Sie. Endlich spüre ich wieder, dass ich lebe.«

In der Küche klingelt die Mikrowelle. Sie rechtfertigt sich: »Ich habe keine Lust, jeden Tag stundenlang für ihn zu kochen. Wenn er Wild mit nach Hause bringt, dann brate ich alles und friere die fertigen Essen portionsweise ein.«

»Klasse«, freue ich mich demonstrativ, obwohl ich persönlich Mikrowellen hasse. Aber ich will Hannah nicht enttäuschen.

»Ich habe einen Bärenhunger«, sage ich, und das ist die Wahrheit.

14

Ich trage den hellgrauen Anzug, dazu ein schneeweißes Oberhemd und, ja, ich binde mir sogar eine dazu passende Krawatte um. Entflohene Untersuchungshäftlinge stellt man sich anders vor. Sogar seine Schuhe passen mir. Fast. Nur eine halbe Nummer zu klein. Aber was soll's. Über solche Kleinigkeiten muss man hinwegsehen können.

Das Essen aus der Mikrowelle schmeckt erstaunlich gut. Von der Wildzubereitung versteht sie etwas. Ich fühle mich an die besten Zeiten in Ostfriesland erinnert, an Gaumengenüsse im Smutje. Ich denke an meine letzte Mahlzeit vor meiner Flucht.

Ich erzähle ihr davon. Sie weiß viel über mich. Es gefällt ihr, mehr über die Hintergründe zu erfahren. Sie findet es bezeichnend für mich, dass ich, bevor ich Norden verlassen habe und alles zurücklassen musste, tatsächlich noch einmal im Smutje essen gegangen bin. Deichlammfilet. Blutig. Dazu dicke Bohnen und zum Nachtisch eine Sanddorn-Crème-brûlée.

Wir trinken klares Wasser zum Essen. Sie hat viel Gemüse gekocht.

»Soll ja gut für die Galle sein«, sagt sie. »Keine fettigen Bratkartoffeln. Lieber Gemüse.«

Sie selbst isst kein Fleisch, sondern nur Gemüse. Sie bezeichnet sich als Vegetarierin.

Alles ist raffiniert gewürzt. Ich genieße es.

Sie lacht: »Ich kann kein Wild mehr sehen. Mir wäre ein Pilzsammler viel lieber, aber Erwin geht keine Pilze suchen. Er jagt.«

Die leer gegessenen Teller stehen vor uns wie ein Symbol dafür, dass es uns gutgeht. Ich tupfe mit Weißbrot den Rest der Soße auf. Sie bietet mir einen Nachschlag an. Ich klopfe auf meinen Bauch und lehne ab.

Sie räumt die Teller vom Tisch und verzieht den Mund. »Ich esse kein Fleisch, und mein Mann ist Jäger«, sagt sie kopfschüttelnd.

»Aus gesundheitlichen Gründen?«, frage ich.

»Nein«, sagt sie, »aus moralischen. Ich will nicht, dass Tiere getötet werden. Ich mache keine Religion draus, ich bereite das Wild ja sogar zu. Er kann das gar nicht.« Sie lacht laut: »Mein Mann und Kochen!«

Was für eine rätselhafte Frau, denke ich und betrachte sie wohlwollend. Meine Blicke gefallen ihr.

Sie zeigt mir Bilder von ihren Kindern. »Als die Ältere sollte ich wohl das Angebot machen … Sollen wir nicht Du zueinander sagen?«

Ich staune sie an, als hätte ich damit nicht längst gerechnet.

»Na ja«, erklärt sie grinsend, »ich biete eigentlich allen gesuchten Serienkillern das Du an, denen die alten Anzüge meines Mannes so gut passen und die ihren Teller so brav leer gegessen haben.«

Ich reiche ihr über den Tisch die Hand. Sie sagt: »Hannah. Und wie darf ich Sie nennen, Dr. Sommerfeldt?«

»Bernhard«, sage ich.

Wir schütteln uns die Hände, besiegeln das Ganze aber nicht mit einem Küsschen.

»Morgen«, schlägt sie vor, »kochst du für uns. Man sagt, du

seist ein Gourmet. Ich hatte schon Angst, mich hiermit zu blamieren.«

Ich verstehe die im Subtext enthaltene Einladung, länger zu bleiben.

»Wann kommt dein Mann denn zurück?«

Sie zuckt mit den Schultern. »Der kommt und geht, wie es ihm passt. Aber vor Montag rechne ich nicht mit ihm.«

Heute ist Freitag. Die Dinge laufen also gut für mich.

»Was macht er eigentlich?«, frage ich, ohne dass es mich wirklich interessiert.

Sie macht eine abwertende Handbewegung: »Geschäftsmann. Diamantenhandel. Mal ist er in Amsterdam, mal in Idar-Oberstein, dann wieder in Südafrika.«

Sie fragt mich, ob ich den Rest des Tages in Schlips und Anzug rumlaufen wolle. Sie habe auch noch bequemere Sachen von ihrem Mann da. Aber ich ziehe es erst einmal vor, so zu bleiben.

Im Garten bei den Rosen sehe ich zwei Kaninchen. Mutig, sich im Garten eines Jägers zu tummeln, denke ich. Er kann wirklich nicht oft zu Hause sein.

Hannah schaltet den Fernseher ein. Wie ein Ehepaar, das sich auf einen gemütlichen Abend bei einem WM-Spiel freut, sitzen wir zusammen auf dem wuchtigen Sofa. Sie switcht durch die Programme und sucht einen Hinweis auf meine Flucht. Sie ist aufgeregter als ich.

Im NDR wird eine Sondersendung angekündigt, auf n-tv läuft ein Informationsband: »Der mutmaßliche Serienkiller Dr. Bernhard Sommerfeldt, der des siebenfachen Mordes beschuldigt wird, ist ausgebrochen.«

»Mutmaßlich«, triumphiert sie, »mutmaßlich!«

Sie zieht die Beine an ihren Körper und drückt ein Kissen

gegen ihren Bauch. Sie wirkt plötzlich kindlich, neugierig, verspielt.

Im NDR sind vor dem Arzthaus in Lingen die Kommissarin Ann Kathrin Klaasen und ihr Mann Frank Weller zu sehen. Wenn mich nicht alles täuscht, huscht da auch der Journalist Holger Bloem mit seiner Kamera durchs Bild.

Die Sprechstundenhilfe, ganz anders frisiert, als ich sie in Erinnerung habe, steht vor dem Gebäude und sagt: »Der Typ hat wie ein Irrer auf seine Bewacher eingestochen. Ich habe solche Angst gehabt. Dr. Sommerfeldt hat ihn k. o. geschlagen. Ohne Dr. Sommerfeldt wären wir jetzt alle tot.«

»Und dann?«, fragt der Reporter Henning Orth. Ich kenne ihn aus »Hallo Niedersachsen« und »NDR Aktuell«.

Sie antwortet aufgeregt: »Dann, ja, dann hat er gesagt, ich soll den Notarzt rufen. Und dann ist er aus dem Fenster gestiegen. Bin ich jetzt im Fernsehen?«

»Ja, sind Sie.«

Mit einem harten Schnitt, der Hannah zusammenzucken lässt, sind wir im Krankenhausflur. Horst liegt am Tropf. Er macht aber schon wieder einen ganz fidelen Eindruck. Wahrscheinlich, so vermute ich, lässt die Anwesenheit eines Fernsehteams seinen Adrenalinspiegel hochschnellen.

»Dr. Bernhard Sommerfeldt war unser Schutzengel!«, ruft er.

Ein Arzt im weißen Kittel kommt mit erhobenen Armen rein. »Das geht jetzt gar nicht!«, behauptet er und will den Kameramann wegschieben.

»Aber«, beschwert Horst sich, »ich will doch mit den Fernsehleuten reden!«

Sein Bett wird in ein Krankenzimmer geschoben.

Henning Orth wird mit der Kommissarin Ann Kathrin Klaasen eingeblendet.

»Frau Klaasen, Sie haben Dr. Sommerfeldt, wie er landauf, landab genannt wird, als Zielfahnderin gejagt und schließlich in Gelsenkirchen zur Strecke gebracht. Heute ist er ausgebrochen. Es sieht aber ganz so aus, als hätte er vorher zwei Justizbeamten das Leben gerettet. Was können Sie uns über diese widersprüchliche Figur, die ja in der Bevölkerung durchaus Sympathien genießt, sagen?«

Sie atmet tief durch und schaut genau in die Kamera, als würde sie direkt zu den Menschen sprechen. Zu jedem einzelnen: »Ja, die Aussage von der widersprüchlichen Persönlichkeit kann ich nur unterstreichen. Aber ich muss Sie ausdrücklich darauf hinweisen, meine Damen und Herren, dass er nicht der nette Hausarzt ohne richtigen Doktortitel ist, für den Sie ihn vielleicht halten. Er ist ein hochgefährlicher Mann! Bitte wenden Sie sich sofort an die nächste Polizeiinspektion, wenn Sie etwas über seinen Aufenthaltsort wissen.«

»Frau Klaasen, die ehemalige Sprechstundenhilfe von Dr. Sommerfeldt, Cordula Baumann, hat alle Verbrechen, derer Dr. Sommerfeldt beschuldigt wird, gestanden. Trotzdem wurde sie freigesprochen. Lässt das Geschehen heute nicht die ganze Sache in einem anderen Licht erscheinen?«

Hannah drückt mich. »Jetzt bist du ein Volksheld«, freut sie sich. »Ein Volksheld!«

Kommissarin Klaasen spricht ganz ruhig und sachlich. Sie wirkt auf paradoxe Weise völlig in sich ruhend und doch total aufgeregt. »Cordula Baumann hat psychische Probleme. Das Gericht sieht es als erwiesen an, dass sie sich die Taten nur eingebildet oder aus falsch verstandener Liebe gestanden hat.«

»Wissen Sie, wo Cordula Baumann sich im Moment aufhält?«

»Nein, das entzieht sich meiner Kenntnis.«

»Halten Sie es für möglich, dass sie Dr. Sommerfeldt beim Fluchtversuch behilflich war?«

»Dafür haben wir keine Anhaltspunkte.«

»Aber er muss doch irgendwie weggekommen sein. Er ist wie vom Erdboden verschwunden. Trotz Ringfahndung mit einem massiven Polizeiaufgebot keine Spur von ihm. Er braucht Helfer. Helfershelfer. Alleine, ohne Geld, ohne Fahrzeug, ohne Papiere und ohne Unterschlupf kann er ja nicht lange durchhalten.«

»Dazu möchte ich mich aus fahndungstechnischen Gründen nicht äußern.«

Wir sitzen lange zusammen, trinken abwechselnd Kaffee, Tee oder Wasser. Keinen Alkohol, obwohl es eine gut sortierte Bar mit Weinbrand, Cognac und Gin gibt.

Hannah schaltet von einem Programm ins andere, immer auf der Suche nach neuen Informationen über meine Flucht. Nach gut zwei Stunden wiederholt sich alles. Alte Interviews mit dem Journalisten Holger Bloem werden gezeigt, der zwar von mir nach Bamberg entführt wurde, aber mich immer noch als Gentleman mit guten Manieren bezeichnet.

15

Es ist draußen längst dunkel. Für heute bin ich entwischt. Ich frage, ob ich auf dem Sofa schlafen darf, aber Hannah sieht mich an, als erwarte sie etwas anderes von mir. Es sind keine Worte. Nur Blicke.

»Liebst du diese Cordula?«, fragt sie und sieht dabei aus, als würde ihr ein Ja von mir nicht gefallen.

Ich sage gar nichts. Vielleicht, weil ich mir über meine Gefühle selbst nicht im Klaren bin, vielleicht auch, weil Liebe mich in so schreckliche Situationen gestürzt hat.

Aus Liebe zu Beate habe ich mindestens drei Menschen umgebracht. Aus Liebe habe ich mich breitschlagen lassen, Cordula mit zum Töten zu nehmen. Immer ist mir alles aus Liebe aus dem Ruder gelaufen. Im Ringen um Liebe und Anerkennung meiner Eltern habe ich mich zum Affen gemacht.

Ich will mir endlich selbst gehören und nicht mehr jemand anderem, der in meinem Leben herumpfuscht und Katastrophen auslöst. Gleichzeitig fühle ich mich schrecklich allein.

Hannah scheint meine Ambivalenz zu spüren. Sie berührt mich vorsichtig. Es ist eine Geste, als wolle sie mir eine Fluse aus dem Haar streichen.

Ich stehe auf. Sie ebenfalls. Schließlich umarmen wir uns.

Nein, wir küssen uns nicht. Wir stehen mitten im Wohnzimmer und drücken uns aneinander.

»Ich … ich bin zehn Jahre älter als du«, haucht sie. »Ich stelle mich bestimmt dämlich an. Ich habe das so lange nicht mehr gehabt. Ich bin ein Angebot, für das es schon lange keine Nachfrage mehr gibt.«

»Du bist doch verheiratet. Habt ihr denn keinen Sex mehr, dein Mann und du?«, frage ich.

»Er schon. Ich nicht«, sagt sie bitter. Sie versucht zu lachen, aber es gelingt ihr nicht.

Ich streiche ihr übers Haar. »Das hört sich traurig an …«

»Ist es auch«, bestätigt sie. »Seit vier … fast fünf Jahren leben wir so nebeneinander. Unsere Liebe ist erkaltet.«

Ich zitiere Erich Kästner: »›Uns ging die Liebe wie ein Taschentuch verloren.‹«

Sie schaut, als hätte ich damit den Nagel auf den Kopf getroffen.

Ich ärgere mich darüber, aber es geschieht einfach. Ich höre es mich sagen, als würde eine andere Person aus mir sprechen: »Und wann begann das mit deiner Galle?«

»Treffer versenkt, Onkel Doktor«, zischt sie.

»Es … es tut mir leid. Ich wollte dich nicht verletzen.«

»Das weiß ich doch. Du hast mich nicht verletzt. Du hast einfach nur die Wahrheit ausgesprochen.«

»Es gibt keinen wissenschaftlichen Zusammenhang zwischen Sex und Galle …«

Ich weiß, dass ich so alles nur noch schlimmer mache. Vielleicht sollte ich den Mund halten. Ich habe das Gefühl, mich völlig zu vergaloppieren.

Später, viel später, die Sonne geht schon auf, liegen wir nebeneinander. Stundenlang hängen wir im Wohnzimmer herum und erzählen uns von unseren Verletzungen, unseren Wünschen, unseren Träumen und unseren gescheiterten Lieben.

Ein vorsichtig tastendes Liebesspiel beginnt. Jeder ist darauf bedacht, den anderen nicht zu überfordern. Jede Berührung wird erst ausprobiert, ausgetestet, es ist ein sanftes Kennenlernen der Bedürfnisse, der Abneigungen und Vorlieben. Wo wirkt ein Streicheln kitzlig, und wo befinden sich beim anderen erogene Zonen. Ihre liegen in ihren Kniekehlen. Ein Schauer durchrieselt sie, wenn ich nur sanft darüberpuste.

Meine Fingerkuppen lassen sie seufzen. Wir verbringen viel Zeit miteinander, und unsere Körper lernen sich kennen. Dabei ist mir, als würden sich auch unsere Seelen berühren. Eigentlich will ich das nicht, aber es geschieht trotzdem. Wenn so etwas passiert, dann endet es doch immer damit, dass man sich nicht mehr trennen möchte und ständig zusammen sein will. Das geht aber nicht. Ich bin auf der Flucht. Ich krieche hier nur unter. Ich verstecke mich hier vor der Polizei. Und bevor ihr Mann zurückkommt, wird sie hoffentlich frische Bettwäsche aufziehen, denke ich, damit er mich nicht riecht.

»Bitte«, sage ich, »verliebe dich nicht in mich. Das wäre nicht gut. Nicht für dich und nicht für mich.«

»Warum nicht?«, fragt sie und legt ihren Kopf auf meine Brust, so dass ihr linkes Ohr über meinem Herzen ist.

»Weil es auch so schon kompliziert genug ist.«

»Nichts ist kompliziert«, behauptet sie. »Zum ersten Mal seit langer, langer Zeit spüre ich mich wieder.«

16

Ich werde neben ihr wach. Welch ein Kontrast zum Gefängnis! Ich spüre ihren Morgenatem in meinem Gesicht. Sie ist strubbelig, und ihr Schnarchen erinnert mich an meine Katze Minka, die ich als Kind so gern zu mir ins Bett geholt habe. Von ihr bekam ich mehr Wärme und Liebe als von meiner Mutter.

Irgendwann war sie dann einfach verschwunden, und ich wurde das Gefühl nicht los, meine Mutter hätte etwas damit zu tun. Sie mochte nur folgsame, sklavisch ergebene Tiere. Ob sie Minka vergiftet und dann entsorgt hat?

Im Garten fand ich zwei Jahre später bei den Fliedersträuchern direkt unter der Erdoberfläche ein Katzenskelett. Das spricht eigentlich gegen meine Mutter. Sie hätte Minka einfach im Abfall entsorgt und sich bestimmt nicht im Garten die Hände schmutzig gemacht.

Ich halte es im Bett kaum aus. Es zieht mich zum Meer. Ich muss den Wind spüren. Ich will zwischen mir und der Natur keine Wand mehr haben. Egal, ob es eine Gefängnismauer oder eine Schlafzimmerwand ist. Der große Spiegelschrank lässt den Raum zwar wesentlich größer erscheinen, aber trotzdem will ich jetzt nur noch raus aus dem Zimmer, raus aus dem Haus.

Leise krieche ich aus dem Bett. Es gelingt mir, ein paar Sachen anzuziehen, ohne sie zu wecken. Im Unterhemd, aber mit cremefarbener Anzughose, gehe ich in den Garten. Draußen kündigt sich ein großartiger Tag an. Wie gemacht, um am Deich spazieren zu gehen oder ein Boot zu stehlen.

Im Schutz der Hecken und Bäume mache ich Liegestütze und Boxübungen. Dann probiere ich die Wurfmesser aus. So ein Messer fliegt nicht mit der Spitze voran, sondern dreht sich. Ich habe – noch in Ostfriesland – eine Wurftechnik entwickelt, wie ich mein Messer immer mit der Spitze ins Ziel bringe. Entscheidend ist der Abstand. Wenn ich drei Meter vom Ziel entfernt bin, sitzt das Messer. Viereinhalb geht auch wieder. Ich brauche Augenmaß.

Die neuen Messer muss ich erst ausprobieren. Die Gewichtverteilung ist anders. Ich weiß, es ist eine Schande, Messer in Baumstämme zu werfen. Es verletzt die Bäume. Ich fürchte, ich habe mehr Skrupel, eine Rinde zu ritzen, als irgendeinem gottverfluchten Wichser die Klinge in die Brust zu rammen.

Ich gehe ins Haus zurück und baue mir aus Feuerholzscheiten und meiner Anstaltskleidung eine Trainingsfigur, die ich an einen Apfelbaum lehne. Gleich der erste Wurf steckt direkt dort, wo beim lebenden Menschen das Herz klopft. Ich bezweifle aber, dass die Klinge tief genug eingedrungen ist, um die Herzmuskulatur zu schlitzen.

Vor dem Haus hält ein Radfahrer. Ein gut siebzig Jahre alter Mann mit sportlich-leichtfüßigem Gang, wie manch dreißigjähriger Bürohengst ihn schon lange nicht mehr hat, geht auf den Briefkasten am Haus zu.

Ich verstecke mich hinter einem mannshohen Rhododendronstrauch. Die Azaleen und Rhododendren hier haben die zwei bestimmt nicht selbst gepflanzt. Die kräftigen Äste sind alt, aber alles hier ist bestens gepflegt.

Es gibt zehn, vielleicht zwölf verschiedene Rhododendren,

dementsprechend viele Insekten fühlen sich hier wohl. Ich werde am Hals gestochen. Ich klatsche mit der Hand hin.

Der fleißige Rentner, der sich hier als Zeitungszusteller ein Zubrot verdient, guckt irritiert in meine Richtung. Ich ziehe den Kopf ein. Ja, verdammt, jetzt kommt er zwei Schritte näher und beugt sich vor, um besser sehen zu können.

Ist das ein pensionierter Kripobeamter?

Er sieht mich nicht, wohl aber den Holzmann mit dem Messer in der Brust. Da meine alte Kleidung auch noch voller Blutflecken von dem Kampf im Wartezimmer ist, staunt er nicht schlecht. Vermutlich sieht es aus seiner Perspektive aus, als sei dort jemand getötet worden.

Der mutige Mann kommt näher. Ich halte das zweite Wurfmesser in der Hand, bereit, ihn damit zu attackieren, sollte er mich bemerken.

Das Jagdmesser von Tsukasa liegt noch im Haus. Nur ein völliger Ignorant oder Barbar würde es als Wurfmesser benutzen. Allein wenn es auf den Boden fällt, könnte die Klinge beschädigt werden. Nein, damit sticht und schneidet man nur. Zum Sägen, Knochen zerhacken oder Werfen braucht man anderes, gröberes Werkzeug. So ein Messer hat eine Persönlichkeit. Eine Seele. Wir sind nicht alle gleich und Messer schon mal gar nicht.

Ich stehe jetzt gebückt zwischen Azaleen und blauen Rhododendren. Ich drücke mich durch die Blütenpracht so weit wie möglich nach hinten.

Er ist keine vier Schritte von mir entfernt. Ich könnte das zweite Wurfmesser an ihm ausprobieren. Die Entfernung stimmt. Aber muss man alles tun, nur weil es machbar ist? Müssen wir Tiere klonen, nur weil wir es können? Müssen wir Atomraketen bauen, nur weil irre Wissenschaftler sie entwickelt haben?

Ich habe nichts gegen diesen Mann. Er geht frühmorgens

einer rechtschaffenen, vermutlich nicht gerade gut bezahlten Arbeit nach.

Bitte lass die Zeitung einfach hier, und verzieh dich.

Er betastet den herabhängenden Arm meiner selbstgebastelten Puppe. Ein Stück Buchenholz ragt heraus. Er schüttelt den Kopf, will gehen, bleibt aber noch einmal stehen und fasst das Messer an.

Na klasse! Jetzt sind deine Fingerabdrücke drauf. Sollte ich damit Graff töten oder einen seiner Knechte, wird die Polizei Fragen an dich haben.

Er steckt die NWZ in die Zeitungsablage des Briefkastens und geht zu seinem Fahrrad zurück. Er schwingt sich drauf, als würde er auf ein Pferd steigen. Wenn ich, sollte ich je so alt werden wie er, dann so fit wäre …

Wenn du wüsstest, denke ich, wie nah du gerade deinem Herrgott gekommen bist …

Ich wünsche ihm wirklich noch ein gutes Leben. Wie schön, dass ich ihn laufenlassen konnte. Oder war das dumm von mir? Hat er hier nur den Unwissenden gespielt, auf harmlos gemacht und mich in Wirklichkeit gesehen? Ruft er gleich an der nächsten Ecke die Polizei?

Ich pirsche im Garten ganz weit vor, bis zur Hecke an der Straße. Ich sehe ihm hinterher.

Nein. Er ist harmlos. Er telefoniert nicht. Er bringt zwei Häuser weiter die Zeitung zum Briefkasten. Ein Hund bellt ihn an. Das sind die Gefahren, die Zeitungszusteller und Postboten gewohnt sind. Messerwerfer kommen in ihrer Erfahrung vermutlich nicht so oft vor.

Ich gehe ins Haus zurück und nehme die Zeitung mit rein. Auf der Titelseite die Überschrift: »Serienkiller rettet zwei Justizbeamte.«

Ein großes Foto von mir aus der Zeit, als ich verhaftet wurde und aussah wie der flämische Maler van Dyck.

Hannah brüht gerade Kaffee auf. »Ich dachte schon«, lacht sie, »du hättest dich nach dieser Nacht sang- und klanglos aus dem Staub gemacht …«

Sie trägt ihre Nachtwäsche, ist barfuß, aber gekämmt. Mit erhobenem Zeigefinger sagt sie: »Ich bin keine Frau für eine Nacht.«

Es ist ein bisschen ein Scherz, aber es liegt auch viel Wahrheit in ihrer Aussage. Nach meiner Erfahrung verstecken Menschen eine Frage oder einen Wunsch, dessen Zurückweisung sie sehr treffen könnte, gern in einer witzigen Bemerkung. Nach einem lockeren Spruch kann man rasch sagen: »Das war doch nicht so ernst gemeint. Nur ein kleiner Scherz.« So hält sich die eigene Blamage in Grenzen.

Um uns über die peinliche Situation zu retten, zeige ich ihr die Zeitung. »Guck mal. Ich hab den Aufmacher.«

Sie nennt mich *»Robin Hood«* und küsst mich. Sie hat sich schon die Zähne geputzt. Sie muss direkt nach mir aufgestanden sein.

Dann gibt es Rühreier. Nein, nicht mit Speck oder Krabben, dafür mit Tomaten, Pilzen und asiatischen Gewürzen. Ich steh drauf!

Wir trinken Kaffee aus Bechern, und sie backt Brötchen auf. Himbeeren und Erdbeeren aus dem eigenen Garten, aber tiefgefroren, wirft sie in einen Mixer und macht mit Milch daraus einen köstlich erfrischenden Shake.

Auch im NWZ-Leitartikel wird die Frage gestellt, ob Cordula Baumann mir bei der Flucht behilflich gewesen sein könnte. Jedenfalls sei sie spurlos verschwunden.

Plötzlich höre ich Geräusche. Kein Zweifel – da schließt jemand eine Tür auf.

Polizei, denke ich. Hat der Zeitungszusteller mich doch verraten?

Im Garten entdecke ich niemanden.

»Erwartest du jemanden?«, frage ich.

Hannah schüttelt den Kopf, aber dann nickt sie heftig. »Herrje, ich hab ja Christa völlig vergessen!«

Ich suche einen Ort, um mich zu verstecken. Ich höre eine Stimme: »Hannah, ich bin's! Bist du da?«

»Meine Haushaltshilfe«, flüstert Hannah. Sie läuft ihr entgegen, um sie aufzuhalten.

»Ich hatte heute gar nicht mit dir gerechnet«, staunt sie demonstrativ.

»Hast du Besuch?«, fragt Christa.

»Wie kommst du denn da drauf?« Hannah spricht bewusst laut, so dass ich genau mitkriege, wo die zwei sich aufhalten.

Ich pirsche durch den Flur ins Schlafzimmer. Ich komme mir dämlich vor. Soll ich mich echt im Schrank verstecken, wie ein Liebhaber in einer billigen Komödie?

»Du hast letzte Woche extra gesagt, ich soll heute kommen. Ich habe einen Low-Carb-Apfelkuchen mitgebracht, aus Mandelmehl. Köstlich!«

Ich beobachte sie durch den Türspalt. Sie räumt die Kleidungsstücke auf, die ich im Wohnzimmer habe liegen lassen. Sie ahnt schon etwas. Ihre Blicke huschen nervös tastend durch den Raum.

Was jetzt?

Etwas an ihrem Verhalten irritiert mich. Ich schaue ihr länger zu, als gut wäre, wenn ich nicht entdeckt werden will. Seitdem Christa unheimlich geschäftig durch den Raum fegt und Sachen aufsammelt, die ich habe liegen lassen, wirkt Hannah wie zu Besuch bei sich zu Hause. Es ist, als sei dies Christas Haus und

Hannah ein ungebetener Gast. Sie steht herum wie eine Frau, die vergeblich darauf hofft, einen Platz angeboten zu bekommen. Sie hat mit einem Schlag jede Kompetenz verloren.

Ich beobachte durch den Türspalt, wie Christa vor dem dekorativen Schreibtisch aus Kirschbaumholz stehen bleibt und das gerahmte Foto von Hannahs Ehemann zärtlich abwischt. Die zwei Bilder daneben, mit Hannah und den Kindern, lässt sie unberührt.

»Es passt mir heute gar nicht«, sagt Hannah. Ihr Versuch, Christa loszuwerden, scheitert kläglich.

»Leg dich ruhig hin, wenn dir nicht gut ist. Ich mach schnell das Nötigste.« Fast tadelnd fährt Christa fort: »Was ist denn mit Erwins Sachen?« Sie hält ein paar hoch. »Willst du die ausrangieren?« Sie deutet auf die Couch und den Tisch, wo noch zwei Gläser stehen. »War wohl 'ne lange Nacht …«, orakelt sie.

Hannah räuspert sich und macht sich gerade. Auf ihrer Stirn glänzt Rechtfertigungsschweiß, doch bevor sie etwas sagen kann, flötet Christa betont freundlich: »Also, von mir erfährt niemand etwas. Wir sind doch Freundinnen.«

Christa hat ihre Neugier nicht im Griff. Wenn überhaupt, dann hat die Neugier sie. Sie stiefelt wenig damenhaft auf die Schlafzimmertür zu, hinter der ich stehe. Sie hält die Wäsche in der Hand, als seien es sakrale Gegenstände, von einem Virus verseucht.

»Christa!«, ruft Hannah mahnend.

Christa bleibt vor der angelehnten Tür stehen. Ihre rechte Hand ist schon im Schlafzimmer und umklammert den Türrahmen, als müsse sie sich daran festhalten oder so den Zugang freikämpfen.

Ich fürchte, sie hat mich mit einem kurzen Blick sehen können. Der große Spiegelschrank ist verräterisch. Vor ihm gibt es jetzt praktisch keinen Schutz, außer ich verkrieche mich in ihm oder hinter den gegenüberliegenden Vorhängen.

Wenn ich die Tür zuknalle, sind ihre Finger ab, denke ich. Aber dann verstecke ich mich lieber hinter dem Vorhang am großen Fenster zum Garten.

Vor der Tür kichert Christa: »Na? Der ist echt noch hier? Hannah, Hannah, Hannah, Hannah … Du bist ja eine ganz wilde Hummel«, lacht sie mit gespielter Empörung.

Ich öffne ein Fenster. Es quietscht laut. Schon stehe ich im Garten.

Kaum bin ich draußen, steht Christa auch schon mit suchendem Blick im Schlafzimmer, und ich bin mir sicher, im Spiegel erwischt sie mich spätestens jetzt.

Wäre ich der kalte Killer, für den mich alle halten, müsste ich sie jetzt augenblicklich töten, weil sie meine Sicherheit gefährdet. Stattdessen verstecke ich mich wieder zwischen Azaleen und Rhododendren.

Ich habe das Fenster nicht geschlossen – ich Idiot! Christa tut es, allerdings sehr langsam, dabei schaut sie neugierig in den Garten. Ja, sie scannt ihn regelrecht.

Hinter ihr taucht Hannah auf. »Christa! Es reicht! Bei aller Freundschaft, ich finde dein Verhalten unmöglich! Ein bisschen mehr Fingerspitzengefühl hätte ich dir schon zugetraut.«

Minuten später verlässt Christa das Haus. Ich verharre noch in meinem Versteck. Inzwischen bin ich um ein paar Mückenstiche reicher.

Als ich ins Haus zurückkomme, sitzt Hannah in der Küche und heult. Erschüttert gesteht sie ein: »So ist mein Leben. Ich lasse mit mir machen, und ich funktioniere. Ich spiele lächelnd meine mir zugedachte Rolle.«

»So etwas Übergriffiges wie diese Christa habe ich selten gesehen«, behaupte ich kühn, dabei gab es in meinem Leben als Johannes Theissen in Bamberg jede Menge solcher Leute um mich herum. Nicht nur meine Frau und meine Mutter ... Selbst den angestellten Modedesignern habe ich versucht, es recht zu machen. Alle sind mir auf der Nase herumgetrampelt.

»Sie meint das nicht so ...«, sagt Hannah und putzt sich die Nase.

»Ja, klasse, verteidige sie auch noch!«

Hannah reibt sich die Oberarme. »Sie kann doch nichts für mein schlechtes Gewissen. Ich meine, wer begeht denn hier gerade Ehebruch, sie oder ich?«

»Hat sie etwas mit deinem Mann ...?«

Hannah schüttelt den Kopf: »Wie kommst du denn da drauf?«

»Beobachtung. Ich habe gelernt, genau hinzugucken. Innerlich ist sie schon hier eingezogen und hat dich von deinem Platz verdrängt. Entweder er hat ihr Hoffnungen gemacht, oder sie steigert sich da nur in etwas rein. Jedenfalls hat sie sich in deinen Kerl nicht nur verguckt.«

Hannah staunt mich an, als ergäbe plötzlich vieles einen Sinn. »Du meinst wirklich ...«

Meine Zeit wird knapp. Ich drängle: »Ich muss abhauen, Hannah. Sie hat mich gesehen. Sie wird eins und eins zusammenzählen und dann die Polizei ...«

Hannah hebt die Arme: »Nie im Leben! Sie ist vielleicht ein ausgekochtes Luder und hat etwas mit meinem Erwin laufen, aber woher soll sie wissen, dass du ...«

Ich zähle es auf: »Mein Foto ist auf allen Kanälen. Ich trage die Klamotten deines Mannes. Du kommst aus Lingen von deiner Schwester, und von da bin ich geflohen ...«

»Was hast du jetzt vor?«, fragt sie.

»Ich muss weg sein, bevor die Polizei kommt«, antworte ich

sachlich, stecke das Tsukasa-Messer ein und binde das Beinhalfter für das Wurfmesser unter meinem Knie fest: »Darf ich das wirklich mitnehmen?«

Sie macht eine Handbewegung, als sei ihr das völlig gleichgültig.

»Ich bringe dich, wohin du willst.« Sie wird sehr geschäftig und räumt den Tisch ab. Eine Übersprungshandlung, schätze ich. Dabei redet sie ohne Unterlass: »Ich kann dir Geld geben. Ich habe ein Sparbuch. Erwin lacht immer darüber. Wir müssen nur zur Bank, und ich kann dir alles … Es müssten so fünftausend Euro drauf sein. Ich habe es lange nicht mehr angesehen. O ja, ich … ich bin so aufgeregt. Ich weiß nicht mal, wo ich es … Aber warte, mein Mann hat … ja, das ist ja noch viel besser«, freut sie sich, rennt ins Wohnzimmer und redet dabei weiter.

Ich folge ihr.

»Er hat einen Tresor. Er macht viele Bargeldgeschäfte. Da läuft einiges am Finanzamt vorbei.«

Sie hebt ein hässliches Landschaftsbild mit zwei am Fluss trinkenden Rehen von der Wand. Der Rahmen ist dick und mit Goldfarbe auf alt und wertvoll getrimmt. Wahrscheinlich war der Rahmen teurer als das Bild.

Darunter wird ein in die Wand gemauerter Tresor sichtbar. Sie tippt eine Nummer ein.

»Immerhin«, scherze ich, »so schlecht kann eure Ehe ja nicht sein. Du kennst seine Geheimnummer.«

Sie lacht bitter: »Es ist sein Geburtsdatum. Er ist sooo simpel gestrickt.«

Der Tresor öffnet sich mit einem einladenden Surren. Auf einem grünen Filzdeckchen liegen Diamanten. Daneben ein Lederbeutel. Er thront auf zwei Geldstapeln. Grüne Hunderteuroscheine. Ziemlich neu, mit Banderole. Ich schätze, zwanzig-, vielleicht fünfundzwanzigtausend. Dazu ein Stapel dieser gelben Schweizer Zwanzigfrankenscheine, die aussehen wie Spielgeld, zumindest für Leute, die nicht ständig mit Schweizer Banknoten umgehen. Zwei Goldmünzen finde ich auch noch. Krügerrand. Jede, je nach Marktwert, tausendzweihundert bis tausendvierhundert Euro wert.

»Nimm alles«, sagt sie. »Er wird es der Polizei kaum melden.«

»Warum? Ist das Falschgeld?« Ich sehe es mir an.

»Nein«, grinst sie. »Schwarzgeld. Und für die Diamanten dürfte es auch noch keine Zollerklärung geben …«

Einen kurzen Moment denke ich, dass sie vielleicht lügt, was ihr ja angeblich so schwerfällt. Will sie nur ihrem Mann so viel wie möglich schaden?

Ich stecke das Geld ein.

»Nimm auch die Diamanten.«

Ich weiß nicht, warum einige in dem Beutel liegen und andere daneben. Ich lasse alle in den Lederbeutel klicken und mache einen Versuch, Hannah zu verstehen. »Weil er Jäger ist, bist du Vegetarierin geworden? Weil er sein Vermögen mit Diamanten macht, trägst du nur Perlen?«

Sie guckt erstaunt, nickt dann aber und bestätigt: »An seinen Diamanten klebt mehr Blut als an deinem Messer.«

»Hast du mit mir geschlafen, um dich an ihm zu rächen?«

Meine Frage gefällt ihr nicht. Sie guckt mich nicht an, als sie antwortet: »Vielleicht habe ich es getan, um mir zu beweisen, dass ich auch ohne ihn etwas wert bin. Und …«, sie fasst mich an, »weil ich Schmetterlinge im Bauch hatte, seitdem du in mein Auto gestiegen bist und wir Richie Havens gehört haben.«

»Freedom …«, singe ich und scheitere kläglich bei dem Versuch, Richie Havens nachzuäffen.

Sie tänzelt vor dem offenen Wandtresor herum. »Ich fühlte

mich wie begraben, und jetzt tanze ich auf meinem eigenen Sarg. Lass uns abhauen!«

Sie rafft keine Sachen zusammen, packt keinen Koffer. Ist sie echt einfach so bereit, mit mir durchzubrennen?

Gefühlte zehn Sekunden später sitzen wir im Auto. Diesmal gehört der Platz hinterm Steuer mir.

»Willst du wirklich mit?«, hake ich noch einmal nach.

»Nein«, spottet sie, »ich möchte lieber bleiben. Aufräumen, putzen und für meinen Erwin einen Kuchen backen.«

Ich fürchte, sie könnte für mich, nachdem sie mir so sehr geholfen hat, zu einem Hindernis werden, zu einer Klette, die an mir klebt.

Was bin ich für sie? Verkörpere ausgerechnet ich ihre Sehnsucht nach dem Ausstieg aus der Enge ihres bürgerlichen Lebens?

»Verliebe dich nicht in mich«, mahne ich. »Glaub mir, ich bin der Falsche. Was jetzt abenteuerlich aussehen mag, ist in Wirklichkeit …«

Sie fährt mir über den Mund: »Du redest wie mein Vater. Von soliden Geschäftsmännern habe ich die Nase voll.«

Ich konfrontiere sie einfach mit meiner Lebenswirklichkeit: »Wir müssen den Wagen bald wechseln.«

»Warum?«

»Wenn deine Haushaltshilfe mich wirklich erkannt hat, werden sie nicht nur dein Haus durchsuchen, sondern dieses Auto wird sofort heiß.«

Sie begreift augenblicklich. »Wir können auf meinen oder besser noch auf seinen Namen ein Auto mieten und dann …«

Ich lache demonstrativ laut: »Wie naiv bist du eigentlich, Hannah? Es gibt nur zwei Möglichkeiten für die Polizei: Entweder du bist meine Geisel oder meine Komplizin.«

Ich schaue kurz zu ihr hin. Sie guckt mich groß an und zuckt mit den Schultern, als sei es ihr völlig egal.

»Wenn wir ein Auto mieten, können wir gleich in diesem weiterfahren«, ergänze ich meinen kurzen Lehrgang für Schwerkriminelle auf der Flucht.

»Was hast du dann vor?«, fragt sie, obwohl sie die Antwort kennt.

»Wir stehlen einen Wagen«, sage ich so sachlich und kalt wie möglich.

Ich habe vor, den Wagen noch in Oldenburg gegen einen anderen auszutauschen. Direkt an der A 28 liegt das Einkaufsland Wechloy mit ein paar tausend Parkplätzen. Dort sollte ich fündig werden.

Ich suche einen Parkplatz im Schatten und zeige auf die Autos. »Such dir einen aus«, sage ich großzügig.

»Wir können uns hier«, schlägt sie vor, vermutlich, um Zeit zu gewinnen, bevor sie sich an ihrer ersten strafbaren Handlung beteiligt, »mit allem versorgen, was wir brauchen. Wasser, ein bisschen Obst für die Reise oder … Hier gibt es alles.«

Ich winke ab. »Damit man sich dann daran erinnert, dass du dich neben mir frei bewegt hast? Nein! Du suchst dir jetzt einen Wagen aus, und schon sind wir gemeinsam auf der Autobahn. Oder du bleibst hier zurück, und ich fahre alleine weiter, was zweifellos die klügere Entscheidung wäre.«

»Klug war ich mein ganzes Leben lang«, ruft sie wild entschlossen und steigt aus. Sie geht an den geparkten Autos vorbei und zeigt auf einen Porsche. Wahrscheinlich denkt sie, damit hätten wir die besten Chancen zu verschwinden. Ich gehe zu ihr. Ihr Touareg steht mit offenen Türen nicht weit von uns.

»Wir brauchen einen mit Schlüssel«, sage ich. »Zugegeben, das schränkt die Auswahl ein bisschen ein.«

Sie guckt, als hätte ich in einer ihr völlig fremden Sprache gesprochen.

»Irgendjemand«, sage ich, »lässt immer seine Schlüssel im Auto.«

Ich zeige auf ein streitendes Pärchen, das nahe beim Stehimbiss, von wo der Bratwurstduft zu uns rüberweht, seinen Wagen abgestellt hat. Er stolziert sauer in Richtung Einkaufswagen. Sie stöckelt beleidigt hinter ihm her. Er hebt, ohne sich umzudrehen, den Autoschlüssel und klickt auf »Versperren«. Er wirkt dabei, als hätte er über alles die Kontrolle, und steckt den elektronischen Schlüssel ein wie ein Westernheld, der nach dem Duell seinen Colt ins Holster gleiten lässt.

Doch diese Welt ist nicht für Leinwandhelden geschaffen. Auch nicht, wenn wir uns in unseren Tagträumen zunehmend so fühlen. Der Wagen blinkt hinter ihm, verschließt sich aber nicht.

Seine Frau erreicht ihn schimpfend und zupft an seinem Ärmel. Er entzieht ihr seinen Arm. Sie wirft die schulterlangen Haare zurück.

Was sie sich vorzuwerfen haben, interessiert mich nicht, aber ich sehe, dass ihr Renault unverschlossen ist.

»Ich wette«, sage ich zu Hannah, »sie hat ihre Handtasche oder Jacke mit dem Zweitschlüssel im Auto vergessen. Deshalb verschließen die Türen nicht, und wir können einfach so losfahren.«

Wir gehen zum Fahrzeug. Die Türen sind offen. Ich steige ein.

»Siehst du?!«

»Wo ist der Schlüssel?«, fragt sie und sucht in einer Tasche auf dem Rücksitz.

Ich drücke die Kupplung und den Startknopf. Der Wagen springt an.

»Brauchen wir nicht«, lache ich. »Hauptsache, der Schlüssel ist irgendwo im Auto. Dann fährt das Ding. Früher hat man Autos kurzgeschlossen. Heute vertraut man einfach auf die Schusseligkeit der Leute. Was angeblich zu ihrer Sicherheit beiträgt, dient nur der Bequemlichkeit und hilft Menschen wie uns.«

Es gefällt ihr, dass ich »uns« sage, und gleichzeitig gruselt sie sich ein wenig.

Das Pärchen betritt das Einkaufszentrum. Ihr Wagen verlässt den Parkplatz.

Ob sie das alles wieder versöhnen oder gar zusammenschweißen wird? Vielleicht, denke ich, tut es ihnen ja gut, wenn sie auf jemanden wütend sein können. Dann müssen sie nicht mehr so wütend aufeinander sein, sondern wissen endlich, wohin mit ihren Aggressionen. Der Zorn, der sich im Laufe des Alltags angestaut hat, braucht einen Ausweg. So ein geklautes Auto, das später verbeult am Straßenrand gefunden wird, kann da schon sehr hilfreich sein.

Ich stelle mir vor, wie sie mit ihrem vollen Einkaufswagen zurückkommen und ihr Auto suchen. Ich will nicht direkt behaupten, ich hätte den beiden einen Gefallen getan, aber ganz falsch ist diese Sichtweise nicht. Sie brauchen einen Blitzableiter, sonst sehe ich für ihre Beziehung schwarz.

»Hast du«, fragt Hannah, »gar kein schlechtes Gewissen?«

Ihre Wangen glühen. Die Perlen an ihrer Kette klackern, gestoßen von ihrer hektischen Atmung, gegeneinander.

Ich hoffe, dass sie nicht hyperventiliert. Ich versuche, sie zu beruhigen: »Möglicherweise haben wir gerade ihre Ehe gerettet.«

Sie kapiert nicht, was ich damit sagen will. Immer wieder fährt sie mit ihren Händen über ihre Oberschenkel.

»Tut es dir schon leid? Willst du aussteigen? Ich kann dich an der nächsten Raststätte …«

»Nein!«, ruft sie entschieden. Trotzdem klingt es für mich ein bisschen nach »Ja«. Ihre Körperhaltung widerspricht ihrer Aussage. So sieht niemand aus, der sich seiner Sache und seiner selbst sicher ist.

»Wie … wie meinst du das mit der Ehe?«, fragt sie.

Ich zitiere eine Geschichte, die ich einmal gelesen habe: »Kennst du die Geschichte vom alten Indianer, der sich ein Bein gebrochen hatte?«

Nein, so wie sie mich anguckt, glaubt sie nicht, dass ich ihr jetzt wirklich eine Geschichte erzählen werde. Aber was bedeutet uns die Welt, wenn wir aufhören, sie uns erzählend zu eigen zu machen? Sind wir ab dann auf Erklärungen angewiesen? Auf kalte Logik?

»Der alte Indianer besaß kaum etwas, nur ein weißes Pferd. Viele Krieger wollten es von ihm erwerben, aber er war nicht bereit, es zu verkaufen. Eines Tages war das Pferd verschwunden. Die stolzen Stammeskrieger spotteten über den weisen alten Mann, denn nun war er wirklich arm. Aber der alte Indianer war gar nicht traurig. Er sagte: ›Wer weiß, wozu es gut war.‹

Später stellte sich heraus, dass sein Pferd gar nicht gestohlen worden war, im Gegenteil. Es war nur davongaloppiert, in die Prärie hinein, und traf dort seine Herde. Als das Pferd zurückkam, brachte es ein Dutzend anderer Wildpferde mit.«

Hannah atmet heftig aus. »Du meinst«, grinst sie, »dieses streitende Pärchen wird ein Dutzend neuer Autos bekommen, weil wir ihres gestohlen haben?«

»Nein, ich meine, man weiß nie, wozu es gut ist.«

Sie schweigt, fast beleidigt, weil sie sich von mir belehrt fühlt.

Das ist nicht meine Absicht. Ich will sie nur über die erste Angst, wir könnten gefasst werden, hinwegquatschen.

»Der einzige Sohn des weisen Indianers wollte die Wildpferde einreiten. Aber dabei brach er sich ein Bein. Jetzt bedauerten alle Stammesmitglieder den weisen Indianer, denn sein einziger Sohn konnte nicht mehr arbeiten. Aber der alte weise Mann sagte nur: ›Wer weiß, wozu es gut ist.‹«

Sie fasst mich an. Ein Kribbeln durchläuft meinen Körper.

»Ich … ich kenne diese Geschichte. Am Ende ziehen sie in den Krieg oder so. Sein Sohn kann aber nicht mit, und deshalb überlebt er.«

»Genau. Denn man weiß nie, wozu es gut war. Was jetzt wie eine Katastrophe aussieht, kann vielleicht schon sehr bald als Glücksfall gesehen werden.«

Sie kuschelt ihren Kopf an meine Schulter. Ihre Haare kitzeln in meinem rechten Ohr. Sie zählt die Ereignisse auf: »Wenn du nicht verhaftet worden wärst, hättest du auch nicht fliehen müssen. Du hättest nie an meine Autotür geklopft, und wir hätten nicht die Chance bekommen, uns ineinander zu verlieben. Man weiß wirklich nie, wozu es gut ist …«

Mir macht die Tankanzeige Sorge. Nur noch ein Viertel voll. Ich habe für keine zweihundert Kilometer mehr Sprit, schätze ich. Ich wäge ab, ob es sich überhaupt lohnt zu tanken oder ob es nicht besser ist, die Karre gleich zu wechseln. Beim Tanken werden wir mit Sicherheit gefilmt werden.

An der Raststätte Hasbruch Nord halte ich an. Es sind sicher sieben oder acht Fahrzeuge aus den Niederlanden hier. Mehrere Lkws. Alles wirkt friedlich.

Ich bitte Hannah, auszusteigen und zu tanken. Sie macht es mit einem triumphalen Lächeln, als hätte sie gerade die Kronjuwelen geraubt, ohne die Alarmanlage auszulösen. Sie sucht den

Einfüllstutzen zunächst an der falschen Seite. Dann lehnt sie sich zu mir ans Fenster und fragt: »Diesel oder Benzin?«

Ich habe keine Ahnung, was den Renault Megane antreibt.

»Ich hoffe«, sage ich, »das steht im Tankdeckel.«

»Eben nicht.«

»Mist.«

Sie sieht sich um, als suche sie jemanden, den sie fragen kann: *Wissen Sie vielleicht, ob mein Auto Diesel oder Benzin verbraucht?*

Mir dauert das alles eh schon viel zu lange.

»Ich könnte es googeln …«, schlägt sie vor.

Ich schüttle vehement den Kopf. »Steig ein. Wir besorgen uns einfach eine andere Kiste.«

In dem Moment sehe ich im Rückspiegel den Polizeiwagen. Ja, ich gebe es zu, mein Herz schlägt ein paar Takte schneller.

Der Wagen fährt an uns vorbei und hält zwischen zwei Lkws kurz vor der Auffahrt zur Autobahn an. Tarnt der sich dort? Er ist zwischen den großen Wagen nicht zu sehen.

Ein zweites Polizeifahrzeug rollt auf die Raststätte zu und parkt keine fünfzig Meter von mir entfernt. Sie kesseln mich ein.

Ich steige aus und mache mich gerade.

»Was jetzt?«, fragt Hannah.

Ich lege den Arm um sie. Wie ein verliebtes Pärchen, das seine Tankrechnung begleichen und vielleicht noch ein bisschen Proviant kaufen möchte, schlendern wir auf die Tankstelle zu.

Ein Polizist betritt vor uns den Laden und tut so, als wolle er Cola kaufen. Ich sehe einen anderen in die Toilettenräume verschwinden. Alles soll harmlos aussehen, ist es aber nicht.

Ich höre einen Hubschrauber.

»Wir müssen uns trennen«, raune ich ihr zu. »Versuch, sie auf dich zu lenken. Sag ihnen, ich sei mit einem Lkw getürmt.«

Sie reagiert nicht mit Worten, doch ihr Körper wird stocksteif.

Ich folge dem Polizisten zur Toilette. Wenn Hannah ihren Job gut macht, kann sie mir einen kleinen Vorsprung verschaffen, hoffe ich. Sie ist weiß wie ihre Perlenkette.

Autobahntoiletten sind zu sterilen Orten geworden. Ganz anders, als es noch vor ein paar Jahren war. Alles glänzt frisch gewienert. Es riecht wie im OP vor der Operation, wenn noch kein Blut geflossen ist.

Der Polizist öffnet eine Tür. Muss er tatsächlich, oder will er sich nur vor mir verstecken?

Ich schlage ihm mit dem Knauf meines Messers ins Genick. Er knickt sofort in den Knien ein, und ich muss ihn halten, damit er nicht mit dem Kopf in die Kloschüssel knallt. Er hat ungefähr meine Statur, nur einen etwas dickeren Bauch, dafür aber dünnere Oberarme.

Ich drehe ihn um und helfe ihm aus der Uniform. Es ist recht eng hier in unserer improvisierten Herrenumkleide. Einmal öffnet er kurz die Augen und starrt mich an. Er will etwas sagen. Ich bitte ihn höflich, jetzt nicht zu schreien. Dann schicke ich ihn mit einem Fausthieb gegen die rechte Schläfe ins Traumland zurück.

Seine Uniform passt mir, als sei sie für mich hergestellt worden.

Ich würde ihn gerne mit seinen Handschellen hier irgendwo festmachen, aber ich finde kein Rohr, keine Stange, nichts, was sich eignen würde. Haben sich die Toilettendesigner von Innenarchitekten beraten lassen, die alles, was abgebrochen oder krumm gebogen werden kann, beseitigt haben? Überall glatte Flächen, leicht zu putzen.

Also lasse ich ihn in seiner Feinrippunterwäsche neben der Kloschüssel liegen und vertraue darauf, dass er noch ein paar

Minuten schlafen wird. Ob er danach schreiend in seiner Unterhose herausrennen wird, bezweifle ich. Er wird vermutlich – um die Peinlichkeit einzugrenzen – erst einen Kumpel rufen und ihn um Hilfe bitten. Oder ich habe Pech, und er ist einer dieser Saunagänger und FKK-Anhänger, die sich ihrer Körperlichkeit nicht schämen, und er verfolgt mich einfach so, wie Gott ihn schuf, sobald er wach wird.

Hannah lenkt den Polizisten in der Tankstelle ab. Keine Ahnung, was sie ihm erzählt, aber er hört ihr aufmerksam zu. Ich husche in meiner neuen Uniform am Schaufenster vorbei. Entweder erkennt sie mich auf die Schnelle nicht, oder sie spielt verdammt gut.

Inzwischen ist ein dritter Polizeiwagen da. Ein Beamter sitzt am Steuer, der andere holt Kaffee. Denken die echt, so einfach würde ich ihnen in die Arme laufen? Ziehen die hier alle Kräfte zusammen?

Der Hubschrauber entfernt sich. Suchen die die gesamte Strecke ab?

Ich öffne die Beifahrertür des Polizeiwagens und setze mich ganz selbstverständlich. Die Wäsche von Hannahs Ex werfe ich auf den Rücksitz. Der Typ hinterm Steuer guckt nicht mal richtig hin. Er tippt eine WhatsApp-Nachricht in sein Handy. Er macht einen genervten Eindruck. Ich wette, er hat Stress mit seiner Frau.

»Na, hat sie einen anderen?«, frage ich.

Er schaut mich an. Er kapiert nur sehr langsam, dass nicht sein Kumpel wieder eingestiegen ist, sondern der Sensenmann, der Schlitzer oder wie immer sie mich nennen.

Ich zeige ihm meine japanische Klinge. »Jetzt wirst du uns brav von hier wegbringen. Fahr los, als ob alles in Ordnung wäre.«

Ich nehme ihm das Handy ab. Er schluckt schwer, leistet aber keinen Widerstand.

Ich beruhige ihn: »Dein Kumpel lebt noch. Ich habe mir nur seine Sachen ausgeliehen. Du kannst das alles auch überleben, wenn du jetzt nicht versuchst, den Helden zu spielen oder mich reinzulegen.«

»Sind Sie Dr. Sommerfeldt?« Er fragt es mit so einer Verblüffung, als könne er es nicht glauben.

»Nein«, sage ich, »ich double den nur. Ist mein Hobby, Polizeiwagen zu entführen. So. Und jetzt lenk die Kiste lächelnd hier raus.«

Er startet den Motor. »Sie haben keine Chance«, behauptet er.

Hinter uns tritt Hannah mit einem Polizisten, der eine Cola in der Hand hält, vor die Tür und deutet zu den Lkws.

Auf dem Handydisplay lese ich die letzten WhatsApp-Nachrichten. Am Anfang nennt seine Frau ihn noch »Hasi«, aber dann ist die Stimmung umgeschlagen. Sie hat das Essen fotografiert. Labskaus mit Spiegelei drauf. Daneben eingelegte Gurken und ein Rollmops. Das zweite Foto zeigt, wie sie alles in den Abfall wirft. Darunter steht: *Ich warte nicht länger auf dich, ich bin es endgültig leid.*

Seine noch nicht abgeschickte Antwort lautet: *Ich wäre jetzt auch lieber bei dir, statt diesen Scheißverbrecher zu jagen.*

»Magst du Labskaus?«, frage ich ihn.

Er schüttelt den Kopf. »Nein, überhaupt nicht. Aber als wir uns kennengelernt haben, hat sie Labskaus für mich gekocht, nach einem Rezept ihrer Großmutter. Ich habe das gelobt, und jetzt …«

Wir fahren an den Lkws und dem Polizeiwagen vorbei. Schon sind wir wieder auf der Autobahn.

Ich lache verständnisvoll: »Und jetzt kocht sie dir zu jedem Hochzeitstag den Fraß, und du kommst aus der Nummer nicht mehr raus?!«

»Genau so ist es.«

Unser Gespräch tut ihm gut. Er wird ruhiger. Das gefällt mir. Ich habe ja kein Interesse daran, dass er einen Unfall baut.

»Weißt du«, frage ich, »woher der Labskaus kommt?«

»Von der Küste«, sagt er.

Ich erkläre ihm den ganzen Zusammenhang. »Ja, das stimmt schon. Man hat früher den Seeleuten für die lange Reise Pökelfleisch mit auf die Schiffe gegeben. Aber viele Matrosen konnten das gar nicht essen, weil sie Zahnschmerzen hatten und Skorbut. Dann wurde es zerhackt und mit Kartoffeln, Roter Bete, Gurken, oder was sonst noch so da war, zu einem Brei verarbeitet. Den konnten sie, ohne zu kauen, essen, und außerdem waren Gurken und Rote Bete gut gegen den Vitaminmangel.«

Er guckt mehr zu mir als auf die Fahrbahn.

»Da hast du aber ein traditionsreiches Essen verpasst. Und statt mit deiner Schönen den Hochzeitstag zu feiern, musst du diesen, ich zitiere, Scheißverbrecher jagen.«

»Ich hab das nicht so gemeint.«

»Keine Sorge, Hasi, ich bin nicht nachtragend. Aber nun erzählst du mir, was hier gerade los ist.«

»Nichts ... Alles ganz normal ...«

»Drei Polizeiwagen auf der Raststätte, dazu ein Hubschrauber. Ganz normal? Verarsch mich nicht, wenn du leben willst.«

Er gesteht sofort die Wahrheit: »Wir wissen, dass Sie sich im Großraum Oldenburg aufhalten. Edewecht, Frisoythe, Großenkneten, Wardenburg, Hude, Bad Zwischenahn ... ja, bis Brake und Ganderkesee gibt es Straßensperren und Kontrollen. Es wurde alles mobilisiert, was Beine hat. Ich mache seit zwanzig Stunden Dienst. Sie halten uns ganz schön auf Trab, Herr Dr. Sommerfeldt …«

»Und deshalb glaubst du, hätte ich keine Chance?«

Er verzieht den Mund. »Ich schätze, drei Hundertschaften werden gerade aufgeboten, wenn nicht vier. Sogar aus Bremen und Hamburg wurden Leute angefordert. Ihre Ergreifung hat oberste Priorität.«

Ich fühle mich fast geschmeichelt.

Wir hören über Polizeifunk, dass sich eine Geisel des Serienkillers Dr. Sommerfeldt befreien konnte. Der gesuchte Ausbrecher sei in einem Lkw mit vermutlich belgischem Nummernschild auf der Flucht. Es sei anzunehmen, dass der Fahrer entweder keine Ahnung habe, wer da bei ihm im Fahrzeug sitze, oder aber selbst zur Geisel geworden sei.

Komisch, kein Wort davon, dass ich in einem Polizeiwagen unterwegs bin. Liegt der Typ, dessen Uniform ich trage, immer noch ohnmächtig auf der Toilette? Habe ich zu fest zugeschlagen, oder ist die Nummer, die ich hier gerade durchziehe, einfach zu peinlich für die Polizei? Wäre die Verunsicherung der Bevölkerung zu groß, wenn klarwird, dass ich in einem Polizeiwagen unterwegs bin? Untergräbt der gesuchte Killer in Uniform die Staatsräson?

Sosehr mir diese Gedanken schmeicheln, sagt mir mein Verstand doch, dass alles ganz anders ist. Er macht mir damit den ganzen Spaß kaputt. Mein Verstand ist ein guter Diener, aber ein ganz schlechter Herrscher. Es gelingt mir leider nicht, ihn in seine Schranken zu weisen.

Ich höre mich sagen: »Sie wissen, dass wir den Polizeifunk abhören.«

»Ja, ganz so bescheuert, wie viele Leute denken, sind wir nicht.«

»Fahr in Ganderkesee raus«, verlange ich.

Er tut es. Wir kommen problemlos durch. Im größten Naturpark Niedersachsens werde ich ja wohl ein Fahrzeug verstecken und einen Polizisten anketten können.

Wir fahren durch die Stadt. Aber ich suche die Einsamkeit. Ich dirigiere ihn in Richtung Wildeshausen.

Ich fordere ihn auf, in ein Waldstück abzubiegen. Es ist herrlich idyllisch hier. Ein Specht hämmert eifrig. Wildgänse flattern hoch, als wir sie stören.

Ich lasse ihn auf einen Waldweg abbiegen. Er glaubt zu ahnen, worauf das alles hinausläuft.

»Hier bin ich früher mit meiner Frau, als wir noch frisch verliebt waren, oft abends spazieren gegangen. Sie wollen mich doch jetzt nicht hier töten und dann meine Leiche …«

»Nein«, sage ich, »das will ich nicht.«

Er glaubt mir nicht. Seine Unterlippe zittert. Sein Adamsapfel hüpft auf und ab.

»Ich brauche einen Vorsprung. Ich will den Fahndungsring durchbrechen. Halte hier an.«

Er stoppt den Wagen vorsichtig wie ein Fahrschüler, der Angst hat, durch die Prüfung zu fallen.

Ich gehe ein Stück mit ihm in den Wald.

»Seid ihr echt früher hier zum Sex in den Wald gegangen?«

»Nein, das nicht. Aber ich habe ihr hier den Heiratsantrag gemacht.«

Ich bitte ihn, einen Baum zu umarmen. Er niest mehrfach. Seine Augen tränen.

Ich ermahne ihn: »Komm, Kumpel, mach jetzt keinen auf krank.«

Es geht ihm gleich besser.

Ich lasse seine eigenen Handschellen um seine Gelenke klicken. Jetzt steht er da, als habe er sich in den Baum verliebt und wolle ihn knutschen.

»So. Mach dir keine Sorgen. ›Ich bin dann mal weg‹«, zitiere ich Hape Kerkeling, aber unser Baumliebhaber ist wohl kein guter Leser und versteht die Anspielung nicht.

»Wenn ich dir noch einen guten Tipp geben darf, Hasi …«

»Ich höre.«

»An deiner Stelle würde ich zu Hause klipp und klar sagen: ›Weißt du was, mein Schatz, ich liebe dich, aber ich hasse Labskaus.‹ Du liebst sie doch, oder?«

»Ja verdammt! Ich liebe sie mehr als alles andere auf der Welt.«

»Na bitte, dann hätten wir das ja auch geklärt. Ich werde sie später anrufen und ihr sagen, wo sie dich findet. Oder möchtest du, dass ich deine Kollegen informiere?«

Er denkt kurz nach. Vielleicht, um seine Frau vor mir zu schützen, sagt er: »Informieren Sie lieber die Polizeidienststelle, bevor mich hier die Füchse auffressen.«

»Aber«, gebe ich zu bedenken, »es könnte ihr guttun, dass sie dich rettet. Ich könnte ihr ausrichten, dass du sie liebst und …«

Er schabt die Wange an der Rinde entlang, um mich besser anschauen zu können. »Ja, Kumpel, bitte tu das für mich. Ihre Nummer ist …«

Ich hebe kurz das Handy an: »Ich habe ihre Nummer, Hasi.«

Ich will gehen, aber er hat noch etwas auf dem Herzen. »Was ist?«, frage ich. Er kaut eine Weile an seiner Frage herum.

»Du hast doch nicht etwa Angst im Wald, so alleine, oder?«, scherze ich.

»Als Kind konnte ich mir nichts Schlimmeres vorstellen, als alleine im Keller oder im Wald zu sein.«

»Aber jetzt bist du doch groß.«

»Ja. Ich habe nur eine Frage. Ich meine, jetzt, da wir uns ja praktisch kennen ...«

»Nämlich?«

»Also ... haben Sie die Leute wirklich umgebracht, oder sind Sie unschuldig? Haben Sie wirklich alles aus Liebe getan, um diese Cordula zu schützen? Meine Frau glaubt ja, dass Sie so eine Art Held sind. Bei ihr würde ich toll dastehen, wenn ich Ihnen zur Flucht verholfen hätte.«

»Hast du ja in gewisser Weise. Hast du, Hasi. Aber jetzt muss ich wirklich ... Man hat als Serienkiller ja schließlich noch was anderes zu tun.«

»Halt!«, ruft er, »Bitte gehen Sie noch nicht! Ich ... ich muss dringend eine rauchen. Ich brauche Nikotin. Ich halte ein paar Stunden ohne Zigaretten jetzt hier so nicht aus.«

Und wenn ich es nie wieder tue: Ich fummle eine Packung Filterzigaretten aus seiner Jackentasche. Ich schiebe ihm eine zwischen die Lippen. »Du weißt, dass dich das eines Tages umbringen wird?«

Ich suche seine Taschen nach einem Feuerzeug ab.

Er lacht. Die Zigarette wippt bei jedem Wort auf und ab. »Der Killer sagt mir, die Zigaretten werden mich umbringen!«

»Nein, das hat der Arzt dir gesagt, Hasi. Dem Killer ist es völlig egal, ob du dich selbst fertigmachst oder nicht.«

Ich finde in seiner Hosentasche ein Einwegfeuerzeug mit der Aufschrift: *Gott erschuf die Zeit, von Eile hat er nichts gesagt.*

Ich gebe ihm Feuer. »Ich liebe Wangerooge auch«, sage ich.

Dieses Feuerzeug gibt es dort in jedem Supermarkt. Der Spruch hängt am Fähranleger.

»Meine Frau«, jammert er, »würde sich dort am liebsten eine Ferienwohnung kaufen. Aber dafür reicht mein Gehalt nicht.«

Gierig saugt er den Qualm ein und hält ihn solange wie möglich in der Lunge, bis er ihn durch die Nasenlöcher wieder ausbläst. Er hat jetzt etwas von einem angeketteten, fauchenden Drachen.

»Danke schön«, stöhnt er.

Ich laufe zum Auto zurück, aber dort überlege ich es mir anders. Es hat seit Tagen nicht geregnet. Die Zigarette zwischen den Lippen des gefesselten Polizisten könnte zu einer großen Gefahr werden. In Kalifornien und auf Sizilien wüten gerade Waldbrände.

Nein, ich will nicht dafür verantwortlich sein, dass dieses wunderschöne Naturschutzgebiet verwüstet wird.

Ich gehe zurück. Die Asche an seiner Zigarette ist schon lang und krumm. Ich nehme ihm den Sargnagel weg und drücke die Glut aus.

Er protestiert: »Hey, was soll das? Warum …«

»Offenes Feuer ist im Wald nicht ohne Grund verboten«, erkläre ich ihm. »Wie willst du die Zigarette in deiner Lage ausdrücken?«

»Ich spuck sie einfach aus, ich …«

»Siehst du, genau das will ich verhindern. Wir wollen doch keinen Waldbrand riskieren.«

Ich habe mich lange genug mit ihm beschäftigt. Ich verlasse ihn. Er ruft mir hinterher: »Wer ist hier eigentlich der Polizist? Sie oder ich?!«

Im Auto denke ich, vielleicht hat er recht. Die Verkleidungen verändern den Menschen. Jetzt, in der Polizeiuniform, bin ich ein anderer. Ich bewege mich anders. Denke und fühle ich auch anders?

Die Teufelsmaske hat mich stets verändert. In gewisser Weise frei gemacht. Werde ich jetzt gerade zum Ordnungshüter?

Ich bekomme Lust, Falschparker aufzuschreiben und ein paar Raser zu kontrollieren. Vielleicht ist das die Idee, den Polizeiring zu durchbrechen ... Ich muss nur die neue Identität voll ausspielen.

17

Ich meide Autobahnen. Noch immer befinde ich mich im Landkreis Oldenburg. Ich will nach Dangast. Vermutlich durchbreche ich den Fahndungsring am besten zu Fuß querfeldein. Aber noch habe ich bis dorthin gut achtzig Kilometer vor mir. Zu Fuß zu viel.

In Wildeshausen bei der Alexanderkirche habe ich Glück. In einem offenen Sportwagen sitzen drei kiffende Jugendliche. Sie wollen sofort los, als sie den Polizeiwagen sehen. Der Fahrer, ich schätze ihn auf höchstens zwanzig, ist aber viel zu nervös und würgt den Motor ab.

Noch während ich auf den Wagen zugehe, fliegt ein Joint im hohen Bogen aus dem Auto, aber der Wind bläst ihn praktisch vor meine Füße.

Schon stehe ich mit strengem Blick bei ihnen.

Der Fahrer trägt einen Militärhaarschnitt, der ihn aussehen lässt, als hätte er gerade die Aufnahmeprüfung bei den Ledernacken bestanden. Bis vor wenigen Minuten hat er sich bestimmt für einen eisenharten Draufgänger gehalten. Jetzt schmilzt sein Heldenmut und geht nahtlos in eine Panikattacke über. Er kämpft mit einer Schnappatmung, und das liegt nicht am Haschisch.

Die rothaarige Hippiebraut auf dem Rücksitz hat etwas von der viel zu früh verstorbenen Janis Joplin. Die Brille mit den runden Gläsern steht ihr gut. Ihre schreckensweit geöffneten Augen wecken den Beschützerinstinkt in mir.

»Mein Vater bringt mich um …«, jammert sie entsetzt.

Der Typ auf dem Beifahrersitz schweigt und stiert geradeaus. Er schwitzt. Sein T-Shirt ist nass. Darauf steht in roter Schrift *Los Angeles*, und an den Ärmeln ist jeweils eine Abbildung der amerikanischen Flagge zu sehen.

Ich bücke mich, hebe den Joint auf und frage: »Wer wirft denn so etwas weg?«

Der Marine-Corps-Anwärter behauptet frech: »Das gehört uns nicht.«

»Nein«, bestätige ich, »euch doch nicht! Ihr werdet doch nicht bei so einem Wetter im offenen Cabrio Marihuana rauchen! Ich meine, wer macht so etwas schon? Wir sind doch hier in Wildeshausen und nicht in New York, Los Angeles oder Amsterdam.«

Ich nehme demonstrativ einen Zug. Die Jugendlichen starren mich ungläubig an. Ich muss mich beherrschen. Fast hätte ich gehustet. Ich bin es einfach nicht mehr gewohnt zu rauchen. Es brennt heiß in meinem Hals.

Ich erinnere mich an meine Studentenzeit. Da habe ich mit Kommilitonen so manchen Joint durchgezogen.

»Was glotzt ihr so?«, frage ich.

»Ich … ich … wir … haben so was noch nie gemacht. Das ist echt das erste Mal, Herr Wachtmeister …«

»Klar«, sage ich, »ist immer das erste Mal, wenn man erwischt wird. Wem gehört der Wagen?«

»Meinem Vater«, gesteht der zukünftige Elitesoldat zerknirscht.

»Na dann«, sage ich und schnippe mit dem Finger, »Führerschein, Papiere – das volle Programm.«

»O bitte«, ruft Janis Joplin, »ich wollte von Anfang an nicht mitmachen … Wir wollten eigentlich nur eine kleine Spritztour machen …«

»Ich … ich … habe meine … also, genau genommen habe ich meine Führerscheinprüfung noch nicht wirklich bestanden«, gibt der bekiffte Marineinfanterist mit blödem Grinsen zu.

Damit verrät er auch den anderen eine Neuigkeit, jedenfalls kreischt Janis: »Waaas? Ich dachte, du hast gestern …«

Der Elitesoldat kaut auf der Oberlippe herum. »Ich …«, er sieht mich an und versucht eine Erklärung. »Es war mir peinlich. Ich bin durch die Prüfung gefallen … Und dann wollten die beiden doch mit mir feiern. Sie kamen mit Sekt und …«

»Ach, Sekt habt ihr also auch getrunken? Ich hoffe, eisgekühlt, bei dem Wetter«, grinse ich.

»Die Flasche ist schon leer«, bedauert Janis und zeigt sie mir zur Entschuldigung vor, damit ich verstehe, warum ich nichts abbekomme. Vielleicht ist ja was dran, und Haschisch macht wirklich blöd …

Ich ziehe noch einmal am Joint. Die Sonne brennt erbarmungslos vom Himmel. Zwei Enten watscheln vorbei und suchen Schatten.

»Wisst ihr was«, flüstere ich. »Im Grunde beneide ich euch. Ihr seid jung, habt die Welt noch vor euch. Bald werdet ihr euer Abi machen und studieren. Ich würde euch nicht gerne die Zukunft versauen. Ich habe echt kein Interesse daran, euch zu kriminalisieren.« Ich zwinkere ihnen zu. »Als ich jung war, habe ich auch die eine oder andere Tüte gebaut. Nicht alles, was wir geraucht haben, war immer legal. Ich hatte in meinem Zimmer sogar eine eigene Pflanze stehen.« Ich deute an, wie groß sie war.

Jetzt wird der große Schweiger auf dem Beifahrersitz gesprächig. »Das ist hochanständig von Ihnen«, behauptet er.

»Andererseits«, gebe ich zu bedenken, »ich muss das hier natürlich melden. Ich mache mich sonst selber strafbar. Ein bekiffter Typ ohne Führerschein am Steuer dieses Schlittens hier – der fährt doch gut und gerne zweihundert, wenn nicht mehr, oder?«

»Wir parken hier nur«, wirft Janis heiser ein.

Ich stupse den Möchtegernfahrer an. »Weiß dein Vater, was du hier treibst?«

»Nein«, gibt er zu, »der ist mit meiner Mutter bei meiner Oma in Osnabrück. Achtzigster Geburtstag.«

Ich lache demonstrativ: »Sturmfreie Bude also. Toller Sportwagen in der Garage. Beneidenswert.«

Ich stütze mich auf der Karosserie ab und tue, als müsste ich nachdenken und mit mir ringen. »Wisst ihr was? Ich mache euch einen Vorschlag. Wenn ihr ein Geheimnis für euch behalten könnt, dann kann ich das auch.«

Sie werden sehr neugierig, wittern eine Chance, heil aus der Sache herauszukommen, und nicken alle gleichzeitig.

»Also, die Sache ist nämlich so …« Ich nehme noch einen kleinen Zug. »Das Zeug törnt überhaupt nicht. Wer hat euch das angedreht? Na, egal. Also. Heute ist nicht gerade mein Glückstag. Meine Ex heiratet heute so einen erfolgsverwöhnten Yuppie, der vermutlich in der Woche mehr verdient als ich im Monat. Sie haben mich zur Hochzeit eingeladen … Vermutlich, um mich zu demütigen. Ich meine …«, ich pfeife heftig. »Wenn ich da allerdings mit diesem Schlitten vorfahren würde …«

Der Ledernacken kapiert sofort und macht mir ein Angebot: »Wie wäre es, wenn wir Ihnen den Wagen ausleihen? Sie könnten ihn doch zurückbringen, bevor meine Eltern aus Osnabrück …«

»Klar«, sage ich, »wer will schon lange auf der Hochzeit seiner Ex bleiben? Ich wäre in ein paar Stunden zurück. Sie heiratet in Cuxhaven.«

»Deal!«, triumphiert Janis erleichtert.

»Okay, aber …«, ich lege meinen Zeigefinger über meine Lippen. »Pssst!«

Die Kids steigen aus. Janis ganz sportlich mit einem Sprung, ohne die Tür zu öffnen.

»Die Papiere«, erklärt der Soldat stolz, »liegen im Handschuhfach. Der Tank ist voll. Meine Mutter weigert sich, mit dem Schlitten zu fahren. Sie sagt, der sei ein Zeichen für die Midlife-Crisis meines Vaters. Sie ist echt eine Spaßbremse …«

Ich hole Erwins champagnerfarbenen Anzug aus dem Polizeiwagen und werfe ihn in den Sportwagen. Dann mache ich es mir auf dem Fahrersitz gemütlich und stelle die Außenspiegel neu ein.

Die Jugendlichen stehen trotz der Hitze frierend herum, wissen noch nicht, ob sie lachen oder heulen sollen. Janis reibt sich zitternd die Oberarme.

Schon sehe ich sie im Rückspiegel. Sie winken mir hinterher.

Das Schicksal ist mir hold. Ich habe meine Chance zu entkommen gerade entscheidend verbessert. Bis dieses Auto als verdächtig gemeldet wird, bin ich längst weit weg.

Da ich nur Landstraßen benutze, lerne ich die Schönheit der Gegend so richtig kennen. Eine Weile fahre ich an der Hunte entlang. Ich höre Radio. Der Verkehrsfunk ist für mich sehr aufschlussreich, denn Polizeisperren und konsequente Autokontrollen verursachen Staus und Schlangen. Die werden hier angekündigt. So kann ich sie gezielt umgehen.

Die Hubschrauber stören mich nicht.

Im Radio wird die Bevölkerung bei der Suche nach mir um Mithilfe gebeten. Ich bin angeblich in Hannover im Hauptbahnhof gesehen worden. Er wurde abgeriegelt, und viele Züge haben jetzt Verspätung. Ich frage mich, ob das stimmt oder ob die Bahn endlich eine gute Ausrede für ihr eigenes Versagen hat.

Ich versenke den Sportwagen in einem Fischteich bei Varel. Den Rest der Strecke bis Dangast radle ich gemütlich auf einem geliehenen Hollandrad. Die Polizeiuniform habe ich in der Fahrradtasche, ich trage jetzt wieder die Klamotten von Hannahs Mann, denn ich fürchte, ein Polizist auf einem Hollandrad ist zu auffällig.

Ich erinnere mich an den süchtigen Raucher, den ich angekettet habe, und rufe mit Hasis Handy seine Frau an.

Eine keifige Stimme meldet sich: »Glaub ja nicht, dass du jetzt ein bisschen Süßholz raspeln kannst, und alles ist wieder gut! Ich habe mit Britta gesprochen. Sie hat mir ihren Scheidungsanwalt empfohlen.«

»Mein Name ist Dr. Bernhard Sommerfeldt. Ihr Mann befindet sich in meiner Gewalt.«

»Was … Wie?«

»Er hat mich um einen letzten Gefallen gebeten, bevor ich ihn töte.«

»Waaas?«, kreischt sie.

»Ja«, antworte ich ruhig, »ich soll Ihnen sagen, dass er Sie liebt.«

Sie schluckt und weint. »Bitte«, fleht sie, »bitte, Dr. Sommerfeldt, Sie sind im Grunde doch ein guter Mensch! Bitte tun Sie ihm nichts! Er ist harmlos. Ein netter Kerl.«

»Er hat mir erzählt, dass Sie ein Fan von mir sind.«

»Bitte«, fleht sie noch einmal, »bitte verschonen Sie meinen Mann!«

»Okay«, sage ich, »weil Sie ein Fan von mir sind und um Gnade für ihn bitten, lasse ich ihn unter einer Bedingung leben.«

»Und die wäre? Ich tue alles für Sie, Herr Dr. Sommerfeldt, alles! Ich kenne gute Anwälte. Ich könnte …«

»Ich brauche keine Anwälte. Ich habe ein Messer. Ich bitte Sie lediglich, für Ihren Mann nie wieder Labskaus zu kochen. Er hasst das Zeug, er hat immer nur Ihnen zuliebe Labskaus gegessen. Wenn das kein Liebesbeweis ist ...«

Sie bekommt Schluckauf.

»Ich habe ihn ganz in der Nähe der Stelle, an der er Ihnen einen Heiratsantrag gemacht hat, an einen Baum gekettet. Gehen Sie allein dorthin. Nehmen Sie einen Seitenschneider mit oder etwas anderes. Sie brauchen Werkzeug. Er trägt Handschellen. Rufen Sie nicht die Polizei. Es wäre peinlich für ihn.«

»Ja ... ich ... äh ...«

»Alles Gute für Sie und Ihren Mann. Ich hoffe, ich habe Ihnen nicht zu viele Umstände bereitet.«

»Sie können sich auf uns verlassen, Herr Dr. Sommerfeldt. Und danke! Danke, dass Sie meinen Mann leben lassen.«

»Gerade haben Sie ihm noch mit dem Scheidungsanwalt gedroht.«

»Ja, ich war sauer auf ihn, aber, Herrgott, ich liebe ihn doch auch! Hat er wirklich gesagt, Sie sollen mir ausrichten ...«

»Ja, das war sein letzter Wunsch vor seinem Tod. Also, jetzt lasse ich ihn ja leben. Aber das hat er nur Ihnen zu verdanken.«

»Ich danke Ihnen, ich danke Ihnen«, schluchzt sie.

Sie redet noch mehr. Ich verstehe sie nicht genau, das Weinen verwässert die Stimme. Ich drücke das Gespräch weg. Schließlich bin ich kein Paartherapeut.

18

Endlich am Meer! Selten habe ich das Gefühl von Freiheit so intensiv erlebt. Das Grollen dieser Naturgewalt kommt mir vor wie eine göttliche Begrüßung, als würden die Wellen mir persönlich entgegenrollen und eine Botschaft alter Götter mitbringen. Meeresgötter.

Ich stehe mit erhobenen Armen barfuß im Sand. Der Wind lässt mein Hemd flattern und trocknet den Schweiß unter meinen Achseln. Er flüstert: *Du bist frei! Frei! Frei!*

Ich schaue in die Schaumkronen der brechenden Wellen und weiß wieder, dass ich mehr bin als die Nummer in meinem Personalausweis, mehr als das Bild auf den Fahndungsplakaten. Schulden werden zum Witz. Geld zu buntem Papier.

Deshalb hat das Meer so eine Magie, so eine enorme Anziehungskraft auf die Menschen. Hier werden sie daran erinnert, wer sie wirklich sind. Steuererklärungen werden belanglos. Politik zur peinlichen Unterhaltungsshow. All die Urteile, die über uns gefällt werden, die Kategorisierungen, Zeugnisnoten, Lohngruppeneinordnungen werden angesichts dieser ungebändigten Kraft zu Müll. Zivilisationsabfall.

Wie viele Regierungsformen hat das Meer kommen und gehen sehen? Wie viele Kaiser, Könige und Präsidenten untergehen? Die Vergänglichkeit von allem, was uns nervt und drückt. Ja, unsere eigene Vergänglichkeit wird uns hier bewusst.

Schuldgefühle spült das Meer weg. Fühlt das Meer sich schuldig, weil die letzte Sturmflut Schiffe hat kentern lassen? Deiche zerstört oder Menschen getötet hat? Ist das Meer verantwortungslos?

Hier findet der Mensch zu tiefer Gelassenheit, beginnt, sich wieder als Teil von etwas zu empfinden, statt losgelöst herumgeschubst zu werden. Niemand, der auf diese Naturgewalt schaut, bleibt in dem Gefühl stecken, anderen etwas recht machen zu müssen.

Eine Touristengruppe spaziert auf mich zu. Ich bin vor ihren Blicken sicher. Ich muss mich nicht verstecken. Sie schauen mit offenen Sinnen aufs Meer, während der Wind ihren Frisuren eine neue Form gibt.

Da ich mit offenem Mund dastehe und den Wind wirklich in mich hineinlasse, schmecke ich das Meer auf der Zunge. Meine Zähne werden kalt. Ich weiß, später wird Sand zwischen meinen Zähnen knirschen und mich daran erinnern, dass ich ein Teil der Natur bin. Ein freies menschliches Wesen.

Keine Ahnung, wie lange ich so stehe. Jedes Zeitgefühl geht verloren. Das Meer gibt den Rhythmus vor, nicht die Digitaluhr.

Ich sinke tiefer in den Sand. Inzwischen umspülen die Wellen meine Beine, und einige besonders kraftvolle versuchen, mich umzuwerfen. Ich stemme mich ihrer Kraft entgegen.

Ein Krebschen, weiß, mit langen Beinen, hat sich im Stoff meines Hemdes verfangen. Ich gewähre ihm Schutz. Über mir kreischen aufgeregt Möwen.

19

Am Fischturm im Hafen am Pegelhaus neben dem Querfeuer stehe ich mit Touristen Schlange. Die Fischbude sieht aus wie ein kleiner Leuchtturm. In Weiß und Rot gestrichen. Eine simple Idee, die Urlauber anzieht. Auch hier fürchte ich nicht, erkannt zu werden.

Ein Pegelwart, der von einigen Hannes gerufen wird, erklärt die Funktionsweise des Pegels. Die Windrose auf dem Dach, die die Richtung des Windes anzeigt, der gerade umschlägt, wird zur vielfotografierten Touristenattraktion. Die meisten wollen mit der *Etta*, wie sie das kleine Passagierschiff nennen, eine Ausflugsfahrt zu den Seehundbänken machen.

Für mich interessiert sich niemand. Touristenorte sind ideal zum Untertauchen.

Der Sand zwischen meinen Zähnen knirscht. Mit der Zunge taste ich mein Zahnfleisch ab, um die Körnchen zu erwischen. Ich spucke aus.

Die Fischbrötchen hier sind anders, als ich sie aus Norddeich kenne. Nicht weich, sondern knackig. Frisch gebacken. Sie erinnern mich geschmacklich an die Muschelbrötchen auf Langeoog.

Erst beim Essen merke ich, wie hungrig ich bin. Bei so einer Flucht verbrennt man Kalorien. Ein ideales Abnehmprogramm. Mit dem Matjesbrötchen entfache ich das Feuer meines Appetits erst richtig. Ich schiebe gleich ein Krabbenbrötchen mit Knoblauchsoße hinterher.

Während ich meine Fingerspitzen ablecke und Krümel von meinem Hemd pflücke, wäge ich ab, was dagegen spricht, auch ein Seelachsschnitzel zu probieren. Eigentlich nichts.

Jetzt bin ich durstig geworden. Und wie! Am liebsten hätte ich ein Tide-Bier. Dieses Biobier habe ich auf Langeoog kennengelernt.

Schließlich lande ich im Kurhaus Dangast, wo mich der Rhabarberkuchen anmacht, der am Nachbartisch gegessen wird. Die Leute stöhnen so lustvoll dabei, als hätten sie hier mitten im Lokal Geschlechtsverkehr.

Na bitte. Ein Bier und Rhabarberkuchen? Ist das die Freiheit?

Ich nehme sogar noch einen Kaffee dazu. Es geht mir großartig. Ich fühle mich auf der Terrasse dieses efeuumrankten Lokals sauwohl.

Vor mir grollt das Meer. Über mir lacht der Himmel. Neben mir klappert in der Küche Geschirr, und verlockende Düfte verbreiten sich jedes Mal, wenn sich die Tür öffnet.

Aber jetzt bin ich satt. Geblieben ist nur mein Hunger nach Leben, Glück, Liebe und Rache.

Ich komme, Graff. Bald schon werde ich meine Damaszener Stahlklinge dein Blut schmecken lassen. Sehr bald.

Hier in Dangast werde ich mich eine Weile verkriechen, bis sich die Aufregung um meine Flucht gelegt hat und die Welt wieder zu ihrer alten Tagesordnung zurückfindet. Neue Bilder werden die alten ablösen. Sogenannte Sanierer werden Arbeitsplätze vernichten, Vorstandsvorsitzende wegen Steuerhinterziehung verhaftet werden. Selbstmordattentäter vergeblich auf zweiundsiebzig Jungfrauen warten. Politiker werden der Lüge überführt werden, und Weltmeister im Boxring k. o. gehen. Während ich in neuen Verkleidungen und Kostümen mein Spiel weiterspiele.

20

Sonnenuntergänge am Meer erwärmen die Seele. Sie unterstreichen die Gewissheit, dass wir werden und vergehen. Sie stimmen mich melancholisch und euphorisch zugleich. Prophezeit mir doch jeder Sonnenuntergang in seiner Einzigartigkeit, dass es ein Morgen geben wird. Einen neuen Tag.

Das Haus von Solveig Drechsler liegt genial. Mit Meerblick, nicht weit vom Kunstpfad entfernt. Ich staune. Hat sie so sehr untertrieben? Beim Lesen ihrer Briefe hatte ich das Gefühl, sie sei von der Sorge um gesellschaftlichen Absturz gedrückt. Eine Frau, immer am Rande des Existenzminimums. Schön, gebildet, aber mittellos.

Die Ferienwohnung, die dringend renoviert werden muss … Ihr Job als Servierkraft auf Borkum … Das alles las sich wie ein verschämter Aufschrei: *Hilfe, ich bin pleite!*

Ich dachte, sie wohnt hier zur Miete über einem Café, in dem sie aushilfsweise arbeitet. Aber wenn ich mich nicht täusche, bewohnt sie das Häuschen, abgesehen von einem fetten Kater, alleine. Ihr Name steht auf der Klingel, sonst nichts.

Ein Haus mit dem verwunschenen Garten voller Rosen – ähnlich wie bei Hannah in Oldenburg, aber viel wilder, ungezügelter, verwucherter – ist in dieser tollen Lage gut und gerne ein Milliönchen wert. Niedrig geschätzt. Kaum denkbar, dass sie hier alleine zur Miete wohnt. Das Haus reicht für eine Familie mit drei bis vier Kindern.

Sie hat sich hinten auf der Terrasse in einen Schaukelstuhl gesetzt, neben sich eine Flasche Weißwein in einem Silberkübel voller Eiswürfel. An ihrem langstieligen Glas perlen Tropfen herunter wie Morgentau.

Sie hat drei völlig unterschiedliche Kerzen in ein großes Einweckglas gestellt. Sie spenden ihr Licht. Außerdem eine Stehlampe, die ein bisschen nach plüschigem Schlafzimmer aussieht und auf der Terrasse deplatziert wirkt. Ein Nachtfalter flattert unter dem Lampenschirm herum.

Solveig liest in einem dicken Buch. Ich kann das Cover nicht sehen. Sie nippt an ihrem Wein und stellt das Glas zurück, ohne vom Buch aufzusehen. Der Text fesselt sie.

Ich nähere mich ihr unbemerkt im Schatten der Bäume. Ich bin mir auf eine unerklärliche Weise sicher, dass die Frau da im Schaukelstuhl Solveig Drechsler ist, obwohl sie völlig anders aussieht als die, die ich von den Fotos kenne. Die Bilder, die ich im Gefängnis von ihr zu sehen bekam, zeigten eine introvertierte Frau in Kleidergröße achtunddreißig, mit langen, das Gesicht umrahmenden Locken. Aber die dort vor mir trägt Kleidergröße achtundvierzig, schätze ich, wenn nicht mehr. Möglicherweise hat sie Wasser in den Beinen. Das rechte Bein hat sie auf einen Schemel hochgelegt. Der Fuß sieht geschwollen aus.

Ich will sie nicht erschrecken. Deshalb stehe ich eine Weile zwar ganz nah bei ihr, aber ich bin leise und schaue ihr nur zu. Ihr Buch muss wirklich spannend sein. Sie bemerkt mich tatsächlich nicht.

Mit ruhiger, sanfter Stimme sage ich: »Solveig?«

Sie schaut erschrocken vom Buch hoch. Sie braucht einen Moment, dann presst sie es gegen ihre Brust, als hätte sie vor, eine Blöße zu verdecken, die nur in ihrer Phantasie existiert. Ihr Mund steht offen.

Ich scherze: »Wie kann man bei dem irren Ausblick hinten im Garten sitzen, statt vorne aufs Meer zu schauen?«

Wie um meine Worte zu unterstreichen, tutet ein Schiff. Kurz. Lang. Kurz. Kurz. Wenn mich nicht alles täuscht, bedeutet das, die Polizei hält ein Schiff an. Glauben sie, dass ich übers Meer fliehe? Aber vielleicht sollte ich nicht alles, was passiert, auf mich beziehen. Meine Freundin Beate würde das als typisch kindliches Verhalten bezeichnen. Wenn ich meinen Teller leer gegessen habe, scheint die Sonne …

Solveig spricht leise, mit einer – wie ich finde – sehr erotischen Stimme: »Wenn man am Meer aufgewachsen ist, gewöhnt man sich so sehr daran, dass man irgendwann das Geräusch der Wellen gar nicht mehr wahrnimmt. Ich lese gerne hier. Oft bis spät in die Nacht.«

Ich deute ihr an, sie solle schweigen. Wir sind beide ganz ruhig. Da ist das Surren von Bienen, und ein Vogel schimpft laut. Der Nachtfalter flattert gegen den Stoffschirm der Lampe.

Das Meer ist ganz nah.

»Ich kann die Wellen auch hier hinter dem Haus hören«, sage ich.

Sie lacht. »Es ist den ganzen Tag da, wie mein Herzschlag.«

Sie braucht das Buch als Schutz nicht länger und legt es weg.

»Du bist ihnen entwischt«, lächelt sie und strahlt mich an, als hätte sie gehofft, ja erwartet, dass ich zu ihr komme. Sie setzt sich anders hin. »Enttäuscht?«, fragt sie frei heraus und deutet mit einer Hand auf sich.

Ich tue so, als hätte ich keine Ahnung, wovon sie redet.

Noch einmal zeigt sie auf sich selbst und verzieht dabei den Mund.

»Ach«, lache ich, »ich sehe auch nicht mehr aus wie auf den Fahndungsfotos.«

»Jetzt werden neue gemacht«, warnt sie mich.

»Also werde ich mich wohl wieder verändern«, folgere ich.

Sie hält mir ihr Weinglas hin. »Möchtest du einen Schluck?«

»Eigentlich«, sage ich, »trinke ich nicht, wenn ich auf der Flucht bin …«

»Eigentlich …«, wiederholt sie und hebt das Glas noch mehr in meine Richtung.

Ich nehme es ihr ab. »Aber zur Feier des Tages …« Ich probiere einen Schluck und zeige mich von der Qualität beeindruckt.

Das ist aber reine Heuchelei. Das Zeug ist nicht trocken, sondern sauer. Lediglich die Kühle tut gut im Hals. Trotzdem nehme ich noch einen Schluck.

Ich muss grinsen, weil ich an Hasi, den Polizisten, denken muss, der, weil er sich nicht früh genug gewehrt hat, zu jedem Hochzeitstag essen musste, was ihm nicht schmeckte. Hoffentlich bietet mir Solveig nicht ab jetzt ständig diesen grässlichen Weißwein an. Manche Nettigkeiten rächen sich einfach.

»Sollen wir ins Haus gehen?«, fragt sie. »Du hast bestimmt Hunger. Ich kann dir ein paar Eier in die Pfanne hauen.«

Ich schüttle den Kopf. Sie versucht es gleich noch einmal: »Ich habe auch Fisch in der Tiefkühltruhe. Pizza, oder magst du lieber Spaghetti?«

Ich wehre ab: »Danke, ich habe gut gegessen und getrunken.«

Sie breitet die Arme aus: »Was kann ich denn dann für dich tun, Bernhard?«

»Ich würde gerne die Nachrichten sehen. Ich möchte wissen, wo sie mich vermuten, was sie planen.«

Sie erhebt sich. Es fällt ihr schwer. Ihre Gelenke sind nicht mehr die besten. Jetzt weiß ich, an wen sie mich erinnert: An Kathy Bates in *Misery*.

Sie geht ins Haus voran. Sie trägt das Buch, ich das Weinglas. Die Flasche im Kübel bleibt draußen.

Es ist wohnlich eingerichtet. Überall indirekte Beleuchtung. Solveig mag Kerzen. Hier im Wohnzimmer zähle ich gut zwei Dutzend.

Sie läuft herum und zündet sie wie unter Zwang an, als könne das richtige Leben erst beginnen, wenn viele kleine Flammen zur Decke züngeln. Die Tapete hat darunter gelitten. Überall entdecke ich schwarze Rußstellen, wie Schatten an den Decken und Wänden.

Den Fernseher schaltet sie nicht ein, bietet mir aber einen bequemen braunen Lederohrensessel an, mit einem dicken roten Sitzkissen davor. Bestimmt sitzt sie hier jeden Abend und legt die Füße darauf hoch. Neben dem Sessel liegt ein Bücherstapel.

Sie zündet immer noch Kerzen an.

Ich mache es mir im Sessel gemütlich. Die Fernbedienung liegt auf dem roten Sitzkissen. Ich schalte das erste Programm ein. Die Lichter der Kerzen spiegeln sich auf dem Bildschirm.

»Stört dich das beim Gucken nicht?«, frage ich.

»Ich schaue nicht viel fern«, antwortet sie. »Ich sitze lieber auf der Terrasse und lese.«

Das verstehe ich gut. Aber jetzt irritieren mich die vielen Lichtspiegelungen auf dem Bildschirm. Ich switche durch die Programme. Auf NDR werde ich fündig. Hannah spricht in die Kamera, als habe sie eine Ausbildung zur Nachrichtensprecherin hinter sich. Sie sieht verwegen aus und zu allem entschlossen: »Herr Dr. Sommerfeldt hat sich die ganze Zeit wie ein Gentleman benommen. Was ich getan habe, habe ich freiwillig getan. Er hat mich weder zu etwas gezwungen noch hat er Gewalt angewendet. Ich halte ihn für unschuldig. Er ist kein Täter, sondern ein Opfer. Ein Justizopfer.«

Solveig strahlt mich an. Sie schaut mehr auf mich als auf den Bildschirm. Ihr gefällt, was Hannah sagt.

Sie wird mächtig Ärger mit ihrem Ehemann bekommen, denke ich. Der wird nicht begeistert sein. Ich habe nicht nur mit seiner Frau geschlafen, sondern ich habe auch noch sein bestes Messer, seine Diamanten, und ich trage seinen Anzug.

»Glaub ihr nicht«, sage ich. »Sie lügt.«

»Warum sollte sie lügen?«

»Weil sie in mich verliebt ist.«

»Ja«, bekräftigt Solveig schnippisch, »das sieht ja wohl ein Blinder mit Krückstock.«

Ich will nicht, dass sie sich zu viele Hoffnungen macht. Sie hatte sich in einen Serienkiller verliebt, der im Gefängnis saß, hatte ihm Briefe geschrieben, sich da in etwas hineinphantasiert. Durch die Distanz konnte sie sein, wer sie wollte. Auch diese schlanke, introvertierte Frau, die sie vielleicht gerne wäre. Natürlich hat sie sich vorgestellt, dass ich unschuldig wäre. Schmachtende Liebesbriefe und eine völlig aussichtslose, unerfüllte Liebe sind doch besser als nichts. Jetzt kommt die schnöde Realität in ihr Leben. Sie ist, wer sie ist, und ich muss klarmachen, dass ich bin, wer ich bin.

Ich zeige ihr unter meinem Hemd den Griff des Tsukasa-Messers. Nicht, um ihr Angst zu machen, sondern einfach, um Realität herzustellen.

»Ich bin wirklich der, den sie suchen. Ich habe all diese Verbrechen begangen. Ich bin nicht stolz darauf, aber ich stehe dazu.«

Als hätte ich etwas sehr Tolles gesagt, schlägt sie mit der rechten Hand in ihre linke, dass es nur so klatscht, und freut sich: »Ich wusste es! Ich wusste es! Du hast diese Mistkerle aus dem

Weg geräumt. Viele Menschen sind der Meinung, dass endlich mal jemand richtig durchgreifen muss. Dies hier ist ein idyllisches Fleckchen Erde, aber keiner weiß, wie lange noch. Diese Kuscheljustiz führt dazu, dass viele üble Menschen glauben, ihnen könnte nichts passieren. Du hast denen klare Grenzen gesetzt. Für viele bist du ein Held.«

Ich hebe abwehrend die Hände. »Nein, nein, nein«, sage ich. »Bitte sieh das nicht so. Ich bin gegen die Todesstrafe. Ich finde, kein Staat sollte das Recht haben, andere hinzurichten.«

»Du aber schon?«

Ich zucke mit den Schultern. »Das ist ja der Konflikt, in dem ich mich befinde.«

»Konflikt?«

»Ich ... ich habe zwei Stimmen in meinem Kopf. Manchmal, wenn ich auf eine bestimmte Art von Leuten gereizt werde, dann sind Geräusche in meinem Kopf, wie Glas, das klirrt. Ein unglaublicher Lärm. Und es wird erst wieder still, wenn ich ...«

Ich schaue sie an. Mache ich ihr zu viel Angst? Wird sie gleich schreiend rauslaufen und die Polizei rufen?

Nein, keineswegs. Sie ergänzt meinen Satz: »Wenn du jemanden umgebracht hast?«

Mein Mund wird trocken. Jetzt ist mir sogar der widerliche Weißwein recht. Ich nehme noch einen Schluck aus ihrem Glas. Das Zeug zieht einem die Wangen zusammen.

»Was sind das für Stimmen in deinem Kopf?«, fragt sie und kommt mir ein bisschen vor wie meine Therapeutin Bärbel. Auch wenn ich mit ihr so weit nie gekommen bin.

»Die eine – sie klingt ein bisschen wie meine Mutter – fordert dann von mir: ›Töte ihn! Jetzt!‹ Ich versuche dann, mich zu beherrschen, mache nichts und lausche nur in mich hinein.«

»Und dann?«

»Und dann ertönt eine zweite Stimme. Und die brüllt: ›Hast du nicht gehört, was deine Mutter gesagt hat? Töte ihn! Jetzt!‹«

Sie weiß nicht, ob sie das ernst nehmen soll. Ich sehe es ihr an.

»Du nimmst mich auf den Arm?«, fragt sie vorsichtig.

»Nein«, sage ich, »keineswegs. So oder ähnlich geschieht es. Immer wieder. Und wenn ich getötet habe, wird es leiser, dann ist endlich Ruhe. Aber die Stille hält leider nie sehr lange an.«

»Immer nur, bis du mit neuem Unrecht konfrontiert wirst, stimmt's?«, fragt sie, und in ihrer Stimme klingen Verständnis und Bewunderung mit. »Und dann musst du wieder zuschlagen?«

»Romantisier das nicht«, sage ich ernst, »ich bin nicht der nette Kerl, für den du mich hältst. Aber du musst keine Angst vor mir haben. Frauen habe ich noch nie ein Leid angetan.«

Sie lacht. »Ja, in deinem Beisein fühle ich mich eher sicher – wie nie zuvor in meinem Leben. Wenn heute Nacht ein Einbrecher in dieses Haus kommt und glaubt, er könne hier leichte Beute machen, dann hat er sich geirrt. Dr. Bernhard Sommerfeldt wohnt hier!«

»Ich darf also«, frage ich, »eine Weile hierbleiben, bis Gras über die Geschichte gewachsen ist?«

Sie macht eine Art Knicks, wie ich es seit ewigen Zeiten nicht mehr gesehen habe. Ich kenne das eigentlich nur aus alten Filmen. Und meine Mutter glaubte, Jungen sollten einen Diener machen und Mädchen einen Knicks. Zum Glück macht Solveig es mit einer ironischen Geste dabei.

»Es wäre mir eine Ehre«, behauptet sie, »dir Asyl zu gewähren.«

»Vielleicht könnte ich mich nützlich machen«, sage ich.

Sie schaut mich ungläubig an. »Willst du hier den Hausmeister spielen? Sachen reparieren? Das ist nicht nötig. Es gibt in

Dangast sehr gute Handwerker. Oder hast du den Eindruck, diese Hütte hier bräuchte eine Renovierung?«

»Nein«, sage ich. »Keineswegs. Aber was ist mit deinem Bein?«

Sie lacht. »Ach ja, ich habe ja jetzt einen Arzt im Haus. Sozusagen einen Leibarzt …«

Ich stelle das Weinglas ab. »Hast du vielleicht auch ein Bier da?«

»Ich denke, der Serienkiller auf der Flucht trinkt nicht?«

»Stimmt. Aber jetzt bin ich ja nur noch Hausarzt …«

Die Stimmung zwischen uns ist locker und gelöst. Ich frage, ob ich auf dem Sofa schlafen soll, um gleich den Druck aus der Situation zu nehmen, denn ich möchte keineswegs neben ihr im Bett liegen.

Sie ist nicht enttäuscht, sondern erleichtert. »Oben habe ich ein Gästezimmer. Willst du es dir mal ansehen?«

Sie will die Treppe nicht vor mir hochgehen. Irgendetwas daran ist ihr unangenehm. Sie deutet an, ich solle vorangehen.

Ich tue es. Sie hat Mühe, mir hochzufolgen.

Nicht schlecht, denke ich. Wenn ich hier oben bin, werde ich jedes Mal hören, wenn sie sich nähert. Die Holztreppen knarren unter ihrem Gewicht, und sie schnauft bei jeder Stufe, die sie nehmen muss.

»Das«, sagt sie, »war früher mal mein Kinderzimmer. Ich habe es so gelassen.«

Die Möbel sind grün, so wie ein pubertierender Jugendlicher sie sich aussucht, der gegen die Spießigkeit seiner Eltern protestieren möchte. Auch hier viele Bücher. Mehrere Regale mit dicken Fantasybänden. Dazwischen drei Romane von Max Frisch. *Homo Faber. Mein Name sei Gantenbein.* Und *Stiller.* Außerdem *Der Fänger im Roggen* von Salinger. Vermutlich Schullektüre, denke ich.

Liebesromane stehen auf einem weiteren Regal. Daneben eine verstaube Lexikonreihe, der gesamte Brockhaus.

Ich deute darauf: »So was«, sage ich, »braucht seit der Erfindung des Internets kein Mensch mehr.«

Sie blickt wehmütig. »Ja. Aber ich schaffe es nicht, das Zeug zu entsorgen.«

»In dem Bett hast du früher geschlafen?«, frage ich.

»Ja. Andere haben zu der Zeit *Bravo* gelesen, ich Terry Pratchett.«

»Die *Scheibenwelt*-Romane?«

»Ja. Alle. Außerdem *Der Herrr der Ringe* und natürlich *Die Nebel von Avalon*«, lacht sie und zeigt auf den Roman von Marion Zimmer Bradley.

»Ich war ähnlich«, sage ich, »aber in dem Alter habe ich lieber Hemingway gelesen. Ich war auf der Suche nach einem männlichen Vorbild …«

»Und du wolltest der große Jäger werden?«

»Ja, vielleicht.«

»Im Grunde«, folgert sie, »bist du es auch geworden. Aber du jagst kein Großwild, du fischst nicht Blue Marlin. Du holst dir die bösen Jungs und stichst sie ab.«

Ich will das Thema nicht weiter vertiefen. »Morgen«, sage ich, »würde ich mir gerne den Kunstpfad angucken.«

»Du benimmst dich wie ein richtiger Tourist, ja?«

»Sind wir nicht alle nur zu Gast auf dieser Welt? Wenn hier schon ein Kunstpfad ist, will ich ihn mir auch ansehen. Nicht nur den berühmten Pimmel am Strand, über den sich alle Welt aufgeregt hat.«

Sie winkt ab. »Das ist doch schon lange kein Aufreger mehr.«

»Aber hier gibt es doch auch ein Kunstwerk von Anatol Herzfeld. Das ist zerstört worden und später wiederaufgebaut, oder?«

»Interessierst du dich für Anatol?«

»Er war ein Beuys-Schüler, der damals aus einem Baumstamm ein Boot geschlagen hat und Beuys damit wieder zurück über den Rhein an die Kunstakademie geholt hat, von der ihn der damalige Wissenschaftsminister – war es nicht Johannes Rau – gefeuert hatte. Ich habe das alles sehr verfolgt. Es war ein Kampf der Kunst gegen die Politik. Eine Demonstration als Kunstwerk. Viele der Beuys-Ideen mochte ich damals sehr. Sein Wort von der ›Sozialen Skulptur‹ geht mir bis heute nicht aus dem Kopf.«

Jetzt will sie mit ihrem Wissen auftrumpfen. Sie ist froh, ein Thema gefunden zu haben, in das wir gemeinsam einsteigen können. Eins, über das wir reden können, ohne uns zu nah zu kommen, aber uns gleichzeitig annähern.

»Anatol Herzfeld«, sagt sie, »war zeit seines Lebens Polizist, ist das nicht witzig? Der Beuys-Schüler, der Kunst macht und im Brotberuf Polizist ist?«

»Ich mag solche Widersprüche.«

»Ja, ein bisschen ist er wie du.«

»Wie soll ich das denn verstehen?«

»Nun, du warst Arzt, aber statt Menschen gesund zu machen, hast du einige umgebracht.«

»Das kann man ihm doch sicherlich nicht vorwerfen.«

»Nein, aber er war ein Polizist, der den Revolutionär unterstützt hat. Und genau wie du hat er es unter falschem Namen getan.«

»Bei Künstlern nennt man das Pseudonym.«

»Er hieß nicht Anatol, sondern Karl-Heinz.«

Sie fühlt sich richtig wohl. Sie wird dadurch leichter. Steht fröhlich im Raum, dreht sich ein wenig, so, als wolle sie mir mehr von sich zeigen. Sie kokettiert mit ihrer Körperlichkeit, weil sie weiß, dass sie vor mir auch in diesem kleinen Kinderzimmer sicher ist.

»Warum«, frage ich, »nennt sich einer Anatol? Weißt du das?«

»Ich glaube nach einer Figur aus Tolstois *Krieg und Frieden.*«

»Hast du Tolstoi gelesen?«

Sie nickt. »*Anna Karenina* und *Krieg und Frieden.*«

Ich pfeife anerkennend durch die Lippen. »Ich auch!«

»Willst du gleich hier oben bleiben und dich hinlegen? Bist du müde? Oder sollen wir noch ein bisschen unten sitzen? Es gibt bestimmt viel zu erzählen.«

21

Ich habe freien Zugang zum Internet. Solveig gibt mir ihr Passwort und ihren Laptop. Sie ist ganz ohne Argwohn.

Es ist schon am ersten Abend, als hätte ich in diesem Haus viel Lebenszeit verbracht, ja, ich bin mit einer Selbstverständlichkeit hier, als sei ich nach langer Abwesenheit nach Hause zurückgekommen. Ein Gefühl, das ich in meinem richtigen Elternhaus in Bamberg nie hatte. Dort war ich immer nur geduldet, und meine Mutter gab es mir mit Blicken zu verstehen, dass ich ihr nicht genügte und sie mir nie verzeihen würde, dass ich aus etwas so Schmutzigem entstanden war wie Sex. Kein Wunder, dass ich sie anwiderte.

Der Song »Papa was a Rollin' Stone« huscht mir durch den Kopf.

Papa was a Rollin' Stone

Wherever he laid his hat was his home

Ist das so? Bin ich vom Millionenerbe zum Herumtreiber geworden? Werde auch ich nicht mehr hinterlassen als ein paar Schuldscheine? Kann das alles überhaupt einen guten Ausgang nehmen? Gibt es eine Chance auf eine glückliche Wendung?

Im Netz finde ich einen Bericht von Holger Bloem. Er zitiert Kommissarin Ann Kathrin Klaasen. Sie geht davon aus, dass Cordula nach ihrer Freilassung aktiv meine Flucht vorbereitet habe. Wir seien vermutlich als Pärchen irgendwo unterwegs, und weitere Verbrechen seien nicht auszuschließen.

Ja, Ann, der erste Teil deiner Annahme ist falsch. Der zweite aber richtig. Als Nächstes wird Heiner Graff sterben, der Mann, der mich belogen und manipuliert hat, damit ich diesen Heiko Mahr aus dem Weg räume. Ich Idiot bin auf diesen Typen reingefallen. Aber so etwas passiert mir nicht noch einmal, und ganz klar – er muss sterben. Damit setze ich ein klares Zeichen: Fürchtet euch! Sommerfeldt ist wieder da.

Im schmalen Jugendbett von Solveig sitzend, in diesem Zimmer voller Fantasyliteratur, klicke ich Heiner Graffs Homepage an.

Der Privatdetektiv hat eine neue Einnahmequelle für sich entdeckt. Danke, Universum! Ich schaue zum Fenster und sehe in die Sterne. Wenn es da oben einen Gott gibt, so hat er mir zwar manchmal übel mitgespielt, doch neuerdings scheint er ganz auf meiner Seite zu sein.

Graff macht eine Vortragsreise über die Urlaubsinseln. Er tritt auf Langeoog im Haus der Insel auf, auf Wangerooge in der Dünenhalle, auf Sylt im Kaamp-Hüs, auf Borkum in der Kulturinsel im Störtebeker-Raum und auf Juist im Haus des Kurgastes. Außerdem in Bensersiel im Strandportal.

Er ist groß angekündigt: *Ein Privatdetektiv berichtet aus seinem Leben.*

Er behauptet, so wichtige Fragen zu beantworten wie:

»Woran erkennen Sie, dass Ihr Partner Sie betrügt?«

»Wie können Sie feststellen, dass Sie beschattet werden, und was können Sie dagegen tun?«

»Wie sichern Sie Ihr Haus vor Einbrechern und Ihre Familie vor Entführung?«

Brauchst Du Geld, Graff, frage ich mich, oder hältst du die

Vorträge nur, weil dir das neue Kunden bringt? Reicht es dir nicht, die Drecksarbeit für ein paar Drogenbosse zu erledigen?

Na, egal. Jedenfalls ersparst du mir dadurch viel Arbeit. Ich muss nicht nach Bamberg, um dich mein Messer schmecken zu lassen. Ich kann dich vorher schon hier erledigen.

Der Gedanke, ich könnte mir vorher einen seiner Vorträge anhören und ihn danach zur Pforte ins Jenseits begleiten, amüsiert mich.

Wäre das zu gefährlich? Geht er als Lockvogel auf Tournee? Hat Ann Kathrin Klaasen das alles eingefädelt, um mich in ihr Spinnennetz nach Ostfriesland zu locken?

Dir traue ich das zu. Du bist ein trickreiches Luder, Ann Kathrin. Dumm für dich, Graff. Du bist das Bauernopfer. Du wirst dieses Spiel nicht überleben. Einer stirbt beim Angeln immer: der Köderfisch.

Ich betrachte mein japanisches Tsukasa-Messer. Es liegt gut in der Hand. Es fühlt sich kraftvoll an. Es ist auf eine erhabene Art einsatzbereit.

Ich spiegele mich in der Klinge. Die Maserung im Stahl lässt mich aussehen, als sei mein Gesicht von Narben durchzogen. Die Klinge zeigt mein wahres Ich. Die Wunden auf meiner Seele.

Ich schlafe tief und gut in diesem Jugendbett. Nein, ich träume nicht. Ich sacke weg in schwarze Stille. Es ist wie ein Versinken im Moor.

22

Ein ganz zauberhafter Tag beginnt am Jadebusen. Der Wind kommt in sanften Böen von Nordwest. Es duftet nach Ostfriesentee und frischen Brötchen. Solveig hat den Frühstückstisch auf der Terrasse hinter dem Haus gedeckt, aber ich will aufs Meer gucken. Gemeinsam räumen wir alles von der Terrasse in die Küche. Hier sehe ich durch die Fenster die Brandung.

Die Schiffe beruhigen mich. Irgendwie sind Schiffe für mich ein Wunder. Wenn es möglich ist, mit so schweren Sachen übers Meer zu gleiten, in diesen Burgen aus Metall zigtausend Tonnen übers Wasser zu transportieren, dann muss es auch für mich kleinen Menschen auf dieser Welt eine Rettung geben.

Solveig fragt mich, wie ich meine Spiegeleier will.

»Von beiden Seiten gebraten, bitte«, sage ich, und sie lacht: »Ich auch. The sunny side down.«

Sie hat selbstgemachte Kirschmarmelade. Wir essen beide geradezu mit Gier und bestätigen uns gegenseitig, wie gut es schmeckt.

»Ihr habt hier einen klasse Bäcker«, sage ich, »aber ich bitte dich, da nicht mehr hinzugehen.«

Sie guckt mich kritisch an und lauscht meinen weiteren Ausführungen.

»Die Leute könnten sich Gedanken machen, warum du plötzlich so viele Brötchen holst. Oder ob du Besuch hast, den man nicht sieht …«

Sie sitzt mit offenem Mund vor mir.

»Na ja«, erkläre ich, »hier kennt doch jeder jeden. Ich will nicht, dass die Leute reden. Ich muss vorsichtig sein. Die Polizei weiß, dass wir uns Briefe geschrieben haben.«

Sie strahlt. »Ich backe meine Brötchen und mein Brot selbst.«

Bevor sie mir das Rezept verrät, beiße ich noch einmal rein. Ich schäme mich ein bisschen, weiß nicht genau, warum.

»Wenn du befürchtest, dass die Polizei auftaucht, könnten wir auch rasch verschwinden«, schlägt sie vor.

»Wohin denn?«

»Na ja, schließlich habe ich noch die geerbte Ferienwohnung auf Wangerooge …«

»Die dringend renoviert werden muss«, ergänze ich, »aber du weißt noch nicht, ob du sie verkaufen sollst oder …«

Sie freut sich, dass ich mich erinnere. Sie fühlt sich dadurch geradezu geehrt, so als würden Menschen sonst immer sofort vergessen, was sie gesagt hat.

»Und wenn ich ehrlich bin – auf Borkum habe ich auch noch etwas. Ich bin mir nicht sicher, ob die Ferienwohnung gerade vermietet ist. Ich mache das nicht selber. Man bucht sich übers Internet ein.« Sie lacht. »Über Weihnachten und Silvester wollte ich eigentlich dort sein, aber ich war zu spät. Sie war schon mit Leuten belegt. Na, dann bin ich halt hiergeblieben. Ist ja auch eine Strafe!«

»Du bist ein reiches Mädchen, Solveig«, scherze ich. »Eine gute Partie!«

Sie findet das gar nicht lustig. »Ich will dir die Wahrheit sagen. Lass uns ganz ehrlich zueinander sein«, schlägt sie vor. Sie fuchtelt über dem Frühstückstisch herum, als wolle sie Fliegen vertreiben. »In meinem Haus beherberge ich einen gesuchten Verbrecher. Warum sollen wir uns etwas vorlügen?«

»Ja«, bestätige ich, »warum?«

»Ich hatte«, erzählt sie, »einige unschöne Erlebnisse mit Männern. Ich glaube, sie wollten nicht so sehr mich, sondern eher das, was meine Eltern und Großeltern mir vermacht haben.«

Sie sieht dabei nicht wütend aus, sondern eher traurig.

»Seitdem gebe ich nicht gerade an mit all dem. Ich spiele es eher herunter.« Sie deutet auf die Wände.

»Deine Wohnung auf Wangerooge ist also gar nicht renovierungsbedürftig«, mutmaße ich.

Sie winkt ab. Ihre Unterlippe zittert. Sie weiß nicht, wo sie hinsehen soll. Tränen schießen in ihre Augen, als sie es ausspricht: »Ich bin asexuell.«

Sie erwartet irgendeine Reaktion von mir, aber ich tue erst mal gar nichts, schaue sie nur weiter an, würde gerne noch einmal in das Brötchen beißen oder mir Tee nachgießen, aber das geht gerade irgendwie nicht.

Nach einer unerträglich langen Pause wiederhole ich, als hätte ich das Wort noch nie gehört: »Asexuell?«

»Ja«, bestätigt sie, »ich empfinde bei sexuellen Beziehungen keine Lust. Es ist auch kein Widerwille. Ich empfinde gar nichts.«

Ihre Stimme wird leicht hysterisch, als hätte sie sich schon zu oft rechtfertigen müssen und habe dazu einfach keine Lust mehr. »Ich bin nicht als Kind missbraucht worden. Mich hat auch nie jemand vergewaltigt. Ich habe einfach keinen Spaß an diesem öden Rein-Raus-Spiel, auf das offensichtlich außer mir die ganze Welt so verrückt ist.«

Ich spüre hinter ihrer Aussage die tiefe Verletzung. Dieses Gefühl, von etwas ausgeschlossen zu sein.

Sie unterstreicht ihre Worte mit heftigen Gesten: »Ich will

aber auch gemocht werden! Ich weiß, verdammt, nicht, wohin mit den Gefühlen! Es kann doch nicht immer nur um das Eine gehen ... Schenkt ein Mann einer Frau nur Blumen, weil er sie flachlegen will? Geht man nur zusammen ins Kino oder ins Theater, um danach zusammen ins Bett zu hüpfen?«

Sie haut mit der flachen Hand auf den Tisch, dass die Teetassen hüpfen und auf den Untertellern klirren.

»Ich bin nicht aromantisch! Ich bin asexuell! Ich möchte auch nachts mit einem Partner auf einer Parkbank sitzen, den Mond angucken und von einem gemeinsamen Leben träumen. Ich will auch lieben und geliebt werden! Ich will nur das Eine eben nicht. Ich will gemeinsam reisen, die Welt entdecken, Kochrezepte ausprobieren! Aber ich habe keine Lust auf dieses blöde Herumgebumse.«

Ich würde gerne aufstehen, ihr mit einer dieser weichen blauweißen Servietten die Tränen abtupfen und sie in den Arm nehmen, aber ich weiß nicht, ob diese Berührung nicht vielleicht schon zu viel wäre.

Ich bleibe also sitzen und gieße mir zum Zeichen der Normalität frischen Tee ein.

»Und deshalb hast du mir Liebesbriefe ins Gefängnis geschrieben«, sage ich. Es ist keine Frage, es ist eine Feststellung.

»Wenn du so willst ...«, bestätigt sie, nimmt sich ein Brötchen, schneidet es auf und belegt es dick mit Käse- und Salamischeiben. Dann beißt sie geradezu trotzig hinein.

»Ich habe kein Problem damit«, sage ich. »Du musst nicht befürchten, dass ich unbedingt mir dir in die Kiste will. Ich habe ganz andere Pläne ...«

Sie kaut und schluckt. Fragend fixiert sie mich.

Ich spreche ganz offen weiter: »Ich will einen Kerl töten. Er wohnt eigentlich in Süddeutschland. Aber weil ich ein Glückspilz bin, kommt er hoch an die Küste und besucht gleich zwei Inseln, auf denen du eine Ferienwohnung hast.«

»Bingo«, sagt sie mit vollem Mund. Krümel fliegen über den Tisch.

Die Stimmung kippt. Sie ist froh, dass wir jetzt über etwas anderes reden.

»Wenn die Wohnungen frei sind, kannst du sie gern als Ausgangsbasis für deine Operation benutzen. So sagt man doch, oder?«

Entweder nimmt sie meine Worte nicht ernst, oder sie hat nicht die geringsten Skrupel.

»Man könnte das, was du tust, Solveig, Beihilfe nennen …«

Sie lacht. Das klingt echt. »Mein Lieber«, doziert sie, »spätestens seit du in Lingen zwei Justizvollzugsbeamte vor dem sicheren Tod gerettet hast, bist du für viele Menschen eine Art moderner Robin Hood – na ja«, schränkt sie ein, »der Vergleich hinkt vielleicht ein bisschen. Aber jedenfalls bist du für viele ein Held.«

Sie holt ihr Tablet und öffnet Seiten, auf denen die Belegungen der Ferienwohnungen zu sehen sind. Die auf Wangerooge ist im entscheidenden Zeitraum frei.

»Deine Ferienwohnungen könnten längst unter Beobachtung stehen«, sage ich, »aber bitte erkläre mir genau, wie das funktioniert …« Ich zeige auf den Bildschirm.

»Das Tablet?«, fragt sie.

»Nein, dieser Belegungsplan.«

Sie setzt sich anders hin, streicht sich die Haare aus der Stirn. Das Thema gefällt ihr. Dabei fühlt sie sich sicher. Es blitzt Stolz auf.

»Ich vermiete die Ferienwohnungen nicht selbst. Ich putze sie auch nicht selbst. Das alles wird von einem Serviceunternehmen erledigt. Die kümmern sich um alles. Sie betreiben auch diese Homepage. Da kann jeder gucken, wann wo etwas frei ist, und sich einloggen. Upstalsboom macht so etwas auf ziemlich hohem Niveau, aber es gibt auch viele andere Anbieter. Ich bekomme monatlich die Gelder für die Vermietungen überwiesen. Die Verwaltung behält ihre Prozente ein und …«

»Das heißt«, hinterfrage ich ihre Aussage, »wenn belegt ist, kannst du nicht in deine eigene Ferienwohnung?«

Sie nickt. »Natürlich nicht. Hier kann ich es sehen … Wenn ich trotzdem auf die Insel will, buche ich mich woanders ein. Du siehst es ja selbst: Jetzt gibt es noch ein paar freie Wohnungen …«

Sie sieht an meiner Reaktion, dass in mir ein Plan reift. »Was hast du vor?«, will sie wissen.

Ich überlege, ob ich sie wirklich einweihen soll, aber immerhin sitze ich in ihrer Küche mit Blick aufs Meer, und sie bietet mir nicht nur ihre Ferienwohnung an, sondern offenbart mir auch ihre innersten Geheimnisse.

»Ich werde ganz sicher nicht in eine deiner Ferienwohnungen gehen. Da könnte die Polizei nach mir suchen. Aber ich kann mir hier mit deinem Computer eine leerstehende aussuchen.«

»Und die buchst du dann unter falschem Namen?«

»Nein, ich steige da ein und bewohne sie unangemeldet.«

Sie staunt mich an. Draußen lachen Kinder, weil Möwenkacke sie knapp verfehlt hat.

Ich erkläre es ihr: »Wenn sich da jemand einmietet, kann ich das ja hier vorher sehen. Dann ist immer noch genug Zeit, um zu verschwinden. Diese App ist ein idealer Wegweiser für heimliche Hausbesetzer wie mich. Und die Kripo wird mich nicht in einer leeren Ferienwohnung suchen.«

»Du bist verdammt clever.«

»Danke.«

»Du befürchtest also, die Kripo könnte mich und meine Wohnung überwachen?«

Ich gebe ihr recht: »Über kurz oder lang werden sie hierhinkommen. Ann Kathrin Klaasen hat das garantiert schon auf dem Schirm, aber nicht genügend Personal zur Verfügung.«

Sie lächelt, als wisse sie mehr. Sie spricht sehr langsam: »Ich bin nicht die Einzige, die dir geschrieben hat, stimmt's?«

»O nein«, sage ich, »wahrlich nicht.«

Sie fühlt sich geehrt: »Aber du bist zu mir gekommen. Ich will dir die Wahrheit sagen: Sie haben hier schon angerufen. Eine Kommissarin mit einer rauen Whiskystimme. Ich dachte erst, es sei ein Mann am Telefon. Sie hat mich gewarnt. Du seist auf freiem Fuß, und ich solle mich sofort melden, falls du dich blicken lässt. Seitdem«, sagt sie sanft und zieht den rechten Fuß unter den linken Oberschenkel, »warte ich voller Freude auf dich. Ich habe so sehr gehofft, dass du zu mir kommen wirst. Wie kann ich dir weiterhelfen?«

Ich bitte sie, mich dabei zu unterstützen, mein Aussehen zu verändern. Sofort wird sie kreativ. Zunächst rasieren wir mir eine Glatze. Dann muss das Van-Dyck-Bärtchen dran glauben.

Schließlich zeigt sie mir Fotos von ihren Veränderungen. Sie hat in einer Laienspielgruppe Theater gespielt. Es gibt Fotos von ihr als sexy männerfressender Vamp, als Bäuerin, als Oma im Rollstuhl und sehr überzeugend auch als Mann. Es hätten halt Männer in der Gruppe gefehlt. Zumindest welche, die so viel Text behalten konnten.

Sie hat noch Gehhilfen und bietet sie mir an. »Die Polizei sucht einen sportlichen, hochintelligenten Mann um die vierzig. Wie wäre es, wenn wir einen sabbernden alten Krüppel aus dir machen würden?«

Es scheint ihr spitzbübische Freude zu bereiten, mich zu demontieren. »Vom Frauenheld zum Pflegefall«, grinst sie.

Unser Gespräch von eben wurmt mich aber noch. Sie spürt es und fragt, was mit mir sei.

Ich sage es ihr und versuche, den Zorn in meiner Stimme zu zügeln: »Du hättest mir davon erzählen müssen!«

»Wovon?«

»Davon, dass die Polizei hier angerufen hat. Warum hast du das nicht getan?«

»Hab ich doch.«

»Ja, aber erst jetzt. Viel zu spät.«

Sie druckst herum: »Ich ... ich hatte Angst, dass du dann gleich wieder verschwindest.«

Verstehe einer die Frauen ... Lieber riskiert sie, dass die Polizei mich in ihrem Jugendzimmer verhaftet, als dass sie in Kauf nimmt, dass ich sie verlasse.

»Ich werde nach Borkum fahren und Graff dort töten«, sage ich. Ich wundere mich über mich selbst, warum ich sie so klar in meine Pläne einweihe. Ist es meine hilflos dumme Suche nach Komplizenschaft?

»Sie haben mir gesagt«, erklärt sie mit Zittern in der Stimme, »ich solle meinen Aufenthaltsort bei der Polizei melden. Falls ich verreise, dann müssten sie unbedingt ...«

Langsam kommt alles raus.

»Haben sie dir eine Nummer gegeben, die du anrufen sollst?«

Sie steht auf, geht zu einem Sideboard, auf dem eine Handtasche liegt. Sie zieht ihr Portemonnaie raus, kramt herum und fischt einen Zettel hervor. Darauf stehen zwei Nummern. Ich erkenne bei der ersten sofort die Vorwahl von Norden, 04931. Die zweite ist eine Handynummer. Ich würde all meine Diamanten verwetten, dass es Ann Kathrin Klaasens Handynummer ist.

»Prima«, sage ich, »dann kannst du sie ja auf die falsche Fährte lenken. Du fährst in deine Ferienwohnung auf die schöne Insel Wangerooge. Und genau das sagst du denen auch. Ann Kathrin Klaasen weiß, dass ich zu Wangerooge eine besondere Beziehung habe und diese Insel sehr mag. Sie wird sofort reagieren. Falls sie Graff als Lockvogel für mich einsetzen, werden sie ihre Kräfte auf Wangerooge konzentrieren, während ich ihn einen Tag vorher auf Borkum ausschalte.«

Sie nickt, protestiert aber gleichzeitig: »Das heißt, wir trennen uns? Ich dachte, wir könnten mehr Zeit miteinander verbringen …«

Sie klingt sehr enttäuscht.

»Willst du mir nun helfen oder nicht?«, frage ich.

Diese Klarheit tut ihr gut. »Ja«, sagt sie, »ja, verdammt, das will ich.«

Ich trinke noch ein Glas kühles Leitungswasser und betrachte meinen kahlrasierten Schädel. Ich habe das Gefühl, der Boden wird mir hier zu heiß. Ich will los.

Sie schlägt vor, mir einen Koffer zu packen, damit ich mehr wie ein Tourist wirke. »Oder was hältst du von einem Rucksack?«, fragt sie.

23

Ich stehle im Restaurant Heewen ein Handy, um Hannah anzurufen. Es ist problemlos. Bei diesem klaren Wetter kann man von hier aus bis Wilhelmshaven gucken. Der Ausblick ist praktisch von jedem Platz gigantisch. Die Menschen sitzen und schauen. Einige vergessen zu essen, lassen auch ihren Kaffee kalt werden. Handys werden eigentlich nur benutzt, um Fotos zu machen. Lediglich ein einsamer Gast mit scharfem Seitenscheitel und zu viel Gel in den Haaren, der draußen auf einem Stuhl in der prallen Sonne sitzt, blinzelt auf sein Display und versucht wohl, E-Mails zu lesen.

Ein Polizist? Haben die Ermittler den Ring bereits so eng um mich gezogen? Wartet er nur auf Verstärkung?

Ich muss grinsen. Ein eigenartiges Hochgefühl erfasst mich. Es ist, als könne ich plötzlich fliegen.

Wenn eure Leute so dämlich sind, auf ihre Handys zu glotzen, während ich drei Tische weiter ein Eis esse, dann werdet ihr mich nie kriegen.

Meine frische Glatze wird von einem zur Mütze gebundenen blauen Tuch geschützt. Ich sehe mich in der Glasscheibe. Ich habe etwas von einem angeschossenen Piraten, der nach verlorener Seeschlacht sein nacktes Leben gerettet hat. Ich humple und nutze eine Gehhilfe. Meine linke Schulter hängt herab, meine Unterlippe auch.

Wahrscheinlich halten die meisten Gäste Solveig für meine Betreuerin. Wenn Menschen Behinderte in ihrer Nähe wissen, glotzen sie sie entweder blöde an, oder sie gucken bewusst weg. Viele haben Angst, angesprochen zu werden, und schalten auf Ignorieren um.

Auf dem Weg zur Toilette benehme ich mich bewusst ungeschickt und stoße »versehentlich« gegen einen Tisch. Alle halten gleich ihre Gläser und Tassen fest.

Ich beuge mich vor, mit beiden Händen auf den Tisch gestützt, lasse meine Gehhilfe umfallen und bitte stotternd um Entschuldigung. Sie wollen mich nur loswerden. Die nette Dame mit den weißen Haaren und der viel zu großen Sonnenbrille bückt sich und hebt mit spitzen Fingern meinen Stock auf. Das reicht. Ich habe ihr Handy schon in der Tasche, noch bevor sie wieder hochkommt. Ich wische mir den Sabber von den Lippen und verschwinde zur Toilette.

Solveig sitzt im Schatten und sieht zu. Sie ist beeindruckt von meiner Vorstellung.

Ich rufe Hannah an. Zum Glück kann ich mir Zahlen merken. Ich musste während des Medizinstudiums so viel auswendig lernen … Ich kann lange Zahlenreihen behalten, wenn sie emotional wichtig für mich sind. Sonst nicht.

So geht es mir auch mit Gedichten. Ich muss sie nicht auswendig lernen. Wenn ich sie mag, wenn sie mich berühren, vergesse ich sie einfach nicht mehr. Nur unter größter Mühe könnte ich einen Text einstudieren, der mich emotional nicht erreicht.

Dass ich Hannahs Telefonnummer im Kopf habe, erzählt mir viel. Ja, verdammt, sie bedeutet mir etwas. Ich will nicht mit ihr zusammenziehen. Ich will keine feste Liebesbeziehung mehr. Ich habe Schwierigkeiten genug. Aber Hannah ist mir nicht gleichgültig.

Sie hebt nach dem zweiten Klingeln ab. So, wie sie sich meldet, ahnt oder hofft sie, dass ich am Apparat bin. Es ist ein sanftes, ein wehmütiges Seufzen, mit dem sie ihren Namen sagt.

»Ich bin's.«

»Oh. Du ...«

Ich kann hören, dass sie sich zwingen muss, meinen Namen nicht auszusprechen. Sie klingt erfreut und bedrückt zugleich. Ich bilde mir ein, ihre Perlenkette klappern zu hören.

»Ich habe dich im Fernsehen gesehen«, sage ich.

»Ja«, seufzt sie, »nicht nur du. Scheinbar jeder, der mich kennt.«

»Und jetzt hast du Schwierigkeiten?«

»Die Leute sind mir egal ...«

»Und dein Mann?«

Sie atmet ein, als würde ihr jemand den Hals zudrücken. »Ach der ... Ich wollte mich sowieso ...«

Im Hintergrund höre ich einen Mann brüllen: »Das ist er doch! Mir kannst du doch nichts vormachen! Du hast ihn am Telefon!«

»Lass mich ...«

Ich höre Geräusche. Rascheln. Klatschen. Heftiges Atmen.

In meinem Kopf werden die Töne zu Bildern zusammengesetzt. Ich sehe, wie er mit ihr ums Handy ringt und sie schlägt.

Ich knalle die geballte Rechte gegen die Toilettenwand. Meine Knöchel schmerzen, als hätte ich sein Kinn getroffen. Das tut einerseits gut, befriedigt meinen Zorn aber nicht, sondern stachelt ihn nur noch mehr an.

»Fass mich nicht an!«, ruft sie.

»Hannah?!«, brülle ich unwillkürlich.

Wieder höre ich ein Klatschen. Dann faucht er in den Apparat: »Hab ich dich am Telefon, du miese Ratte?«

Im Hintergrund höre ich Hannah jammern. Vor meinem inneren Auge sehe ich ihr schmerzverzerrtes Gesicht. Er reißt an ihren Haaren.

»Lass sie in Frieden«, rufe ich, »das ist nur etwas zwischen uns beiden!«

»Das sehe ich auch so! Aber du bist leider nicht da.« Die enorme Wut in seiner Stimme lässt mich Schlimmes ahnen. Er presst die Worte heraus, als würden seine Zähne dabei einen Knochen zerbeißen.

»Wenn du ihr auch nur ein Haar krümmst, bist du ein toter Mann!«

Er lacht höhnisch. Er scheint nicht die geringste Angst vor dem Serienkiller zu haben und verspottet mich sogar: »Oh! Jetzt kriege ich aber Angst!«

Hannah schreit: »Nein! Nicht! Bist du verrückt?!«

Verdammt, was macht der Kerl mit ihr? Er hat nur eine Hand frei. In der anderen muss er das Handy halten.

Sie kommt mir so gar nicht mehr wie die Gangsterbraut vor, die sie vor kurzem noch so gern geworden wäre. Jetzt ist sie eher ein Opfer.

Tut er ihr nur weh, weil er weiß, dass mich das trifft? Muss sie leiden, weil ich nicht greifbar bin?

Seine Stimme bebt: »Ich bin Steine in Kirschen gewöhnt, Kleiner. Du kannst die Schlampe haben. Du tust mir sogar einen Gefallen, wenn du sie mitnimmst, Kumpel. Wir tauschen. Du bekommst diese Traumfrau hier und ich alles andere, was du mitgenommen hast. Meine Diamanten. Meine Messer. Und mein Bargeld.«

Für einen Moment bin ich sprachlos. Ich lasse ihm durch mein Schweigen zu viel Raum. Er fragt: »Na? Ist das ein Deal?!«

Er klingt, als würde jede falsche Antwort schreckliche Auswirkungen für Hannah haben. Als sei sie seine Geisel.

Ich würde ihm am liebsten drohen, ihn in Stücke zu schneiden. Ich möchte ihm gerne Angst machen, aber ich befürchte, damit die Lage für Hannah nur noch zu verschlechtern.

»Gib sie mir«, fordere ich. »Ich will mit ihr reden.«

»Was du willst, interessiert hier einen Dreck. Hast du das kapiert? Bring mir alles zurück, was mir gehört, dann kannst du sie haben. Sie geht, wie sie gekommen ist: mit ein paar altmodischen Klamotten. Sonst kriegt sie nichts von mir. Nichts! Ich behalte alles.« Er lacht gemein. »Sie hat heute zwanzig Kilo mehr drauf als bei unserer Hochzeit. Die darf sie behalten. Alles andere bleibt hier.«

»Was wirfst du ihr vor, Erwin? Du hast seit Jahren etwas mit dieser Patty laufen, und du willst mir doch nicht erzählen, dass du die gute Christa nicht flachgelegt hast!«

Er atmet heftig ein. Es verwirrt ihn, dass ich ihn beim Vornamen nenne und so viel über ihn weiß. Ich höre merkwürdige Geräusche. Das Klappern einer Tastatur, wie bei einem alten Computer oder einer Schreibmaschine. Dieses Klack-Klack, das früher in jedem Büro erklang, ist heute, in der Zeit der Touchscreens, wie ein Signal aus dem letzten Jahrtausend. Es kommt aus der Zeit der Wählscheibentelefone und Büroklammern, als kaum jemand das Wort »analog« benutzte, weil die digitale Welt noch keine ernsthafte Rolle spielte.

Es kommt mir komisch vor, aber dieser Gedanke saust durch mein Hirn und holt mich auf die Vernunftebene zurück. Meine aufbrausenden Gefühle jagen mich manchmal wie einen Hasen. Jetzt bekomme ich einen Moment Zeit zum Nachdenken.

Ist das alles eine Falle? Hat er deswegen keine Angst? Haben ihm die Staatsanwaltschaft oder das Finanzamt Straffreiheit zugesichert, wenn es ihm gelingt, mich ihnen auszuliefern?

Kommissarin Ann Kathrin Klaasen kennt mich nur zu gut. Sie

weiß, wie ich gestrickt bin. Sie ahnt, dass ich Hannah zu Hilfe eilen werde. Ich kann doch gar nicht anders. So bin ich nun mal. Warten in Ofenerdiek schon Scharfschützen auf mich? Hat sie ein SEK zur Verfügung, um mich einzukassieren? Wie viele Möchtegernhelden lauern darauf, mich zu kriegen?

Verzettelt euch nicht, Leute. Ihr könnt nicht alle schützen: Graff. Meinen Schwiegervater. Meine verlogene Exfrau. Und jetzt auch noch diesen verkommenen Diamantenhändler … Sie alle kommen mir in der Gesamtheit vor wie ein engmaschiges Netz, in dem ich gefangen werden soll.

Ja, so funktioniert die Fischerei. Man versucht, das Fischverhalten zu steuern, sie anzulocken oder aufzuscheuchen, um sie dann, harpuniert, im Netz oder am Haken, aufs Schiff zu ziehen. Ist der Fisch nicht mehr in seinem Element, ist er erledigt.

Spielt Hannah bewusst dabei mit? Der Gedanke schockiert mich. Hat sie nur deshalb im Fernsehen solche heroischen Aussagen zu meinen Gunsten gemacht? Ist das alles schon Teil des Plans, mich anzulocken? Was hat man ihr geboten? Anerkennung? Geld? Vergebung? Ist sie so schnell zur Verräterin geworden? Steht sie jetzt neben ihrem Mann, und bei ihr sind Ann Kathrin Klaasen und dieser Weller, und sie spielt mir das alles nur vor? Habe ich überhaupt diesen Erwin Grün am anderen Ende der Leitung, oder spricht dort ein Polizeipsychologe, um mich so lange zu provozieren, bis er sicher sein kann, dass ich kommen werde?

»Hallo«, sage ich, als hätte ich etwas nicht richtig verstanden. »Hallo? Wer ist denn da? Ich kann Sie nicht verstehen. Ach ja. Kein Wunder. Ich rede ja mit einem toten Mann.« Ich lache laut und versuche, gemein zu klingen. »Wie fühlt es sich an, als Leiche herumzulaufen, Erwin? Ich lege jetzt auf. Ich will ja deine Totenruhe nicht länger stören.«

Jemand betritt die Toilette und nestelt an seinem Reißverschluss herum. Ein Mann stöhnt wohlig, und ein harter Strahl prasselt ins Becken.

Ich flüstere: »Du bist ein toter Mann … Ein toter Mann …« Dann knipse ich das Gespräch weg.

Wenn meine Vermutungen richtig sind, dann spielen sie hier alle nur ein Spiel, um mich nach Ofenerdiek zu locken. Dann haben sie meinen Standort vermutlich schon geortet, oder sie werden es auf jeden Fall versuchen.

Das Handy ist gefährlich für mich. Ich öffne den weißen Spülkasten und versenke das Gerät im Wasser. Im Spiegel sehe ich mich. Ich erschrecke vor mir selbst. Einerseits habe ich mich an meine Verwandlung noch nicht wirklich gewöhnt, andererseits erschaudere ich vor meinem eigenen hasserfüllten Blick. Was aber noch schlimmer ist: Ich erkenne darin die eigene Unsicherheit. Es ist wie ein Riss, der mich in zwei Hälften spaltet. Ich finde mich in der Welt nicht mehr zurecht, und mein Messer möchte für Ordnung sorgen. Ich höre es, fühle es, rieche es: Die Klinge will Blut vergießen.

Ich darf kein Spielball sein. Ich muss die Handlungsführung zurückgewinnen. Aber wie?

Ich will nicht in eine offene Falle laufen. Aber meine eigene Paranoia hindert mich daran, aktiv zu werden. Nur weil ich ein paarmal hereingelegt wurde – von Graff, meiner Mutter, meiner Ehefrau –, ach, die Liste ist lang, halte ich alles, was geschieht, für Lüge, Betrug oder Manipulation, sagt ein gesunder, vernünftiger Teil in mir. Der, der gesund werden möchte und Bücher schreiben will. Der Fallada-Anteil meiner Persönlichkeit.

Aber der alte, verletzte Johannes Theissen, der ich einmal war, traut nichts und niemandem mehr. Er sagt: Nur weil du Wahnvorstellungen hast, bedeutet das noch lange nicht, dass die anderen dir nicht ans Leder wollen. Der gesamte Polizeiapparat ist hinter dir her. Du wirst von mehr Hunden gehetzt als irgendwer sonst.

Der Dr. Sommerfeldt in mir fordert: Leg sie alle um. Zögere nicht. Sie würden es auch nicht tun.

Am liebsten würde ich jetzt nackt ins Watt laufen, mich im Priel reinigen, den Wind auf der nassen Haut spüren und der Stille lauschen, da, wo der Meeresboden den Lärm der Zivilisation einfach verschluckt.

Ich klatsche mir Wasser ins Gesicht. Leitungswasser. Kein Ersatz für lebendiges Meerwasser. Aber besser als diese bröckelige Trockenheit der Haut.

Solveig sitzt so am Tisch, dass sie die Toilettentür im Blick hat, nicht die tolle Aussicht auf die Nordsee. Jeder setzt halt seine eigenen Prioritäten.

Sie steht auf und kommt mir entgegen, als habe sie Sorge, ich könne es alleine nicht bis zu ihr schaffen. Die Dame, deren Handy ich benutzt habe, hat noch gar nichts bemerkt.

Der Dr. Sommerfeldt in mir will sofort hier weg. Raus aus der Idylle, nach Oldenburg und diesem Erwin Grün zeigen, wo der Hammer hängt. Aber in mir ist noch etwas anderes. Eine Art Trotz. Die Weigerung, schon wieder wegzulaufen. Nein, ich will gerade nicht der Serienmörder auf der Flucht sein. Lieber der Nordseetourist, der ein paar schöne Tage am Meer genießt.

Ich setze mich Solveig gegenüber. Eine Frau Ende vierzig, mit wunderbaren Sommersprossen und roten Haaren, zieht alle Aufmerksamkeit auf sich, denn der Wind hebt ihren knielangen Rock, und sie steht einen Moment da wie Marilyn Monroe in der berühmten Filmszene über dem U-Bahn-Lüftungsgitter in *Das verflixte 7. Jahr.* Das Schwarzweißfoto hatte ich in Bamberg in meinem Zimmer aufgehängt. Für meine Mutter sank ich damit auf die Entwicklungsstufe eines Neandertalers zurück. Sie sagte kein Wort dazu. Ihr tadelnder Blick jedoch traf mich wie ein Giftpfeil.

Ja, verdammt, ich schämte mich und hängte das Poster ab. Ich wusste nicht mal, wohin damit. Vernichten wollte ich es nicht, das hätte meine letzten verbliebenen Reste Selbstachtung zerstört. Ich habe es gefaltet in meinem Diercke-Weltatlas versteckt.

Gibt es dieses Monstrum von einem Buch überhaupt noch? Auch das ist bestimmt inzwischen alles digitalisiert. Und wo verstecken die Schüler ihre Bildchen heute, frage ich mich. Wahrscheinlich ist schon die Frage falsch. Sie haben gar keine Plakate und Fotos mehr, keine aus Zeitschriften herausgeschnittenen Bilder. Sie sammeln ihre aufregenden Aufnahmen gleich digital und sichern sie, mit Passwort versehen, auf ihrem Handy.

Solveig bemerkt, dass mich die rothaarige Frau mit dem Faltenrock und dem Monroe-Effekt interessiert.

»Du starrst sie an«, sagt sie.

»Nein, nicht sie. Den Jungen da.«

Sie dreht sich um und sieht ihn auch. Er ist höchstens zwölf und hat offensichtlich die windige Stelle im Blick. Er filmt kichernd.

»Vermutlich«, sage ich, »ist die Szene schon bald ein Hit auf Facebook.«

Sie berührt kurz wie unabsichtlich meine Hand und flüstert: »Sollen wir nicht besser verschwinden? Ich habe das Gefühl, es könnte jeden Moment etwas Schlimmes passieren. Ich will nicht zusehen müssen, wie sie dich … verhaften.«

»Warum«, frage ich und winke dem Kellner, um zu bezahlen, »warum helfen mir immer wieder Menschen wie du?«

»Oder wie diese Frau Grün«, ergänzt sie und bemüht sich vergeblich, nicht eifersüchtig zu klingen.

Der Kellner kommt auf uns zu.

»Lass mich das machen«, bittet Solveig. Ich schüttle den Kopf.

Der Kellner ist jung, freundlich und sehr professionell. Er guckt mich nicht an und spricht auch nicht mit mir, obwohl ich ihn gerufen habe. Er legt Solveig die Rechnung vor. Sie hatte wohl das richtige Gefühl.

Ich räuspere mich, zeige mein Geld vor, aber er schaut Solveig an. Es fällt mir nicht leicht, die Rechnung zu begleichen. Widerwillig nimmt er mein Geld, und ich gebe ihm, obwohl er mich ignoriert, ein gutes Trinkgeld. Er schaut Solveig fragend an, ob er es auch nehmen darf. Erst als sie nickt, bedankt er sich.

Wir gehen raus. Ich humple jetzt noch mehr als vorher. Die Rolle gefällt mir. Ich habe eine ganz neue Narrenfreiheit.

24

Solveig kennt einsame Stellen, fernab von den Touristenrouten. Wir sitzen auf einer Bank und schauen aufs Meer. Es ist eine Abschiedssituation.

Von hier aus sehen wir den Arngaster Leuchtturm auf einer Sandbank im Jadebusen.

»Bei Ebbe kann man ihn mit einer Wattwanderung erreichen …«, sagt Solveig, und es klingt nach einer Einladung für mich, länger zu bleiben. Da ich nicht darauf einsteige, fährt sie fort: »Man kann auch bei Flut mit der *Etta von Dangast* übersetzen. Aber rein in den Leuchtturm kann man nicht. Der wird von Wilhelmshaven aus betrieben.«

»Hört sich sehr einsam an«, sage ich. Sie nickt. »Leuchttürme sind heutzutage so.« Nach einer Weile des Schweigens triumphiert sie geradezu: »Es gibt ihn auch als Briefmarke.«

Ich gebe ihr recht. »Ich weiß. Ich hatte die fünfundvierzig Cent. Gestempelt und ungestempelt!«

Solveig malt mit ihrem rechten Fuß Kreise in den Sand. Vielleicht sind es auch misslungene Herzen.

Die Gehhilfe steht neben mir an die Bank gelehnt. Ich spüre den Sitz des Wurfmessers an der Wade. Die Riemen binden mir die Blutzufuhr ab. Ich habe sie zu stramm festgezogen, ein Zeichen dafür, dass ich mich auf eine Reise vorbereite, eine längere Zeit unbehaust sein werde.

Der Typ, der aussieht, als hätte er seinen Scheitel mit dem Hammer gezogen und im Restaurant so teilnahmslos herumsaß und auf sein Handy glotzte, nähert sich. Jetzt hat er sein Handy am Ohr. Ist er doch ein Polizist? Ich könnte ihn auf fünf Schritte herankommen lassen und dann mein Wurfmesser an einer lebenden Person ausprobieren.

Wie wird Solveig reagieren? Ich habe noch nie mit dem Wurfmesser getötet, sondern immer mit dem berühmten Dr.-Sommerfeldt-Herzstich. Ich bin daran gewöhnt, es lautlos und schnell zu erledigen. So ein Messerwurf könnte eine jämmerliche Schreierei heraufbeschwören. Hier, an dieser einsamen Bank für Verliebte, sind wir vor Blicken ziemlich gut geschützt, aber seine Schreie wären weithin hörbar. Vielleicht lasse ich ihn doch näher herankommen und erledige ihn dann mit der japanischen Klinge … Es wäre ihre Bluttaufe.

Auch Solveig schaut in seine Richtung. Kennt sie ihn?

Ein Schauer jagt mir den Rücken runter. Hat sie mich an diese einsame Stelle geführt, damit hier der Zugriff erfolgen kann, ohne dass Touristen gefährdet werden? Sitzen in dem Motorboot da vorne gar keine Urlauber, die zum Angeln rauswollen, sondern Scharfschützen, die mich im Visier haben?

Er nähert sich. Sie guckt ihn an. Er reagiert mit einem wissenden Lächeln. Dann blickt er rasch in eine andere Richtung. Sie ebenfalls.

Ich greife zum Messer. Sie stoppt meine Hand. Ihre weichen Finger legen sich um mein Handgelenk wie Plüschhandschellen.

»Das«, sagt sie, »ist mein ehemaliger Saxophonlehrer.«

»Du spielst Saxophon?«

»Nein, ich bin unmusikalisch. Aber ich habe mal versucht, es zu lernen. Er hat mich angegraben. Ausgerechnet mich. Ich glaube, er schämt sich immer noch deswegen. Ich habe ihm einen Korb gegeben und mit dem Musizieren aufgehört.«

Gute Erklärung, denke ich, muss aber nicht stimmen. Ich bin kampfbereit, als er an uns vorbeigeht. Er grüßt lustlos. Sie erwidert abweisend: »Moin.«

Schon sehen wir nur noch seinen Rücken. Von seinem Telefongespräch nehme ich einen Satzfetzen wahr: »... kann keine Noten lesen, aber ein Wahnsinnsgitarrist ...«

Solveig knüpft bei der Frage an, deren Beantwortung der Kellner mit der Rechnung unterbrochen hatte. Sie tut, als habe ich sie gerade erst gestellt: »Du wunderst dich, dass so viele – besonders Frauen – dir gerne helfen, sich um dich kümmern, ja dich retten wollen?«

»In der Tat«, sage ich.

Vielleicht hat sie die Zeit gebraucht, um sich darüber klarzuwerden. Sie spricht sehr bewusst. Es ist nicht einfach so dahingesagt. Sie beugt sich dabei vor und schaut mich an: »Du bist der klassische Antiheld.«

»Was bin ich?«

Sie wiederholt es: »Ein Antiheld.«

Ich sage nichts und schaue sie nur an. Ein Marienkäfer klettert in ihrem Haar herum. Irgendwoher weht der Duft von Räucherfisch zu uns herüber.

Sie winkt ab. »Der positive Held hat doch in der Literatur längst ausgedient, ist unglaubwürdig geworden. Je toller ein Autor seinen Helden zeichnet, umso schlechter ist meist seine Literatur. Der positive Held ist längst ein Warenzeichen geworden: ›Vorsicht, trivialer Scheiß.‹«

»Interessante Meinung. Du magst also Antihelden?«

»O ja! Don Quichotte«, sie überlegt, »Salingers Holden Caulfield ... Ich habe den *Fänger im Roggen* geliebt.«

»Günter Grass' Oskar Matzerath«, werfe ich ein, »und Jörg Fausers Harry Gelb. Das waren meine Antihelden.«

»Oder Stiller«, ruft sie mit einer gewissen Begeisterung.

»Stiller?«

Sie nickt heftig. »Ja, Stiller. Das Buch hat mich mit vielen Fragen zurückgelassen: Wer bin ich? Wer entscheidet, wer ich bin? Die Gesellschaft oder ich?«

Ich zitiere den ersten Satz aus Max Frischs Roman: »›Ich bin nicht Stiller!‹«

Es gefällt ihr, dass ich so etwas kann. Ich fahre fort, nicht unbedingt, um sie zu beeindrucken, wohl aber, weil es ein Genuss ist: »›Tag für Tag, seit meiner Einlieferung in dieses Gefängnis, das noch zu beschreiben sein wird, sage ich es, schwöre ich es und fordere Whisky, ansonst ich jede weitere Aussage verweigere.‹«

Sie lächelt und übernimmt, aufs Meer schauend: »›Denn ohne Whisky, ich hab's ja erfahren, bin ich nicht ich selbst, sondern neige dazu, allen möglichen guten Einflüssen zu erliegen …‹«

»Ich trinke nicht«, sage ich, um mich abzugrenzen, aber sie hält mir trotzdem vor: »Du bist wie Stiller. Du behauptest, ein anderer zu sein. Du erfindest dir eine Existenz und …«

»Tun wir das nicht alle?«, frage ich und beantworte meine Frage in ihr Staunen hinein: »Es sind immer nur Entscheidungen, die wir treffen. Jeder kennt die Frage an das Schulkind: ›Was willst du später einmal werden?‹«

»Was!!!«, ruft sie laut. »Was!! Nicht: Wer!«

Ich widerspreche ihr. »Sind wir nicht, was wir tun?«

Sie wischt sich nachdenklich durch die Haare und vertreibt so den Marienkäfer, der kurz aufgeschreckt hochflattert und sich dann an einer anderen Stelle in ihren Haaren wieder niederlässt.

Meine Worte erreichen sie. Es ist, als würde gerade zwischen uns etwas Gutes entstehen. Verständnis.

Ich höre mir selbst zu, als würde jemand anderes sprechen: »Ich frage mich: Sind wir die Vorstellung, die wir von uns selbst haben, oder sind wir, was andere von uns halten? Für die einen bin ich ein gemeingefährlicher Killer, völlig verrückt, für die anderen ein Held.«

»Figuren wie du, Bernhard, bringen alles durcheinander. Unsere Moralvorstellungen und unsere gesicherten Erkenntnisse. Ich würde gerne Teil dieser Verunsicherung werden. Ich hoffe, ich habe die Kraft, dir weiterzuhelfen.«

Sie blinzelt gegen die Sonne. Ich verspüre den Impuls, ihr die Haare aus dem Gesicht zu streichen, vermeide aber, sie zu berühren.

»Es reicht, wenn du nach Wangerooge fährst, Solveig.«

»Wenn sie mich befragen, darf ich dann sagen, dass du bei mir gewesen bist?«

Ich sehe, wie wichtig ihr meine Antwort ist. Sie bekommt feuchte Augen, während sie darauf wartet. Ich wäge meine Worte ab: »Sie bekommen es sowieso raus. Sag ihnen, was du willst. Aber bitte erwähne Borkum nicht. Nicht Graff. Und verrate ihnen nicht, wie ich aussehe.«

Sie nickt. »Ja. Das kriege ich hin.«

»Ja«, sage ich, »du entscheidest, in welcher Rolle du den anderen gegenübertrittst. Auch in diesem Fall.«

Sie steht auf, reckt sich, als müsse sie das erst verdauen. »Du meinst …«

»Ja. Ich glaube, dass jeder Mensch früher oder später etwas erfindet, das er für seine eigene Geschichte hält. Und dann tut man alles, damit sie Wirklichkeit wird, um auch von den anderen so gesehen zu werden. Die Rollenbestimmung ist ein Akt der Autonomie.«

»Sind es nicht die Erlebnisse, die Vorfälle, die etwas aus uns machen? Uns in Rollen zwingen?«, fragt sie und sieht dabei aus, als würde sie in sich hineinhorchen. Trotzdem versuche ich, sie mit meinen Worten zu erreichen: »Nein. Es ist unsere Deutung dieser Vorfälle. Du definierst dich als asexuell, und nun tust du alles, um dieses Bild, das du von dir hast, zu unterfüttern. Dabei bleibt dir viel Frust erspart, durch den andere müssen, und gleichzeitig zahlst du einen hohen Preis dafür. So geht es uns allen. Der eine erlebt sich als Glückspilz und deutet sein ganzes Leben so um. Egal, wie sehr er auf die Schnauze fällt, er macht daraus noch einen glücklichen Zufall, weil er mit dem gebrochenen Bein nicht zu der bescheuerten Party musste und endlich ein paar Tage krankfeiern durfte. Der andere gewinnt mit sechs Richtigen dreihunderttausend im Lotto und bleibt dabei, dass er ein Pechvogel ist, weil es in der Woche davor dreihundertfünfzigtausend gegeben hat. Ich hatte Patienten in meiner Praxis in Norddeich, die erlebten sich als todkrank und waren topfit.«

»Hypochonder?«, fragt sie.

»Nenn es, wie du willst. Ich zum Beispiel bin gerade in die Rolle des körperlich und geistig Behinderten geschlüpft. Und ich erlebe nun die Menschen ganz anders. Sie reagieren auf mich, als sei ich es wirklich, zeigen sich mir anders. Wenn ich in die Rolle des Serienkillers gehe, hebt mir niemand den Krückstock auf. Und wenn ich als smarter Hausarzt die Rechnung verlange, ignoriert mich der Kellner nicht und schaut meine Partnerin an, sondern ist freundlich zu mir, weil er sich ein Trinkgeld erhofft.«

»Und was bedeutet das jetzt für mich?«

Direkt vor uns streiten drei Möwen um ein Fischbrötchen. Ich folgere daraus, dass Touristen sich nähern und nicht mehr weit entfernt sind.

»Nun«, sage ich, »du stehst jetzt vor einer Rollenentscheidung. Wer willst du sein? Die Frau, die es bereut, einem Mörder ins Gefängnis geschrieben zu haben, und nun befürchtet, Besuch von ihm zu bekommen. Oder ihn gar schon bekommen hat und sich danach ängstlich an die Polizei wendet, oder machst du einen auf stolze Gangsterbraut …«

Sie dreht sich um, sieht mich an und lacht: »So wie Hannah Grün?«

»Ja, genau so.«

»Ich werde ihnen sagen, dass ich auf Wangerooge auf dich warte, weil du mich darum gebeten hast. Aber werden sie mir glauben, oder merken sie, dass ich nur versuche, ihre Kräfte am falschen Ort zu binden?«

»Siehst du, liebe Solveig, jetzt kommt es nur darauf an, wie gut, wie glaubhaft du deine Rolle spielst. Wenn du Angst um dein Leben hast und sie um Hilfe bittest, glauben sie es dir. Wenn du die Gangsterbraut spielst, natürlich nicht, denn die würde mich nicht verraten.« Ich will einen Arm um sie legen, tue es im letzten Moment aber nicht. »Lass uns gehen. Da kommen Leute. Und wir haben noch viel zu erledigen.«

Ich zögere noch. Morgen tritt Graff auf Borkum auf. Werde ich ihn mir dort holen und dann nach Oldenburg fahren, um in Ofenerdiek Erwin Grün mein Messer schmecken zu lassen? Oder mache ich es umgekehrt?

Wenn ich in eine Falle laufe, dann muss sich der Preis lohnen.

25

Borkum oder Oldenburg-Ofenerdiek? Wo werde ich zuerst zuschlagen? Heiner Graff oder Erwin Grün? Wer wird als Erster vor seinen Richter treten? Wen schicke ich ins Jenseits?

An beiden Orten könnte ich in eine Falle laufen. Vermutlich sind beide Situationen inszeniert, um mich anzulocken. Ich werde aber trotzdem zuschlagen.

Das Spiel beginnt.

Es kribbelt auf meiner Haut. Andere ziehen sich Koks in die Nase, um in dieses Hochgefühl der totalen Aufmerksamkeit und erhöhten Wahrnehmung zu kommen. Es ist, als würden mir Flügel wachsen.

Ich versuche, mich in Kommissarin Ann Kathrin Klaasen hineinzudenken. Ich sehe sie nackt, als meine Patientin in Norddeich, vor mir. Sie weiß noch nicht, dass sie genau den Mann jagt, der sie gerade untersucht und ihr den Bauch abtastet. Ist es nicht ein Treppenwitz der Kriminalgeschichte, dass ein Mörder die Fahnderin, die ihm auf den Fersen ist, krankschreibt? Das wird bestimmt in dem Buch, das Holger Bloem über mich schreibt, ein Kracher. So eine Geschichte lässt er sich garantiert nicht entgehen. Ich sehe die Verfilmung schon vor mir.

Ich tue jetzt genau das, was Ann Kathrin Klaasen garantiert auch gerade macht. Ich versuche, die Welt aus ihrer Sicht zu sehen, nehme ihre Perspektive zu den Vorkommnissen ein. Sie ist berühmt dafür, sich in Täter und Opfer geradezu zu versenken. Man braucht Einfühlungsvermögen, eine gewisse Menschenkenntnis und den Mut, das eigene Ego loszulassen, um jemand anders zu werden. Es ist ein Akt äußerster Kreativität. Den besten Schauspielern gelingt so etwas in großen Theater- oder Filmmomenten. Aber es kommt darauf an, sich selbst nicht vollständig zu verlieren. Nicht in der Rolle unterzugehen. Ann Kathrin kann es, und ich kann es auch. Da treffen wir uns.

Sie versucht, die Welt so zu sehen, wie ich sie betrachte, und ich versuche, so zu denken, wie sie denkt. Wir tauschen sozusagen die Perspektiven.

Wenn ich mich mit ihren Augen sehe, erblicke ich einen Mann, der – warum auch immer – Unrecht nicht ertragen kann. Besonders nicht, wenn es Menschen zugefügt wird, zu denen er eine emotionale Bindung aufgebaut hat. Aus ihrer Sicht ist völlig klar, was ich als Nächstes tun werde: Natürlich werde ich all meine Pläne zurückstellen und auf dem schnellsten Weg nach Oldenburg fahren, um Hannah vor ihrem ausrastenden Ehemann zu schützen.

Ja, genau das würde ich auch am liebsten tun. Es ist wie ein Zwang. Ein Befehl, dem ich folgen muss.

Sie kennt mich erstaunlich gut. Diese Kommissarin liest mich wie ein Buch. Sie wird mich also in Oldenburg erwarten. Vermutlich lauert ein mobiles Einsatzkommando schon im Garten.

Werden sie sich in den Sträuchern verstecken wie kleine Jungs oder in den umliegenden Häusern?, frage ich mich amüsiert. Jedenfalls werden sie versuchen, mir die Fluchtwege abzuschneiden. Sie selbst wird im Haus auf mich warten, da bin ich sicher, ganz in der Hoffnung, mich zum Aufgeben zu bewegen. Aus Sicherheitsgründen hat sie Hannah und ihren Mann an einem anderen Ort untergebracht.

Ja, genau so wird es sein. Erwin Grün soll mich aus dem Versteck locken. Er wird es mit dem Leben bezahlen, der kleine Drecksack. So oder so, ich hole ihn mir.

Jetzt, da ich aus Ann Kathrins Sicht alles klar sehe, weiß ich auch, was ich zu tun habe. Sie geht davon aus, dass ich mir erst Grün hole und dann in Ostfriesland Graff töte. Sie treibt die Schafherde in die Nähe des Wolfes, um ihn dann zu erlegen.

Ich werde es also genau umgekehrt machen. Ich hole mir erst Graff und dann Grün. Und wenn ich mit den beiden fertig bin, widme ich mich meiner verkommenen Exfamilie.

Ich laufe ein paar Schritte, um mich abzureagieren. Es ist, als würde ich auf Glassplitter treten. In meinem Kopf knirscht es bei jedem Schritt. Ein helles grässliches Geräusch. Eines, das mir eine Gänsehaut über den Rücken jagt und die Haarwurzeln kribbeln lässt.

Ich würde mir gern die Haare raufen, so sehr juckt meine Kopfhaut. Erst als ich sie berühre, wird mir wieder bewusst, dass Solveig mir ja eine Glatze rasiert hat.

26

Der Abschied von Solveig ist irritierend. Keine Berührung. Nur Worte, Blicke und Tränen.

Ja, sie weint und verspricht geradezu mit Bekennermut, auf Wangerooge so viele Polizeikräfte auf sich zu ziehen wie nur möglich. Sie wird Ann Kathrin Klaasen von dort aus anrufen und ihr gestehen, ein schlechtes Gewissen zu haben. Ich sei auf der Insel und wolle ein Urteil vollstrecken. Wir hätten uns gestritten und Schluss miteinander gemacht. Es sei ihr jetzt klar, dass sie einen schweren Fehler gemacht habe.

Ihr Verrat wird wirken. Da sind wir beide uns sicher. Es wird Ann Kathrin Klaasen für kurze Zeit zumindest verwirren. Vielleicht verzettelt sie sich, und ich werde jede Chance nutzen, die sie mir lässt. Jede noch so kleine Lücke.

Ich bin frei, und ich habe die Handlungsführung zurück.

27

Ich nehme den Katamaran von Emden nach Borkum. Er ist ein bisschen teurer als die große Fähre, aber dafür eine Stunde schneller.

Es ist ein schwülwarmer, fast windstiller Tag. Ich spiele meine Rolle des körperlich behinderten und geistig zurückgebliebenen Mannes vielleicht ein bisschen übertrieben, aber es macht mir Spaß. Ich habe nicht die geringste Angst, als Dr. Sommerfeldt enttarnt zu werden.

Wenn ich stottere, ist es besonders gut. Am Fahrkartenschalter frage ich, ob ich zahlen muss, weil ich eigentlich im öffentlichen Nahverkehr immer kostenlos mitgenommen würde. Damit löse ich Kopfschütteln aus. Das hier sei kein Nahverkehr, sondern Fernverkehr, werde ich belehrt.

»Aber«, werfe ich, auf meine Rechte als Behinderter beharrend, ein, »von der Fähre geht es doch mit der Bahn in die Stadt. Da muss ich aber dann umsonst mitfahren dürfen. Das ist öffentlicher Nahverkehr.«

Ein paar Leute in der Schlange hinter mir geben mir recht. Die junge Frau am Schalter der AG Ems wird nervös. Die Bahnfahrt sei ja in der Schiffsüberfahrt schon mit drin, erklärt sie. Sie windet sich. Ihr scheint das selber nicht ganz einzuleuchten.

Ich bitte sie, dann den Preis für mich wieder rauszurechnen. Ich müsse den doch nicht zahlen …

Sie blickt verzweifelt zu ihrer Kollegin am Nachbarschalter. Ein Mann hinter mir in der Schlange, er ist um die sechzig, mit Rauschebart und einer Spiegelreflexkamera um den Hals, bietet sich an, für mich zu zahlen, damit es endlich weitergeht.

Es ist toll, wie viel Aufmerksamkeit ich auf mich ziehen kann, während ich gleichzeitig damit von Dr. Bernhard Sommerfeldt ablenke. Ich werde immer besser dabei. So komme ich auch durch jede Polizeikontrolle.

Ich frage, ob ich meinen Schwerbehindertenausweis vorzeigen soll, und beginne, ihn umständlich in meinen Sachen zu suchen. Allgemeines Geraune und lautes ›Verzichten-Sie-doch-auf-den-Ausweis‹ folgen. Da ich sowieso keinen besitze, ist das alles ein bisschen hoch gepokert, funktioniert aber perfekt.

Ich atme so feucht wie möglich aus. Ein paar Speicheltropfen laufen an der Glasscheibe runter. Ich wische sie mit meinem Ärmel ab.

Ein freundlicher Mann, der jedem zunickt, der den Katamaran über den Laufsteg betritt, zählt mit, wie viele Passagiere an Bord kommen. Er lässt hier nicht mehr Leute rein, als gut ist.

Er lächelt auch mich an. Ob der immer da steht? Oder ist das ein Polizist?

Das Innere des Katamarans gleicht einem Flugzeug. Die Passagiere sitzen in bequemen blauen Sesseln in Reihen. Über ihnen schweben alle paar Meter Infoscreens, auf denen die Schönheiten der Insel angepriesen werden und einige Veranstaltungen. Vom Krabbenpul-Kurs bis zu Graffs Vortrag.

Ich sehe sein feistes Lächeln auf zig Monitoren über mir schweben. *Ein Privatdetektiv berichtet …*

Zum letzten Mal, ergänze ich in Gedanken …

Zwei Servicekräfte nehmen den Gästen die schweren Koffer ab, die sie kaum selbst heben können, aber als Handgepäck bezeichnen, weil sie so das Geld für den Gepäckdienst sparen wollen. Der sportliche Tourist schleppt eben selbst.

Die Koffer und Skateboards werden in extra dafür vorgesehene Regale im Eingangsbereich gestapelt. Ich setze mich so, dass ich die Koffer im Rücken habe. Obwohl es sehr voll ist, bleiben die Sitze rechts und links von mir frei.

Die Nordsee ist still wie ein Karpfenteich. Der Katamaran gleitet mit gut siebzig Stundenkilometern übers Wasser. Es sieht aber viel schneller aus, wenn man rausguckt. Die Möwen kommen jedenfalls bei der Geschwindigkeit nicht mehr mit.

Ein Kind vor mir will von seinem Vater wissen, warum der Katamaran *Die Nordlicht* heißt. *Der* Katamaran sei doch männlich. Der Vater antwortet schneller, als er nachdenkt: Es hieße ja schließlich auch *Das Schiff.* Jetzt hat der Kleine Oberwasser: »Ja, das Schiff ist aber nicht weiblich, sondern sächlich ...«

Der Vater stöhnt, steht auf und biegt sich durch. Er sieht aus, als hätte er jetzt schon keine Lust mehr auf den Urlaub. Er winkt seiner Frau, die an der Essensausgabe Schlange steht. Sie sieht ganz zauberhaft aus, ist mindestens zehn Jahre jünger und zwanzig Kilo leichter als er. Die Mutter kommt mit Kaffee und Heidelbeermuffins auf einem Tablett von der Theke zurück. Der Kleine will aber kein klebriges Gebäck, sondern eine Antwort.

Die Eltern wissen nicht weiter und pusten mürrisch in ihre Kaffeetassen. Schließlich hat der Vater eine Idee: »Weißt du, Torben, das ist bestimmt wegen der Ostfriesen. Weil die nämlich ...«, er flüstert, »ein bisschen doof sind. Das weiß man ja spätestens seit den Ostfriesenwitzen. Die nennen ihre Meere ja auch Seen. Die Nordsee ist eigentlich ein Meer. Aber dafür sagen sie zu einem kleinen Teich ›Das ewige Meer‹.«

Der Kleine guckt zwischen den Sitzen hindurch zu mir. Er

glaubt, in mir die Bestätigung zu finden, dass die Ostfriesen blöd sind. Da ich dieses Küstenvolk aber sehr liebgewonnen habe, nehme ich die Herausforderung an und beuge mich komplizenhaft zu dem Kind vor. Ich locke den Jungen sogar mit dem Zeigefinger heran. Das passt den Eltern gar nicht. Sie wollen nicht unhöflich erscheinen, aber ihr Kind auch nicht zu nah an mich heranlassen. Ich bin ihnen unheimlich.

Ich flüstere dem Kleinen so laut zu, dass es jeder hier hören kann: »Es heißt aber *Die Fähre.* Genauer gesagt *Die Hochgeschwindigkeitsfähre.*«

Der Junge freut sich und posaunt es laut heraus. Den Eltern ist es peinlich.

Er fragt mich, wie ich heiße. Ich sage: »Torben.« Er lacht. »Ich auch.«

Ich reiche meine Hand zwischen den Vordersitzen durch. Torben schüttelt sie. Dann sage ich: »Wir sind Torben eins und zwei.«

Die Mutter will den Jungen ablenken und bietet erneut ihre Heidelbeermuffins an. Torben nimmt einen und hält ihn mir hin: »Willst du?«

Ich nicke eifrig. Ein Kaffee wäre mir zwar lieber gewesen, aber ich glaube kaum, dass seine Eltern mich an ihren Bechern nippen lassen. Sie können einen gewissen Ekel, den sie mir gegenüber empfinden, für den sie sich aber gleichzeitig schämen, weswegen sie verkrampft versuchen, ihn zu verbergen, nicht unterdrücken.

Ich beiße heftig in den Muffin, so dass sogar Papier zwischen meinen Zähnen hängen bleibt. Torben lacht. Sein Vater fordert ihn auf: »Lass den Mann in Ruhe, der will nicht belästigt werden.«

»Aber der Junge belästigt mich nicht«, sage ich und beiße noch einmal in den Muffin. Mit vollem Mund und dicken Hamsterbacken lache ich, dass die Krümel nur so fliegen.

»Ist das dein Papa oder dein Opa?«, frage ich Torben. Jetzt habe ich einen Feind. Das sagen mir die Augen des Vaters. Aber Torben kichert, und seine Mutter schmunzelt, tut aber, als habe sie das nicht gehört. Sie ist froh, zu einem anderen Thema übergehen zu können. Sie zeigt nach Backbord und jauchzt übertrieben überrascht: »Guck mal da, Seehunde!«

Torben stürmt mit seiner Mutter los, um ganz nah an die Scheibe zu kommen.

»Auf der Insel«, will der Vater ihn belehren, »gibt es ganz viele Seehunde. Von unserem Hotelzimmer aus kannst du eine Sandbank mit ganzen Familien sehen.«

Aber Torben hört ihm nicht zu. Er drückt schon seine Nase an der Scheibe platt.

Ich schiebe mir den Rest des Heidelbeermuffins in den Mund und schmatze laut. Es macht mir Spaß, den Blöden zu spielen. Ich musste viel zu lange intelligent sein. Als Hausarzt ohne richtige Approbation durfte ich mir keine Blöße geben. Als Chef einer Modefirma erst recht nicht. Und beides hat viele Gemeinsamkeiten. Von Medizin versteht jeder etwas und keiner nichts, denn jeder war ja schon mal krank, und jeder hat schon mal ein Gespräch über Krankheiten geführt. Was für den einen richtig ist, ist für den anderen falsch. In der Mode genauso. Jeder, der schon einmal Klamotten gekauft und in den Spiegel geguckt hat, ist da Fachmann und hat eine eigene Meinung. Wahrscheinlich ist das überall so. In der Kunst. Im Fußball. Und in der Politik.

Endlich mal blöd. Ein Narr sein zu dürfen, ist so befreiend.

Ich humple raus und schaue mir die heftigen Schaumverwirbelungen an, die dem Katamaran wie ein langes weißes Ungeheuer folgen, das sich ins Heck verbissen hat und wütend mit dem weißen Schwanz schlägt. Auch hier machen mir alle Platz. Ich stehe allein an der Reling und sehe Emden immer kleiner werden.

28

Meine Gedanken kehren kurz zu Cordula zurück. Was mag das verrückte Huhn jetzt treiben, frage ich mich. Ich würde sie gerne wiedersehen. Eine Nacht mir ihr tanzen, auf der Deichkrone den Wind genießen oder mit ihr im Bett Gymnastik machen. Ja, auch das vermisse ich.

Die Vorstellung, in den nächsten Stunden den alten Lügner töten zu können, erfüllt mich mit Glücksgefühlen. Ich taste nach der japanischen Klinge.

Neben mir höre ich das typische Klicken einer analogen Kamera. Ich schiele über die Schulter hin. Wer benutzt denn noch so etwas? Oder ahmt eine Digicam nur dieses Geräusch nach?

Da sehe ich Holger Bloem. Er fotografiert einen Krabbenkutter, der von einem Heer Möwen verfolgt wird.

Bloem, der schon gefesselt bei mir im Kofferraum lag, ist zufällig auf derselben Fähre wie ich? Ann Kathrin Klaasen würde darüber lachen. Ich habe mehrfach den Satz von ihr in Interviews gelesen: »Ich glaube nicht an Zufälle. Wir nennen etwas Zufall, wenn wir nicht alle Fakten kennen, die dazu führen, dass ein bestimmtes Ereignis eintritt.«

Fährt er nach Borkum, um über Graffs Auftritt zu schreiben, oder hat seine Freundin Ann Kathrin Klaasen ihm gesteckt, dass dort der Zugriff erfolgen soll? Wird er einfach hinter Graff herreisen? Von hier aus nach Langeoog, dann nach Wangerooge, und sich denken, irgendwann wird Dr. Sommerfeldt schon auftauchen, und dann bin ich mal wieder als Erster ganz nah dran?

Der alten Spürnase würde ich das zutrauen. Er ist so eine Art journalistisches Trüffelschwein. Zumindest in allen Dingen, die Ostfriesland oder meine Person betreffen.

Da er ganz auf seine Fotos konzentriert ist, bemerkt er weder mich noch sonst etwas um sich herum. Ich könnte ihn abstechen und über Bord werfen, aber warum sollte ich das tun? Soll er doch über Graffs Hinrichtung berichten. Er wird es bestimmt zu meiner Zufriedenheit tun.

Ich weiß selbst nicht, was mich reitet. Manchmal habe ich so kleine Teufelchen in mir, die bringen mich dazu, dumme Dinge zu tun, die mich selbst gefährden. Es ist wie ein Streich, den kleine Jungs spielen, nur dass ich mich als kleiner Junge so etwas nicht getraut hätte. Ich war ja viel zu sehr damit beschäftigt, um meine eiskalte Mutter herumzutanzen und zu versuchen, ihr zu gefallen. Für Streiche blieb da wenig Raum.

Jetzt tobt sich der kleine Rüpel, der ich leider nie wirklich war, als Serienkiller aus. So sind dann auch seine Scherze recht handfest.

Ich stecke meinen Krückstock »versehentlich« zwischen Holger Bloems Knie und haue ihm mit einer kurzen, für mögliche Zeugen sicher unbedachten Bewegung die Beine weg. Dabei lasse ich meine Gehhilfe fallen und halte mich selbst an der Reling fest.

Bloem stürzt nach hinten. Im Taumeln versucht er, die Kamera zu halten. Es gelingt ihm nur halbwegs. Erst kracht er aufs Deck, dann der Fotoapparat mit dem Riesenobjektiv.

Er rafft sich sofort auf und überprüft mit einem kurzen Stöhnen seine Kamera. Wenn er mich nicht erkennt, denke ich, bin ich in dieser Gestalt absolut sicher.

Er guckt mich an. Da ist Zorn in seinen Augen, aber als er mich richtig wahrnimmt, erkennt, dass ich behindert bin, verebbt seine Wut sofort. Er schafft es sogar, sich bei mir zu entschuldigen. Ja, statt mir eine reinzuhauen, tut er so, als habe er etwas falsch gemacht.

Was für ein Kerl!

Wir blicken uns kurz in die Augen, und ich erkenne seine Irritation. Ahnt er, wer sein Gegenüber ist?

Er bückt sich und hebt meinen Stock auf. Er reicht ihn mir.

»Ist alles in Ordnung mit Ihnen?«, fragt er.

Will er mich in ein Gespräch verwickeln? Will er meine Stimme hören, um zu entscheiden, ob er seinen Augen trauen kann?

Ich nicke nur und nehme die Gehhilfe. Ich wische mir über den Mund und krächze: »Aua macht?«

»Nein«, sagt Holger Bloem, »ich habe mir nicht weh getan. Und wie geht es Ihnen?«

Ich zucke mit den Schultern.

»Sind Sie allein an Bord?«, will er wissen. »Gibt es eine Begleitperson? Soll ich jemanden rufen?«

Er ist so hilfsbereit, und meine dämliche Aussage »Aua macht« war wahrscheinlich zu dicke. Ich muss in zusammenhängenden Sätzen sprechen, um ihn loszuwerden, sonst sucht er gleich noch meinen Betreuer.

»Ich bin nur körperbehindert, geistig bin ich fit«, stottere ich mühsam, mit zitternden Lippen. »Ich besuche Freunde auf Borkum.«

Bloem ist beruhigt und widmet sich wieder seiner Kamera.

Wenn er wüsste, wer ich bin, würde er Ann Kathrin Klaasen informieren, oder wäre ihm die Geschichte wichtiger? Weil er sie ja wohl exklusiv würde haben wollen: Mit dem Serienmörder auf dem Katamaran in Richtung Borkum …

29

Ich habe mir eine Ferienwohnung in der Deichstraße ausgesucht. Achtzig Quadratmeter mit Küche, Fernseher, Internet. Nicht weit entfernt von Perners Markant-Supermarkt. Hier kann ich mich leicht versorgen und einigeln. Zum Südstrand ist es nicht weit, und der kleine Leuchtturm ganz in der Nähe tut meiner Seele gut.

Ja, in einem früheren Leben – es kommt mir vor, als würde ich es nur aus Erzählungen kennen, ich hieß damals noch Johannes Theissen – habe ich Briefmarken gesammelt. Ich hatte alle deutschen Leuchttürme. Das war damals in Franken wohl ein Ventil, meiner Liebe zum Meer, die ich immer unterdrücken musste, Ausdruck zu verleihen. Später habe ich auch Briefmarken mit Leuchttürmen aus der Bretagne gesammelt, und ich besaß mehrere Bildbände über Leuchttürme. Besonders die sturm- und wellenumbrausten gefielen mir.

Leuchttürme warnen die Seefahrer vor Sandbänken und Riffen, geben Orientierung und Sicherheit. Welcher Mensch braucht so etwas nicht, wenn ihm der raue Wind des Lebens ins Gesicht bläst und die hohen Wellen seine ganze Existenz hin und her schaukeln lassen?

Der Leuchtturm »Roter Sand« vor Wangerooge, als erstes Seezeichen mitten ins Meer gebaut, war für mich immer ein Signal der Hoffnung.

Der kleine Leuchtturm auf Borkum steht auf einer Düne. Er strahlt rotweiß im Sonnenlicht. Er erinnert mich an den Arngaster Leuchtturm, nur dass der auf Borkum nicht mitten im Meer liegt, sondern an den Strand gebaut ist.

Das Einzige, was mich an meiner neuen Rolle als Behinderter nervt, ist, dass ich so schlecht mit dem Rad fahren kann. Dabei lädt die Insel so sehr dazu ein.

Ich fahre vom Hafen mit der Inselbahn in die Innenstadt. Am Georg-Schütte-Platz gegenüber vom Inselhotel Vier Jahreszeiten steige ich aus und nehme mir ein Taxi. Das wäre auf den autofreien Inseln Wangerooge oder Langeoog unmöglich. Auf Langeoog hat sogar die Besatzung im Rettungswagen Stress mit engstirnigen Urlaubern bekommen. Hier auf Borkum ist das anders.

Ich probiere verschiedene Möglichkeiten meiner neuen Rolle aus. Ich gebe zunächst den geistig und körperlich Behinderten, dann dem Chauffeur gegenüber den gebildeten, aber einsamen Körperbehinderten. Ich spreche klares Hochdeutsch in wohlformulierten Sätzen, mit sauberer Grammatik und Nebensätzen. Ich flechte Fremdworte ein, sage ›relevant‹ statt ›wichtig‹ und erkundige mich nach Freizeitangeboten.

Ich lasse mich nicht direkt in die Deichstraße fahren. Auch der Taxifahrer muss nicht wissen, wo ich hinwill. Ich lasse mich in der Süderreihe absetzen.

Mein sehr freundlicher Chauffeur hat noch Tipps fürs Nachtleben parat. Er schlägt mir vor, einen Abend im »Pferdestall« zu verbringen oder in der »Seekiste«, aber auch das »Lord Nelson« kann er mir empfehlen.

»Falls Sie auf Schlagermusik stehen«, lacht er, »ist die ›Strandschlucht‹ für Sie der angesagte Laden auf unserem Sandhaufen.«

30

In die Ferienwohnung zu kommen ist völlig unproblematisch. Sie ist ebenso leicht zu öffnen wie eine Kühlschranktür. Die nächsten Gäste werden hier erst in vier Tagen erwartet. Kaum anzunehmen, dass jemand in der Hauptsaison eine Ferienwohnung nur für drei oder vier Tage mietet. Ich werde also, bis die nächsten Gäste kommen, die gleich vierzehn Tage bleiben, meine Ruhe haben.

Es ist sehr warm. Ich reiße alle Fenster auf. Vom Meer her weht Wind rein und lässt die Vorhänge flattern.

Die Wohnung gefällt mir. Praktisch eingerichtet. Sauber. Sogar mit einem Buchregal. Darin hauptsächlich Kriminalromane, die auf Borkum oder zumindest in Ostfriesland spielen, und vier Kinderbücher aus der Reihe »Die Nordseedetektive«.

Der Fernsehflachbildschirm nimmt die halbe Wand ein. Über dem Sofa hängt ein Ölbild vom Meer. Es wirkt ungelenk, als habe jemand mit steifer Hand einen Malkurs besucht und versucht, die Natur abzumalen, ohne sie zu verstehen. Die Perspektiven stimmen nicht, die Farben sind zu grell.

Ich hänge das Bild ab und stelle es hinters Sofa. Jetzt fühle ich mich gleich viel wohler.

Ich mache ein paar Übungen mit dem Wurfmesser. Der weiße Schleiflackschrank im Schlafzimmer dient mir als Ziel. Ich male mit einem Filzstift die Umrisse eines Körpers darauf.

Ich werfe vom Flur aus. Das Messer sitzt links, wo das Herz ist, und durchschlägt das dünne Holz.

Ich öffne den Schrank. Er ist leer und riecht nach Mottenkugeln.

Da ich zufrieden mit meinem Wurf bin, dusche ich gründlich und versorge mich im Markant-Markt mit Lebensmitteln. Vor dem Eingang zum Supermarkt steht ein kleines Polizeiauto, in dem ein Junge sitzt, der sich sehr wohl fühlt. Er zielt mit dem Zeigefinger auf mich und ruft: »Hände hoch, Polizei!« Ich winke ihm zu.

Hier drin ist es gut gekühlt. Es gibt eine große Auswahl an gesunden Sachen. Biozeugs, eine Riesensalat- und Obstabteilung. Ich stelle mir viel mehr zusammen, als ich brauche. Dazu noch ein paar Müsliriegel, Brot und Käse. Ich kaufe das *Ostfriesland-Magazin*, weil ich es in meiner Norddeicher Zeit immer abonniert hatte, und dazu die *Borkumer Zeitung* und die *Ostfriesen-Zeitung*. In der *Borkumer Zeitung* ist Graff auf Seite eins. Mir stockt der Atem. Dieses feiste Schwein lacht mich an, als sei die Zeitung nur gedruckt worden, um mich zu verhöhnen.

Erst zögere ich, aber dann nehme ich doch noch die Illustrierte, die meine Aufzeichnungen abdruckt, mit.

Als ich zur Kasse humple, schäme ich mich fast. Ich lege die Illustrierte mit der Rückseite nach oben hin. Auf dem Titelblatt ist zwar eine Bikinischönheit abgebildet, aber unten steht, praktisch unterhalb ihres Bauchnabels: »Dr. Sommerfeldt: Irrer Serienmörder oder Volksheld?«

Darunter mein Gesicht in einem Kreis, als sei es auf einen Fußball gedruckt worden. So sehe ich schon lange nicht mehr aus. Das Bild muss Beate von mir in Norddeich geschossen haben. Damals, als ich noch ein glücklicher Hausarzt war.

Die Kassiererin dreht die Illustrierte um, um sie einzuscannen. Ich weiß gar nicht, wo ich hingucken soll. Ja, es ist mir unangenehm, meinen eigenen Text zu kaufen.

Sie lächelt mich freundlich an und fragt, ob sie mir behilflich sein könne. Sie wären auch gern bereit, mir die Sachen in meine Ferienwohnung zu bringen. Ich lehne höflich ab.

Zurück in meiner Ferienwohnung lese ich in der *Borkumer Zeitung* das Interview mit Graff und die Ankündigung seines Auftritts. Es kränkt mich fast, dass ich gar nicht im Artikel erwähnt werde.

Er lobt seine gute Unterbringung. Er habe im Hotel *Vier Jahreszeiten* die Suite »Theodor Storm« ganz oben, mit Blick auf den neuen Leuchtturm. Er spricht davon, dass er das Feuerschiff *Borkumriff* besichtigen möchte. Als Kind habe er geglaubt, ein Feuerschiff sei eine Art Feuerwehrauto zur See. Dass damit ein schwimmender Leuchtturm gemeint sei, habe er damals nicht gewusst.

Er gesteht, in der »Heimlichen Liebe« würde er gern zu Abend essen.

Gibt der hier so öffentlich bekannt, wo er wohnt und aufkreuzen wird, damit ich weiß, wo ich ihn finde? Wartet im Hotel *Vier Jahreszeiten* schon ein Einsatzkommando auf mich? Liegen im Feuerschiff *Borkumriff* Handschellen für mich bereit?

Das Restaurant »Heimliche Liebe« ist nicht weit von meiner Ferienwohnung entfernt, am Südstrand. Dort könnte ich ihn abfangen, wenn er nach einem guten Essen und ein paar Gläsern Wein zum Hotel zurückwankt.

Ich kämpfe mit mir, aber ich halte es kaum aus. Ich muss mir ein Rad leihen und ein bisschen herumfahren, mir Meeresluft um die Nase wehen lassen.

Ich habe in meiner Rolle ziemlich viel Spielraum. Fast aufrecht betrete ich den Fahrradverleih. Ohne viele Diskussionen nehme ich ein Rad gleich für eine ganze Woche, auch wenn ich mit Sicherheit nicht so lange auf der Insel bleiben werde.

Ich werde nicht gebeten, mich auszuweisen. Warum auch? Ich zahle bar im Voraus.

Ich nehme ein Elektrorad, schalte aber die Batterie gar nicht erst ein. Ich will spüren, dass meine Oberschenkel brennen. Ich fahre in Richtung Ostland. Gott, tut das gut! Die Sonne brennt, und der Wind lässt mein Kopftuch flattern.

Ein weißer Lieferwagen überholt mich, darauf ein fast lebensgroßes buntes Foto von Detlef Perner, dem Chef des Supermarkts, wie er lachend auf einem Fahrrad Waren ausliefert. Daneben das Versprechen: *Windschnell geliefert!*

Wenn du wüsstest, Detlef, wie sehr ich dich beneide! Du stehst fröhlich mit deinem Gesicht und deinem Namen für deine Sache ein. Genau das kann ich nicht. Die Leute zeigen auf dich, rufen: »Guck mal, der Perner!« Dich kennt jeder auf der Insel, und nichts ficht dich an.

Was muss das für ein Gefühl sein, wenn man so geradlinig für seine Sachen einstehen kann? Ich muss ständig meinen Namen ändern und in immer neuen Verkleidungen jemanden mimen, der ich nicht bin. Du kannst einfach du selber sein.

In der »Bauernstube« mache ich kurz Rast. Im Schatten trinke ich einen halben Liter Wasser und esse eine Dickmilch mit Zimt und Schwarzbrot. Das erinnert mich an die »Meierei« auf Langeoog.

Durchs Radfahren und den Wind werden meine Gedanken klar, und ich fühle mich besser. Mein Plan steht fest: Ich werde Graff in seinem Zimmer im *Vier Jahreszeiten* empfangen und ihn töten. Sollte Ann Kathrin Klaasen dort auf mich warten, so ist das Spiel eben vorbei, und ich wandere zurück in den Knast.

Auf dem Rückweg fahre ich am FKK-Strand vorbei. Nein, die Nackten interessieren mich nicht, aber ich würde gern selbst nackt in die Fluten springen. Später nehme ich im »Sturmeck« noch einen Kaffee. Die Freiheit und die Sonne machen durstig. Ich bestelle noch ein Wasser.

Vor dem Hotel *Vier Jahreszeiten* sitze ich dann und warte auf eine günstige Gelegenheit. Sie kommt rasch. Die Inselbahn bringt einen Schwung Touristen. Sie belagern sofort die Rezeption. Ein verliebtes Pärchen schlendert an allen vorbei zum Fahrstuhl. Direkt daneben ist die Treppe.

Schon bin ich außer Sichtweise des Rezeptionisten. Ich laufe einfach immer höher. Oben angekommen, suche ich das Zimmer »Theodor Storm«. Ich klopfe und sage: »Zimmerservice!«

Öffne, du Schwein!

Ich halte das Tsukasa-Messer in der Hand. Ich freue mich darauf, ins Zimmer zu treten, ihn in Todesangst zu versetzen und dann abzustechen. Gleich wird die Klinge getauft werden.

Doch Graff öffnet nicht.

Die Tür hat keine Klinke, sondern einen Knauf. Diese Türen verführen Gäste dazu, sie einfach zuzuziehen und dann zu glauben, sie seien verriegelt. Wenn man mit einer Büroklammer oder einer Haarnadel nicht ganz ungeschickt ist, dauert es nur Sekunden, und so ein Schloss springt auf. Manche dieser Türen lassen sich, wenn der Schlüssel nicht im Schloss herumgedreht wurde, sogar mit einer Kreditkarte öffnen. Dieses allerdings nicht. Ich benutze eine Büroklammer.

Dann stehe ich im Zimmer. Graff liegt nicht im Bett. Ist das überhaupt sein Zimmer? Es gibt noch ein Hotel *Vier Jahreszeiten.* Das Strandhotel *Vier Jahreszeiten.* Dies hier heißt *Inselhotel Vier Jahreszeiten.* Ist er vielleicht in dem anderen? Gibt es dort auch eine Theodor-Storm-Suite?

Vor dem Doppelbett steht eine Sporttasche. Ich öffne sie und fische ein T-Shirt raus. Größe XXL. Könnte ihm genau passen.

Im Badezimmer eine Zahnbürste, ein Nassrasierer und ein Duschgel, das nach Rosen riecht. Ist er mit einer Frau hier? Unwahrscheinlich, dass ein heterosexueller Mann so ein Duschgel benutzt. Aber Frauenkleider finde ich hier nicht.

Ich durchwühle die Sporttasche. Ganz klar, das sind seine Klamotten. Ich bin in Graffs Suite.

Seine Veranstaltung beginnt in drei Stunden. *Wo treibst du dich rum, du narzisstisches Stück Scheiße? Bist du schon da? Tonprobe? Lichtprobe? Essen mit Veranstaltern?*

Ich öffne die Balkontür und schaue auf den hoteleigenen Swimmingpool. Da planscht ein Opa mit seinen zwei Enkeln und amüsiert sich prächtig.

Über mir lachen Leute. Sie stehen oben auf dem Leuchtturm und genießen den Blick über die Insel. Trotzdem habe ich das Gefühl, nicht der Einzige zu sein, der hier Übles im Schilde führt. Habe ich für so etwas einen sechsten Sinn?

Hier auf dem Balkon, vor mir der Leuchtturm, weiß ich plötzlich genau, wo er ist. Er hat gesagt, er will das Feuerschiff *Borkumriff* besichtigen. Er wird es vor seiner Veranstaltung tun und sich dann bei den Leuten einschleimen, indem er ihnen davon erzählt. Darum auch dieses Gesülze in der Zeitung, wo er wohnt und was er zu tun gedenkt. Er konstruiert eine künstliche Verbindung zwischen sich und der Insel. So macht er sich bei den Bewohnern und den Urlaubern dieses herrlichen Fleckchens Erde beliebt.

Er ist manipulativ. Er hat schließlich auch mich dazu gebracht, einen Mord für ihn zu begehen. Hätte ich die Wahrheit gekannt, wäre ich nicht zu seinem Werkzeug geworden. Ja, keine Frage, er ist jetzt auf dem Schiff. Genau das gehört zu seinem Plan.

Ich entferne mich aus dem Zimmer, ziehe die Tür wieder hinter mir zu und laufe die Treppe runter zum Ausgang. An der Rezeption ist immer noch viel los. Ein Kind will das Klavier benutzen, das in der Eingangshalle steht. Die junge Mutter versucht, das Kind mit der Aussicht auf ein Eis abzulenken.

Schon stehe ich vor dem Hotel. Ich nutze jetzt sogar den Elektromotor, um schneller zum Hafen zu kommen.

In meinem Kopf ist ein irrer Lärm, als würden zwei Lkws frontal gegeneinanderfahren. Mindestens einer davon transportiert Öl. Der andere Porzellan, Waschbecken und Kloschüsseln. Immer wenn dieser unfassbare Geräuschpegel solche Ausmaße in meinem Kopf erreicht, steht etwas Schlimmes bevor. Meine Klinge will ein Herz zerfetzen, um mich aus dieser Hölle zu befreien. Nur ein Mord bringt mir die Ruhe zurück.

Ich schalte in den siebten Gang und strample, so schnell ich kann, in Richtung Reede. Ich fühle mich gehetzt, so als sei ich nicht der Jäger, der das Wild erlegen will, sondern würde selbst zur Beute.

Ich fahre eher wie ein Radprofi, bestimmt nicht, wie ein Körperbehinderter. Aber mir ist jetzt egal, ob mich jemand so sieht.

Ich erreiche den Hafen in Rekordzeit. Mein Hals brennt. Ich habe große Lust auf ein frisch gezapftes Bier, aber wenn ich zu Sommerfeldt werde, brauche ich einen klaren Kopf und einen ungetrübten Blick. Dann muss jeder Handgriff sitzen.

Ich sehe ihn. Ist der fette Graff mit dem Bus gefahren? Auf jeden Fall steht er einsam an der Bushaltestelle, hält sein teigiges Gesicht in die Sonne und raucht eine Filterzigarette. Der weiß noch nicht, was ihm droht. Der fühlt sich sicher.

Weit und breit ist kein Mensch zu sehen. Bei dem Wetter interessiert sich kaum jemand dafür, ein Schiff zu besichtigen. Da gehen alle lieber am Strand spazieren oder hängen in den Bars und Cafés auf der Promenade herum. Selbst direkt am Wasser ist kaum ein Windhauch zu spüren. Dieser Glutsommer ist nicht gut für die Natur. Die Wiesen sind vertrocknet, die grüne Insel wird gelb.

Direkt hinter der Bushaltestelle steht ein Container mit der Aufschrift: *Nationalpark Feuerschiff.* Dort kauft man Eintrittskarten, und es gibt auch einen kleinen Shop mit Büchern zum Weltkulturerbe Wattenmeer.

Obwohl niemand den Zugang zum Schiff kontrolliert, geht Graff in den Shop, kauft sich bei der studentischen Hilfskraft, die den Laden hier wohl alleine schmeißt und dabei noch ein Chemiefachbuch liest, eine Eintrittskarte und eine Münze, die golden glänzt, aber bestimmt nicht aus Gold ist, denn sie kostet ihn nur drei Euro zwanzig. Darauf ist das Feuerschiff *Borkumriff* abgebildet. Ich wette, er will am Abend die Münze seinem Publikum zeigen, um allen so zu demonstrieren, dass er wirklich auf dem Schiff war und wie viel es ihm bedeutet.

Ich habe mein Rad an die Bushaltestelle angelehnt. Ich schließe nicht ab. Ich habe Wichtigeres zu tun. Wenn ich Sommerfeldt bin, kann ich mir gar nicht vorstellen, dass jemand so blöd sein könnte, ausgerechnet mein Rad zu stehlen oder mich sonst irgendwie zu verärgern. Wer legt sich schon gern mit einem Serienkiller an, der eine so niedrige Frustrationsschwelle hat wie ich?

Ist Graff seit unserem letzten Treffen noch dicker geworden? Er geht merkwürdig O-beinig vor mir her auf das Schiff.

Ich atme tief durch. Auf diesen Moment habe ich gewartet.

Da steht er, und sein Anblick lässt die Flammen meines Hasses höher lodern. Das Feuerschiff wirkt bei dieser Bruthitze wie ein Geisterschiff. Wenn ich ihm folge, wird dann Ann Kathrin Klaasens Einsatzkommando zuschlagen? Das Schiff ist die ideale Falle.

Etwas in mir fordert mich auf umzukehren. Vernünftig zu sein.

Er steht jetzt an Bord und reckt sich. Er bietet mir den breiten Rücken. Ich könnte ihn mit dem Wurfmesser von hier aus erledigen, zu meinem Rad zurückgehen und in aller Ruhe in meine Ferienwohnung fahren, um mich dort einzuigeln. Aber ich will ihm in die Augen sehen, wenn er stirbt. Vernunftargumenten war ich als Sommerfeldt noch nie sehr zugänglich.

Graff wischt sich den Schweiß ab und stöhnt. Ist es Angstschweiß? Nein, wohl kaum.

Er macht ein paar Schritte, und dann sehe ich ihn nicht mehr. Jetzt stürmt Sommerfeldt los.

Graff, der Sensenmann kommt …

Ich suche ihn, aber ich finde ihn nicht. Hat er mich gesehen und versteckt sich irgendwo vor mir? Wenn die Polizei an Bord wäre, hätte sie mich längst einkassiert. Nein, hier auf dem Schiff sind wir alleine. Zumindest denke ich das in diesem Moment noch. Ich rufe ihn sogar: »Graff?! Der Tag der Abrechnung ist gekommen! Graff?!«

Das Schiff ist verwinkelt, mit langen Gängen und vielen Türen. Nicht alle lassen sich öffnen. Er muss hier irgendwo sein.

»Graff?!«

Ich höre über mir schnelle Schritte. Ich schaue, wie ich hoch an Deck kommen kann. Da ist eine Stahltreppe. Aber auch hier oben finde ich ihn nicht.

Eine Möwe glotzt mich an, als hätte ich etwas Verbotenes getan und sei in ihr Revier eingedrungen. Vielleicht hat die Hitze auch ihr kleines Gehirn schon weich gekocht.

Eine Tür klappert. Der Wind kann das nicht sein. Hier weht gerade kein Lüftchen.

Plötzlich sind Männer an Bord. Sie sehen nicht aus wie Polizisten. Sie kommen aus einer Tür und haben Kaffeebecher in den Händen. Sie scherzen.

In mir läuten alle Alarmglocken. Ich muss hier weg.

Sie stehen an der Reling und versperren mir, womöglich ohne es zu ahnen, den Weg.

Ich flüchte in die entgegengesetzte Richtung. Eine Treppe führt nach unten. Hier ist die Offiziersmesse. Dort finden manchmal Hochzeiten statt.

Die Tür ist nur angelehnt. Vielleicht liest sich das komisch, aber ich ahne manchmal, bevor ich einen Raum betrete, ob er leer ist oder nicht. Diesmal bin ich mir sicher: Hinter dieser Tür ist Graff. Und sein letztes Stündchen hat geschlagen.

Ich zücke mein japanisches Tsukasa-Messer. Aber was ich dann sehe, lässt mich einen Moment an meiner Wahrnehmung zweifeln. Bin ich verrückt geworden?

Hier drin steht die Luft. Ich bin sofort klatschnass und bekomme tierischen Durst. Ein Tropfen fällt mir von der Stirn ins rechte Auge. Ich wische ihn mit dem Handrücken weg.

Graff liegt rücklings in einer Blutlache vor mir auf dem Boden. Seine Augen sind weit aufgerissen. Sein rechtes Bein zuckt. In seiner Brust steckt – tief hineingerammt bis zum Schaft – ein Einhandmesser, das meinem, mit dem ich in Norddeich getötet habe, zum Verwechseln ähnlich sieht.

Nun, dieses Messer kann man überall kaufen …

Ich stehe vor Graff und sehe auf ihn runter. Er stirbt. Ich stupse ihn mit dem Fuß an. Es sind seine letzten Sekunden. Ich bezweifle, dass er mich noch erkennt.

Er öffnet den Mund, bekommt aber keinen Ton mehr raus.

Ich brauche einen Moment, um die Realität dieser Situation zu erfassen.

Zwischen seinen Lippen bildet sich eine Blase.

Stimmen kommen näher. Ich verlasse verwirrt den Raum.

Ich stoße die Tür zur Toilette auf und verstecke mich dort. Ich höre ein Motorboot nah am Schiff.

Mein Herz rast. Der Lärm in meinem Kopf hat sich beruhigt, so, als habe jemand den Tonregler heruntergefahren, und ich höre immer noch metallisches Quietschen. Glas knirscht. Aber es ist erträglich geworden. Weiter weg.

Ich kann innen und außen deutlich unterscheiden. Das Motorboot und die Stimmen sind in der Außenwelt, das brüllende Chaos, die Glasscherben und die Unfallgeräusche aber sind in meinem Kopf.

Jemand hat Graff getötet, aber das war nicht ich. Nicht Dr. Sommerfeldt. Ganz bestimmt nicht Johannes Theissen. Und erst recht nicht der Dichter Hans Fallada in mir.

Bin ich noch eine andere Person, über deren Tun ich keine Kontrolle habe, ja, die sich meiner Kenntnis entzieht? Oder wer war das hier?

Plötzlich umgibt mich eine Stille, als wäre ich taub. Doch es ist nur ein kurzer Moment. Als würde die Welt anhalten. Geräusche verstummen, Bilder werden eingefroren.

Zunächst tut das gut. Dann beschleunigt sich alles wieder, aber sehr langsam. Auch Töne kommen zurück, wie von sehr weit her, aus einem Paralleluniversum.

Ich spüre mein Herz, und ich kann atmen. Ich nehme jetzt anders wahr, als würde alles um mich herum in Zeitlupe ablaufen. Ich selbst bin aber in der Lage, in meiner normalen Geschwindigkeit ins Geschehen einzugreifen. So werde ich in Kämpfen vielleicht nicht gerade unbesiegbar, aber ich habe doch einen entscheidenden Vorteil auf meiner Seite.

Ist das hier real, oder bin ich völlig verrückt geworden? Ich taste die Klotür ab, um mich zu vergewissern, dass sie wirklich da ist. Ich berühre das Pissoir, und Sommerfeldt in mir lästert: *Ja, willst du jetzt noch am Klostein lutschen, oder sollen wir uns vielleicht besser vom Acker machen?*

Der Mann, der laut vieler Presseberichte den entscheidenden Tipp zur Verhaftung von Dr. Bernhard Sommerfeldt geliefert hat, liegt tot im Offizierskasino. Ich sollte fliehen.

Die Stimmen der Kaffee trinkenden Männer entfernen sich. Sie gehen hoch. Ich höre ihre Füße auf dem Treppengitter.

Einer lacht. Es klingt übertrieben, als hätte er einen Witz erzählt, den sonst keiner lustig findet, und er versucht nun, die anderen wenigstens zum Schmunzeln zu animieren. Benehmen sich Mörder nach der Tat so ungezwungen?

Ich öffne die Tür einen Spalt und schiele raus. Ich habe freie Bahn.

Ich nehme nicht den Weg über die Brücke, wie ich gekommen bin. Ich springe über die Reling an Land. Es ist keine zwei Schritte weit bis zur Wiese. Dort rolle ich mich ab.

Schon bin ich bei meinem Elektrorad. Ich blicke mich um. Weit und breit niemand. Nur die Studentin sitzt in dem Container vor dem Schiff, in ihr Lehrbuch vertieft.

Wer immer Graff umgebracht hat, muss eigentlich noch an Bord sein. Der Gedanke lässt mich einen Moment zögern, doch dann steige ich auf mein Rad und nehme den schnellsten Weg zur Ferienwohnung in der Deichstraße.

Ich schalte, oben angekommen, sofort den Fernseher ein. Ich switche durch die Programme. Wollen die mich verblöden? Was senden die für einen Müll? Ich halte dieses bonbonbunte Brüllfernsehen kaum aus. Mehr Kirmes als Programm.

Etwas Einschneidendes ist passiert. Das Leben kann doch nicht einfach so weitergehen, als ob nichts geschehen wäre. Es gab Zeiten, da wurden wegen mir Sondersendungen produziert und Spielfilme verschoben.

Ich bekomme einen Mörderhunger. Ich muss etwas essen. Zum Glück war ich in Perners Supermarkt einkaufen. Ich sehe sein grinsendes Gesicht vor mir, während ich den Tomatensalat in mich hineinstopfe. Die Leere in mir kann ich manchmal mit guten Speisen ausfüllen oder mit Literatur. Es gibt Gedichte, Sätze, Romankapitel, die machen mich satt. Gut geschriebene Dialoge befriedigen meine Gier oft besser als ein Stück Torte.

Jetzt zerkrache ich mit den Zähnen Müsliriegel. In meinem Kopf hämmert, während ich kaue und schlucke, eine Frage Löcher in das Brett vor meinem Kopf: Wer hat Graff getötet?

Es gibt, schreit mein Verstand, nur zwei Möglichkeiten: Entweder mutierst du ohne dein Wissen in eine vierte Person, von der die anderen drei keine Ahnung haben, oder jemand Fremdes hat es getan. Aber, verdammt – warum?

Ich schalte um. Ich erhoffe mir auf n-tv eine schnelle Information über den Mord auf Borkum. Das kann denen doch nicht egal sein. Oder wissen die wirklich noch nichts?

Die Nachrichtensprecherin Jule Gölsdorf spricht über die Auswirkung der Hitzewelle im Ruhrgebiet. Wie lange dauert es, bis so eine Information einen Nachrichtensender erreicht? Jetzt laufen auf n-tv Börsentipps. Die unsichere Wirtschaftslage lässt den Goldpreis steigen. Gut. Ich habe immer noch ein Bankschließfach in Uslar, darin ein Sack voller Goldmünzen. Aber was ist mit den Diamanten? Wie entwickeln sich die Diamantenpreise? Darüber spricht niemand im Fernsehen.

Bei dem Gedanken, ich müsse auf Borkum meine Diamanten zu Geld machen, muss ich grinsen. Vielleicht wäre da Sylt die geeignetere Insel.

Ich esse noch eine Mango und zwei Äpfel. Die Welt interessiert sich einen Scheiß für Graff oder für mich, denke ich.

Aber dann geht es los. Erst Polizeisirenen, dann ein Rettungswagen, schließlich höre ich Hubschrauber. Sie haben Graff gefunden. Das Spiel beginnt.

31

Ich fresse, als müsste ich alle Männer füttern, die sich in mir befinden und um die Vorherrschaft ringen.

Nein, eigentlich stimmt das nicht. Bisher konnte mein Verstand immer ganz klar entscheiden, wer ich sein sollte, um die jeweilige Situation besser meistern zu können. Ich bin nicht schizophren! Ich schlüpfe bewusst in Rollen, um die Wirklichkeit zu meinen Gunsten beeinflussen zu können.

Am liebsten bin ich Dr. Bernhard Sommerfeldt. Der Gutmensch. Der beliebte Hausarzt, der nachts schon mal sein Messer nutzt, um die Welt ein bisschen freundlicher zu machen.

Ist da noch einer in mir, der mitisst? Habe ich deswegen solchen Hunger?

Wer bist du, verdammt? Komm raus ans Licht! Zeig dich!

Ich werde noch einmal in den Markant-Markt müssen. Ich zerkrache den letzten Müsliriegel. Ich habe nur noch eine Tüte Studentenfutter. Es tut gut, die Nüsse zu zerkauen, dabei löst sich Stress, und ich fühle mich raubtierhaft. Bissig. Gefährlich.

Zum Glück ist der Supermarkt bis 21 Uhr geöffnet. Ich achte genau auf meine Kleidung, bevor ich das Haus verlasse. Dann humple ich hin.

Altbundeskanzler Schröder kauft auch bei Perner ein. Ich sehe ihn an der Frischetheke. Jetzt müssten hier doch eigentlich jede Menge Security-Leute herumlaufen. Ist meine Wahrnehmung so getrübt, dass ich die nicht bemerke? Dann würde ich wohl auch keine SEK-Leute sehen, wenn das Einsatzkommando anrückt, um mich hoppzunehmen.

Ich nehme keinen Bodyguard wahr. Schröder spricht ein paar Worte mit Marktchef Perner. Draußen höre ich wieder Alarmsirenen der Polizei. Der Wagen fährt schnell vorbei.

Wahrscheinlich, lacht Sommerfeldt in mir, brausen die bei jedem Mord mit Martinshörnern kreuz und quer über die Insel, um Präsenz zu demonstrieren. So fühlen sich die Bürger dann gleich wieder sicherer, und die Verbrecher vernehmen die Botschaft: Seht euch vor! Wir sind da! Wir überlassen nicht den Kriminellen die Insel.

Ich kaufe Brühwürstchen, einen Erbseneintopf, eine Salami und noch einmal jede Menge Salate und Obst. Ich verspüre Gier nach Frischem.

Ich bin unbedacht losgegangen, habe zwar auf meine Kleidung geachtet, aber keine Tragetasche mitgenommen. Plastiktüten mag man auf der Insel nicht, aber an der Kasse kann ich eine Stofftasche mit dem Leuchtturm drauf erwerben, und braune Papiertüten gibt es auch.

Zwei Touristinnen, jede mit einem quengeligen Kind neben sich, unterhalten sich laut über ein Gerücht, das sich wie ein Lauffeuer auf der Insel verbreitet: Auf dem Feuerschiff soll sich in der Offizierskantine einer umgebracht haben. Vor zwei Jahren habe der erst dort geheiratet. Jetzt sei er zurückgekommen. Er hätte erst den Standesbeamten erschossen, dann sich selbst. Die Leiche seiner Frau müsse irgendwo am FKK-Strand gefunden worden sein, behauptet die eine. Die andere will wissen, der Standesbeamte habe fliehen können, und die tote Frau am Nacktbadestrand sei keine Unbekannte, sondern hätte im letzten Jahr beinahe beim Dschungelcamp mitgemacht.

Als ich den Supermarkt verlasse, entdecke ich in der Nähe des Eingangs, bei dem Polizeiauto für die Kinder, einen Mann in leichtem Sommeranzug mit Knopf im Ohr. Seine Muskeln sprengen fast die Ärmel der Jacke. Er könnte Schröders Leibwächter sein. Bisschen wenig Schutz, denke ich, oder sind das so unauffällige Profis, dass ich sie von Touristen gar nicht unterscheiden kann?

Egal. Ich habe andere Sorgen.

Unbehelligt komme ich in meine Ferienwohnung zurück. Da das Fernsehen mich mit Informationen über den Mord völlig im Stich lässt, suche ich selbst nach Erklärungen.

Graff hatte mich als Schachfigur benutzt. Ich habe für ihn die Drecksarbeit erledigt und einen Typen ausgeknipst, der in einem Drogenkrieg zwischen die Fronten der Händler geraten war. Es ging hier um schnöde Aufteilung von Interessengebieten. War der Mord an Graff einfach die Rache dafür? Haben sie den Mann ausgeschaltet, der für den Auftragsmord an Heiko Mahr verantwortlich ist? Versuchen sie, durch die Art und Weise des Verbrechens den Verdacht auf mich zu lenken?

Mir schwirrt der Kopf. Ich stopfe Salat mit den Fingern in mich hinein. Ich beiße von der Salami ordentliche Stücke ab. Nein, das ist keine fingerdünne Mettwurst, kein »Wattwurm«, wie sie ihn hier an der Küste verkaufen, sondern eine armdicke Salami.

Ja, ich esse wie ein Steinzeitmensch. Was ist aus mir geworden? Meine Mutter würde sich angewidert abwenden. Die hat es ja schon nicht ausgehalten, wenn ich Messer und Gabel in der falschen Hand hielt. Aber ich muss alles in mich hineinstopfen. Es kommt mir vor, als würde mir etwas fehlen.

Wenn der Mord von einer Verbrecherorganisation ausgeübt wurde, warum haben die dann nicht einfach gewartet und mich die Sache erledigen lassen? Wussten die vielleicht gar nichts von meiner Anwesenheit auf der Insel? Haben die auf dem Schiff auf Graff gewartet? Er hat es ihnen ja leicht gemacht, weil er so schön in der Zeitung geprahlt hat, was er als Nächstes tun wird.

Gehören die drei Kaffeetrinker zu den Tätern?

Kocht die Scheißhitze langsam mein Gehirn weich? In den Nachrichten im ersten Programm spricht Judith Rakers vom heißesten Sommer seit Jahrzehnten. In Köln, Duisburg und Essen soll morgen die Vierziggradmarke getestet werden.

In meiner Heimatstadt Bamberg sind es heute schon 37,5 Grad. Ich wette, meine Mutter trinkt gerade Eistee und sitzt im Schatten der großen Eiche im Garten. Sie hat ein weißes Kleid an und fächelt sich mit einem chinesischen Fächer Luft zu. Vielleicht liest sie auch. Sie mag den Süden. Sie ist bei dreißig Grad erst auf Betriebstemperatur. Die kalte Frau liebt die Hitze. Sie meidet aber das direkte Sonnenlicht. Sie findet Bräune vulgär. Ein schönes Frauengesicht muss weiß sein. Blass. Braune Haut hat für sie nichts mit Urlaub und Entspannung zu tun, sondern mit Bauernarbeit draußen auf den Feldern. Oder, schlimmer, mit Arbeitern, die im Straßenbau ihr Geld verdienen.

Wie oft hat sie mir schwer schuftende Menschen gezeigt, aber nicht als Beispiel für Fleiß. Sie hat nicht gesagt: »Sieh mal, mein Sohn, das sind die Männer, die dafür sorgen, dass alle Häuser fließendes Wasser haben«, o nein. Sie hat mit drohendem Unterton gesprochen: »Guck genau hin. Willst du auch so enden?«

Mir gefielen diese starken Männer mit den Schaufeln und dem schweren Baugerät. Ich sah, wie sie lachten und sich mit Bierflaschen zuprosteten. Ja, ich wäre gerne einer von ihnen gewesen und wusste doch, dass es mir nie gelingen würde.

Insgeheim verachtete meine Mutter Menschen, die für Geld

arbeiten mussten. Auch meinen Vater und mich. Gleichzeitig spornte sie uns aber zu Höchstleistungen an und machte uns mit Blicken klar, dass wir nie gut genug sein könnten, um vor ihren Augen zu bestehen.

Ich schaue mir eine Nachrichtensendung mit Jule Gölsdorf auf n-tv an. Die Bauern beklagen große Ernteausfälle durch die anhaltende Hitzewelle. Eine Landwirtschaftsministerin verspricht, während der Trockenheit die Bauern nicht im Regen stehenzulassen. Die unfreiwillige Komik in diesem Satz bemerkt sie nicht.

Dann spielt der Mord auf Borkum plötzlich doch eine Rolle. Im NDR nimmt man sich des Themas an. Da sie nicht allzu viel wissen, zeigen sie alte Aufnahmen vom *Borkumriff*, erklären, was ein Feuerschiff ist, machen es zur Touristenattraktion, und wir erfahren, dass es bis 1988 dreißig Kilometer vor Borkum lag, um Schiffe vor gefährlichen Sandbänken und Untiefen zu warnen. Mehr als hundert Jahre lang war das wichtig, denn hier verlief ein Hauptschifffahrtsweg in der Deutschen Bucht. Bei Sturmflut gerieten manchmal zehn bis zwölf Schiffe in Seenot. Viele kenterten. Vor Borkum entstand ein richtiger Schiffsfriedhof. Heute würden viele auf dem traditionsreichen Feuerschiff in den Hafen der Ehe einlaufen.

Der Kurdirektor der Insel müsste mir eigentlich einen Preis verleihen. Ich mache sie gerade sehr populär. Vermutlich werden Kamerateams anreisen, und es wird viel gefilmt werden. Das Feuerschiff wird einen neuen Besucheransturm verzeichnen: *Da in der Offiziersmesse hat der aus dem Gefängnis geflohene Dr. Bernhard Sommerfeldt wieder zugeschlagen.*

War ich es wirklich, frage ich mich und beginne, mich mit dem Gedanken sogar anzufreunden.

Die letzte Fähre geht um 18.30 Uhr wieder nach Emden oder

Eemshaven. Bis 20 Uhr gibt es noch ein Wassertaxi. Das ist alles aber nicht mehr zu schaffen. Außerdem wäre die Gefahr sehr groß, dass ich beim Versuch, aufs Festland zu kommen, verhaftet werden würde.

Ich bin nicht im Besitz falscher Papiere. Garantiert wird die Kripo die Personalien von jedem aufnehmen, der auch nur versucht, die Insel zu verlassen, egal, auf welchem Weg. Aber damit habe ich gerechnet. Ich werde hierbleiben, bis sie aufgeben. Bei ihrer dünnen Personaldecke halten sie das in der Hauptsaison ohnehin nicht lange durch.

Zeit, zu mir zu kommen, alles aufzuschreiben und neue Pläne zu schmieden. Die Ruhe wird mir guttun. Es macht einen Unterschied, ob man in seiner Zelle auf dem Bett liegt oder in gleicher Haltung, mit verschränkten Armen hinterm Kopf, in seiner Ferienwohnung.

Ich denke an Hannah. Der Mord an Graff hat keineswegs meinen Durst gestillt, Erwin Grün zu töten. Ich werde dazu sein eigenes Messer benutzen.

Ich betrachte das japanische Messer und streichle die Klinge. Will ich Grün erdolchen, um Hannah zu retten, oder ist es vielmehr so, dass ich so gerne ihr Retter wäre, dass ich dafür nur zu gern jemanden absteche? Tue ich es für sie, oder tue ich es für mich?

Der Gedanke elektrisiert mich. Ist das meine Art, wie ich Frauen liebe? Ich schalte die Typen aus, die der Angebeteten lästig sind?

Nein, ich bete Hannah nicht an. Ich liebe sie nicht einmal. Ich kann sie lediglich gut leiden und spiele gern für sie den Helden. Versuche ich, der nicht gebraucht wird und nirgends gewollt ist, durch die Morde meinem Leben Bedeutung zu geben?

Ich schaue mir das Buchregal noch einmal genau an. Mir fehlt hier eine gute Lektüre. Nele Neuhaus! Na bitte! Die hat mich nie gelangweilt.

Leider muss ich die Fenster trotz der Hitze geschlossen halten. Die Gefahr, entdeckt zu werden, erscheint mir jetzt zu groß. Immerhin ist diese Ferienwohnung offiziell nicht vermietet. So hilft mir die leichte Abkühlung, die der Abend mit sich bringt, nicht wirklich viel.

Nebenan, auf demselben Flur, wohnt eine Familie mit zwei pubertierenden Töchtern. Da ist ständig Streit. Der Mann sieht aus, als könne er jeden Moment zum Kindsmörder werden. Die Frau versucht, gute Laune zu verbreiten und zwischen den verhärteten Fronten zu vermitteln. Ständig knallt jemand die Tür. Ich muss aufpassen, nicht von ihnen gesehen zu werden. Sie sind zwar zum Glück sehr mit sich selbst beschäftigt, aber ich muss trotzdem aufpassen. Alle halbe Stunde steht eine Tochter draußen vor der Tür, raucht und telefoniert mit ihrem Handy.

Die Töchter werden mich ohnehin nicht sehen. Sie haben den Kopf immer nach unten gesenkt und starren auf ihre Handys wie auf einen Gott, den sie anbeten.

Im internetfähigen Fernseher sehe ich mir an, was auf den Seiten berichtet wird, die sich mit Ostfriesland beschäftigen. »Wi sünd Ostfreesen un dat mit Stolt« und »Borkum – meine Insel«, aber nicht mal auf meiner eigenen Facebookfanseite wird über den Mord auf Borkum berichtet.

Was ist los? Nachrichtensperre? Hat die Polizei die Kontrolle übers Internet übernommen? Desinteresse?

Ich frage mich: Wenn ich Graff getötet habe, warum dann nicht mit der japanischen Klinge, sondern mit dieser Imitation meines Einhandmessers? Und wie bin ich überhaupt drangekommen? Habe ich nicht nur zwei Wurfmesser und die Tsukasa-Hinoura-Klinge aus Grüns Glasvitrine genommen, sondern auch noch dieses Mordmesser? Agiert hier ein unbewusster Teil von mir?

Ich finde diesen Gedanken geradezu gruselig.

»Geschichten zu schreiben«, sagte Goethe, »ist eine Art, sich das Vergangene vom Hals zu schaffen.« Wie wahr! Auch ich starte ständig solche Versuche, mit meinem Füller und mit meiner dicken Kladde. Manchmal benutze ich kleine Hefte, aber selbst wenn ich auf Klopapier schreiben müsste, es hilft mir, mit mir besser klarzukommen. Schreiben als Therapie … Das weiße Papier kann manchmal klügere Fragen stellen als der beste Therapeut. Es ist einfach da und verlangt, beschrieben zu werden.

Ehrlich zu sein mit sich selbst heißt, sich nicht zu schonen. Wenn in mir noch einer ist, der zuschlägt, ohne dass die anderen davon wissen, hat der dann auch beim Schreiben seine Gedanken zu Papier gebracht? Hat er Spuren hinterlassen? Kann ich ihn in meinen Aufzeichnungen finden?

Ich umkreise die Illustrierte, die meine Texte abdruckt, wie einen Zaubertrank, dessen Wirkung unklar ist. Ich trinke erst noch ein großes Glas Wasser, dann blättere ich darin. Es kommt mir vor, als müsste ich dafür viel Mut aufbringen.

Der Text ist innen ab Seite vierundzwanzig groß aufgemacht, mit Fotos der Originalschauplätze. Meine Praxis in Norddeich. Ein Bild von Monika Tapper vor dem Café ten Cate. Darunter ihre Aussage: »Er war Stammgast bei uns. Ein ruhiger, sehr höflicher Gast. Ein belesener Mensch.«

Ich lese meinen Text, der mir durch den Abdruck in der Illustrierten merkwürdig fremd erscheint. Aber ich weiß ganz klar, das habe ich geschrieben. Der Hans Fallada in mir, der notiert, was Sommerfeldt und Johannes Theissen erlebt haben. Er nutzt ihre Erfahrungen als Steinbruch für seinen literarischen Text.

Eine vierte, unbekannte Person entdecke ich nicht. Ich weiß

immer ganz klar, in welcher Rolle ich war. Ich bin ganz orientiert in Zeit und Raum. Wenn ich den Text lese, weiß ich sogar, in welcher Situation ich ihn verfasst habe. Ich sehe alles doppelt. Einerseits das, was ich erlebt und aufgeschrieben habe, andererseits sehe ich mich wie von außen beim Schreiben eben genau dieser Stellen.

Dies hier zum Beispiel habe ich im Café ten Cate verfasst. Ich schmecke den Kaffee, ja, ich kann den Apfelkuchen riechen und spüre die Konsistenz der Sahne auf den Lippen.

Der Text ist schlüssig. Ich kann ja dazu sagen.

Als ich das jetzt Veröffentlichte schrieb, war ich noch ein anerkannter Hausarzt. Inzwischen bin ich zu meiner eigenen Sicherheit in die Rolle eines Körperbehinderten geschlüpft. Manchmal spiele ich sogar den geistig Behinderten. Aber ich weiß immer, wann ich es tue. Ich schalte es sehr bewusst an und aus. Und ich erinnere mich genau an alles. Da ist kein Filmriss. Ich weiß, wie ich als Sommerfeldt fühle, was ich als Fallada denke, und spüre die Hoffnungslosigkeit von Johannes Theissen. Die Rollen, die ich gespielt habe, sind wie Kleider, die in meinem Schrank hängen. Da ist nichts Geheimnisvolles. Nichts geschieht ohne meinen Willen.

Hoffnung keimt auf, ich könne vielleicht doch nicht verrückt sein. Aber wer war es dann? Wer hat Graff getötet?

Mehr als spärliche Meldungen, es habe auf Borkum einen Mord gegeben, ist den Medien in der Nacht nicht mehr zu entnehmen.

32

Am Morgen, als ich meine Liegestütze mache, es ist kurz vor sechs, läuft die Flimmerkiste natürlich schon, weil ich auf die Nachrichten warte. Ich zähle gerade: »Neunundvierzig, Fünfzig«, da höre ich Ann Kathrin Klaasens Stimme. Den letzten Liegestütz verreiße ich. Auf dem Bauch liegend schaue ich zum Bildschirm hoch.

Sie steht, Wind in den schulterlangen Haaren, in Emden am Hafen. Sie spricht konzentriert in die Kamera: »Die Touristen, die heute die Insel Borkum verlassen, müssen mit Behinderungen und Verspätungen rechnen. Gestern wurde auf dem Schiff *Borkumriff* eine Person getötet, die im Zusammenhang mit dem als Dr. Bernhard Sommerfeldt bekannten mutmaßlichen Serienmörder steht. Da Dr. Sommerfeldt aus der Haft geflohen ist, können wir nicht ausschließen, dass er sich auf der Insel aufhält. Umfangreiche Polizeikräfte werden in Emden und Eemshaven zusammengezogen. Jeder Tourist, der die Insel verlässt, muss sich ausweisen und registrieren lassen. Mit Verzögerungen bei der An- und Abreise muss also gerechnet werden. Nehmen Sie lieber eine Fähre früher, wenn Sie Ihren Zug bekommen wollen. Die Kriminalpolizei bittet um Ihre Mithilfe.«

Alte Fotos von mir werden eingeblendet. Ich wundere mich. Der von der Kommissarin vorgetragene Text klingt merkwürdig kryptisch, ja auswendig gelernt. Ganz anders, als ich sie kenne.

Die erste Fähre, der Katamaran, fährt um 7.15 Uhr ab. Und plötzlich bin ich wieder Thema. Im Internet geht richtig die Post ab. Cordula und ich werden als Bonnie-&-Clyde-Pärchen bezeichnet. Holger Bloem ist wieder im Fernsehen zu sehen und erzählt, wie er im Kofferraum seines eigenen Mercedes von mir nach Franken gebracht wurde, um dort das merkwürdigste Interview seines Lebens zu führen.

Schon lese ich die ersten Berichte über Polizeikontrollen auf der Insel im Internet. Sie klingeln angeblich auch an den Türen und überprüfen systematisch Ferienwohnungen. Sie gehen offensichtlich davon aus, dass ich mich unter falschem Namen auf Borkum eingemietet habe.

Mindestens eine Hundertschaft Polizisten befindet sich auf der Insel, und es werden ständig weitere Polizeikräfte eingeflogen.

Ich werde einfach in meiner Wohnung hier bleiben und ganz ruhig ausharren. Niemand weiß ja, dass sie im Moment bewohnt ist. Laut Belegungsplan im Internet steht die Ferienwohnung zur Vermietung zur Verfügung. Ich mache kein Licht, öffne keine Fenster und fahre die Lautstärke des Fernsehers ganz herunter.

Ich fühle mich relativ sicher. Je größer der Trubel draußen wird, umso besser geht es mir. Das registriere ich mit Staunen. Ich igle mich zwar ein, fühle mich aber dabei sehr lebendig. Brauche ich das alles?

Auf RTL Nord regen sich Urlauber tierisch auf. Sie verpassen durch die langen Warteschlangen bei ihrer Registrierung in Emden ihre Anschlusszüge. Eine aufgebrachte Urlauberin aus Dortmund droht vor der Kamera mit der Faust und ruft: »Die beiden kriegt ihr nie! Liebe macht stark!«

Ich setze mich in einen grünen Sessel und schreibe meine Gedanken nieder. Keine Ahnung, wie lange ich schon so sitze. Mein rechtes Bein schläft langsam ein.

Plötzlich klopft jemand an der Tür. Ich schalte den Ton des Fernsehers ganz ab. Ich habe eh lange nicht hingeguckt. Meine eigenen Aufzeichnungen erscheinen mir viel spannender als die bunten Fernsehbilder. Wenn ich in mich hineinhorche, ist irgendwie mehr los.

Ich schleiche zur Tür. Mein rechter Fuß fühlt sich wattig an. Das Bein kribbelt. Ich muss sehr lange völlig still gesessen haben.

Durch den Spion in der Tür sehe ich zwei Polizisten. Der eine ist Rupert, der sogar mal mein Patient war, der andere Kommissarin Klaasens Mann Frank Weller.

Weller klopft nebenan, Rupert bei mir. Ich verhalte mich ganz still.

War es das jetzt? Wird dies schon die Endstation meines Rachefeldzugs?

Vielleicht war es blöd von mir, durch den Spion zu gucken. Kann man vom anderen Ende aus mein Auge sehen?

Ich rutsche ein Stückchen an der Tür runter und drücke mein Ohr dagegen. Dann schaue ich durchs Schlüsselloch. Rupert wischt auf dem Display seines Handys herum.

»Hier wohnt gar keiner.«

»Aber hier«, betont Weller, »ich höre Stimmen.«

Rupert schimpft los: »Das ist doch sowieso alles völlig sinnlose Scheiße! Es gibt auf Borkum um die zwanzigtausend Feriengäste, hat Göran Sell gesagt. Und wir wissen doch gar nicht ganz genau, wie viele Zimmer dazu noch privat schwarz vermietet werden. Ich garantiere dir, das sind eine ganze Menge. Hier ist jedenfalls tote Hose.«

Hinter Wellers Rücken wird die Tür geöffnet. Er dreht sich um. Vor ihm steht eine langbeinige Göre in Hotpants, die sich an den

Türrahmen lehnt und demonstrativ Kaugummi kaut. Sie macht auf Femme fatale. Sie schaut Weller an, als sei sie ein Vampir, der sich an seinem Blut laben will. Vor ihren Lippen zerplatzt eine riesige Blase. Kaugummi klebt jetzt an ihrer Wange. Sie wischt die Fäden lasziv ab.

Weller zeigt seinen Ausweis und sagt sein Sprüchlein auf. Rupert guckt amüsiert zu.

»Papa! Steuerfahndung!«, ruft die Kleine nach hinten. »Die Bullen kommen dich holen! Hab ich ja immer gesagt, so geht es nicht lange weiter.«

Der aufgeregte Mann erscheint barfuß, in kurzen blauen Hosen. Er sieht aus, als würde ihm ein Abend in einer Kneipe und ein Gespräch unter Männern guttun.

»Entschuldigen Sie«, sagt er kleinlaut, »das ist das Alter.«

Er will seine Tochter zur Seite schieben. Sie widersetzt sich zunächst, geht dann aber freiwillig.

Weller winkt ab. »Ich kenn das. Hab selbst zwei Gören großgezogen. Das legt sich wieder. In ein, zwei Jahren sind sie wieder ganz normal. Pubertät ist wie eine vorübergehende Geisteskrankheit. Man hat täglich das Gefühl, einen Kaktus zu umarmen.«

Der Hotpants-Vamp streckt die Zunge raus und zeigt Weller den Stinkefinger.

»Bitte, Gina!«, mahnt ihr Vater, doch solche Beleidigungen tropfen an Weller spurlos ab. Er interessiert sich nur für den Mann.

»Können Sie sich ausweisen?«, fragt Weller. Der Mann tastet seine kurze Hose ab, sucht in der Arschtasche aber vergeblich sein Portemonnaie. Seine Tochter behauptet: »Er ist Doktor Detlef Sommerfeldt. Er hält uns hier als seine Sexsklavinnen gefangen.«

»Der Doktor heißt Bernhard und nicht Detlef«, stellt Weller klar. Rupert stößt ihn von hinten an: »Komm, Mensch, das ist er nicht. Oder glaubst du, der hat sich über Nacht in so ein Weichei verwandelt?«

»Weichei, Weichei!«, lacht Gina und zwinkert Rupert zu. Der hat noch einen Ratschlag für den Vater parat: »Ich würde ihr mal richtig den Arsch versohlen. Außerdem das Handy wegnehmen und die Zigaretten. Dann wird die wieder ganz schön zahm.«

»Wir sind nicht gekommen, um pädagogische Tipps zu geben«, erklärt Weller.

Gina ruft nach hinten: »Mama?! Judith?! Wo bleibt ihr denn? Hier sind zwei Typen, die sind auf der Suche nach einem Dominastudio! Könnt ihr den Job nicht übernehmen?«

Weller und Rupert verabschieden sich.

Ist es Zufall, dass die hier aufgetaucht sind? Oder haben die einen Hinweis darauf, dass ich hier bin? Suchen die gezielt? Wenn Rupert recht hat, und es gibt hier mehr als zwanzigtausend Betten auf der Insel, dann ist es doch komisch, dass die so schnell hier in der Deichstraße klingeln. Oder steckt eine Überlegung dahinter? Fangen sie bewusst nicht am Hauptstrand an, sondern suchen erst die weniger prominenten Ecken auf?

Während sie mich draußen suchen, verheddern sich zwei Leute im Netz der Fahndung, gegen die seit Jahren ein Haftbefehl besteht, die aber als »im Ausland untergetaucht« und »unauffindbar« galten. Ein Drogendealer und ein Discjockey, der aus Eifersucht seine Frau erschlagen hatte.

Ann Kathrin Klaasen nennt das im Fernsehen »den üblichen Beifang während einer Großfahndung. Es existieren weit mehr als hunderttausend offene Haftbefehle, die bisher nicht vollstreckt werden konnten. Da ist es kein Wunder, wenn durch den aufgebauten Fahndungsdruck einige lang Gesuchte geschnappt werden.«

Sie kommt ziemlich cool rüber. So wie sie dasteht, ist ihre Botschaft klar: *Wir kriegen euch über kurz oder lang. Alle!*

Bis zum Abend schreibe ich, während die ganze Zeit leise der Fernseher läuft. Mein Fenster zur Welt.

Ich zweifle sehr an mir und meiner Wahrnehmung. Als ich meine erste Frau geheiratet habe, diese kalte Ziege, dieses Abziehbild meiner Mutter, wusste ich da nicht ganz genau, was passieren würde? War ich so blöde, dass ich es nicht einmal geahnt habe?

Nein, das kann nicht sein. Es kommt mir vor, als habe jemand anders, jemand, der mir schaden wollte, das eingefädelt. Jemand, der mich so weit bringen wollte, wie ich jetzt bin. Ein gesuchter Mörder, gefangen auf einer Insel, kurz davor durchzudrehen.

Ist einer in mir, der Krieg gegen mich führt?

Das Meer hat mir immer gefallen, war immer wichtig für mich, wie Atemluft. Ich bin ganz nah dran, aber ich traue mich nicht raus. Ich möchte nackt im Wasser stehen, die Kraft der Wellen spüren. Den Meeresboden unter den Füßen. Das würde mich erden, mehr noch als das Schreiben.

Ja, ich versuche, mir Boden unter die Füße zu schreiben. Oft geht es, aber jetzt wirft jeder Satz nur neue Fragen auf. Verunsichert mich.

Sobald es dunkel ist, werde ich das Haus verlassen und mich auf der Wattseite der Insel nackt im Schlamm suhlen. Ich werde meine Haut mit nassem, salzigem Matsch beschmieren und dann so ins Meer laufen. Ich muss nur aufpassen, nicht den rauchenden Teenies zu begegnen.

Es geht mir schon besser, wenn ich nur daran denke. In dem

Moment sehe ich auf dem Bildschirm das Gesicht meiner Exfrau. Ich reiße die Fernbedienung an mich und schalte viel zu ungestüm lauter. Die Stimme aus dem Fernseher brüllt mich geradezu an.

Mist! Das ist genau, was ich vermeiden will. Schon habe ich den Ton auf ein erträgliches, wenig verräterisches Maß heruntergeschaltet. Erst jetzt gelingt es mir, mich auf die Aussage der Nachrichtensprecherin Judith Rakers zu konzentrieren.

Das Bild meiner Ex, Miriam, ist jetzt hinter ihr zu sehen. Ich kenne das Foto. Ich habe es selbst geschossen. In Bamberg im Spezi-Keller, unter den alten Platanen. Sie war nach einem Bummel durch die Altstadt gutgelaunt. Sie hatte, ganz gegen ihre sonstige Gewohnheit, ein Seidla Rauchbier getrunken und dazu Gerupften mit Zwiebeln gegessen. Ich den Wurstsalat.

Einen Moment lang schien alles gut zu werden. Mit der Aussicht auf den Kaiserdom wuchs hier im Biergarten eine neue Chance auf unser Glück, so glaubte ich. Sie war plötzlich so lebensfroh, so ausgelassen. Sie strahlte mich an. Der klebrige Biertisch machte ihr nichts aus. Sie wirkte volksverbunden, als würde sie hierhingehören, zwischen all die Familien, die mit ihren Kindern einen Ausflug machten.

Ich wollte den Moment festhalten und drückte gleich mehrfach ab.

Ich erinnere mich sogar daran, dass wir in der Nacht – trotz oder vielleicht gar wegen unseres Alkoholkonsums – guten Sex hatten.

Vielleicht, denke ich mit heißer Wut, war das der Tag, an dem sie und ihr Lover beschlossen hatten, dass ich ihr Bauernopfer werden sollte. Vielleicht war sie deshalb so gelöst. So frei. Oder wollte sie mich nur in Sicherheit wiegen, war es eine Rolle, die sie spielte, wie so vieles andere nicht echt …

Meine eigene Gedankenflut macht es mir schwer, Judith Rakers' Sätze aufzunehmen. »Die Exfrau des als Dr. Bernhard Sommerfeldt bekannten mutmaßlichen Serienmörders wurde erstochen in ihrer Wohnung in Haßfurt aufgefunden. Ihr Mann, Moritz von Rosenberg, hatte das Anwesen nur für kurze Zeit verlassen. Er fand seine schwerverletzte Frau. Jede Hilfe kam zu spät. Die Kriminalpolizei geht davon aus, dass der geflohene Häftling Johannes Theissen, alias Dr. Bernhard Sommerfeldt, sich auf einem Rachefeldzug durch die Republik befindet. Er hat gerade auf der Insel Borkum zugeschlagen und nun in Unterfranken.«

Ab jetzt beherrscht Dr. Sommerfeldt die Medien. Die Nachrichten überschlagen sich. Der NDR zeigt begeisterte Urlauber, die jetzt Borkum wieder ungehindert verlassen können. Auch auf der Insel selbst macht sich Erleichterung breit. Urlauber werden interviewt. Einer ist sich sicher, mich gesehen zu haben. Er behauptet, ich hätte bei Leo's auf der Terrasse gesessen und Pizza gegessen. Er weiß sogar, dass ich Rotwein getrunken und zum Nachtisch ein Eis bestellt habe.

Auf die Frage, warum er nicht die Polizei gerufen habe, antwortet er mit einem kurzen Verziehen der Mundwinkel und einem Schulterzucken.

So kann man auch ins Fernsehen kommen.

Meine Ex ist tot … Wie lange habe ich mir das gewünscht? Ihren Tod, den ihres Lovers und ihres Vaters. Und vor allem den Tod meiner Mutter.

Jetzt, da Miriam stellvertretend für alle, die mich gepiesackt und verraten haben, ins Jenseits gewandert ist, wendet sich gleich alles für mich zum Guten. Es ist wie ein durchgeschlagener Knoten, wie ein geöffnetes Ventil. Alles, was gerade noch gefährlich war, ist jetzt praktisch risikolos. Ich kann ins Watt gehen und auch die Insel jederzeit mit der Fähre verlassen, denn die gedemütigten Polizeikräfte werden sofort abgezogen.

Die Polizeisprecherin Rieke Gersema muss sich bei einer improvisiert wirkenden Pressekonferenz scharfen Fragen stellen. Ob sie eine Erklärung dafür habe, wie der Mörder die Insel unerkannt verlassen konnte?

Sie schwimmt. Sie greift sich beim Sprechen ins Gesicht, guckt nach unten und wirkt wie jemand, der entweder keine Ahnung hat oder lügt.

Es sei ja gar nicht klar, dass es sich um ein und denselben Täter handle, sagt sie, knapp davor zu stottern.

Sie erntet Spott und Gelächter.

»Ihre Kollegen aus Franken sehen das aber ganz anders, Frau Gersema. Ist es nicht vielmehr so, dass die ostfriesische Polizei sich von Dr. Sommerfeldt hat vorführen lassen?«

Ein junger Journalist, der mich mit seiner Igelfrisur und der hochstehenden Nase an Mecki erinnert, fragt frech: »Es ist ja nicht das erste Mal, dass der ach so beliebte Dr. Sommerfeldt der ostfriesischen Kriminalpolizei entwischt. Kann es sein, dass er in Ihrem Zuständigkeitsbereich Freunde, ja Helfershelfer hat?«

Polizeichef Martin Büscher, der bis jetzt ruhig zwischen einem Menschen vom Innenministerium und der Leitenden Oberstaatsanwältin gesessen hat, fährt geradezu aus dem Anzug. Er springt auf und schimpft, das sei eine unverschämte Unterstellung, und er fordert den Fragesteller auf, sich zu entschuldigen oder die Pressekonferenz sofort zu verlassen.

»Aber Sie müssen doch zugeben«, fährt der Typ mit der Igelfrisur fort, »dass Ihr Dr. Sommerfeldt in Ostfriesland viele Sympathien genießt. Wenn man sich mal in den sozialen Medien umschaut, dann finden sich da ganze Unterstützerkreise, ja Fanclubs.«

»Er ist nicht *mein* Dr. Sommerfeldt«, empört sich der Kripochef.

Die Leitende Oberstaatsanwältin versucht, ihn wieder auf den Stuhl zu ziehen. »Bitte, Herr Büscher, nun echauffieren Sie sich doch nicht so …«

»Ach, ist doch wahr!«, flucht Büscher und zeigt auf den Fragesteller, als wolle er ihm eine Kugel in die Brust schießen.

Die Kamera schwenkt zu Kommissarin Ann Kathrin Klaasen. Sie sieht blass aus, gar nicht, als sei sie bis vor kurzem auf einer Insel gewesen, und dass die Sonne seit Wochen scheint, sieht man ihr auch nicht an.

Sie steht unter Spannung. Die Lippen schmal, das Gesicht fast kantig. Sie wirkt auf mich, als hätte sie seit Tagen weder gegessen noch geschlafen. Ihr Stimme klingt belegt: »Ich möchte klarstellen, dass ich Dr. Sommerfeldt in Gelsenkirchen persönlich verhaftet habe. Er ist während eines Arztbesuchs aus der Justizvollzugsanstalt Lingen ausgebrochen. Er hat hier bei uns weder Helfer noch Unterstützer. Bei seinem Ausbruch wurden zwei Justizvollzugsbeamte schwer verletzt, allerdings nicht von ihm … Er hat nur die Gelegenheit genutzt, um …«

»Erzählen Sie uns etwas Neues, Frau Klaasen«, ruft Mecki.

Sie schaut Büscher an. Der setzt sich wieder und trinkt ein Glas Wasser.

Ich weiß jetzt, wer Graff getötet hat und wer Miriam. Es gibt nur eine Person, die verrückt genug ist, das zu tun, und die ist nicht in mir, nein, stelle ich freudig fest. Ich bin doch nicht so verrückt, wie ich befürchtet habe.

Cordula war es, das irre Huhn. Warum bin ich nicht gleich darauf gekommen? Sie kennt die Liste meiner Todeskandidaten genau. Sie weiß von meinem Racheplan. Sie ist frei und will nun allen beweisen, was sie draufhat. Oder zumindest mir. Der Freispruch muss eine Art Beleidigung, ja Erniedrigung für sie gewesen sein. So als sei sie dumm und verstört.

War sie vor mir in Graffs Hotelzimmer? Ließ sich deshalb die Tür so leicht öffnen? Der Gedanke amüsiert mich nur kurz, dann macht er mich wütend. Einerseits gibt mir ihre Tat Freiraum, andererseits fühle ich mich geradezu von ihr betrogen.

Von der Insel komme ich heute nicht mehr runter. Die letzte Fähre ist längst ausgelaufen. Es ist noch taghell, ein klarer Sommerabend. An der Strandpromenade sitzen garantiert viele in den Milchbuden und warten auf den Sonnenuntergang. Die Seehunde liegen wie immer faul auf der Sandbank. Noch zu früh, um sich mit Schlamm einzuschmieren und nackt ins Meer zu rennen. Aber ich habe Hunger, und ich will mal wieder so richtig gut essen gehen.

Mutig geworden, verlasse ich die Ferienwohnung. Die Teenies zoffen sich laut, wer von ihnen die größte »Bitch« ist. Spannendes Thema, aber nicht für mich. Ich fühle mich durchtrieben. Sollen sie mich doch in Franken suchen. Ich werde derweil auf Borkum essen gehen. Es gibt einen Geheimtipp: das Restaurant »Kleine Möwe« in der Kirchstraße. Von den meisten Touristen wenig beachtet, von Feinschmeckern geschätzt und von einigen Einheimischen geradezu geliebt. Der Koch hat auch Konditor gelernt, und das sieht man seinen Kreationen an. Besonders seine Desserts sind berühmt. Die Teller mit der Pinzette angerichtet.

Ich bekomme als leicht Körperbehinderter in der urgemütlichen Gaststube einen Zweiertisch. Außer mir sind nur noch vier Gäste da. Sie sitzen am Fenster. Vater, Mutter, Tochter und Schwiegersohn. Sie haben irgendetwas zu feiern. Sie tuscheln und kichern viel.

Ich werde ausgesprochen höflich bedient. Der Gruß aus

der Küche sieht aus wie zwei Pralinen mit einer Walnuss oben drauf. Es ist aber Matjestartar in einem Mantel aus Queller auf Schwarzbrot. Auf der Zunge ein Erlebnis.

Ich nehme »Sommerliche Salatspitzen« als Vorspeise und eine Krustentier-Samtsuppe. Dann Filet vom schwarzen Heilbutt auf geröstetem Fenchel und Rauchaal-Risotto. Als Dessert wähle ich pochierten Baby-Apfel in Brioche, Tonkabohne und Mascarpone-Eis.

Ich trinke während des Essens nur Wasser ohne Kohlensäure, um den vollen Geschmack besser auskosten zu können. Ganz zum Abschluss nehme ich dann einen Cognac.

Das Leben kann so schön sein … Ich denke zurück an die gute Zeit in Norddeich, als ich als angesehener Hausarzt im Smutje oder im Dock N°8 essen ging.

Ich bin satt, aber nicht vollgestopft. Die Sonne ist untergegangen. Jetzt werde ich zur Wattseite radeln und mich nackt der feuchten Natur anvertrauen. Und morgen komme ich zu dir, Erwin Grün. Das wird die Bande verwirren.

Sind die Morde Cordulas Versuch, Kontakt mit mir aufzunehmen? Wie will sie es anstellen, mich zu treffen? Schließlich habe ich nicht gerade eine ladungsfähige Adresse. Aber ich bin sicher, sie hat Graff und Miriam getötet, um mich zu beeindrucken, um mich zu locken. Sie wird wissen wollen, ob es geklappt hat und was ich von ihrer Tat halte. Sie will auf sich aufmerksam machen.

Tatsächlich denke ich an sie. Es ist, als sei sie mir körperlich nahe. Ja, im Watt kann ich geradezu ihre Anwesenheit spüren. Vielleicht weil ich nackt bin und mich auf dem nassen Meeresboden wälze. Ein Krebschen krabbelt an meinem Oberschenkel hoch, stellvertretend für Cordulas Finger tanzt er mit seinen zitternden Beinchen auf mir herum.

Sie hat sich in mein Gedächtnis, in meine Erinnerung gemordet. Ich gestehe es mir zu: Ich bin immer noch scharf auf sie. Statt alleine im Watt würde ich lieber mit ihr im Bett liegen.

Der Sternenhimmel ist heute besonders. Als seien die Sterne näher an die Erde herangekommen.

Ich schlage mit der Faust in den Schlick. Dabei zerkracht eine Muschel.

Meine Gefühle sind so widersprüchlich. Ich könnte Cordula lieben. Jetzt. Sofort. Hier. Und gleichzeitig bin ich ungeheuer sauer auf sie. Es ist, als hätte sie mir meine Identität gestohlen und mir so zwar die Freiheit geschenkt, aber mich eben doch ärmer gemacht.

Ich beschmiere meinen kahlrasierten Schädel mit dem Schlamm. Er trocknet auf meiner Haut. Ich mache mich unkenntlich, werde zu einem Monster aus dem Meer.

Ich schwimme weit hinaus. Die Lichter der Insel sind nur noch insektenaugengroß. Die Windkraftanlagen draußen blinken rot, aufgereiht wie eine Perlenkette.

Wenn ich jetzt immer weiterschwimme, denke ich, dann werden mich irgendwann meine Kräfte verlassen. Ich werde versinken in dieser Urkraft und zu Fischfutter werden. Das macht mir nichts aus, ja, es erscheint mir fast verlockend. Teil des Meeres zu werden stelle ich mir sehr befriedigend vor.

So könnte ich wütend Fischernetze zerfetzen und Heringsschwärme befreien oder Seehunden ein Zuhause bieten. Ich könnte Schiffe versenken, Inseln in Stücke reißen, Deiche überschwemmen oder den Surfern einen tollen Tag bereiten und mit sanften Wellen voller weißer Schaumkronen den Strand lecken.

Ich schlucke Salzwasser, spucke und fühle mich ausgeliefert und mächtig zugleich. Es scheint alles auf diesen Moment hinausgelaufen zu sein, auf diese Erkenntnis: Ich will ein Teil des Meeres werden.

Aber dann stelle ich mir vor, wie ich als Wasserleiche angespült werde, die Möwen an mir herumpicken, Touristen, die mich finden, halten sich die Nase zu. Da ist Ekel in ihren Gesichtern. Ich habe ihnen den Urlaub versaut. Andere machen Selfies mit mir. Ihre erste selbst gefundene Leiche. Sie schmücken ihre Facebookseiten mit Schauergeschichten.

Ein paar Leute wären echt erleichtert, wenn ich als Mitspieler endlich ausscheiden würde. Aber den Gefallen tue ich ihnen nicht.

Nein, so will ich nicht enden und jetzt sowieso noch nicht. Ich habe noch etwas zu erledigen, das wisst, und fürchtet euch!

33

In dieser Nacht schlafe ich gut. Ich fühle mich nach dem fürstlichen Menü in der Kleinen Möwe und dem Bad im Meer auf eine nur schwer erklärbare Art unbesiegbar, ja fast unsterblich. Klar weiß ich, dass ich nicht unsterblich bin, aber kennt nicht jeder dieses Gefühl der Jugend, wenn man die Kraft in sich wachsen fühlt und nur alte Leute über Krankheiten sprechen, während man selbst sich sportlich mit anderen misst, schneller laufen, höher springen will?

Ich habe Kampfsport trainiert, Judo, Karate. Ja, geboxt habe ich auch, aber nur kurz. Ich bekam dann doch Angst um meine Nase. Zu viele, die ich kannte, sahen einfach nicht mehr gut aus, und noch gefiel ich den jungen Frauen.

Ich mache morgens meine fünfzig Liegestütze, während der Kaffee durch den Filter läuft. Im Frühstücksfernsehen tritt Sabine Hiller, die Sozialarbeiterin aus der JVA Meppen auf. Sie betont bei ihrer Vorstellung, dass sie nicht mehr in der Justizvollzugsanstalt arbeitet, sondern in die Altenpflege gewechselt habe.

Sie hat strahlende Augen, und obwohl sie jetzt geschminkt ist wie ein Model und ihre Haare geföhnt wurden, kommt es mir fast so vor, als würde ich wieder bei ihr im Büro sitzen und ihr zusehen, wie sie nervös mit ihren filterlosen Zigaretten spielt. Sie trägt auch im Studio noch diese alte Männerarmbanduhr.

Das dicke Ding lässt ihr Handgelenk besonders schmal erscheinen.

»In einem vertrauten Gespräch«, sagt sie, »hat Dr. Sommerfeldt die Morde angekündigt. Er wollte sich an Heiner Graff und seinem Exschwiegervater Karl-Heinz Lorenz rächen.«

Die Moderatorin fragt: »Hat er die Namen genannt?«

»Ja, Heiner Graff hat er gesagt, und seinen Exschwiegervater nannte er nur ›Intrigant‹. Er muss beide gehasst haben. Ich habe ihn gefragt, ob er noch mehr Personen töten wolle. Es war klar, dass er einen Rachefeldzug plante. Aber zu mehr Personen hat er sich nicht geäußert. Er betonte ausdrücklich, dass er die Kommissarin Ann Kathrin Klaasen, die ihn in Gelsenkirchen verhaftet hat, sehr schätzt.«

Die Moderatorin hakt nach. Sie kommt mir vor wie ein Jagdhund, der ein angeschossenes Reh wittert.

»War das ein versteckter Hinweis darauf, dass er auch Frau Klaasen …?«

Sabine Hiller schüttelt den Kopf. »O nein, nein. Das glaube ich nicht.«

»Haben Sie Ihr Wissen an die Polizei weitergegeben?«

Sabine Hiller setzt sich anders hin, legt die Beine übereinander und verschränkt die Hände über ihrem Knie. »Selbstverständlich.«

Die Moderatorin schaut in die Kamera. Sie spricht sehr eindringlich. »Hier stellt sich die Frage nach polizeilichem Versagen. Hätte man diese Personen nicht besonders schützen müssen?« Sie gibt sich keine Mühe, einen eleganten Übergang zu schaffen, sondern moderiert jetzt die Band action b. an.

Ich habe vor, nicht gleich die erste Fähre zu nehmen, zunächst will ich sehen, ob es wirklich keine Polizeikontrollen mehr gibt.

Der Kleine, den ich auf dem Katamaran kennengelernt habe, sieht mich und ruft: »Guck mal, Papa, der Torben! Ein Wunder! Er ist wieder gesund!«

Der Vater zieht den Jungen am Ärmel. »Nicht! Man zeigt nicht mit dem Finger auf andere Leute.«

»Warum nicht?«

»Weil das unhöflich ist.«

Ich winke Torben zu. Dann steige ich in die bunte Inselbahn. Mit mir im Abteil fünf Frauen, die bedauern, dass der erste Urlaub ohne Ehemänner zu Ende geht. Sie sind laut, und wenn ihre Zeit auf Borkum nur im Ansatz so war, wie sie sich gegenseitig erzählen, dann sind sie echt wilde Hummeln, und ihre Ehemänner haben allen Grund, eifersüchtig zu sein. Sie schwören sich, diese Reise zu wiederholen, und stoßen mit grünen Piccolofläschchen an.

Sie unterhalten sich laut über »diesen Sommerfeldt«, den sie leider auf der Insel nicht getroffen haben. Die mit den Locken, im roten Hosenanzug, kichert, den hätte sie garantiert nicht von der Bettkante gestoßen. Ihre Freundin, die so um die fünfzig ist und mit Sicherheit in einem Fitnessstudio trainiert, nennt Sommerfeldt einen »Womanizer«.

Die Lauteste, die ein billiges T-Shirt trägt, aber viele Ketten um den Hals, die echt aussehen, dazu eine Jeans und Flipflops, lacht: »Wer weiß, ob wir ihm nicht begegnet sind. Ich habe dem Herbert weder geglaubt, dass er Herbert heißt, noch, dass er ein Elektrogeschäft in Dorsten hat.«

»Du meinst, der war …«, fragt gespielt empört der Lockenkopf.

»Ach, deshalb ist der morgens so schnell verschwunden«, prustet ihre Freundin.

Ich höre ihnen amüsiert zu. Die Fahrt mit der Fähre genieße

ich oben auf dem Außendeck. Diesmal stehe ich so, dass ich sehen kann, wie wir uns Emden nähern. Ich lasse mir den Wind um die Glatze wehen und genehmige mir ein Eis. Ein Nogger.

Der Zug von Emden-Außenhafen bis Emden-Hauptbahnhof braucht nur wenige Minuten, da lohnt es sich nicht, einen Sitzplatz zu suchen. In Emden habe ich dann eine halbe Stunde Aufenthalt. Genug Zeit, um mir Zeitungen zu kaufen und eine Flasche Wasser.

Ich nehme den IC nach Oldenburg. Ich sehe während der ganzen Fahrt keinen einzigen Polizisten. Wahrscheinlich feiern die ostfriesischen Einsatzkräfte jetzt ihre Überstunden ab.

BKA-Leute stehen sich garantiert in Franken gegenseitig auf den Füßen, und ich werde hier zuschlagen. In Ofenerdiek. Ich fühle das Messer unter meinem Hemd. Es ist geradezu elektrisch aufgeladen und voller Tatendrang.

In Oldenburg steige ich in ein Taxi und lasse mich in die Weißenmoorstraße zum Restaurant »Terrazza« fahren. Ich mache einen auf englischen Geschäftsmann, der zu spät zum Termin kommt. Der Taxifahrer glaubt mir und packt die paar englischen Worte aus, die er in der Schule gelernt hat. Jetzt bin ich ganz nah dran, aber ich kann schlecht direkt bei Grüns vorfahren.

Ich genehmige mir im »Terrazza« Fleisch. Da muss ich nicht lange auf der Speisekarte suchen. Es gibt Pizza, aber auch türkische und griechische Gerichte. Ich entscheide mich für einen Pascha-Teller. Eine Überraschung aus der Küche. Ich lasse mich gern überraschen.

Wenn ich töten will, mag ich vorher und nachher Fleisch. Blutig. Es ist wie eine Einstimmung.

Ich esse anders als sonst. Tierischer. Ich zerfetze gerne Fleischstücke mit den Zähnen. Am liebsten würde ich den Teller auf den Boden stellen und auf allen vieren schnuppernd drumherum krabbeln, bevor ich meine Zähne ins Fleisch hineingrabe. Ich stelle mir das vor, während ich gesittet mit Messer und Gabel esse. Ach, was heißt Messer? Dieses stumpfe Stück Blech ist doch kein Messer.

Gabel, Löffel, Messer sind die Essstäbchen des domestizierten Mitteleuropäers.

Von hier aus gehe ich zu Fuß. Aber nicht auf dem direkten Weg. Ich erforsche flanierend die Gegend. Ich fühle mich sicher. Die Bäume spenden mir Schatten. Die Autos am Straßenrand gehören nicht zu schießfreudigen Einsatzkommandos. In jedem zweiten ist hinten ein Kindersitz.

Das Haus der Grüns beobachte ich eine gefühlte Viertelstunde lang. Ich bin schon im Garten. Es ist fast wie ein Nachhausekommen. Sogar die Insekten freuen sich, mich wiederzusehen. Sie mögen den Duft meiner Glatze.

Ein Wohnzimmerfenster steht offen. Klaviermusik ertönt. Stockhausen. Wer hätte das gedacht? Von Erwin Grün, dem Jäger, hätte ich eher Schlagermusik erwartet.

Ich sehe ihn nicht, aber ich spüre seine Anwesenheit wie ein lauerndes Gewitter am Ende eines schwülen Tages.

Ich steige durchs Wohnzimmerfenster problemlos in den Raum. Ich bewege mich lautlos vorwärts. Es riecht hier anders. Von Hannah keine Duftspur. Ich wittere sie nicht.

Ein metallisches Klicken lässt mich herumfahren. Erwin Grün kommt aus dem Jagdzimmer und grinst mich an. Er hat ein doppelläufiges Gewehr auf mich gerichtet. Hinter ihm sehe ich den offenen Waffenschrank, in dem drei weitere Gewehre stehen.

»Moin«, sagt er. »Das ist mein Bärentöter. Damit schieße ich dir ein faustgroßes Loch in die Brust, du falsches Doktorchen.«

»Oh, du hast mich erwartet?«

»Ich bin gern vorbereitet.«

Ich hebe die Hände, aber nicht, als würde ich mich ergeben, sondern, als würde ich Stockhausens Musik dirigieren.

»Wusstest du«, frage ich ihn, »dass Stockhausen als Barpianist begonnen hat? Ich finde, man hört das seinem Werk noch heute an. Da ist so etwas ... ich weiß gar nicht, wie ich es nennen soll ...« Ich klimpere mit den Fingern in der Luft auf unsichtbaren Tasten herum und schaue meinen Fingern nach. »Er ist so ...«

»Lebendig?«, schlägt Erwin Grün vor und zielt auf meine Körpermitte. Er hält die Waffe fast lässig auf seine Hüfte gestützt. So will er Eindruck auf mich machen, und das gelingt ihm auch. Fast.

»Bodenständig«, sage ich, verziehe aber den Mund, als hätte ich es damit noch nicht getroffen. »Unakademisch«, verbessere ich mich, »ist vielleicht das richtige Wort.«

»Ja«, stimmt er mir zu, »einigen wir uns darauf. Und jetzt werde ich die Welt von Dr. Bernhard Sommerfeldt befreien. Ich bin so kurz davor, zum Helden zu werden.«

Ich dirigiere weiter und lasse dabei meine Finger Luftklavier spielen. Ich tänzele, als sei um mich herum ein fliegendes Klavier oder als würde ich mich zwischen verschiedenen Flügeln hin und her bewegen, um Töne anzuschlagen.

»Deine Faxen werden dich nicht retten«, höhnt Erwin. »Du bist reif, Doktor. Aber bevor ich dich ins Jenseits befördere, hätte ich gerne meine Diamanten und, nicht zu vergessen, mein japanisches Tsukasa-Hinoura-Messer.«

»Das wirst du bekommen«, beruhige ich ihn und ergänze leise, nur für mich: »Und zwar mitten ins Herz.«

Ich tanze weiter, dirigiere und spiele gleichzeitig auf zwei Klavieren, als würde ich zwischen ihnen stehen. So bringe ich den Tisch zwischen uns.

»Ist das nicht ein toller Moment?«, frage ich Erwin.

Er guckt blöd. »Ja, aus meiner Sicht schon, aber aus deiner doch wohl kaum, Sommerfeldt, oder?«

Ich lache ihn aus: »Aber bitte, wenn man sich jetzt in solchen Augenblicken nicht spürt, dann ist man bereits tot.«

Ich spiele mit den Fingern auf meinem Körper weiter. »Es kribbelt überall auf der Haut. Dagegen ist Sex geradezu«, ich tue, als müsste ich nachdenken, »langweilig.«

Er nickt. »Ja, für dich vielleicht. Mit meiner Frau ... Aber mir machst du nichts vor, Sommerfeldt. An deiner Stelle hätte ich eine Scheißangst, weil du doch weißt, dass du sterben musst.«

»Siehst du, das unterscheidet uns. Ich fühle mich jetzt erst richtig lebendig. Wenn du mich erschießt, Erwin, werden wir uns im nächsten Leben wiederbegegnen, und dann werde ich mich grausam rächen. Wir werden Feinde sein, uns von Anfang an hassen, ohne zu wissen, warum.«

»Erzähl nicht so einen esoterischen Mist, Sommerfeldt. Wo sind meine Diamanten?«

Ich spiele mein Klavierstück auf meinem rechten Oberschenkel. »Hier«, verspreche ich und bücke mich, wie Rumpelstilzchen im Kreis hüpfend, immer tiefer. Ich ziehe spielerisch mein Hosenbein ein Stückchen höher. Mein Kopf ist nah bei meinem Schuh. Ich wende Erwin Grün den Rücken zu, kann ihn aber in der Spiegelung der großen Glastür sehen.

Er beugt sich vor, um mitzukriegen, was genau ich da mache. Jetzt zeigt die Mündung seiner Zwillingsflinte nicht mehr auf mich, sondern auf den Boden.

Fehler. Schwerer Fehler.

Ich habe die Finger schon am Wurfmesser, könnte es von der Wade ziehen und in einer einzigen Drehbewegung in seine Brust schleudern. Aber er macht noch einen Schritt näher zu mir, die Läufe immer noch nach unten gerichtet.

Ich schreie einfach: »Aaaah! Aaaah! Aaaah!«, so als hätte ich mich verletzt. Der Bruchteil einer Sekunde, den er braucht, um sich in der neuen Situation zurechtzufinden, reicht mir völlig aus. Ich wirble herum, packe sein doppelläufiges Gewehr und stoße es in seine Richtung.

Wenn ich die Waffe zu mir gezogen hätte, wären die Schüsse ausgelöst worden. So kann ich ihm die Flinte entwenden. Leider kracht das Ding aber dabei los und zerfetzt den schönen Sekretär aus Kirschholz.

Ich hasse diesen Lärm. Diese Knallwaffen sind entsetzlich. Sie beleidigen mein Ohr. Von Stockhausen ist nichts mehr zu hören. Der wunderbare Sekretär zerstört ...

Ich werfe die doppelläufige Flinte aufs Sofa.

»Was bist du nur für ein Banause, Erwin Grün«, sage ich, höre aber meine eigenen Worte nicht.

Er schaut mich an, als habe er noch nicht ganz begriffen, was geschehen ist. Sein Gesicht wirkt jetzt teigig, und seine Wangen zucken. Er sieht aus wie ein Mann, der keinen Plan hat und keinen Trumpf mehr in der Hand.

Ich ziehe das japanische Damaszener Messer und streife die Klinge über meinen Ärmel, als müsste ich sie abwischen. Ich hauche sie an. Mein feuchter Atem wird darauf sichtbar. So vergeht Zeit, in der unsere Ohren sich von dem Lärm erholen können.

Dieser ekelhafte Geruch nach Schwefel will nicht abziehen, obwohl durchs offene Wohnzimmerfenster ein sanfter Wind in die Wohnung weht.

»Was für eine jämmerliche Vorstellung«, sage ich zu ihm. »War das wirklich alles? Hast du sonst nichts zu bieten?«

Er guckt mich groß an.

Ich schneide mit der Klinge mehrfach durch die Luft. »Aber

bitte, Erwin! Du wusstest, dass ich komme. Du warst vorbereitet. Das kann doch nicht alles gewesen sein!«

»Sie ... Sie hatten versprochen ... uns zu beschützen. Personenschutz sollten wir bekommen und ... nachdem du auf Borkum und in Franken zugeschlagen hast, haben sie dann alle Leute abgezogen. Jetzt fährt noch jede Stunde mal ein Polizeiwagen durch die Siedlung. Das ist der ganze Personenschutz. Sie haben mich reingelegt, hängenlassen! Ich ...«

»Wo ist Hannah?«

»Bei ihrer Schwester in Lingen.«

»Tstststs ...«, zische ich kopfschüttelnd. »Du lockst mich hierhin, und wenn ich komme, bist du nicht richtig vorbereitet? Oder nennst du so einen Ballermann eine solide Vorbereitung?«

»Ich dachte, dass du in Franken bist«, entschuldigt er sich.

»Ach, und du gehst mit dem Gewehr immer so im Wohnzimmer spazieren, weil es ja sein könnte, dass jemand erscheint? Das passt doch alles nicht zusammen.«

Er weiß darauf keine Antwort, zuckt mit den Schultern.

»Du weißt genau, dass ich mein Wort halte. Habe ich das nicht immer getan? Ist das nicht der Ruf, der Dr. Sommerfeldt vorauseilt? Er tut, was er ankündigt. Nur das gibt meinen Worten Kraft. Und jetzt muss ich dich leider ins Jenseits befördern. Mit deinem eigenen Messer. Es ist ein wunderbares Messer. Ich werde es heute nicht zum letzten Mal benutzen. Wir verstehen uns prima, dein Tsukasa-Messer und ich. Es hat Persönlichkeit, ganz im Gegensatz zu dir.«

Ich richte das Messer auf ihn aus, als würde ich damit zielen.

»Ich ... ich ... Du willst mich doch jetzt nicht einfach ...?«

»Doch«, sage ich, »genau das. Ich habe noch eine Menge zu erledigen. Du bist nur eine kleine Etappe auf meinem Weg.«

»Ich … ich habe eine zweite Chance verdient!«

Ich lache ihn aus. »Was hast du?«

»Wie Johann Ricklef. Ich könnte Kafka auswendig lernen. *Die Verwandlung*. Gib mir drei Wochen! – Vierzehn Tage, dann kann ich das und …«

Ich wundere mich über seine Aussage. »Hä? Woher weißt du das?«

Er macht sich gerade, biegt seinen Rücken durch. Er hat wohl während unseres kleinen Gesprächs mächtige Rückenschmerzen bekommen. Er verzieht den Mund. »Na ja, ich meine, das weiß doch jeder. Du hast es selbst geschrieben. Du gibst den Leuten eine zweite Chance. ›Der Alkohol wird dich nicht retten, sondern die Literatur.‹ Ich habe deine Aufzeichnungen gelesen. In der Illustrierten.« Er zeigt zum zerschossenen Sekretär, als würden die Zeitungen noch darin liegen.

»Du kennst meine Texte?«

»Na klar.« Er zitiert den ersten Satz: »›Es ist viel schwieriger, eine gute Fischsuppe zuzubereiten, als an eine neue Identität zu kommen.‹ Ich bin genau der Meinung. Ja, so ist es wirklich. Der Satz spricht mir aus der Seele.«

Ich staune.

»Du kannst mich jetzt nicht schlechter behandeln als diesen verlotterten Säufer. Ich habe genauso eine zweite Chance verdient wie der. Das bist du deinem eigenen Ruf schuldig. Dein Text ist übrigens großartig. Wie soll ich ihn nennen? Tatsachenroman? Autobiographie? Ich habe mir das Buch bereits bestellt.«

»Bitte?«

»Weißt du das nicht? Der Roman erscheint in wenigen Tagen.«

Ich muss mir selber zugestehen, dass Grün mich verwirrt. »Wie heißt das Buch denn?«

»Totenstille im Watt.«

Ich weiß nicht, ob mir das gefällt. »Warum nicht *Sommerfeldt*?«, frage ich.

»Ich weiß nicht«, sagt er. »Mir hätte der Titel *Sommerfeldt* auch gut gefallen, aber … Ich habe das ja nun wirklich nicht entschieden. Ich bin nur Leser. Fan sozusagen.«

Es kommt mir so vor, als würde ich meinem eigenen Werk nicht standhalten, wenn ich ihn jetzt töte. Ist es eine Frage der Ehre? Ich fühle mich auch auf eine irritierende Art geschmeichelt. Die ganze Wahrheit über mich wird bald in Buchform da sein. Alles aus meiner Sicht erzählt. Ich kann das jetzt nicht zerstören, indem ich meinen eigenen Ansprüchen nicht genüge.

»Kafkas *Verwandlung*«, sage ich, »passt nicht zu dir. Jeder muss das Kunstwerk finden, das ihn und sein Leben prägt und verändert. Eins, an dem man sich festhalten, aufrichten kann.«

Er geht sofort auf mein Angebot ein. »Was«, fragt er, »könnte das für mich sein? Nenn mir ein Buch …«

Ich muss mir eingestehen, dass ich darüber noch gar nicht nachgedacht habe. »Dürrenmatts *Der Richter und sein Henker* oder Hemingways *Wem die Stunde schlägt*?«

»Ja, ja, ja, entscheide du. Ich nehme alles«, verspricht Grün aus Angst um sein bisschen Leben. »Ich könnte«, schlägt er vor, »auch deinen Roman auswendig lernen. Es ist doch ein Roman, oder? Die ersten Zeilen kann ich ja schon. Es ist ein sehr einprägsamer Text …«

Dafür bin ich nicht dumm genug, denke ich. Du versuchst, mir eine narzisstische Falle zu stellen. Aber da tappe ich nicht rein. Nein, so einfach werde ich es dir nicht machen.

»Nein«, sage ich, »bleiben wir bei Dürrenmatt. *Der Richter und sein Henker*. Bärlach kündigt Gastmann an, ihm einen Henker zu schicken. Gastmann glaubt schon, er sei gerettet und das

Ganze würde misslingen, aber Bärlach ist clever. Das lies, und fürchte dich, Grün«, sage ich.

Erwin Grün nickt. Seine fiebrigen Augen strahlen freudig. Er sieht sich schon gerettet.

»Ja, ja! Selbstverständlich! Ich werde mein Bestes geben. Ich werde nicht versagen wie Ricklef.«

»Okay«, sage ich. »Ich vertraue dir.« Ich drehe ihm den Rücken zu und gehe zum Fenster. Warum soll ich das Wohnzimmer anders verlassen, als ich es betreten habe?

Ich habe schon einen Fuß im Garten, da höre ich ein verräterisches Geräusch. Er greift sich das Gewehr.

Ich lasse mich fallen. Hinter mir kracht es wieder so erbärmlich. Der Kerl hat doch tatsächlich auf mich gefeuert!

Meine Chancen, heil bis zum Gartenzaum zu kommen, ihn zu überspringen und dann auf der Straße irgendwo zwischen den Autos Deckung zu suchen, sind gering. Ich müsste gut fünfzig Meter überwinden, und der Jäger hätte ein freies Sichtfeld.

Wie viel Zeit braucht er, um neu zu laden?

Nein, das ist zu riskant. Es gibt nur eine Möglichkeit: Ich ziehe das Wurfmesser und springe hoch. Er ist vielleicht drei Schritte vom Fenster entfernt. Er macht einen weiteren aufs Fenster zu. Will er schauen, ob er mich erwischt hat?

Ein Stich mit der Tsukasa-Klinge wäre sauberer gewesen. Aber auch das Wurfmesser durchdringt seine Brust. Er glotzt mich aus weit aufgerissenen Augen an. Das Gewehr fällt aus seiner Hand. Er steht noch ein wenig, taumelt dann. Mit der Rechten fasst er dorthin, wo die Klinge in seinem Körper steckt. Dann bricht er zusammen.

Zwei Schüsse, aber niemand ruft die Polizei. In der Siedlung bleibt es ruhig. Ist man hier an das Knallen von Gewehren gewöhnt?

Ich gehe zurück ins Wohnzimmer. Grün liegt sterbend auf dem Boden.

Ich kümmere mich nicht weiter um ihn. Ich suche seinen Autoschlüssel. Er hängt, wie es sich gehört, am Schlüsselbrett neben dem Eingang zur Garage.

Ich schließe das Fenster. Wenn ich Glück habe, wird es eine Weile dauern, bis man ihn findet. In der Zeit bin ich schon meinem nächsten Ziel ein Stückchen näher gekommen.

Ich drücke im Auto mehrfach gegen meine Ohren. Diese Gewehrschüsse hallen immer noch in meinem Kopf hin und her. Ich fühle mich taub, verletzt, als hätte er direkt auf meine Ohren geschossen. In meinem Kopf summt ein anschwellender Brummton, wie eine näher kommende Hummel, die sich durch meinen Gehörgang in mein Gehirn wühlen will.

Ich schalte das Radio ein, nur um andere, schönere Töne zu hören. Aber sie dringen nicht wirklich zu mir durch.

Es ist ein komisches Gefühl, mein Werk veröffentlicht zu wissen. *Totenstille im Watt.* Habe ich darin zu viel über mich verraten? Haben jetzt zu viele Figuren Macht über mich, weil sie wissen, wie ich ticke? Kann ich das Ganze noch irgendwie verändern? Will ich das überhaupt? Es ist so verwirrend.

Und wie bekomme ich Kontakt zu Cordula? Sie hat erst Graff getötet und dann Miriam. Es ist wie eine Schnitzeljagd. Wo wird sie beim nächsten Mal zuschlagen? Kann ich ihr zuvorkommen? Ist es genau das, was sie will? Legt sie eine Spur?

Aber wenn sie das tut, dann sehe nicht nur ich diese Spur, sondern die Polizei sieht sie ebenfalls. Werden wir uns treffen, bevor Ann Kathrin Klaasen mit ihrer Bande zuschlägt?

Cordula kennt meine Planungen genau. Während ich den Wagen auf der linken Spur über die Autobahn jage und, da es hier gerade mal keine Baustellen gibt, vollständig ausfahre, versuche ich, mit ihrem Kopf zu denken. Sie weiß, dass ich nicht nur meine Exfrau Miriam töten wollte, sondern auch ihren Mann, ihren Vater und natürlich meine eigene Mutter. Aber sie weiß auch, dass ich ein Problem habe, Frauen etwas anzutun. Hat sie deshalb Miriam erledigt, weil sie weiß, dass es mir schwergefallen wäre?

Jetzt hätte ich als Nächstes ihren Typen, Moritz von Rosenberg, und ihren Vater, meinen Exschwiegervater Karl-Heinz Lorenz, erledigt. Die beiden würden mir leichtfallen. Am schwierigsten wäre es für mich mit meiner Mutter. Ich traue mich kaum, den Gedanken zu denken. Ich werde ja schon stumm, wenn ich meiner Mutter nur gegenüberstehe.

Wenn Cordula mich treffen will, dann wird sie mich bei den Männern erwarten. Sie weiß, dass ich die größte und schwierigste Aufgabe bis zuletzt aufschieben werde. Die höchste Hürde, über die ich springen muss. Wenn ich es denn schaffe.

Im Deutschlandradio Kultur höre ich einen Beitrag. Nur langsam dringen die Worte zu mir durch, wie von sehr weit weg.

Stimmen verschiedener Kritiker werden zitiert. Sie reden über das Phänomen Dr. Sommerfeldt. Oliver Schwambach hat in der *Saarbrücker Zeitung* einen Diskussionsbeitrag zu meinem Werk veröffentlicht. Ja, sie sprechen tatsächlich von »Werk«.

Oliver Schwambach vergleicht die Reaktionen der Öffentlichkeit auf Dr. Sommerfeldts Lebensbeichte mit der Art und Weise, wie der Lyriker George Forestier rezipiert wurde. Oliver Schwambach behauptet, man habe es zwar mit einem literarisch durchaus interessanten Text zu tun, der sich wohltuend von den gängigen Biographien abgrenze, aber der Text würde doch ganz anders eingeschätzt werden, wenn wir nicht alle vermuten würden, dass Dr. Bernhardt Sommerfeldt ein mehrfacher Mörder sei.

Georg Forestier wurde für sein Buch *Ich schreibe mein Herz in den Staub der Straße* von der Literaturkritik gefeiert. Er hatte sich als Fremdenlegionär ausgegeben, und so wurden dann auch seine Texte wahrgenommen. Für einen Lyriker hatte er geradezu triumphale Erfolge. Erst als herauskam, dass Forestier in Wirklichkeit Karl Emerich Krämer hieß und keineswegs Fremdenlegionär war, sondern ein Verlagsmitarbeiter mit Bürojob, drehte sich der Wind der Literaturkritik. Man sah seine Worte in einem anderen Licht. Was gerade noch authentisch klang, galt plötzlich als schwülstig, pathetisch und inhaltsleer.

Oliver Schwambach wird mehrfach zitiert. Er spricht über Hermeneutik und sagt, dass ein Text nicht einfach nur für sich selbst steht, sondern wir immer auch alles andere mitlesen. Die Person dahinter und die Zeit, in der der Text entstand.

Petra Rückerl äußert sich in der *Neuen Presse Hannover* amüsiert darüber, dass ein Serienkiller kommen musste, um endlich wieder in Deutschland eine richtige literarische Debatte auszulösen. Für sie steht keineswegs fest, dass Dr. Sommerfeldt wirklich ein Mörder ist, sondern er sei auch ein Schelm, der ein literarisches Spiel spiele, sich verstecke, in immer neuen Verkleidungen auftrete. Als Hausarzt sei er eine Fälschung, als Literat aber sehr originell.

Holger Bloem lässt den Vergleich mit Forestier nicht gelten, sondern sieht Parallelen zum Österreicher Jack Unterweger, der als verurteilter Mörder im Gefängnis Romane und Gedichtbände schrieb. Schließlich setzten sich viele Kulturschaffende für seine Freilassung ein. Er wurde als Beispiel einer gelungenen Resozialisierung gefeiert. Unter anderem hätten sich Elfriede Jelinek, Ernest Borneman, Erich Fried, Ernst Jandl, Günter Grass, Erika Pluhar und viele andere Künstler für ihn eingesetzt.

Nach seiner Freilassung seien neun Prostituiertenmorde begangen worden, immer wenn er irgendwo in der Nähe gewesen sei. Nie habe er ein Alibi dafür gehabt. Nach seiner erneuten Verhaftung habe er sich umgebracht. Unterwegers Werk, so betont Bloem, sei inzwischen vergessen. Eine kurze Zeit aber sei er, zumindest in Österreich, ein sehr berühmter Mann gewesen. Mehrere seiner Bücher seien verfilmt worden.

Nikola Nording weiß in der *Ostfriesen-Zeitung* zu berichten, dass mehr als zweihunderttausend Vorbestellungen für den Sommerfeldt-Roman, ja, so nennt sie mein Buch, vorliegen würden. So werden weitere Meinungen zu *Totenstille im Watt* verlesen. Die Kritikerstimmen reichen von vernichtend bis zum höchsten Lob.

Ich höre das alles. Es ist auf eine irre Weise Balsam für meine Ohren, als würden die Wunden geheilt, die Grüns Schüsse gerissen haben. Aber es fällt mir schwer zu glauben, dass die wirklich über mich reden. Bin ich der Mann in meinem Buch?

Ich kann den Wagen kaum noch steuern. Hinter mir hupen Leute. Ich fahre auf der Autobahn knapp sechzig Stundenkilometer. Ich werde von Leuten überholt, die mir doof zeigen. Nein, so auffällig darf ich mich nicht bewegen.

Komischerweise kann ich mich viel mehr mit Forestier identifizieren als mit Unterweger. Der Mann, der versuchte, etwas anderes zu sein, seine vorgegebene Rolle verließ und durch seine Bücher und seine neu erfundene Biographie ein anderer wurde, gefällt mir viel mehr als der Straftäter, mit dem ich vermutlich viel gemeinsam habe. Auch Unterweger schrieb über sein Leben. Sein *Fegefeuer oder die Reise ins Zuchthaus* habe ich gar nicht im Original gelesen, sondern nur einiges darüber. Wahrscheinlich hat es viel mit mir und meinem Werk gemeinsam, und doch will ich mich davon distanzieren. Es gefällt mir nicht, mit ihm verglichen zu werden. Ich liebe die Verwandlung, von einer Figur in eine andere zu gehen. Künstler zu sein. Hausarzt. Schwerverbrecher. Das alles ist besser als der sich nach Zuneigung verzehrende ungeliebte Sohn einer kalten Mutter.

Als ich noch der kleine Johannes Theissen war, da habe ich mich manchmal in Bücher geflüchtet, weil ich mich mit mir selbst nicht identifizieren konnte, ja nicht mal wusste, wer ich war, mich nicht gespürt habe, sondern nur versucht habe zu fühlen, was meine Mutter sich wünscht. Da habe ich Piratenromane gelesen, natürlich auch Gerstäcker und Karl May. Später dann Dashiell Hammett, Cornell Woolrich, Raymond Chandler. In meiner Kindheit fühlte ich mich als Winnetou oder Old Shatterhand viel wohler als in der Rolle des kleinen, dummen Johannes Theissen. Als Chandlers Philip Marlowe oder als Hammetts Sam Spade konnte ich der Welt gelassener ins Auge blicken.

Hat damals alles begonnen? Wurde da der Grundstein gelegt? Die Literatur war immer mein Rettungsanker. Das Wandeln zwischen den Welten. Zu einem anderen zu werden – dieses Wunder konnte ich beim Lesen erleben. Und jetzt – wer bin ich jetzt?

Vielleicht sollte ich meinen Agenten besuchen und ihn bitten, ein bisschen Geld von meinem Konto abzuheben und mir in bar auszuhändigen. Er wird es sicherlich gerne tun und das Ganze danach zu einer Riesenwerbekampagne nutzen: »Ich hatte Besuch von Dr. Bernhard Sommerfeld. I survived Sommerfeldt …«

Plötzlich bedaure ich, dass ich die Werke von George Forestier nicht vorliegen habe. Antiquarisch kann man die Bücher noch erwerben.

Ich höre Holger Bloem im Radio. Er sagt: »Vielleicht ist Dr. Sommerfeldt nicht der bedeutendste Schriftsteller unseres Landes. Aber er ist im Moment wohl der einzige, dessen Neuerscheinung die Leser tatsächlich entgegenfiebern.«

Petra Rückerl betont, dass der Verlag das Buch von Dr. Sommerfeldt, *Totenstille im Watt*, keineswegs als Lebensbeichte, Biographie oder Tatsachenbericht anpreise, sondern schlicht als Roman. Darauf scheinen sich alle Kritiker zu einigen. Sowohl Oliver Schwambach als auch Holger Bloem oder Nikola Nording sehen in dem Buch einen literarischen Text, möglicherweise mit Anlehnung an die Wirklichkeit, aber eben doch eine erfundene, erarbeitete Geschichte.

Anke Geffers von der *Hamburger Morgenpost* fragt: »Gilt die Unschuldsvermutung nicht auch für jemanden, der die Tat literarisch gestanden hat?« Schriftsteller würden sich halt in andere Personen hineinversetzen, um dann aus ihrer Sicht zu schreiben. Und ich, Dr. Bernhard Sommerfeldt, hätte mich in einen Serienkiller hineinphantasiert, der in meiner Umgebung, praktisch vor meiner Haustür, gemordet habe.

»Dadurch«, sagt Anke Geffers, »dass Waldemar Bonsels *Die Biene Maja* geschrieben hat, wird er ja auch nicht zur Biene, sondern bleibt Mensch. Schriftsteller eben.«

Die Sendung wird mit klassischer Musik beendet. Ich schalte weiter. Über den Mord in Oldenburg gibt es noch keine Berichterstattung. Entweder sie hängen den Mantel des Schweigens darüber, oder – und das ist wesentlich wahrscheinlicher – die Leiche wurde noch nicht gefunden.

Ich kann also den Wagen noch eine Weile benutzen.

34

Einerseits will ich nach Franken und da mein japanisches Messer in Blut baden. Andererseits plagen mich Selbstzweifel. Trickse ich mich gerade nur aus? Geht es mir eigentlich mehr darum, Cordula zu treffen? Treibt mich die Hoffnung, endlich nicht mehr allein zu sein? Ist sie wirklich meine Seelenpartnerin?

Wenn ich E.T. bin, der Außerirdische, der von seinen Leuten versehentlich auf der Erde zurückgelassen wurde, ist sie dann Elliott? Ich würde zu gern nach Hause telefonieren, aber ich habe kein Zuhause mehr. Im Gegensatz zu E.T. habe ich auch nie ein wirkliches Zuhause gehabt.

Trotzdem ist in mir diese Sehnsucht. Verdammt, wer will denn immer alleine sein?

Vermutlich geht es Cordula genauso. Lockt sie mich mit den Leichen zu sich, so wie Elliott mit den bunten Bonbons eine Spur für E.T. in sein Zimmer gelegt hat? Jedenfalls folge ich ihrer Spur, und ich gerate auch unter Druck. Wenn ich nicht schnell genug bin, erledigt sie es, bevor ich die Chance dazu habe …

Mein Wurfmesser steckt in Erwin Grüns Brust. Ich bin aber mit meiner Arbeit nicht wirklich zufrieden. Ich habe mich von ihm täuschen und reinlegen lassen. Er hätte mich beinahe von hinten erschossen. Früher waren meine Handlungen konzentrierter. So etwas wäre mir in meiner Norddeicher Zeit nicht passiert.

Dass meine Aufzeichnungen publiziert worden sind, ist nicht ungefährlich für mich. Die Menschen bekommen durch *Totenstille im Watt* Einblick in meine Seele. In mein Handlungsmuster. Ich werde durchschaubar. Wie beim Schach können kluge Spieler meinen nächsten Zug vorausberechnen. Andererseits glauben sie, mich zu kennen, meine Denkweise zu verstehen. Dabei kapiere ich doch selbst noch gar nicht, was genau geschieht.

Ich schwitze übermäßig. Die Klimaanlage des Fahrzeugs arbeitet auf Hochtouren, aber die Kaltluft trifft mich anders als der Wind am Meer. Es sind einzelne Körperstellen, die angepustet werden. Mein rechter Unterarm und mein linker Unterschenkel werden kalt, und in meinem Nacken gefriert der Schweiß.

Ich lasse das Fenster herunter. In dem Moment huscht mir ein heißer Schauer über den Rücken. Ich weiß jetzt, was Cordula als Nächstes vorhat. Sie wird Kommissarin Ann Kathrin Klaasen töten. Die Frau, die mich verhaftet hat.

Dass ich mich der Kommissarin praktisch widerstandslos in Gelsenkirchen ergeben habe, ärgert Cordula besonders, zeigt es doch, wie jämmerlich ich in der Auseinandersetzung mit Frauen versage.

Vermutlich ist sie sogar eifersüchtig auf Ann Kathrin Klaasen, jedenfalls hat sie eine Stinkwut auf sie. Sie weiß, dass ich Frau Klaasen nicht bestrafen könnte, deshalb wird sie es für mich tun. So, wie sie Miriam, meine Exfrau, umgebracht hat. Es ist eine Art Liebesbeweis und gleichzeitig eine Schnitzeljagd. Die einen backen für ihren Geliebten einen Kuchen, weil Liebe durch den Magen geht, die anderen machen sich schick für ihn, brezeln sich auf, sind charmant, und wieder andere, wie Cordula, töten, um ihre Zuneigung zu beweisen. Darin ist sie mir ähnlich, als seien wir aus gleichem Holz geschnitzt.

Ich nehme die nächste Ausfahrt. Ich beobachte mich dabei, wie ich zurückfahre. Es kommt mir vor, als sei ich ferngesteuert. Ich handle robotermäßig.

Mein Verstand protestiert: *Es ist idiotisch, jetzt nach Norden zu fahren. Nirgendwo kennt man dich besser. Du läufst direkt ins Netz der Spinne. Was dich treibt, sind nicht mal Rachegedanken, sondern einfach nur das triviale Gefühl, eine Heimat haben zu wollen. Hast du ernsthaft vor, bei ten Cate ein Stückchen Kuchen zu essen und den Abend mit einem Deichlammfilet im Smutje abzuschließen? Bist du völlig verrückt geworden? Willst du wieder zurück in den Knast?*

Nein, es ist gar nicht mein Verstand, der da protestiert. Es ist der Schriftsteller Hans Fallada in mir, der unter den Nazis gelernt hat, dass man vorsichtig sein muss, wenn man überleben will.

Der Johannes Theissen in mir ist geradezu erleichtert. Hauptsache, weit weg von meiner Mutter. Er will nicht wieder in ihren Dunstkreis geraten, hat mehr Angst vor ihr und ihrem vernichtenden Blick als vor einer Verhaftung oder einem Aufenthalt im Gefängnis. Der Knast, der sich Zuhause nannte, in dem er seine Kindheit verbringen musste, ist für ihn viel schrecklicher als jede ordentlich geführte Justizvollzugsanstalt, denn dort gibt es wenigstens richtige Regeln, und er ist nicht emotional verstrickt. Er ringt nicht um Liebe, Anerkennung und Aufmerksamkeit der Justizvollzugsbeamten. Sie sind ihm scheißegal, und damit kann er gut leben.

Der Doktor Sommerfeldt in mir lacht: *Lass dich nicht von einem kleinen Kind dominieren und auch nicht von einem toten Schriftsteller. Sei lieber ehrlich zu dir. Du willst doch dieser Kom-*

missarin gar nichts tun. Du schätzt sie sogar sehr, fühlst dich auf gewisse Art und Weise von ihr verstanden, wie von diesem Holger Bloem. Du willst nach Norden, um deine Cordula zu treffen. Willst du sie davon abhalten, die Kommissarin zu töten? Oder willst du einfach nur mit ihr durchbrennen, um nicht mehr allein auf der Flucht zu sein? Willst du endlich das herbeiführen, was doch jede zweite Zeitung behauptet? Dass du und Cordula ein Gangsterpärchen seid?

»Ich will das Morden stoppen!«, schreie ich und haue mit der Faust aufs Lenkrad. Zum Glück löse ich nicht den Airbag aus. Erschrocken über meine heftige Emotion, verringere ich das Tempo.

Der Serienkiller will das Morden stoppen, lacht Sommerfeldt. *Was bist du nur für eine jämmerliche Gestalt? Reiß dich zusammen! Du bist ein berühmter Schriftsteller geworden. Ja, ja, so ist es. Fahr ruhig nach Norden, setz dich ins Café ten Cate, kauf dir einen Stapel Zeitschriften, lies, was sie über dich schreiben, und vor allen Dingen, lies, was du selbst geschrieben hast, damit du wieder wirst, wer du bist: ein cooler Typ, der sein Ding durchzieht, ohne Rücksicht auf Verluste.*

»Der war ich nie«, sage ich zaghaft, ohne eine Ahnung zu haben, wer da aus mir spricht.

Ja, verdammt, ich brauche ganz dringend eine Therapie. Soll ich etwa wieder nach Gelsenkirchen zu meiner Therapeutin Bärbel fahren? Ob sie überhaupt noch ihre Praxis in der Bismarckstraße hat, jetzt, da sie als Lebensberaterin mit eigener Radiosendung zu ziemlicher Berühmtheit gelangt ist? Meine Taten haben nicht nur Leben zerstört, sondern einigen Leuten ganz schön Luft unter die Flügel gepustet.

In Emden verlasse ich die Autobahn. Ab hier höre ich schon Radio Ostfriesland. Der Sender verlost drei Vorabexemplare

Totenstille im Watt. Der Moderator scherzt, normalerweise würden sie signierte Bücher verlosen, das ginge diesmal leider nicht, Dr. Bernhard Sommerfeldt sei verhindert. Er lacht über seinen eigenen Witz und zitiert aus einer Buchkritik von Nikola Nording: Im Grunde seien die Aufzeichnungen von Dr. Bernhard Sommerfeldt doch fast schon Heimatliteratur. Jedenfalls spräche daraus eine tiefe Liebe zu Ostfriesland.

Wer ein Buch gewinnen will, soll anrufen und die Frage beantworten: Welchen Beruf hat Dr. Sommerfeldt in Norddeich ausgeübt, ohne eine Berechtigung dafür zu haben? War er Eisverkäufer, Taxifahrer oder Hausarzt?

Und schon ist die erste Hörerin am Apparat. Natürlich weiß sie, dass ich Hausarzt war und nicht Eisverkäufer oder Taxifahrer. Sie ist sehr aufgeregt, spricht mit bebender Stimme: »Ich war sogar selber mal bei ihm. Er ist ein ganz wunderbarer Arzt, hat sich viel Zeit genommen. Ich war eigentlich wegen einer schweren Bronchitis bei ihm, aber er hat meinen Hautkrebs entdeckt und mir praktisch so nebenbei das Leben gerettet.«

Wenn ich es aufschreibe, erscheint es mir merkwürdig, fast ein bisschen peinlich. Doch ich will ehrlich sein mit mir selbst. Ja, während ich sie im Autoradio höre, schießen mir Tränen in die Augen. Ich erinnere mich gut an sie. Sie kam eigentlich nur zu mir, weil ihr Hausarzt im Urlaub war. Eine Stelle an ihrer Haut kam mir verdächtig vor. Ich machte sie darauf aufmerksam und riet ihr, damit zum Hautarzt zu gehen. Mehr habe ich gar nicht getan. Und nun spricht sie so über mich.

Das ist es doch, worum es mir immer ging: Ich wollte so gerne gemocht werden. Ein guter Kerl sein, den man gernhat und über den man mit freundlichen Worten spricht.

Nun, dies Ziel hast du wohl knapp verfehlt, spottet eine Stimme, die ich klar meiner Mutter zuordnen kann. Aber Fallada widerspricht: *O nein, du hast es geschafft. Hör doch, was die Patientin über dich sagt! Lass es in dein Herz. Für viele bist du ein guter Mensch.*

Aber für die meisten ein Monster, zischt meine Mutter.

Ich muss mich beherrschen, um nicht einfach anzuhalten und aus dem Wagen zu fliehen. Es wird mir zu eng darin. Sie sitzt mit ihrer Energie geradezu auf dem Beifahrersitz.

Ich muss sie loswerden, aus meinem Leben verbannen. Sie macht mich einfach nur fertig. Sie tritt in vielen verschiedenen Gestalten auf, als würde ihre Energie sich auf andere Menschen übertragen, die mir dann an ihrer Stelle eins reinwürgen.

Ich fahre auf den Parkplatz vom Grillfriesen in Georgsheil. Ich öffne die Fahrertür, schaffe es aber nicht mal auszusteigen. Selbst die nur eingebildete Stimme meiner Mutter lässt mich energielos werden, gibt mir das Gefühl, eine leere Hülle zu sein, ein Luftballon ohne Luft, eine Marionette mit verknoteten Fäden, die so hässlich und kompliziert ist, dass kein Spieler mehr Lust hat, an ihnen zu ziehen. Wenn ich jetzt verhaftet würde, so ließe ich mich widerstandslos abführen.

Ich schaue zum Imbiss. Ein Mann kommt raus. Er erinnert mich an Kommissar Rupert. Er beißt genüsslich in eine Bratwurst, dabei tropft Senf auf sein Hemd. Er bemerkt es nicht. Er geht strahlend an mir vorbei und kaut mit offenem Mund.

So möchte ich wieder werden, ein Genussmensch, den nichts anficht. Der Spaß daran hat, in eine Wurst zu beißen.

Ich stelle mir vor, wie es wäre, den Imbiss zu betreten, mir etwas zu essen zu bestellen und eine Tasse Kaffee. Ja, ich könnte so eine Energiezufuhr gut gebrauchen, schaffe es aber gerade nicht.

Ich sehe auf meine Füße. Undenkbar, dass meine Mutter eine Bratwurst im Brötchen gegessen hätte. Sie hasst so etwas.

Man isst mit Messer und Gabel und hat dabei die Füße unterm Tisch.

Ich stehe jetzt vor dem Auto, die Arme aufs Verdeck gestützt, und atme.

Sie ist nicht hier, sage ich mir. Trotzdem höre ich manchmal ihre Stimme. Bärbel würde sagen: »Du hast sie internalisiert.« Das ist eine schöne Erklärung, nutzt mir aber nichts, wenn die Stimme da ist und mich klein macht.

Ich schaffe es irgendwie bis in den Imbiss und kaufe mir eine Cola. Das passt eigentlich überhaupt nicht zu mir. Ich glaube, meine letzte Cola habe ich getrunken, als ich fünfzehn war, und auch da nur aus Protest gegen meine Mutter, weil die das Zeug schrecklich fand.

Ich nehme im Stehen einen tiefen Schluck. Es kribbelt in der Nase. Nein, es schmeckt mir überhaupt nicht.

Essen kann ich gar nichts, obwohl ich spüre, dass ich Hunger habe wie ein Bär. Doch ich glaube kaum, dass ich etwas runterkriegen würde. Selbst die flüssige Cola droht, mir aus der Nase wieder rauszukommen. Ich nehme die Dose mit raus und stelle sie aufs Autodach. Nein, ich kann das Zeug nicht trinken.

Ich überlege tatsächlich, ob ich mir hier ein neues Auto stehlen soll, nicht weil die Kiste von Grün schon heiß geworden wäre, sondern, um die Nähe meiner Mutter loszuwerden. Es ist, als würde ihr Geist im Auto festkleben, und ich schaffe es nicht, sie rauszuschmeißen. Gleichzeitig weiß ich natürlich, dass sie nicht im Auto ist, sondern einfach sich an mir – in mir – festhakt. Ich werde sie überall mit hinnehmen, wenn es mir nicht gelingt, den Kontakt zu ihr abzuschneiden, damit ich endlich frei sein kann.

Jetzt, in diesem Moment, wäre ich bereit, sie auf dem Beifahrersitz des Autos mit dem Tsukasa-Messer zu erstechen. Ja, jetzt könnte ich es, doch jetzt ist sie nicht da, und bis Bamberg sind es gut sechs, sieben Stunden Fahrt, in einem Auto, in dem ihre Energie klebt. Nein, das würde ich nicht hinkriegen. Bis ich da bin, hat mich der Mut verlassen.

Ich darf die Augen nicht schließen. Wenn ich das tue, sehe ich ihren höhnischen Blick. Dann werde ich zur Amöbe.

Komisch, auf dem Fahrrad hat sie mich noch nie erwischt. Auf dem Fahrrad war ich immer frei. Der Gedanke lässt mich nicht los. Ist da ein Zusammenhang? Bis jetzt dachte ich, sie hat überall Zugriff auf mich. In geschlossenen Räumen oder auf der Straße, wenn ich spazieren gehe. Aber je länger ich darüber nachdenke, sie hat mich nie erwischt, wenn ich auf dem Fahrrad saß. Macht mich das Fahrrad frei?

So, sagt Sommerfeldt zu mir, *jetzt ist Schluss mit Tante Bärbels Märchenstunde. Das ist keine Therapiesitzung hier. Du bist auf der Flucht vor der Polizei, und du hast noch einiges zu erledigen. Es wird nicht mehr lange dauern, bis Erwin Grün in seinem Blut gefunden wird. Dann wird aus der Schnitzeljagd eine Hetzjagd.*

Ich trinke den Rest der Cola mit Widerwillen, trotzig, lasse mich auf den Fahrersitz fallen und rülpse in Richtung Beifahrersitz. »Tja«, sage ich zu meiner Mutter, als säße sie neben mir, »das gefällt dir gar nicht, was, du alte Schreckschraube? Steig aus, wenn es dir hier nicht passt, das ist mein Auto.«

Ich höre ihre keifige Stimme: *Das ist nicht dein Auto. Es gehört Erwin Grün, dem Mann, den du ermordet hast. Du bringst Schande über die ganze Familie! Du bist schlecht! Du warst von Anfang an ein schlechter Sohn. Ich wollte dich überhaupt nicht haben. Ich war glücklich ohne dich, bevor es dich gab!*

Ich beuge mich vor und öffne die Beifahrertür, so, als würde dort wirklich jemand sitzen, der es nicht schafft, allein auszusteigen.

»Bitte«, sage ich, »beehren Sie mich so bald nicht wieder.«

Der ostfriesische Wind tut mir einen großen Gefallen und weht einmal heftig durch den Wagen. Ich lehne mich im Sitz zurück und atme tief durch. Mutig geworden, schließe ich für einen Moment die Augen. Sie ist weg! Weg! Weg!

Das sind keine Halluzinationen. Es ist so, dass ich immer genau weiß, was wirklich geschieht. Aber es gibt zwei Ebenen, und auf der anderen Ebene passiert eben so etwas. Vielleicht kann man dagegen Medikamente nehmen, aber mir hat schon ein Rülpsen geholfen. Je rüpelhafter, je unangemessener ich mich benehme, umso weiter entferne ich mich aus ihrem Einflussbereich.

Ich schließe die Türen und drehe das Radio ganz laut. Ich brauche jetzt Rockmusik. Die hasst sie besonders.

Es hätte ein paar Möglichkeiten gegeben, sie zu schockieren. Ich hätte schwul werden können. Das war etwas völlig Undenkbares. Vielleicht auch Rockmusiker … Das habe ich alles nicht geschafft, aber immerhin, Serienkiller, das ist auch nicht gerade der Sohn, mit dem man angeben kann … Es kommt mir vor wie ein Triumph. Jetzt, da die Presse voll ist mit der Berichterstattung über meine Taten, jetzt muss sie dazu stehen, meine Mutter zu sein. Sie wird tagtäglich damit konfrontiert werden, wer ich wirklich bin. Mit allem, was ich über mich schreibe, habe ich doch immer auch gleichzeitig über sie geschrieben. Das war mir nicht bewusst, ich hatte es ja nicht für die Veröffentlichung vorgesehen. Doch nun weiß ich, wie schlimm diese Rache an ihr wirklich ist.

Empfinde ich Genugtuung?

35

Mit offenen Fenstern und abgeschalteter Klimaanlage fahre ich durch bis Norddeich Mole und stelle den Wagen zwischen Hunderten von Touristen-Pkws auf dem Langzeitparkplatz für Inselbesucher ab. Wenn sie den Wagen hier finden, werden sie mich auf Juist oder Norderney suchen. Wenn …

Da Ann Kathrin Klaasen im Norden von Norden wohnt, könnte ich von hier aus locker zu Fuß gehen, aber der Fahrraddiebstahl wird mir leichtgemacht. Direkt am Hafen finde ich eins. Es liegt auf dem Boden, unverschlossen. Ein ziemlich neues Rad in Blau und Silber, nicht ganz meine Größe, mehr für ein Mädchen geeignet. Aber was soll's, es ist sogar eine Gepäcktasche mit dran, und die ist voll. Eine Tüte Studentenfutter, ein Kopftuch, ein Ohrenschutz, eine halbvolle Flasche Limonade, ein Hanuta, in der Packung geschmolzen, ein Tablet, auf dem freundlicherweise hinten der Zugangscode notiert ist. Die Schatzsucher von heute müssen nicht bis zu den Knien im Schlamm stehen, um Gold zu schürfen. Ein Spaziergang über einen Parkplatz reicht völlig aus.

Ich nehme nicht den Fahrradweg an der Norddeicher Straße. Hier ist mir zu viel Betrieb. Ich wähle einen Schleichweg querfeldein, Richtung Flugplatz.

Auf dem offenen Feld sehe ich drei Löffler bei einem Tümpel stehen. Ein Hermelin nähert sich ihnen. Es sieht zunächst für mich aus, als würde sich eine riesige Ratte an die Vögel heranpirschen. Aber dann erkenne ich: Ein Marder greift einen Löffler an.

Trotz ihrer langen Schnäbel wirken die Vögel unbeholfen, ja fast tollpatschig. Die zwei anderen helfen ihrem Kumpel nicht, sondern flattern aufgeregt hoch, fliehen in einem großen Bogen, kehren aber zurück zum Geschehen, so als wollten sie nachgucken, was aus dem Dritten geworden ist.

Das Hermelin hat den Löffler am Hals erwischt. Im Regen aus weißen Federn findet der Todeskampf statt.

Ich lege mein Rad an den Rand des Feldwegs und will mir die Sache aus der Nähe anschauen. Der Marder hat Angst vor mir, er will seine Beute wegzerren, doch der Vogel ist zu schwer, als dass er sich schnell damit entfernen könnte. Ich bin noch nicht auf zehn Schritte ran, da flieht der Marder.

Ich setze mich ganz ruhig im Schneidersitz aufs Feld und bewege mich so wenig wie möglich. Ich atme nur und schaue. Der Vogel tut mir leid. Ich mag Löffler. Es sind wunderbare Tiere.

Die beiden anderen trauen sich immer noch nicht wirklich. Immer wieder überfliegen sie den Tatort. Schließlich landet der Erste und nähert sich mit vorsichtigen Schritten. Es kommt mir vor, als würden die Tiere trauern, ja, als stünden sie unter Schock. Sie können nicht fassen, was geschehen ist.

Der eine bleibt, immer noch ängstlich, in der Luft, der andere stößt mit seinem Schnabel den toten Löffler an. Haben diese Tiere Emotionen füreinander? Ich habe mal, gar nicht weit von hier, in Richtung Pilsumer Leuchtturm, als ich mit dem Fahrrad nach einer Wattwanderung herumfuhr, eine Gruppe von mehr als drei Dutzend Löfflern gesehen. Sie standen beieinander, als würden sie Rat halten, als hätten sie ein Geheimnis miteinander, das es zu hüten galt. Damals verspürte ich in mir fast so etwas wie die Hoffnung, wenn ich mal wiedergeboren werde, möchte ich einer von euch sein und bei euch mit dazugehören.

Ja, solche Gedanken habe ich manchmal.

Wie wäre der Kampf wohl ausgegangen, wenn ich dieser Löffler gewesen wäre oder einer der beiden anderen? Ich hätte meinen Kumpel nicht so einfach dem Schlachter überlassen. Ich hätte versucht, ihn zu stoppen, mit dem Schnabel auf ihn eingedroschen … aber ich bin nun mal kein Löffler, ich bin ein Mensch. Und vielleicht ist es auch besser so.

Ich gehe zu meinem Rad zurück. Was wird aus dem Tier werden, frage ich mich. Ob der Marder noch mal zurückkommt, um sich seine Beute zu holen? Oder werden sich jetzt ganz andere Aasfresser nähern?

36

Ann Kathrin Klaasens Haus im Distelkamp ist mit mehreren Videoanlagen gesichert. Selbst ein vorbeifahrendes Fahrzeug würde hier registriert werden.

Das frei stehende Haus wirkt geradezu einladend. Keine Gitterstäbe, eine breite Garageneinfahrt – hier fühlt sich jeder Besuch willkommen. Aber so, wie es aussieht, gibt es keinen unbewachten Quadratzentimeter.

Ich betrachte das alles mit gebührendem Abstand, radle zweimal durch den Distelkamp, den Stiekelkamp, den Mohnweg und den Haferkamp. Ich denke, ich sehe aus wie ein Tourist, der sich ein Rad geliehen und verfahren hat.

Ich bin mir nicht sicher, ob sie zu Hause ist. Die Markisen sind ausgefahren, die Rollläden halb herunter. Aber das ist bei vielen Häusern so. Die Menschen schützen sich gegen die Hitze.

In ihrem Garten wächst eine alte Apfelsorte, die schon fast als ausgestorben galt. Der Baum ist noch jung, trägt aber schon viele Früchte. Einige davon liegen auf dem Rasen. Ich mag den »Finkenwerder Herbstprinz«. Am liebsten würde ich hingehen, mir einen Apfel holen, mich vor eine Kamera stellen, stolz hineinschauen und in den Apfel beißen.

Wie würde sie reagieren, wenn sie das sehen könnte?

Etwas in mir treibt mich genau dazu, dies zu tun. Ein anderer, ängstlicher Teil hält mich ab. So bin ich jetzt genau, wie ich am liebsten nicht wäre: unschlüssig.

Wer sich nicht entscheiden kann, hofft im Prinzip darauf, dass andere die Entscheidung für ihn fällen. Aber auch das will ich nicht.

Ich weiß einiges über Ann Kathrin Klaasen. Sie ist eine mindestens so widersprüchliche Persönlichkeit wie ich. Die erfolgreichste Serienkillerfahnderin Deutschlands sammelt Bilderbücher. Vielleicht liegt es daran, dass ihre Nachbarin, die Sängerin Bettina Göschl, ebenfalls Bilderbücher sammelt. Überhaupt wirkt diese ganze Straße, ja dies Viertel hier auf mich ein bisschen wie Bullerbü. Die gepflegten Vorgärten, die roten Backsteinhäuser, die alle anders aussehen und doch irgendwie gleich. So viel Idylle macht mich immer misstrauisch. Bei uns in Bamberg in der Gärtnerstadt verbargen sich hinter all der sauberen Wohlanständigkeit tiefe menschliche Abgründe. Ist das hier genauso?

Ich radle noch ein bisschen herum und hole in Norddeich bei de Beer ein Fischbrötchen. Brathering mit viel Zwiebeln. Die junge Frau hinter der Theke starrt mich an und greift unwillkürlich zum Messer, als sie mich bedient. Dann, als wisse sie nicht, was sie mit dem Messer machen soll, dreht sie sich um, greift sich ein Brötchen und schneidet es geradezu demonstrativ auf. Sie verletzt sich dabei am Zeigefinger. Sie steckt sich den Finger in den Mund.

Ich zahle.

Werde ich zu unvorsichtig? Will ich gefasst werden?

Ich sitze am Hafen, mit Blick aufs Meer. Auf jeder Dalbe hockt eine Möwe und beäugt mich. Bereiten sie einen Angriff vor? Wollen sie sich mein Fischbrötchen holen? Ich werde euch keinen Krümel übrig lassen!

Erst jetzt merke ich, wie groß mein Hunger wirklich ist. Ich hätte mir gleich mehrere Fischbrötchen kaufen sollen. Das hier schmeckt köstlich. Ich schlinge es geradezu in mich hinein.

Die Fähre aus Juist nähert sich. Gleich sind mir zu viele Urlauber hier. Ich werde besser verschwinden.

Noch einmal halte ich sehr bewusst mein Gesicht in die Sonne, um das Prickeln auf der Haut zu spüren. Das Wasser im Hafenbecken hat eine metallische Ausdünstung, als hätte jemand Panzer zu Staub zermahlen und dann Salzwasser darübergeschüttet.

Liegt Ann Kathrin Klaasen schon tot in ihrer Wohnung? Ist doch in mir noch ein anderer, der handelt, ohne dass es in mein Bewusstsein dringt? Bin ich nur seinem Wunsch folgend hierhergekommen? Was will ich überhaupt hier? Cordula treffen? Das ist doch nur ein vorgeschobener Grund. Hat der Killer in mir, dieses rachewütige Monster, die Führung übernommen? Bin ich wirklich in Ann Kathrin Klaasens Haus eingedrungen, habe sie erstochen und anschließend einen Finkenwerder Herbstprinz vor der Kamera verspeist? Wird dieses Bild von mir bald schon durch alle Fernsehsender gejagt werden?

Es ist ein schreckliches Gefühl, wenn man im Leben erkennt, dass man den anderen nicht trauen kann. Die erste Erfahrung von Illoyalität, von Verrat, diese Vorahnung, der, den ich für meinen Freund hielt, ist nicht mein Freund, dieses Rendezvous mit der Realität – ja, das muss jeder Mensch erleben, und jeder wird auf seine Weise damit fertig. Doch das ist nichts gegen die Hölle, die sich in einem auftut, wenn man sich selbst nicht mehr trauen kann.

Mein Verstand versucht, die Wirklichkeit aus vielen Puzzlestückchen zusammenzusetzen. Ich brauche eine Sicherheit.

Habe ich Graff vielleicht doch getötet? Aber wie, verdammt, habe ich es dann geschafft, meine Exfrau Miriam in Franken zu erdolchen? Die bewussten Anteile in mir haben das durchaus geplant, aber ich kann mir auch da nicht selbst über den Weg trauen. Ich bin doch gar nicht in der Lage, Frauen etwas anzutun. Ich möchte es gerne, o ja. Ich wollte sie töten und meine Mutter. Aber ich habe da eine Sperre in mir, die mir das nicht erlaubt.

Habe ich in mir einen Frauenmörder? Abgespalten von allen anderen Teilen meiner Persönlichkeit? Einen, dem es bis jetzt gelungen ist, sich sehr gut zu verstecken? Hat der mit Graff nur geübt?

Wenn ich Ann Kathrin Klaasen wirklich getötet habe, wird es hier gleich von Polizisten nur so wimmeln und – das kann ich ihnen nicht verdenken –, sie werden eine hohe Bereitschaft haben, ihre Schusswaffen einzusetzen.

Ich fahre zum Utkiek. In dem kleinen Café auf dem Deich mit Blick aufs Meer bekomme ich einen Fensterplatz. Komischerweise ist es hier drin nicht voll. Bei der Hitze sind die Leute lieber draußen. Mir ist das gerade recht so.

Ich nehme einen Schwarztee und ein Stück Kuchen.

Ich hadere mit mir, ob ich zurückfahre in den Distelkamp und, Überwachungsanlage hin oder her, einfach bei Ann Kathrin Klaasen klingle, um mich zu vergewissern, dass sie noch lebt.

Mit dem Tablet, das neben der Limonade in der Satteltasche lag, gehe ich ins Internet und schaue mir die letzten Nachrichten an. Noch nichts über den Mord in Oldenburg.

Hannah Grün ist, wenn ich ihrem Mann Glauben schenken darf, bei ihrer Schwester in Lingen. Sie braucht erst mal Abstand zu ihrem Mann und wird den Scheidungsanwalt wahrscheinlich öfter sehen. Erwin muss also auf Christa, die Putzfrau, warten, mit der er vermutlich ein Verhältnis hatte. Sie wird ihn finden. Es sei denn, Patty, seine aktuelle Geliebte, hat inzwischen schon einen Schlüssel und kommt ihn besuchen.

Ich suche im Netz, ob ich etwas über den Aufenthaltsort von Ann Kathrin Klaasen herausbekomme. Ich gebe bei Google ihren Namen ein. Sie ist mit meinem sehr eng verknüpft. Wir scheinen zusammenzugehören wie ein altes Ehepaar. In fast jedem Artikel, der aufpoppt, ist von uns beiden die Rede.

Nikola Nording von der *Ostfriesen-Zeitung* zitiert Ann Kathrin Klaasen: »Tatsächlich haben manche Orte eine geradezu magische Anziehungskraft auf den Täter. In Sommerfeldts Fall haben wir es mit einem Menschen zu tun, der sich in dem Spannungsverhältnis zwischen Ostfriesland und Franken befindet. Hier der, der ich sein wollte, da der, der ich bin. Original und Fälschung. Es ist nicht auszuschließen, dass er nach Ostfriesland zurückkommt. Der Mord auf Borkum zeigt, dass wir hellwach sein müssen.«

Nikola Nording hakt nach: »Er hat immer die Nähe zu bestimmten Personen gesucht und die dann schließlich umgebracht.«

Ann Kathrin Klaasens Antwort beängstigt mich: »Ja, aber viele haben sich in seiner Nähe auch sehr wohl gefühlt. Er hat nicht alle Menschen umgebracht, die ihm nah waren. Viele seiner Patienten schwärmen noch heute von ihm. Wenn wir das Auswahlkriterium kennen, nach dem er seine Opfer aussucht, dann können wir ihm einen Schritt voraus sein.«

Ich denke an den letzten Satz aus der *Judenbuche* von Droste-Hülshoff: »Wenn du dich diesem Orte nahest, so wird es dir ergehen, wie du mir getan hast.«

Ist Ostfriesland für mich so ein Ort? Erliege ich seiner Magie?

Bin ich deswegen nach Norden gekommen? Noch immer weiß ich nicht, ob Ann Kathrin Klaasen lebt oder ob ich sie bereits getötet habe.

Ich gable den Käsekuchen in mich hinein, ohne ihn wirklich zu schmecken.

Auf franken.de finde ich einen Hinweis auf die Beerdigung meiner Exfrau Miriam. Ich stelle mir vor, wie es wäre, dabei zu sein. Vielleicht in der Verkleidung eines trauernden Verehrers oder, besser noch, eines Friedhofsgärtners, der fernab ein anderes Grab pflegt. Ich könnte der ganzen Saubande nah sein und sie dann einen nach dem anderen …

In dem Moment breitet sich ein Wissen in mir aus. Es kommt aus meinen Gedärmen wie die Information, dringend zur Toilette zu müssen. Die Nachricht breitet sich als flackerndes Licht in mir aus. Wenn es so etwas wie Körperwissen gibt, dann kriege ich jetzt Kontakt dazu. Ich schaue aufs Meer und presse die Lippen fest zusammen. Ja, verdammt, das ist es. Dort werden sie alle sein. Auch Cordula. Das lässt sie sich nicht entgehen.

Laufen die herunterhängenden Fäden meines sich auflösenden Lebens dort noch einmal zusammen? Während der Sarg meiner Exfrau in der Erde versenkt wird …

Hier steht, dass die Leiche für die Beerdigung freigegeben wurde, um den Angehörigen die Gelegenheit zu geben, in Würde Abschied zu nehmen. Auf Wunsch der Angehörigen soll die Trauerfeier auf dem Bamberger Hauptfriedhof in aller Stille stattfinden, so hat ihr Ehemann, Moritz von Rosenberg, bekanntgegeben.

Das glaube ich dir, du falscher Hund. Natürlich willst du kein Publikum dabeihaben. Aber genau dafür werde ich sorgen. Das wird meine große Chance. Ich werde im Internet zur Beerdigung einladen.

Sommerfeldt bekommt Oberhand und lacht: *Daraus machen wir eine richtig große Party.*

Ich weiß noch nicht genau, wie, aber wenn ich es hinkriege, dass dieser Friedhof von Menschen nur so geflutet wird, dann kann auch ich unerkannt dabei sein. Ihr wisst nicht, mit wem ihr es zu tun habt …

Das fühlt sich gut an. Ich habe einen Plan. Ich kann wieder agieren. Ich werde Cordula treffen. Keine Ahnung, was dann aus uns wird. Ich gestehe mir zu, dass ich nicht alles unter Kontrolle habe. Aber so ein Leben stelle ich mir auch langweilig vor.

Meine Mutter ist so ein Kontrollfreak. Ihr macht alles Angst, was sie nicht beherrschen kann. Situationen. Menschen. Sie hat Flugangst, weil sie die Maschine nicht selbst fliegen kann und keinen Einfluss auf die Auswahl der Piloten hat. Sie fürchtet sich im Restaurant, man könne ihr ins Essen spucken oder irgendetwas beimischen, wovon sie nichts weiß. Am liebsten würde sie hinter dem Koch stehen und ihm bei jedem Schritt über die Schulter schauen.

Nein, etwas selbst zu machen ist nicht so sehr ihr Ding. Aber kontrollieren und beherrschen. Sommerfeldt ist da ganz anders. Der lässt die Würfel rollen und reagiert spontan auf jede Situation. Der will etwas erleben, um sich zu spüren. Meine Mutter dagegen hat Angst, etwas zu fühlen, deswegen versucht sie, alles um sich herum auszuschalten, was Emotionen wecken könnte. Sex sowieso. Aber selbst ein liebevolles Umarmen bereitet ihr Widerwillen. Ich habe das als Kind immer gespürt. Sie hat mich angefasst, wie man einen verdreckten Lappen berührt – mit spitzen Fingern, aus Angst, sich schmutzig zu machen. Sie hat nichts dem Zufall überlassen. Sie hasst den Zufall. Sie hat auch meinen Niedergang sorgsam geplant.

Mein Gott, wie sehr ich sie hasse! Ja, ich kann es mir zugestehen. Es tut gut. Ich sage es gegen die Scheibe und starre dabei aufs Meer. »Ich hasse meine Mutter.«

Vielleicht ist dies eines der größten Tabus der Gesellschaft. Das vierte Gebot: »Du sollst Vater und Mutter ehren, auf dass es dir wohl ergehe und du lange lebst auf Erden.«

Komischerweise reizt es mich gar nicht, zu Beate zu fahren. Nein, das würde doch nur weh tun. Soll ich sie mir angucken, wie sie mit ihrem Neuen einen auf glückliche Familie macht? Noch vor kurzem war ich bereit, für ihr Glück zu töten, habe gelitten wie ein waidwundes Tier, weil sie sich von einem anderen beflirten ließ. Jetzt ist es anders. Als ich sie mit diesem Lars sah, war es, als würde ein Loch in mein Herz gerissen. Ich fühlte mich kraftlos, als sei ich kurz davor, an Schwäche zu sterben.

Wie schnell sich Dinge verändern … Sie spielt keine Rolle mehr für mich. Nein, ich werde nicht ihre Nähe suchen, nicht in den Rosenweg fahren. Ich habe auch nicht vor, mir meine alte Praxis an der Norddeicher Straße anzugucken. Ein Ort, an dem ich wirklich glücklich war. Ja, Ann Kathrin, du hast recht. Orte haben eine Magie. Norden und Norddeich, ganz Ostfriesland wird immer für mich von tiefer Bedeutung sein. Hier habe ich mein Glück gefunden, hier konnte ich der sein, der ich immer werden wollte. Ein guter Hausarzt und ein anerkanntes Mitglied der Gesellschaft.

Ich bin so sehr in Gedanken, dass ich beim Versuch, meinen Tee und meinen Kuchen zu bezahlen, beinahe Diamanten auf den Tisch gelegt hätte. Ich verlasse das Utkiek und weiß sofort, dass etwas nicht stimmt. Da unten, auf dem asphaltierten Weg zwischen Strandkörben und Deich, stehen Autos, die da nicht hingehören. Wer dort parkt, behindert im Notfall Feuerwehr- oder Rettungswagen. Das geht gar nicht. Da greift normalerweise sofort die Security ein. Um dorthin zu fahren, muss man einen Schlüssel für die rotweiße Schranke haben.

Auf der dem Meer abgewandten Seite des Deiches sehe ich eine Gruppe sehr sportlicher junger Männer auf Fahrrädern. Sie machen einen testosterongeschwängerten, nervösen Eindruck. Eine Radsportgruppe sieht anders aus. Die da wirken, als hätten sie gerade noch in ihren Anzügen im Büro gesessen. Weiße oder blaue Hemden mit gestärkten Kragen, Jacketts von der Stange, salopp aussehend, aber fast alle eine Nummer zu groß. Keiner trägt Turnschuhe, alle haben schwarze oder braune Lederschuhe an.

Nee, ihr seid nicht echt.

Ich muss hier weg, weg, weg!

Ich habe das Gefühl, dass Scharfschützen auf mich zielen. Sie sitzen auf dem Haus des Gastes. War das der Schatten eines Raben oder ein Kopf mit schwarzer Sturmhaube?

Möwenschreie verfolgen mich, als ich auf mein Rad steige und versuche, in Richtung Hafen zu entkommen. Die Touristen, die die Fähre mitgebracht hat, stehen mit ihren Koffern in Norddeich Mole am Bahnhof. Zwischen vielen Menschen zu verschwinden erscheint mir im Moment am klügsten. Niemand würde riskieren, hier auf mich zu schießen.

Die Jungs mit den Lederschuhen radeln hinter mir her, halten aber gut hundert Meter Abstand. Dann erkenne ich einen von ihnen. Es ist Hauptkommissar Frank Weller, Ann Kathrin Klaasens Ehemann. Also doch!

Etwas Wunderbares geschieht. Plötzlich geht es mir gut. Nein, ich erlebe keine Panik. Es ist, als würde die Gefahr mich zu mir selbst bringen. Ich wette, mein Puls ist jetzt nicht schneller, sondern sogar langsamer geworden. Irgendeine paradoxe psychosomatische Reaktion.

Wer hat mich verraten? Die Verkäuferin bei de Beer? Hat sie die Polizei verständigt? Oder die Bedienung im Utkiek? Nein, so schnell hättet ihr nicht so viele Leute hier.

Bin ich vielleicht gar vor Ann Kathrin Klaasens Haus in die Kameras gelaufen? Wurde ein Bild von mir direkt in die Polizeiinspektion übertragen? Dann müsste sie auch hier sein. Oder hat man ihre Leiche bereits in der Wohnung gefunden? Ich hoffe nicht. Ich würde mich gern mit ihr unterhalten. Wenn sie mich fassen, würde ich lieber von ihr verhört werden als von irgendwem. Sofern sie mich lebendig kriegen. Ich bin mir aber nicht sicher, ob sie das überhaupt vorhaben. Wahrscheinlich warten ein paar Helden darauf, abends ihrer Freundin erzählen zu können, sie hätten mich niedergestreckt. In Notwehr, versteht sich.

Ich dränge mich mit dem Rad zwischen die Touristen. Neben mir sagt ein Mann, das sei der schönste Urlaub seines Lebens gewesen, und seine Frau pflichtet ihm bei: »Bei so einer Hitze ist eine Insel einfach der beste Ort. Ein Glück, dass wir nicht in den Süden gefahren sind.«

Ich verstehe nicht genau, wo sie sonst immer Urlaub machen, aber er behauptet, dort seien es vierzig Grad gewesen.

Ein heulendes Kind sucht seine Mutter. Das Mädchen ist höchstens sechs Jahre alt. Das Kind gibt mir eine gute Gelegenheit, mich nützlich zu machen und Anerkennung bei den Umherstehenden zu finden.

»Wie heißt du denn?«, frage ich.

»Julia«, schluchzt die Kleine.

»Und wie heißt deine Mama?«

»Sarah Dittmann.«

»Keine Angst«, sage ich, »ich helfe dir. Ich bin Arzt.«

Sie ist zwar nicht krank, aber vertraut mir sofort. Bei vielen Menschen funktioniert das. Wenn sich jemand als Arzt vorstellt, bekommt er, ganz im Gegensatz zu Bankern oder Finanzberatern, einen enormen Vertrauensvorschuss. Das war schließlich der Grund, warum ich mich in Norddeich so lange halten konnte.

Ich rufe laut: »Frau Dittmann? Hier ist Ihre Tochter! Hallo, Frau Dittmann?!«

Ich springe hoch, als würde ich sie in der Masse suchen. In Wirklichkeit will ich herausfinden, wo meine Verfolger sind.

Keine fünfzig Meter von mir entfernt erkenne ich Frank Weller. Er hat diesen wild entschlossenen Blick, als sei er bereit, für das, was er tut, zu sterben. Ich finde das reichlich übertrieben, denn ich glaube, im entscheidenden Moment würde er kneifen. Oder täusche ich mich in ihm? Würde er sich wirklich in einen Kampf auf Leben und Tod begeben, nur um mich ausliefern zu können?

Die Touristen drängen in den Zug. Streit um Platzkarten flammt auf. Die Bundesbahn hat leider zwei Waggons weniger angehängt als versprochen. Die reservierten Plätze sind in den fehlenden Waggons.

Super. Genau so hatte ich mir das vorgestellt. Je mehr Chaos, umso besser.

Es werden gar nicht alle Leute mitkommen, denke ich, während mich jemand anrempelt. Ein Mann hat einen schweren Rucksack auf dem Rücken und ist es nicht gewohnt, damit umzugehen. Bei jeder Drehung, die er macht, stößt er unabsichtlich Leute an. Außerdem hat er noch zwei Koffer bei sich. Einer auf quietschenden Rollen, den anderen muss er tragen, weil ein Rad abgebrochen ist. Er wirkt viel mehr wie jemand, der auf der Flucht ist, als ich.

Mein Rad kann ich nicht mit in den Zug nehmen. Ich halte es aber noch fest. Ich könnte im letzten Moment wieder aus dem

Zug herausspringen, mein Fahrrad ergreifen und so flüchten. Wenn dann die meisten Polizisten bereits drinsitzen, bin ich sie los. Allerdings sind hier nicht nur die Jungs mit den Fahrrädern unterwegs. Außer der Weller-Truppe gibt es garantiert noch ein mobiles Einsatzkommando, das mit Autos und Scharfschützen gerade den Bahnhof abriegelt.

Nein, ich muss rein in den Zug.

Frau Dittmann ist bereits im Abteil. Sie klopft gegen die Scheibe, winkt. Die kleine Julia ruft: »Da ist meine Mama! Meine Mama! Ich will auch mit!«

Ich hebe Julia hoch und lasse mein Fahrrad einfach fallen. Mit der Kleinen auf dem Arm dränge ich in den Wagen Nummer zwölf. »Bitte lassen Sie uns durch. Unsere Mama sitzt schon im Zug!«

Wir kommen in den Eingangsbereich, dann geht es aber nicht mehr vor und nicht mehr zurück. Außerdem ist es stickig warm. Der schöne Urlaub ist hier für die meisten beendet. Mist für alle anderen, Glück für mich. Hätte die Bahn genügend Abteile bereitgestellt, würde Weller mir vermutlich inzwischen seine Dienstwaffe an die Stirn drücken. Aber so kämpft er noch darum, überhaupt in den Zug zu kommen.

Solange ich das Kind auf dem Arm habe, wird mir niemand etwas tun. Ich habe das Vertrauen der Kleinen im Sturm erobert. Sie umarmt mich und drückt sich fest gegen meinen Hals.

»Wir können jetzt nicht durch zu deiner Mama«, sage ich, »die ist da hinten. Aber du musst dir keine Sorgen machen, das bleibt nicht die ganze Zeit so voll. In Emden steigen die Ersten aus, und ab Oldenburg haben wir sogar wieder Sitzplätze.«

Die Kleine drückt ihr Gesicht an meine rechte Wange.

Der Zugführer macht eine Durchsage. Er könne die Türen nicht schließen. Er bittet die Leute, Ruhe zu bewahren. Sie sollen von den Türen zurücktreten, damit der Zug abfahren kann. Es würden Ersatzbusse eingesetzt, die bereits unterwegs seien.

Die Menschen reagieren mit Hohngelächter und Beschimpfungen. Die Durchsage führt eher dazu, dass noch mehr versuchen, sich in den Zug zu drängen. Eine Dame mit Ruhrgebietsakzent schimpft laut, einen Fuß auf der Bahnsteigkante, einen bereits im Zug: »Watt soll dat alles? Ich hab dafür bezahlt! Ich will auch mit!«

»Wenn die Bundesbahn es zahlt, bleibe ich gerne noch eine Woche!«, ruft ein Rentner mit Schalke-T-Shirt und erntet dafür Applaus.

Julia atmet heftig in mein Ohr. Ich glaube, die vielen Menschen machen ihr Angst. Ich stehe mit dem Rücken an der Toilettentür. Einen Moment lang überlege ich, ob ich einfach mit ihr da hineinflüchten soll, aber der Gedanke, mit einem kleinen Mädchen auf der Toilette zu verschwinden, erscheint mir merkwürdig falsch. So etwas gehört sich einfach nicht, denke ich, obwohl es für das Kind bestimmt besser wäre. Nirgendwo ist mehr Platz als dort. Gleichzeitig scheue ich davor zurück, sie einfach herunterzulassen und alleine die Toilette aufzusuchen. Es käme mir fast vor wie Kindesmisshandlung. Ich muss auf sie aufpassen, dafür sorgen, dass ihr nichts passiert.

Eine Stimme in mir schimpft: *Entscheide dich für dich selbst, Mensch! Du kannst jetzt hier nicht den Kindergärtner spielen. Du hast andere Sorgen!*

Frank Weller sehe ich nicht mehr. Ich vermute, er ist in den Wagen Nummer elf eingestiegen, aber einer seiner Radsportgruppe, ein Mann um die dreißig, mit Bürstenhaarschnitt, ist nur eine Armlänge von mir entfernt. Er drängelt sich weiter zu mir durch.

»Ich würde Ihnen ja gerne Platz machen«, sagt eine braungebrannte Dame mit Windfrisur, »aber ich kann mich schlecht in Luft auflösen.«

Nach einer weiteren Durchsage schließen sich tatsächlich die Türen. Der Zug ruckelt und fährt an.

Der Bürstenhaarschnitt ist jetzt bei mir.

»Ich will zu meiner Mama«, fordert Julia. Dafür habe ich echt Verständnis.

Der Mann fixiert mich, als könne es ihm gelingen, mich mit Blicken niederzuringen. Ich rechne damit, dass er jeden Moment ruft: »Dies ist eine polizeiliche Maßnahme! Bitte, zieh doch jemand die Notbremse! Der Herr hier ist ein gesuchter Serienkiller!« Aber all das tut er nicht. Er sucht einfach nur meine Nähe. Wir berühren uns jetzt schon körperlich.

Ich weiß einiges über Polizeieinsätze. Es gibt spezielle Leute in einer Eingreiftruppe, Fänger genannt, die nähern sich einer Person, die verhaftet werden soll, zum Beispiel als eisschleckende Touristen. Einer verliert dann sein Eis, um die Zielperson zu verwirren. Oder ein Fänger bittet um Feuer. Wenn der Gejagte einen Moment abgelenkt ist, klickt die stählerne Acht um seine Handgelenke. So ersparen sie sich manches Handgemenge und manche gefährliche Situation.

Die Zielperson soll nicht ahnen, dass es sich um einen Zugriff handelt, bevor er erfolgt. Sie setzen auf den Überrumpelungseffekt.

Ich vermute, der Typ gehört zu denen, die sich nicht groß vorstellen, sondern auf eine günstige Gelegenheit warten und dann zupacken.

Steht ein Fänger ganz nah bei mir?

Ich flüstere Julia zu: »Ich muss mal.«

Sie biegt ihren Rücken nach hinten und wischt sich eine Träne aus dem Gesicht. Wie sehr dieses Kind darauf vertraut, dass ich sie halte. Sie selbst sichert sich nicht mehr im Geringsten ab. Wenn ich sie losließe, würde sie haltlos zu Boden krachen. Sie muss eine gute Mutter haben, sonst hätte sie nicht so ein Urvertrauen in die Welt.

Ich versuche, mich mit einer schnellen Aktion zu befreien. Ich drücke sie einfach gegen meinen Verfolger und sage dem Bürstenhaarschnitt: »Halten Sie sie mal, mein Freund!«

Dann lasse ich los. Julia klammert sich um seinen Hals. Er steht verdattert da. Mit beiden Händen hält er das Kind. Die Überraschung ist auf meiner Seite.

Ich öffne die Toilettentür und knalle sie auch gleich hinter mir wieder zu. Ich verriegle die Tür. Das Fenster hier lässt sich nicht ganz öffnen, nur eine kleine Klappe oben, aber ich könnte es einschlagen und dann herausspringen.

Mir bleibt nicht viel Zeit. In Norden wird der Zug schon wieder anhalten, und dort könnte ein Einsatzkommando ihn stoppen.

Jemand klopft gegen die Tür. Ist mein Verfolger wirklich so dämlich, dass er glaubt, ich würde öffnen?

»Dies ist eine Toilette. Raten Sie mal, was ich hier mache!«, brülle ich.

Dann reiße ich die Toilettentür auf. Der Bürstenkopf steht mit dem Kind auf dem Arm vor mir. Er lässt Julia herunter. Netterweise macht er es mit beiden Händen, damit sie nicht auf den Boden knallt, denn sie hält sich mal wieder selbst überhaupt nicht fest, sondern vertraut sich den Erwachsenen an.

Danke, Julia. Du bist ein tolles Mädchen, denke ich und verpasse dem Fänger einen Schlag gegen die untere linke Rippe. Ihm bleibt sofort die Luft weg. Er beugt sich vor. Ich ziehe ihn zu mir in die Toilette und schließe die Tür wieder.

Julia steht vor der Tür. Ich glaube kaum, dass sie in dem Gerangel mitgekriegt hat, was geschehen ist.

Schon hat der Bürstenhaarschnitt einen zweiten Schlag von mir eingesteckt, diesmal in die Magengrube. Er liegt über der Kloschüssel. Ich könnte ihm mühelos den Hals durchschneiden oder ihm von hinten ins Herz stechen. Aber warum sollte ich?

Ich verpasse ihm noch einen Handkantenschlag in den Nacken. Er knallt mit dem Kopf auf den Klodeckel. Ich denke, er hat genug.

Ich öffne die Tür wieder. »Dem Herrn ist schlecht geworden«, sage ich, greife zur Notbremse und ziehe sie.

Zunächst ist es, als würde überhaupt nichts geschehen, aber dann, mit der Verzögerung von ein, zwei Sekunden, bin ich von einem Riesentumult umgeben. Die Menschen werden durcheinandergeworfen, ganze Gruppen fallen hin. Das Quietschen der Bremsen wird vom Kreischen der Menschen übertönt.

Plötzlich habe ich auch Platz um mich herum, denn keiner steht mehr aufrecht. Schon bin ich bei der Tür und versuche, sie aufzustoßen. Das ist gar nicht so einfach, wie ich es mir vorgestellt habe. Sollte nicht, wenn jemand die Notbremse zieht, sich die Tür öffnen lassen? Wie soll man sonst rauskommen?

Ich muss all meine körperliche Kraft aufwenden, gegen irgendeinen hydraulischen Widerstand kämpfen, bis sich die Tür schließlich zunächst nur zentimeterweise, dann aber ruckartig öffnet.

Julia klammert sich an mein Bein. Ich löse ihre Hände und springe raus. Schon stehe ich auf der Wiese.

»Nimm mich mit!«, ruft Julia. Das will ich natürlich nicht. Ich drehe mich aber noch einmal zu ihr um und winke ihr. Das Kind hopst tatsächlich zwischen den umgefallenen, schimpfenden, verwirrten und verletzten Erwachsenen herum und winkt mir. Welch ein Bild!

Nicht weit sind ein paar Häuser. Ich renne darauf zu.

Hinter mir ertönt eine Stimme: »Stehen bleiben! Polizei! Dr. Sommerfeldt! Bleiben Sie stehen, oder ich schieße!«

Ich drehe mich um. Keine fünfzig Meter hinter mir steht Frank Weller breitbeinig im hohen Gras. Er hält seine Heckler & Koch mit beiden Händen, die Arme ausgestreckt. Kein Zweifel, er zielt auf mich.

Ich hebe die Arme. Auf einen Mann mit erhobenen Händen wird er nicht schießen, hoffe ich.

Er hat einen Knopf im Ohr und vermutlich ein Mikro am Hemd. Das kann ich zwar nicht sehen, aber er quatscht die ganze Zeit mit irgendwem, und ich glaube kaum, dass er Selbstgespräche führt.

Sobald meine Hände zum Himmel zeigen, verlässt die Spannkraft seinen Körper. Er senkt die Arme ein bisschen. Ein Schuss würde mich jetzt kaum noch treffen, sondern die Kugel würde vor mir in der Wiese landen.

Ich will ihn noch weiter verunsichern. Natürlich hat auch er Teile meiner Geschichte in den Illustrierten gelesen.

»Ich bin unschuldig, Herr Weller, das wissen Sie genau! Ich habe nur einen Roman geschrieben, nichts weiter. Sie werden doch keinen unbewaffneten Unschuldigen abknallen!?«

Er schaut belämmert drein, so als könne er die Frage im Moment nicht beantworten und müsse erst Rücksprache nehmen.

Ich drehe ihm den Rücken zu und renne weiter.

»Stehen bleiben, oder ich schieße!« Er flucht ein paarmal, dann feuert er tatsächlich einmal in die Luft.

Inzwischen habe ich mehr Abstand gewonnen. Weller dürfte jetzt vermutlich auf meine Beine schießen, um mich zu stoppen, aber er tut es nicht.

Ich schlage Haken wie ein Hase, springe über einen Stacheldrahtzaun und einen ausgetrockneten Graben. Ich laufe jetzt neben einer Hecke her.

Weller verfolgt mich weiter zu Fuß.

Ich springe in die Hecke hinein. Es sind Hagebutten- und Sanddornsträucher. Das stachelige Zeug hat Dornen, reißt meine Kleidung auf und meine Haut. So komme ich nicht gut vorwärts, aber jetzt sieht er mich nicht. Ich bin vollständig aus seiner Schusslinie. Er muss schon selbst durch das Gestrüpp durch.

Von hier aus sind es knapp hundert Meter bis zu den ersten Gärten. Auch die umgeben von mannshohen, akkurat geschnittenen Zypressenhecken. Erneut werfe ich mich durch eine Hecke. Diesmal federe ich zunächst zurück. Das Zeug ist unglaublich dicht. Mit einem zweiten Anlauf springe ich rückwärts, den Hintern voran, hindurch. Ich bleibe erst mal drin hängen, verliere sogar einen Schuh. Scheißegal, muss ich eben barfuß weiter.

Ich lande auf dem Rücken. Ich habe einen jungen Mann aufgeschreckt, der mit einer Limonade im Schatten sitzt und in einer Illustrierten blättert. Sie fällt auf den Boden. Der Wind spielt mit den Seiten. Himmel, es ist genau das Blatt mit meiner Geschichte!

Auf der anderen Seite der Hecke ruft Frank Weller: »Machen Sie keinen Scheiß, Sommerfeldt! Wenn Sie unschuldig sind, haben Sie nichts zu befürchten. Es war auch eine ziemlich blöde Idee von Ihnen, einen Roman zu veröffentlichen, der sich wie ein Geständnis liest, das müssen Sie doch zugeben! Wenn Sie sich jetzt freiwillig stellen, wird das für Sie sprechen.«

Ich weiß nicht, warum, doch der junge Mann zeigt mir eine Tür und deutet an, ich solle in der Küche verschwinden. Ich folge seinem Tipp augenblicklich. Auf dem Tisch in der Küche steht eine große Karaffe, darin selbstgemachte Limonade mit vielen Eiswürfeln und Minzeblättern. Gierig nehme ich einen tiefen Schluck.

Hier im Haus gibt es viele verschiedene Verstecke. Wenn Weller allein ins Haus kommt, könnte ich ihn erledigen und dann abhauen, bevor das Sondereinsatzkommando eintrifft. Vielleicht kann ich mir hier ein Fahrzeug besorgen.

Gedanken jagen schnell durch mein Gehirn. Ich frage mich auch, warum der junge Mann mit dem Finger gleich auf die offene Küche gezeigt hat.

Ich verstecke mich in der Besenkammer. Es gibt ein kleines Fenster mit Fliegengitter. Ich kann durch einen Spalt nach draußen schielen.

Ich sehe, wie Frank Weller den Garten betritt. Er hat seine Heckler & Koch immer noch in der Hand, hält sie aber auf den Boden gerichtet.

Er fragt den jungen Mann: »Wo ist er?«

Der zeigt in die Richtung der anderen Häuser. »Er ist nach da abgehauen. Ist das wirklich Dr. Sommerfeldt?«

Weller nickt und läuft in die Richtung, die der junge Mann ihm gewiesen hat.

Ich verharre ein paar Sekunden ganz still. Was läuft hier eigentlich?, frage ich mich.

Er kommt in die Küche. »Herr Sommerfeldt? Herr Sommerfeldt?«, ruft er.

Ich öffne die Tür der Besenkammer und staune ihn an. Er grinst und zeigt auf die Karaffe. Er sieht wohl, dass ich daraus getrunken habe, weil ich ein bisschen verschüttet habe. »Wir haben auch frischen Pflaumenkuchen«, sagt er. »Hat meine Mutter gemacht. Von unseren eigenen Pflaumen. Ziemlich klasse, wenn Sie mich fragen. Nicht so süß, sondern ganz saftig.«

Da ich weiß, dass junge Leute darauf stehen, sieze ich ihn. »Warum helfen Sie mir?«, frage ich.

»Erinnern Sie sich nicht mehr an mich?«, will er wissen. »Remko. Remko Oltmans.«

»Doch«, lüge ich, »natürlich.«

Er durchschaut meine Lüge und grinst. »Ich war bei Ihnen mit diesen undefinierbaren Kopfschmerzen …«

Jetzt fällt bei mir der Groschen. »Ach, natürlich«, sage ich, »der Junge, der Angst vor der Mathearbeit hatte.«

»Genau. Sie haben mich gerettet.«

»Nein, ich habe Sie nicht gerettet. Ich habe Sie krankgeschrieben. Haben Sie Ihr Abitur noch gekriegt?«

»Na klar. Ich brauchte nur ein bisschen Zeit, um den versäumten Stoff nachzuholen.«

Ich zeige mit dem Finger auf ihn. »Ich weiß es noch. Es war Liebeskummer.«

Er nickt. »Ja, die blöde Tussi hat ein übles Spiel mit mir gespielt. Aber im Nachhinein war es ein Glück für mich. Ich habe nämlich eine super neue Freundin gefunden.«

Er kramt in seiner Tasche und will mir ein Foto von ihr zeigen. Ich erinnere ihn daran, dass ich ein bisschen in Eile bin und für Kuchen und Fotos eigentlich keine Zeit habe.

Remko lächelt. »Ich revanchiere mich gerne bei Ihnen, Herr Dr. Sommerfeldt. Sie haben damals etwas für mich getan, das nicht ganz legal war. Sie wussten doch, dass meine Kopfschmerzen erfunden waren.«

»Nun, nennen wir es psychosomatisch«, biete ich diplomatisch an.

Er öffnet den Kühlschrank und holt den Pflaumenkuchen raus. Es gibt sogar Schlagsahne dazu, aber ich lehne gestisch dankend ab.

»Ich muss wirklich, bevor hier ein Sondereinsatzkommando alles durchkämmt. Der Kommissar wird sich nicht lange täuschen lassen.«

»Können Sie Motorrad fahren?«

»Ja. Warum?«

»Ich würde Ihnen meine Kawasaki leihen, und ich glaube, Sie könnten auch ein paar Schuhe gebrauchen.« Er deutet auf meinen rechten Fuß.

Seine Motorradkleidung ist mir ein bisschen eng, aber eine ideale Verkleidung. Der Helm passt einigermaßen.

Remko bringt mich zur Maschine.

»Das ist hochanständig von Ihnen«, sage ich. »Sie haben eigentlich keinen Grund, mir zu helfen.«

»Hatten Sie damals auch nicht«, lächelt er.

Ich steige auf die Maschine. Er klopft mir auf die Schulter. »Ich werde einen Zettel hinlegen, dass ich mit meiner Kawa los bin. Vielleicht täuscht sie das eine Weile, und niemand nimmt die Verfolgung auf. Ich geh derweil 'ne Runde spazieren.«

Wie sehr habe ich immer darum gerungen, gemocht zu werden. Besonders nach der Flucht aus Bamberg war das sicherlich das Wichtigste, das ich mitgenommen hab.

Ich hatte Remko Oltmans krankgeschrieben, damit er mich für einen coolen Doktor hält. Ja, um von ihm gemocht zu werden. Diese Sucht nach Anerkennung hat mich gejagt wie ein Fuchs ein Kaninchen. Jetzt zahlt sich das irgendwie sogar für mich aus. Viel mehr Menschen, als ich dachte, halten tatsächlich zu mir. Oder will der Junge nur ein Stückchen von meinem Abenteuer abbekommen? Ist es das? Die Geschichte »Ich habe dem berühmten Serienkiller zur Flucht verholfen, weil ich ihn für unschuldig hielt« ist doch viel schöner, als sich damit zu brüsten, ihn ans Messer geliefert zu haben.

»Alle mögen den Verrat, aber niemand den Verräter«, sagte Gaius Julius Cäsar.

Sie werden einen Ring legen, um mich zu fassen. Vielleicht dreißig oder vierzig Kilometer um den Punkt herum, an dem sie mich zuletzt erwischt haben.

Ich gewinne mit dem Motorrad Land. Vielleicht bin ich aus ihrem Ring raus, bevor sie ihn schließen können.

Ein Polizeiwagen mit Blaulicht kommt mir entgegen. Sie fahren in die entgegengesetzte Richtung an mir vorbei.

Klasse! Noch wissen sie nicht, dass ich in einer Motorradkluft stecke. Wenn sie das Haus der Oltmans durchsuchen, werden sie höchstens einen Zettel von Remko finden, dass er mit dem Motorrad unterwegs ist. So kann ich noch mal ein bisschen Zeit gewinnen. Wenn sie den guten Jungen irgendwo aufgreifen, wird er ihren Fragen sicherlich nicht lange standhalten. Eine Abiturprüfung ist eins. Eine Zeugenbefragung bei der Kripo etwas anderes. Und die Jungs sind verdammt nervös.

Ich frage mich, ob Weller mir wirklich in den Rücken geschossen hätte. Eine Stelle zwischen meinen Schulterblättern beginnt zu jucken. Dann brennt es, wie von einem Wespenstich.

Ich schaffe es mit der Kawasaki bis Emden. Dort biege ich auf die Autobahn ab. Da wir uns noch in der Ferienzeit befinden, hat natürlich ein Spaßvogel zwischen Emden und Leer die linke Seite der Fahrbahn wegen Bauarbeiten komplett gesperrt, so dass Lkws sich mit den Urlauber-Pkws eine Spur teilen müssen. Auf den Hinweisschildern steht achtzig, aber schneller als fünfzig, sechzig kommt hier niemand vorwärts, und das auch nur mit ganz viel Glück. In dem Fall ist mein Motorrad natürlich überlegen. Ich ziehe mal links, mal rechts an den Schlangen vorbei.

Ich bin fast ein bisschen enttäuscht. Diesmal setzen sie keine

Hubschrauber ein, zumindest nicht hier im Raum Leer. Vermuten sie mich woanders?

Das kurze Gespräch mit Remko Oltmans hat mir unglaublich gutgetan. Ich brauche das, den Austausch mit Menschen. Ja, ich will Cordula treffen, und ich weiß, wo ich sie finden werde … bei der Beerdigung meiner Exfrau. Wird es dort vor Polizisten nur so wimmeln, oder gehen sie davon aus, dass ich nicht so dumm bin, mich dort blicken zu lassen?

37

Ich komme ungehindert bis zum Rasthof Ems-Vechte durch. Als gejagter Verbrecher braucht man eine gute Blase. Meine droht fast zu platzen.

Ich stelle das Motorrad neben drei anderen ab und bewege mich auf die Toiletten und den Imbiss zu.

In das triumphale Gefühl, der Polizei entwischt zu sein, schleicht sich ein Verdacht: Haben sie mich entkommen lassen?

War Remko Oltmans von der Polizei gebrieft?

Ist dieser dicke Motorradanzug verkabelt?

Sende ich von hier aus GPS-Signale, so dass sie immer wissen, wo ich bin?

Wollen sie, dass ich sie zu Cordula führe?

Ist das ihr eigentlicher Plan?

Werde ich hereingelegt? So, wie meine Mutter mir die Tasche voller Geld hinterhergeworfen hat und doch nur wollte, dass ich den darin versteckten Sender mitnehme …

Klebt an diesen Motorradklamotten und am Vollhelm irgendein technischer Scheiß, der ständig meinen Standort sendet? Ist es wie mit dem Handy, das Sabine Hiller mir in der JVA Meppen gegeben hat, damit sie meine Gespräche besser abhören können?

Da ist eine Stimme in mir. Die Stimme der Vernunft? Dr. Bernhard Sommerfeldt?

Sie sagt: *Ruhig Blut. Sie konnten nicht wissen, wann du die Notbremse ziehst. Sie konnten Remko Oltmans gar nicht briefen und ihm präparierte Motorradklamotten hinlegen. Du hast ihn zufällig ausgewählt.*

Zufall? Gibt es das?

Ann Kathrin Klaasen, die Frau, die mich jagt, verneint solche Ideen.

Ich zahle siebzig Cent und erleichtere mich auf der Toilette. Ich bekomme einen Wertgutschein über fünfzig Cent. Ich leiste mir einen Kaffee im Stehen und ein Sandwich. Es sieht aus wie Wellpappe, schmeckt aber nicht so. Ich nehme noch einen Schokoriegel mit. Ich brauche Energie. Insgeheim verfluche ich mich, weil ich bei dem Pflaumenkuchen nicht zugegriffen habe. Es wird Zeit, mal wieder einen Gourmettempel zu besuchen.

Als ich zu meiner Kawasaki zurückkomme, höre ich das einladende Lachen der Biker, neben deren Maschinen ich meine geparkt habe. Der älteste von ihnen ist knapp sechzig, schätze ich. Die beiden anderen um die fünfzig. Sie wollen nach Italien, wie sie mir gleich bereitwillig erzählen, und laden mich ein, mitzufahren.

»Einmal den ganzen Scheiß hinter sich lassen. Nicht über Umsatz nachdenken, Bedarfspläne oder Steuervorauszahlungen, sondern immer der Nase nach, auf dem Motorrad Richtung Süden.«

Davon hätten sie ewig geträumt und dann doch nur Karrieren gemacht, ohne diese Träume zu verwirklichen.

Der Älteste von ihnen, mit dickem Rauschebart, grinst. »Für mich ist Feierabend.«

»Vorzeitig in Rente?«, frage ich.

»Ich hab den ganzen Laden verkauft«, lacht er. »Ist alles mit dem Notar klipp und klar geregelt. Erst wollten sie mich noch als

Berater in der Firma haben, aber dann habe ich gedacht, nee, Leute, jetzt lebe ich nur noch.«

Er bricht in homerisches Gelächter aus. Es ist irgendwie ansteckend. Ich beneide den Mann um seine fröhliche Ausgelassenheit. Ich hoffe, dass er noch ein paar Jahre hat, um seine Freiheit zu genießen.

»Meine Frau«, sagt er, »hat mich vor ein paar Jahren verlassen, für einen, der mehr Zeit für sie hatte als ich. Im Grunde kann ich sie verstehen. Na, ist ja auch egal.« Er winkt ab. »Wenn es mir irgendwo gefällt, bleibe ich da, oder ich fahre einfach weiter. Mein Sohn ist genauso ein Idiot wie ich. Arbeitet nur.«

Jetzt erst stellen sie sich nacheinander vor. Atze, Tarzan, und der Harleyfahrer, der seine Firma verkauft hat, nennt sich Luntrus. Das steht auch auf seinem Rücken.

»Wenn ihr wüsstet, wie ich euch beneide«, sage ich. »Ein paar Kumpels, unterwegs auf der Suche nach einem Abenteuer.«

Atze schüttelt den Kopf, dass seine Locken nur so fliegen. Er hat schon große Geheimratsecken, aber immer noch schulterlange Haare, im Nacken zu einem Zöpfchen gebunden.

»Wir laufen alle vor etwas weg«, grinst er. »Vor uns selbst, vor der Verwandtschaft oder einfach vor der Angst zu sterben.«

Ich stimme ihm zu. »Darf ich mich euch echt ein Stückchen anschließen?«, frage ich.

Sie sind sofort dabei. Luntrus streckt den Arm aus und legt die geballte Faust auf den Sitz seiner Harley. Atze und Tarzan legen ihre Hände darüber und fordern mich auf, es ihnen gleichzutun. Ich patsche mit meiner Hand ebenfalls drauf. So besiegeln wir am Parkplatz Ems-Vechte unsere Freundschaft, die nur durch zwei Dinge geprägt ist: der Leidenschaft zum Motorradfahren und dem Willen, noch etwas Leben aus den letzten paar Jahren herauszuholen.

Ihre erste Etappe geht bis Nürnberg. Dort wollen sie ihren alten Kumpel Urmel besuchen, der ab dann mit uns weiterziehen will.

»Komm«, sagen sie, »sei kein Lonesome Rider. Komm mit uns.«

Tarzan stößt mich an: »Und jetzt erzähl uns nicht, wo du deinen Doktortitel gemacht hast. Dies ist keine Party ›Mein Haus, meine Frau, mein Segelboot‹. Wie ist dein Kampfname?«

Als würde ich nicht wissen, was er damit meint, übersetzt Atze und hebt dabei die Arme hoch, als würde er gegen einen imaginären Partner boxen: »How are you called in the street?«

Einen besseren Schutz, als mit den dreien zu reisen, kann es für mich praktisch gar nicht geben. Niemand sucht eine Motorradbande.

»Man nennt mich Sigurd«, sage ich, und das ist ein Treffer. Luntrus umarmt mich: »Ich habe auch eine große Sammlung Hansrudi-Wäscher-Comics. Ich stand auf Sigurd und Akim. Ich hab noch die Piccolos gesammelt. Du auch?«

»Die gab es schon nicht mehr, als ich Hansrudi Wäscher für mich entdeckt habe«, gestehe ich. »Aber ich habe mir die Sammelausgaben geholt.«

Als Zeichen großer Anerkennung und Freundschaft boxt Luntrus mir gegen den Magen. »Du bist einer«, freut er sich, »du bist der Richtige! Zieh mit uns, Bruder.«

»Es wäre mir eine Ehre!«, lache ich, und das gefällt allen dreien.

»Was willst du als Lonesome Rider weiterziehen? Das ist doch nichts für Rudeltiere wie uns.«

Ich hoffe, dass ich mein Blatt jetzt nicht überreize, aber ich versuche, meine Karte geschickt auszuspielen. Immerhin ist es möglich, dass inzwischen nach dem Motorrad gesucht wird. Wer weiß, wie lange Remko Oltmans die Geschichte geheim halten kann. Vielleicht ist er ja ganz clever und ruft seine Eltern von einem Freund aus an, sagt, dass er dort schläft. Dann werden sie vermuten, dass er sich samt Motorrad über Nacht woanders befindet. Aber irgendwann wird die Lüge auffliegen. Die Frage ist nur, wann.

»Ich hab mal zu einer Gang gehört. Kennt ihr die Freeway Riders?«

Ich wette alle meine Diamanten, dass keiner von ihnen eine Ahnung hat, aber sie heben die Hände und klatschen. Atze hüpft auf und ab, als seien die Freeway Riders eine Legende.

»Bei uns gab es damals ein Aufnahmeritual.«

Luntrus winkt ab. »Für so was sind wir zu alt.« Aber Tarzan will es genau wissen.

Ich ziere mich einen Moment, dann flüstere ich es so, als dürfte dieses Geheimnis niemand außer ihnen hören, ja, als sei es mir sogar verboten, davon zu berichten: »Wenn wir einen Neuen aufgenommen haben, dann musste er seine Kiste zur Verfügung stellen.«

Sie schauen mich ungläubig an. »Was? Wie?«, stöhnt Atze, der Schlimmes ahnt.

»Na ja, jeder hat einmal einen Tag lang sein Motorrad gefahren. Und er das von dem anderen. So wächst eine Gruppe richtig zusammen, wisst ihr. So lernt man sich am besten kennen.«

»Das ist ja«, feixt Tarzan, »besser, als würde man die Frauen tauschen. Ich meine, ich hab noch nie jemand an meine Suzi gelassen«, fügt er hinzu und streichelt seine Maschine, um ganz klarzumachen, dass mit Suzi keineswegs seine Ehefrau oder Exfrau gemeint ist, sondern sein geliebtes Motorrad.

»Junge, du kannst meine Kreditkarte haben, und ich geb dir

auch gern meine Geheimnummer. Aber doch nicht mein Pferdchen!«, tönt Atze.

Aber Luntrus sieht das ganz anders. Vielleicht ist es die Liebe zu Hansrudi Wäscher, die unsere Beziehung tiefer macht als die zu den anderen. Er sagt: »Ich finde das eine großartige Idee. Ich meine, gibt es einen größeren Beweis der Freundschaft. Einen Tag lang reitest du meine größte Liebe und ich deine. Danach wissen wir mehr voneinander, und es verbindet uns mehr als so eine Scheißblutsbrüderschaft.«

»Die seit Aids ohnehin nicht mehr so richtig zeitgemäß ist«, fügt Atze hinzu und deutet an, dass auch er jetzt doch einverstanden ist.

»Könnten wir nicht«, bietet Tarzan zögernd an, »besser die Helme tauschen? Das reicht doch, oder?«

Luntrus klopft auf seinen Helm. »Für meinen Bumskopf sind eure Helme zu klein.«

Das sieht jeder ein. Wenige Minuten später sitze ich auf einer Harley Dyna Fat Bob mit Sechsganggetriebe und 57 kW. Ich fahre als Dritter in einer Vierergruppe. Ich, der Einzelgänger, wähle den evolutionären Vorteil der Gruppe.

Es ist ein geiles Gefühl, schlauer zu sein als die Polizei. Selbst wenn sie alles wissen, werden sie ihre Aufmerksamkeit auf Luntrus richten. Keineswegs auf mich. Vielleicht sind es wieder nur Sekunden, die ich dadurch gewinne, vielleicht Stunden, vielleicht ein paar Kilometer.

Der Ostfriesenspieß ist frei, keine neuen Baustellen behindern uns. Wir überholen viele Fahrzeuge, machen aber keine riskanten Manöver. Und ja, verdammt, ich fühle mich frei.

Dieses Piksen im Rücken, wie von einem Wespenstich, verschwindet. Ich kann tief atmen und fühle mich, als könnte alles doch noch irgendwie gut werden.

Wir fahren nicht über Paderborn, Kassel, Fulda, Bamberg nach Nürnberg, sondern über die A 3. Essen, Düsseldorf, Köln, Bonn, Richtung Frankfurt am Main und schließlich über den Frankenschnellweg. Die Jungs lieben es so sehr zu fahren, dass es kaum Pausen gibt. Das Wort »Höllenritt« kommt mir in den Sinn.

38

Im Süden Nürnbergs, hinterm Bahnhof, wohnt ein alter Kumpel meiner neuen Freunde, ein ehemaliger Klassenkamerad von Luntrus. Sie nennen ihn Urmel. Bei ihm wollen wir schlafen.

Wir treffen ihn aber nicht in seiner Wohnung im Galgenhof, sondern im Celtic in der Bulmannstraße. Ein Paradies für Whiskykenner, wie Luntrus mir augenzwinkernd verrät, mit seltenen Sorten aus kleinen Destillerien in Wales und Schottland, aber auch wunderbaren Whisky aus Franken gäbe es dort. Er schwärmt von einem Tide-Whisky aus Deutschlands ältester Single-Malt-Destillerie. Der Whisky würde angeblich vor Sylt im Watt in Fässern gelagert.

»Der ist im Strom der Gezeiten gereift und hält die Uhr echt an«, lacht Luntrus.

Komischer Gedanke.

Der Whisky interessiert mich nicht so sehr. Ich muss einen klaren Kopf behalten. Ich laufe ein bisschen in dem Viertel rum und staune über das Multikultigemisch hier. Die türkischen, indischen, vietnamesischen Läden. Das alles erinnert ein bisschen ans Ruhrgebiet, an die Zeit in Gelsenkirchen, an die ich gerade schmerzhaft zurückdenke. Das Leben im »Weißen Riesen« zwischen Stadtbibliothek und Theater.

Auch urfränkische Küche gibt es hier. Doch um beim Besäufnis mit den anderen nicht gleich allzu heftig abzustürzen, esse ich eine Portion Nudeln mit Hühnerfleisch. Komisch, ich käme nie auf die Idee, Spaghetti mit Stäbchen zu essen, sondern ich drehe sie immer um die Gabel. Aber sobald ich Bami Goreng vor mir habe, benutze ich Holzstäbchen.

Ich esse die Nudeln im Stehen am Straßenrand aus einer Pappbox und schaue mich um. Ich habe es schon bis Mittelfranken geschafft. Bis zur Beerdigung ist es nicht mehr weit.

Ich weiß nicht, was meine neuen Freunde beruflich wirklich machen oder gemacht haben. Sie reden nur sehr kryptisch darüber und dazu mit einem abfälligen Tonfall, so als sei Arbeit nur etwas für Idioten oder ein Mittel zum Zweck, um etwas zu erreichen, das sie jetzt geschafft haben. Zumindest Luntrus hat mit all dem abgeschlossen und will nichts mehr davon wissen. Die beiden anderen haben, glaube ich, noch eine Durststrecke vor sich.

Sie fragen mich nicht, was ich mache oder woher ich komme. Für sie zählt auf eine fast zenbuddhistische Weise nur das Jetzt.

Ich danke dem Universum, dass ich diese Typen gerade in meiner schwierigen Situation getroffen habe.

Unsere Motorräder sind im Innenhof hinter Urmels Wohnung geparkt. Vorbeifahrende Polizeifahrzeuge werden also nicht gleich das Nummernschild sehen. Ich habe trotzdem vor, mir ein neues zu stehlen und es auszuwechseln, damit, wenn ich alleine weiterfahre, meine Tarnung länger hält.

Als ich zurück im Celtic bin, probieren sie gerade einen Whisky aus Franken …

Tarzan doziert, als würde er vor Studenten sprechen. Der Whisky sei in einem fränkischen Eichenfass gereift, in dem vorher Spätburgunder gelagert worden sei. Man schmecke das.

»Er wird aus dunklem Krautheimer Malzbier destilliert.« Tarzan schnalzt mit der Zunge. »Rauchig! Nach Pflaume und …« Er sucht das passende Wort. Schluckt. »Außerdem ein grandioses Finish!«

Atzes Augen sind schon glasig. Er balanciert ein Glas auf dem Kopf. Tarzan fotografiert ihn und will das Foto an seine Facebookfreunde schicken. Ständig posieren sie an der Theke für Fotos. Ich muss aufpassen. Fotos sind für mich sehr gefährlich. Ich möchte nicht mit drauf, und ich habe ganz sicher kein Interesse daran, dass ein Foto von mir irgendwo gepostet wird. Da können wir ja gleich die Polizei rufen.

So, mit meinem kahlrasierten Schädel und den Lederklamotten, bin ich in dieser Bikerclique ziemlich sicher. Und das soll noch möglichst lange so bleiben.

Wir schlafen in Urmels Wohnung. Sie ist im dritten Stock. Stolz erzählt er uns, dies sei seine alte Studentenbude gewesen. Die erste WG, in der er gelebt habe. Damals noch ein totaler Skandal. Sie waren alle nicht miteinander verheiratet, wohnten zu fünft, in den Hochzeiten sogar mit neun Personen hier. »Und manchmal«, grinst er, »waren es sogar noch ein, zwei mehr, die ich gar nicht kannte.«

Das, was heute wie eine Küche aussieht, sei damals Sozialraum genannt worden.

Seine Augen bekommen ein glückliches Glänzen, wenn er darüber redet, und Luntrus nickt die ganze Zeit zustimmend.

»Keine Ahnung«, lacht Urmel, »wie oft damals die Polizei hier geklingelt hat.«

Wenn er wüsste, wie sehr mir dieser Satz in den Magen fährt …

Aber immer sei es um ruhestörenden Lärm gegangen, vor allen Dingen zu den Zeiten, als hier noch Meggie wohnte.

»Könnt ihr euch an Meggie erinnern? Sie wollte die berühmteste Schlagzeugerin Deutschlands werden.«

Er zeigt auf den Platz in der Ecke, wo Meggies Matratze direkt neben ihrem Schlagzeug gelegen hatte. Luntrus beugt sich zu mir und raunt mir ins Ohr: »Sie ist aber wohl eher eins der berühmtesten Groupies in Deutschland geworden. Es gab kaum einen Bandleader, den sie nicht beglückt hat. Gevögelt haben sie sie alle, aber mitspielen lassen wollte sie keiner.«

Laut fragt Luntrus: »Weiß einer, was aus Meggie geworden ist?«

Urmel zieht eine Kiste Bier in die Mitte. Wir sitzen drumherum wie ums Lagerfeuer. Nachdenklich sagt er: »Ach, die gute Meggie ... ganz so schlimm, wie Luntrus sagt, war sie ja doch nicht. Aber ein paar Jahre hat sie sich so richtig ausgetobt. War auch in der linken Szene ziemlich aktiv. Als das mit der Band nicht klappte, wollte sie Lehrerin werden. Ich glaube, Musik und Deutsch.«

Tarzan pfeift durch die Lippen: »So 'ne Lehrerin hätte ich auch gerne gehabt.«

»Sie hatte ziemliche Schwierigkeiten«, behauptet Urmel. »Nee, nicht mit ihren Schülern, sondern sie ist ums Berufsverbot gerade so eben«, er macht mit der Hand eine Schlangenbewegung, »herumgekommen. Aber am Ende hat ihr die Schule wohl doch nicht so gut gefallen. Sie hat ein Lokal in Bamberg eröffnet.«

»Ja«, erinnert sich Luntrus und zeigt auf, als wolle er sich in der Schule melden, »kochen konnte sie immer schon gut. Die hat aus Nichts was gezaubert.«

Rasch reift der Entschluss, morgen bei Meggie essen zu gehen. Alle sind begeistert.

»Das wird ein Fest! So, wie ich sie kenne«, lacht Luntrus, »wird sie die Schürze an den Nagel hängen und einfach mit uns fahren. Hey, raus, die Nase in den Wind! Die Freiheit spüren! Scheiß auf alles!«

»Scheiß auf alles!«, wiederholt Atze, aber Urmel enttäuscht alle: »Das mit dem Lokal ist nicht lange gutgegangen. Entweder hat sie sich verkalkuliert und einen Konkurs hingelegt, oder der Typ, mit dem sie es gemeinsam gemacht hat, ist mit der Kohle durchgebrannt. Es gibt da verschiedene Gerüchte. Ich hab Meggie lange nicht mehr gesprochen, aber hier in der Wohnung, da ist irgendwie noch ihr Geist, und manchmal höre ich sie am Schlagzeug hämmern.«

Urmel spielt Luftschlagzeug und legt ein beeindruckendes Solo hin.

»Deshalb«, sagt er, »habe ich diese Wohnung gekauft. Und schaut euch das mal an.« Er führt uns in einen Raum, in dem nur Matratzen liegen, und an der weißgekalkten Wand hängen alte Plakate. Frank Zappa auf der Toilette. Eine weiße Friedenstaube auf blauem Grund. Ein Plakat *Arbeitsplätze und Moneten statt Panzer und Raketen.* Auf einem anderen: *Make love, not war!*

Ein Plakat mit Janis Joplin, das einzige hinter Glas, im Rahmen, und das, obwohl das Plakat einen sehr mitgenommenen Eindruck macht. Es ist eingerissen, zerknubbelt, zwei Ecken fehlen, und irgendjemand hat *Anarchie* darauf geschrieben, war sich aber nicht ganz sicher, ob man Anarchie mit »i« oder mit »ie« schreibt.

»So«, sagt Urmel und deutet auf den Raum, »hat es damals hier ausgesehen. Also, fast so. Es fehlen noch ein paar Sitzkissen und Tücher. Was die Mädels halt so mitgebracht haben.«

»Ja«, stöhnt Luntrus nachdenklich, »die Mädels …«

»Und hier«, fragt Atze, »werden wir alle schlafen?«

»Ja. Wie damals. Wer da ein Problem mit hat, kann seine Matratze natürlich in ein anderes Zimmer ziehen. Haben wir ja früher auch oft gemacht«, grinst Urmel und zwinkert Luntrus zu.

»Die Zeit«, gesteht Tarzan, »ist irgendwie an mir vorbeigegangen. Wenn ihr wüsstet, wie ich euch beneide. Ging es hier richtig ab, mit Gruppensex und so?«

Luntrus und Urmel lachen. »Na ja, ganz so wild, wie es in den Illustrierten stand, war es nicht. Aber wir haben schon 'ne Menge Spaß gehabt. Es gab kein Aids, und die Erfindung der Pille hat uns ziemlich sorgenfrei gemacht.«

»Ich hab immer davon geträumt«, sagt Urmel, »diese Wohnung einst zu kaufen und am Ende zurückzukehren zu den Anfängen. Hier kann ich sitzen und in Erinnerungen schwelgen oder alten Freunden einen Unterschlupf gewähren.«

Ich weiß immer noch nicht, was Urmel beruflich macht, aber er spricht wie Luntrus, so als sei diese Zeit des Abrackerns für ihn beendet. Er will sich jetzt nur noch »in sozialen Projekten engagieren und das Leben genießen«.

Nach der dritten Flasche Bier erzählt Urmel im Schneidersitz von seinem letzten Prozess, der ihm wirklich an die Nieren gegangen ist, und danach sei für ihn Schluss gewesen. Er macht mit den Händen abschneidende Bewegungen. »Schluss, Ende, Aus. Endgültig! Entweder«, so behauptet er, »wollte ich mich totsaufen oder ein ganz neues Leben beginnen.«

Bei dem Wort »totsaufen« erhebt Tarzan seine Flasche, prostet ihm zu und gesteht: »Das versuche ich seit Jahren. Glaub mir, so schnell geht das gar nicht.«

Urmel zeigt auf die Wände seiner Wohnung, als sei sie ein Gegenentwurf zur schrecklichen Welt: »Deswegen das hier alles.«

Er hat zwei Worte erwähnt, die mich zusammenzucken lassen: »Letzter Prozess«. Stand er oft vor Gericht? Ist er vielleicht ein Krimineller, der von der Polizei beobachtet wird? Irgend so ein Immobilientycoon?

Ich will ihn nicht direkt fragen. Das könnte hier blöd ankommen. Ich beuge mich zu Luntrus, der ganz nah bei mir sitzt, und raune in sein Ohr: »Prozess?«

Luntrus flüstert zurück: »Urmel war bis vor kurzem Staatsanwalt.«

Er macht eine abwertende Handbewegung, so als spiele das überhaupt keine Rolle mehr. »Ich glaube, Leitender Oberstaatsanwalt oder irgend so ein Scheiß.«

»Ein paar Sachen sind mir wirklich an die Nieren gegangen. Es hat ein paar Prozesse gegeben, da haben wir als Menschen, die für Recht und Gerechtigkeit in diesem Land grundsätzlich zuständig sind, einfach fürchterlich versagt. Ich war nicht wirklich daran beteiligt, aber … ich kann nicht ausschließen, dass auch ich …« Er spricht nicht weiter.

In mir fahren gerade die Gefühle Achterbahn. Das heißt, der gesuchte Serienkiller Dr. Bernhard Sommerfeldt schläft in einer WG mit dem ehemaligen Leitenden Oberstaatsanwalt, der seit ein paar Wochen pensioniert ist und jetzt wieder an der alten Stelle seines Lebens anknüpfen möchte, an einer Zeit, in der er noch glücklich war und glaubte, das Leben läge vor ihm.

Als hätte er meine Gedanken gespürt, sagt er plötzlich wehmütig: »Es war eine starke, eine große Zeit. Ich bereue nichts, ja, verdammt, gar nichts. Wir wollten die Welt verändern und uns amüsieren. Wir hatten eine Menge Mist im Kopf, hielten uns im Grunde für unsterblich, aber …« Seine feurige Rede endet mit hängenden Schultern: »Was ist dann aus uns geworden?« Er tippt sich an die Stirn. »Beim Marsch durch die Institutionen sind wir am Ende in der Pensionskasse hängen geblieben, haben uns mit Bausparverträgen die Sicht auf die Gesellschaft zugebaut und uns selbst völlig aus den Augen verloren.«

Luntrus stößt mich an: »Was guckst du denn so traurig, Sigurd?«

»Jaja, ich hör ja schon auf«, verspricht Urmel schuldbewusst.

Ich versuche, meine Chance zu nutzen. Das Zusammensein mit diesen Typen hier stachelt mich dazu an. Vielleicht gibt es ja eine Möglichkeit, bei der Beerdigung dabei zu sein.

»Morgen«, sage ich, »wird eine Freundin von mir in Bamberg auf dem Hauptfriedhof beerdigt. Miriam. Wenn sie jetzt hier wäre, sie könnte was anfangen mit all euren Geschichten. Sie war so eine Meggie, denke ich. Ein tolles, ausgeflipptes Weib. Leider nicht stark genug für diese Welt. Am Ende hat sie einen Herrn von und zu geheiratet.« Ich spreche den Namen Rosenberg absichtlich falsch aus: »Von Rosenfeld. Ich habe sie vor ein paar Jahren zum letzten Mal gesehen. Sie war traurig, wirkte blass. Sie erzählte, dass sie ihren Motorradhelm an den Nagel gehängt hat, dass die ganze Zeit für sie vorbei ist und sie jetzt versucht, diesem Spießer eine gute Ehefrau zu sein. Sogar die Fotos aus der Zeit hat der eifersüchtige Hund weggeworfen und verbrannt. Sie hatte nichts mehr. Keine Maschine, keine Klamotten, kein gar nichts.«

Für meine Aussage ernte ich helle Empörung.

»Sie erzählte mir damals – ich glaube, sie hatte echte Suizidgedanken – von einem Traum: Bei ihrer Beerdigung standen viele, viele Biker in Motorradklamotten am Grab, um ihr stumm die letzte Ehre zu geben. ›Wenigstens, wenn ich in die Grube fahre‹, hat sie damals lachend gesagt, ›möchte ich wieder mit meinen Leuten zusammen sein.‹ Es muss ein Albtraum für sie sein, von dieser Spießerfamilie beerdigt zu werden. Ich wollte so gern dabei sein, aber sie haben es verboten. Ihr eifersüchtiger Ehemann glaubt, dass wir mal was miteinander hatten, darum hat er den Kontakt zwischen uns beiden unterbunden.«

»So was lässt sich doch keine moderne Frau gefallen«, protestiert Tarzan.

»Ja, deine vielleicht nicht«, stichelt Atze. »Die Jungen sind da schon wieder ganz anders. Wenn ich meine Tochter sehe, herrje, die tut doch alles, um ihrem Typen zu gefallen. Die hatte einen tollen Job, eine schöne Wohnung, einen Freundeskreis. Dann kriegt ihr Macker irgendwo eine Arbeitsstelle angeboten, nördlich von Hamburg, und was ist? Sie zieht natürlich mit, gibt alles auf …« Er ballt wütend die Faust. »Und jetzt hat er sie sitzenlassen. Samt Kind.«

»Wenn ich euch so reden höre«, sage ich und öffne eine Flasche Bier, »dann wird mir wirklich ganz schwer ums Herz. Miriam war eine von uns und durfte es jahrelang nicht mehr sein. Und jetzt ist sie tot, genau so, wie sie es geträumt hat. Und an ihrem Grab werden all die Schlipsträger stehen.«

Luntrus wirft sich in die Brust: »Es sei denn«, protestiert er, »wir werden da sein, stimmt's, Freunde?«

Die Flaschen werden gehoben und gegeneinandergeschlagen.

»Wenn wir zu ihrer Beerdigung fahren, dann …«, gebe ich zu bedenken, »wird man uns einfach einen Platzverweis erteilen. Die haben guten Kontakt zur Polizei.«

Ich schiele zu Urmel. Der weiß, wovon ich rede, hat aber gleich eine Idee: »Es darf kein Protestmarsch werden und keine Demonstration. Es ist eine Beerdigung. Jeder Mensch hat das Recht, Abschied zu nehmen. Wir könnten uns stumm im Hintergrund halten und, wenn die offizielle Beerdigung vorbei ist, an das offene Grab treten und ihr die letzte Ehre erweisen.«

Tarzan bringt sich mit einer Idee ein: »Vielleicht können wir eine kleine Musikanlage mitnehmen und für sie ihren Lieblingssong spielen.«

Mit einem Blick auf das Janis-Joplin-Plakat sage ich: »Me and Bobby McGee.«

»Janis!«, rufen sie gleich. »Das müssen wir praktisch machen, Leute!«

Der Exstaatsanwalt gibt zu bedenken, dass wir keine Musikboxen auf den Friedhof bringen dürfen, aber Luntrus zeigt auf sein Handy. »Das haben wir auch gar nicht nötig. Ich hab den Song runtergeladen und spiele ihn mit meinem Handy, volle Pulle.«

Er tippt ein wenig auf seinem Handy herum und schon ertönt Janis Joplins Stimme.

Sie sind nicht alle ganz textsicher, versuchen aber mitzusingen. Zumindest die Stelle »Me and Bobby McGee« sitzt bei allen.

Im weiteren Verlauf des Abends setzt Luntrus eine WhatsApp-Nachricht an seine Bikergruppe ab, und Tarzan tut es ihm auf Facebook gleich. Sie fordern auf, still Abschied zu nehmen von Miriam, »die eine von uns war und in ihrem Herzen immer geblieben ist, auch wenn sie sich Mühe gab, sich in die bürgerliche Gesellschaft zu integrieren«.

Es ist nicht ganz so einfach für mich, so wie die anderen aus den Motorradklamotten zu schlüpfen und mich auf die Matratze zu hauen. Immerhin trage ich ein Tsukasa-Messer unterm Hemd bei mir, und das zweite Wurfmesser habe ich ans rechte Bein gebunden. Auf der Toilette ziehe ich mich so weit um, dass ich im Räuberzivil, in Unterhose und T-Shirt, ins Bett gehen kann. In mein Hemd wickle ich meine Waffen ein. Ich werde es als Kopfkissen benutzen. So habe ich notfalls alles griffbereit.

Ich liege neben Luntrus auf der Matratze. Tarzan macht es uns mit seinem Schnarchen nicht gerade leicht. Baum um Baum sägt er, auf dem Rücken liegend, um. Am Anfang kichern wir noch und grinsen. Ein paarmal stößt Urmel ihn an, aber dann schläft Urmel selbst ein.

»Alles ist doch fast wieder wie in den guten alten Zeiten«, raunt Luntrus. »Nur die Frauen fehlen.«

Ich frage ihn, ob ich mal sein iPhone benutzen darf. Er hat nichts dagegen, ihm geht das Ding sowieso »auf den Keks«. Er will nicht mehr allzeit erreichbar sein und ständig zur Verfügung stehen.

»Das Ding ist ein Relikt aus schlimmen Tagen«, sagt er. »Behalt es, mein Freund. Vielleicht hilft es dir. Mir hat es eigentlich immer nur das Leben schwergemacht. Kaum will man mal in Ruhe ein Spiel angucken, an seiner Karre rumschrauben oder einen Drink nehmen, schon kommt irgendeine bescheuerte, unheimlich wichtige Nachricht, und man muss sich um irgendeinen Scheiß kümmern. Diese Dinger machen uns zu Sklaven.«

Klasse. Jetzt habe ich ein Tablet und ein iPhone.

Als alle schlafen, pirsche ich mich noch einmal runter, um das Nummernschild an meiner Kawa zu wechseln. Ich hoffe, von den Jungs hat es sich keiner gemerkt.

Ein Nummernschild zu stehlen ist ganz leicht. Es dauert keine zehn Minuten. Ich mäandere durch die Südstadt, und schon habe ich mehrere Nummernschilder zur Auswahl.

Ich wähle eine BMW-Maschine, die mit einem Regenschutz überzogen ist. Wann hat es zum letzten Mal geregnet? Die Hitzeperiode muss in Nürnberg doch genauso heftig gewesen sein wie in Norddeutschland, wenn nicht heftiger. Das heißt, diese Maschine steht hier schon ziemlich lange. Wer weiß, wann der Besitzer zurückkommt.

Sie ist mit dicken Ketten gesichert, aber ich will ja nicht die Maschine stehlen. Ich brauche nur die Nummernschilder. Danach ziehe ich den Regenschutz wieder ordentlich zurecht. So sieht niemand, dass etwas passiert ist.

Ich laufe zurück.

Der Mond beleuchtet den Innenhof kaum. Nur aus einem Fenster fällt flackerndes Licht, da guckt wohl irgendjemand Fernsehen. Alle anderen schlafen schon.

Ich versuche, die Nummernschilder im Dunkeln zu wechseln, ohne dabei viel Lärm zu machen. Es ist leichter, viel leichter, ein Nummernschild zu stehlen, als es neu anzubringen, wenn man kein anständiges Werkzeug zur Verfügung hat und nicht die passenden Schrauben. Ein Wurfmesser oder ein Tsukasa-Messer sind da nur bedingt hilfreich.

Sekundenkleber! Tausche hochkarätigen Diamanten gegen Sekundenkleber … Aber mitten in der Nacht kriege ich hier vielleicht noch ein Bier, bloß keinen Sekundenkleber mehr.

Ich weiß gleich, dass ich beobachtet werde. Ich spüre tatsächlich Blicke im Nacken. Sie kommen von oben. Es ist, als würden sie auf mich runterfallen.

Merkwürdig, welche Sensibilitäten man auf der Flucht entwickelt. In Bamberg wurde ich oft von meiner Mutter kritisiert, weil ich Leute auf der Straße nicht erkannt und gegrüßt hatte, wie es sich gehört.

Ich gab mir immer Mühe, dass mir so etwas nicht passiert, versuchte, jede Person um mich herum genau zu scannen: Kenne ich die, kenne ich die nicht, muss ich der guten Tag sagen, ja oder nein? Und oft war ich ratlos, bemerkte Menschen nicht, die mich bemerkten.

Jetzt kriege ich sogar mit, wenn mir heimlich jemand zuschaut. Ich stehe auf und recke mich. Die Person, die mich beobachtet, soll keinen Verdacht schöpfen. Es soll so aussehen, als würde ich zu den Sternen aufschauen.

Tatsächlich. Da oben am Fenster, im Dunkeln, sehe ich hinter der Scheibe im dritten Stock einen bärtigen Mann. Das muss Luntrus sein.

Was wird jetzt in seinem Kopf vorgehen? Wenn ich Glück habe, denkt er nur, dass die Maschine geklaut ist. Aber er wird bestimmt wütend auf mich sein, denn ich habe ihn damit herumfahren lassen, statt selbst zu riskieren, geschnappt zu werden.

Ich hadere mit mir, ob ich wieder hoch soll in die Wohnung oder von hier unten gleich meine Flucht fortsetze. Ich habe eine Hose an, ein T-Shirt und ein Hemd. Ich trage die Bikerstiefel. Mein Helm, die Lederklamotten, das alles ist oben.

Er hat von oben nicht heruntergerufen, keinen Skandal verursacht. Ob er inzwischen die anderen geweckt und die Polizei gerufen hat? Wird der Leitende Oberstaatsanwalt in seinem Kumpel Urmel dann die Führungsrolle übernehmen? Oder bleibt er der Freak von damals und hört sich erst mal meine Version der Geschichte an?

Vielleicht sind sie auch schon besoffen genug, um das alles nicht allzu ernst zu nehmen.

Ich laufe die Treppen hoch. Wäre ich ein wirklich gläubiger Mensch, würde ich jetzt beten. Aber auch in mir ist ein Funken Hoffnung, dass irgendwo da oben im Universum eine höhere Kraft einen Blick auf mich hat und mir manchmal eine Chance einräumt, obwohl ich sie schon lange nicht mehr verdient habe. Irgendeiner drückt da oben manchmal für mich ein Auge zu.

Luntrus ist nicht wieder auf seine Matratze zurückgegangen. Er erwartet mich im Flur. Er trägt ein durchgeschwitztes T-Shirt. Auf der Brust ein paar Bierflecken. Er legt freundschaftlich einen Arm um meine Schultern und hindert mich daran, weiter in die Wohnung zu gehen.

»Wir haben alle irgendwelche Probleme«, flüstert er. »Aber du läufst vor mehr weg, stimmt's?«

Ich nicke. Hat die Polizei ihn gebeten, mich so lange festzuhalten, bis sie mit einem Einsatzkommando da sind? Spielt der hier nur auf Zeit? Wird der gefährlichste Mann Deutschlands in der WG des Leitenden Oberstaatsanwalts verhaftet?

Jedenfalls ist das hier oben im dritten Stock eine Mausefalle. Sie müssen nur das Treppenhaus besetzen, und ich bin geliefert.

»Du brauchst mein Handy echt dringender als ich, hm?« Er zeigt seine offene rechte Handfläche vor. »Ich will gar nicht wissen, wovor du wegläufst, mein Freund. Wir haben alle unsere Gründe. Einen Freund von mir haben ein paar Investoren fertiggemacht. Statt sein Unternehmen aufzubauen, haben sie es ausbluten lassen. Er hat sich an die Algarve zurückgezogen.« Er legt den Zeigefinger über seine Lippen. »Aber pst …«

»Wenn wir morgen«, sage ich, »zu der Beerdigung fahren und als Biker von Miriam Abschied nehmen, dann darf ich nicht erkannt werden.«

Er pflichtet mir sofort bei. »Ja, das habe ich mir schon gedacht. Wie wär's, wenn wir dich in einen schwarzen Anzug stecken? Kennen sie dich so?«

»Ich fürchte, das bringt nichts.«

»Was hast du dann vor?«

»Wenn ihr am Grab steht, werdet ihr die Aufmerksamkeit auf euch ziehen. Ich könnte dann als Friedhofsgärtner …«

Er pfeift durch die Lippen. »Du bist ein cleveres Kerlchen. Ich glaube, diese Miriam wäre stolz auf dich.«

Luntrus ist geradezu begeistert mit dabei. Er fühlt sich ein bisschen wie ein kleiner Junge, der den Erwachsenen einen Streich spielt, aber gleichzeitig auch wie ein erwachsener Mann, der gerade seine eigenen Werte lebt. Das einzige Zugeständnis, das er mir abringt, ist: »Ab morgen fährst du deine Kiste wieder selber. Ich will nicht, dass einer von uns Schwierigkeiten bekommt.«

Ich willige sofort ein: »Klar.«

Luntrus fragt, ob er uns in der Küche noch einen Espresso machen soll. Danach könne er immer besonders gut schlafen. Ich weiß nicht, ob das ironisch sein soll oder ob er mir einfach nur die Gelegenheit geben will zu reden. So wie er mich anschaut, habe ich in ihm wirklich einen Freund gefunden.

In der Küche trinken wir dann keinen Espresso, sondern nur jeder ein Glas Leitungswasser.

Er hat plötzlich Geldscheine in der Hand. Ein grüner Hunderter, ein paar Fünfziger. Er hat es nicht gezählt, er zieht es einfach aus der Tasche.

Er hält mir das Geld hin: »Wenn du Geld brauchst, Kumpel …«

Ich schüttle den Kopf.

»Das ist wirklich kein Problem«, sagt er und hält das Geld weiter in meine Richtung.

»Geld habe ich. Aber die Polizei sollte nicht unbedingt erfahren, wo ich mich gerade aufhalte.«

»Wenn du genug Geld hast, wieso fährst du dann mit einer geklauten Maschine herum? Die ist doch geklaut, oder warum wechselst du die Nummernschilder?«

Das Gespräch wird mir unangenehm. »Das«, sage ich abwehrend, »ist eine lange Geschichte.«

Er versteht sofort und will gar nicht mehr hören. Er sieht aus, als würden ihm im Stehen die Augen zufallen. Wir steigen vorsichtig über die anderen, zurück zu unseren Matratzen. Mein letzter Gedanke, bevor ich einschlafe, ist: Diese Flucht hat auch etwas Gutes. Was lerne ich für Menschen kennen … Ständig treten neue Leute in mein Leben, begleiten mich ein Stück, und dann muss ich sie wieder verlassen.

Hannes Wader kommt mir in den Sinn:

Heute hier, morgen dort
Bin kaum da, muss ich fort
Hab' mich niemals deswegen beklagt
Hab' es selbst so gewählt
Nie die Jahre gezählt
Nie nach Gestern und Morgen gefragt

Ich schaue nicht mehr im Internet nach, wie meine Sache steht. Ich versuche nicht herauszufinden, was sie über meine Flucht berichten. Ich will jetzt nur noch schlafen.

39

Der Whiskyrausch lässt alle ziemlich tief schlafen, und ich bezweifle, dass sie ihre Schwüre, Miriam das letzte Geleit zu geben, befolgen werden. Ich gehe zwar nicht über Leichen, steige aber über schlafende Männer, um die Wohnung zu verlassen.

Die Sonne geht auf. So bekommt jede Stadt etwas ganz Besonderes. Die Dächer erhalten einen goldenen Glanz.

Ich liebe die Sonnenaufgänge am Meer mindestens so sehr wie die Sonnenuntergänge. Beides hat etwas mit Hoffnung zu tun, mit dem tiefen Wissen, dass alles weitergeht. Wenn sich etwas, unbeeindruckt vom restlichen Geschehen der Welt, immer wiederholt, dann gibt mir das Gleichmut. Es wird ein neuer Tag anbrechen, neue Chancen werden sich ergeben. Tag und Nacht, Ebbe und Flut spiegeln die Dualität in uns.

Im Nachhinein betrachtet werden die Dinge, die ich tue, vielleicht sehr geplant und organisiert aussehen. In Wirklichkeit handle ich spontan, versuche, die nächsten Schritte der Polizei vorauszuplanen und ein wenig cleverer zu sein oder sie zu verwirren.

Ich fahre mit dem Motorrad nach Bamberg in die Gärtnerstadt, dorthin, wo ich groß wurde. Ich nähere mich meinem Elternhaus auf Sichtweite.

Wenn man sich irgendwo als Friedhofsgärtner gut ausstatten kann, dann wohl in der Gärtnerstadt. Ich breche in einen Schuppen ein und stehle alles, was ich brauche. Hier hängt die passende Kleidung an einem Haken, nicht verdächtig neu, sondern schön gebraucht, mit Grasflecken an Knien und Ärmeln. Dicke Handschuhe, Schaufel, Harke, ein Hut gegen die Sonne. Passende Arbeitsschuhe in drei verschiedenen Größen.

In der grünen Gärtnerjacke Schlüssel für den Bulli. Der grüne Transporter mit der Aufschrift *Baumschule* ist wie gemacht für mich. Auf der Ladefläche, wo viele Säcke mit Blumenerde liegen, steht eine wunderschöne Kübelpflanze, ein violett blühender Schmetterlingsflieder.

Ich verstecke meine Kawasaki zwischen den Säcken unter einer grünen Plane. Dazu meine Motorradkleidung. So werde ich auf irgendeinem Parkplatz einen Wechsel hinkriegen. Wenn sie wissen, dass der Geflohene ein Friedhofsgärtner ist, wird er schon wieder zum Biker mutiert sein.

Es reizt mich durchaus, in mein Elternhaus zu gehen. Ich stelle mir vor, dass meine Mutter noch schlafend im Bett liegt, obwohl das sehr unwahrscheinlich ist. Vermutlich befindet sie sich vor dem Frisierspiegel im Badezimmer.

Ich spinne meine Gedanken weiter, sehe vor meinem inneren Auge, wie ich hereinkomme, plötzlich hinter ihr stehe. Ihr erschrockenes Gesicht. Ich ziehe mein Tsukasa-Messer und sage: »Verschwinde endlich aus meinem Leben!« Sie versucht, mich zurechtzuweisen, aber diesmal gelingt es ihr nicht. Sie spürt meine Entschlossenheit.

Ich phantasiere mich weiter hinein, während dieser wunderbare Sonnenaufgang mich daran erinnert, dass sich die Erde weiterdreht. Egal, welche Regierung wir wählen, egal, welchen Schwachsinn wir beruflich verzapfen, egal, wie sehr wir unser Leben versauen. Alles geht einfach weiter.

»Wenn du mich überhaupt nicht haben wolltest, warum hast du mich dann geboren?«, frage ich und zeige ihr die Klinge. Ich weiß, dass sie mir nie verzeihen wird, dass ich aus so etwas Schmutzigem wie Sex entstanden bin. Aber das sagt sie nicht, dazu ist sie sich zu fein. Sie schaut mich nur an, versucht, mich mit Blicken niederzuringen, aber diesmal gelingt es ihr nicht.

Ich töte sie, um endlich frei zu sein. Es ist eine Verzweiflungstat. Das weiß ich wohl. Und, wie die meisten Verzweiflungstaten, dumm oder zumindest unbedacht.

Sie zu töten ist, wie ein Fenster in einem stickigen Raum aufzureißen, um endlich Luft zu bekommen. Ja, so fühlt es sich in meiner Phantasie an.

Vielleicht, denke ich, könnte ich es jetzt schaffen. In diesen paar Minuten, da bin ich endlich so weit. Und ich bin nicht weit entfernt von meinem Elternhaus. Verdammt, ja! Jetzt könnte ich es schaffen!

Wenn ich es jetzt tue, dann werde ich Cordula nicht treffen. Ich werde weiterhin alleine sein. Ich muss meinem Plan folgen, hin zur Beerdigung.

Es ist, als würde jemand in mir meine Mutter verteidigen. Er schafft es nicht, das wirklich mit Worten zu tun. Es wäre ja auch lächerlich. Er sucht eher Ablenkungsmanöver, findet Gründe, warum es jetzt noch nicht richtig ist, sie zu töten.

Ist es der kleine Johannes Theissen, der kleine Junge, der immer noch um die Liebe seiner Mutter kämpft? Oder ist es genau er, der sie sterben sehen will, weil sich seine Liebe in mörderischen Hass gewandelt hat?

Ich fahre los zum Friedhof. Es sind noch fast zwei Stunden Zeit bis zur Beerdigung. Viele Parkplätze sind frei. Ich stelle den Wagen im Schatten der großen Bäume ab. Auf dem Beifahrersitz liegt sogar noch eine Butterbrotdose. Irgendjemand hat da wohl eine liebe Frau oder Mutter, die mal an einer Tupperparty teilgenommen hat. Ich glaube kaum, dass Männer so etwas tun.

Ich öffne die Dose. Darin ein durchgeweichtes Käsebrot. Der Käseduft breitet sich sofort im Innenraum aus. Auch das ist eine gute Tarnung, denke ich. Wer erwartet schon den Serienkiller in Gärtnerkluft, der mit einer Butterstulle in der Hand aus dem Baumschulbulli steigt und eine Harke schultert?

Der Bamberger Hauptfriedhof liegt im Nordosten der Stadt, nicht weit vom Gewerbegebiet, an der Hallstadter Straße. Ich nähere mich durch den Baum- und Skulpturenhain. Ich suche zunächst bei der alten Aussegnungshalle. Dann finde ich das für Miriam ausgehobene Grab.

Ich beginne, den Weg zu harken, und schaue mir an, wo ich mich gut positionieren kann. Die von Rosenbergs haben eine Familiengruft. Da wird sie also neben dem Rest der Bande liegen.

Eine kleine Schaufel und ein Erdhaufen sind bereit, so dass jeder ein bisschen Erde hineinwerfen kann, um ihr eine gute Reise zu wünschen. Eine Schale mit Blüten steht am offenen Grab.

Ich schaue mir alles an und überlege die nächsten Schritte. Was, wenn mich ein Kollege Friedhofsgärtner anspricht? Vielleicht gibt es hier irgendwelche Regeln, vielleicht darf hier gar nicht jeder ein Grab pflegen.

Egal. Ich werde mich auf keinen Streit einlassen. Ich behaupte einfach, der Neue zu ein, ein bisschen wortkarg, rau im Umgang. Ich werde versuchen, wie einer zu wirken, der gerade das Antiaggressionstraining erfolgreich bestanden hat. So etwas hält die Leute auf Abstand.

Wenn man die richtige Energie in sich aufbaut, suchen die Menschen nicht die Nähe zu einem, sondern verziehen sich, weil sie keinen Stress haben wollen. Man kann das selbst ganz gut beeinflussen. Ich hoffe, dass es mir gelingen wird, mich mit der Aura des coolen, unberührbaren Einzelgängers zu umgeben.

Ich spiele jetzt den Typen, den man besser in Ruhe lässt, wenn man keinen Ärger haben will. Und damit bin ich ja ziemlich nah an der Wahrheit.

Tatsächlich taucht jemand auf. Fast so gekleidet wie ich. Wir könnten Zwillinge sein. Nur trägt er eine bescheuerte Sportkappe. Sie ist ihm zu klein, und seine Haarbüschel wuchern unten heraus. Sein Körper wirkt unproportional zum Kopf, was vielleicht an seiner Kleidung liegt.

Einen Moment schleicht sich in mir der Gedanke ein, ob er vielleicht genauso verkleidet ist wie ich. Möglicherweise ein Polizist?

Er winkt mir von weitem einen kurzen Gruß zu. Prima. Einer, der auch nicht angequatscht werden will. Er pflanzt Blumen und harkt die Erde um die Blumen auf.

Wenn Cordula hierhinkommt, wie wird sie es machen? Sie hat doch die gleichen Probleme wie ich. Auch sie darf nicht erkannt werden. Sie wurde zwar freigesprochen, doch inzwischen muss sie davon ausgehen, mit mir zusammen wieder auf der Fahndungsliste zu stehen. Das mordende Gangsterpärchen ist zurückgekehrt.

Ich gehe noch mal zu meinem Bulli zurück und sondiere das Gelände. Jetzt treffen Polizeifahrzeuge ein.

Das Schicksal kann ironisch sein. Sie parken meinen Bulli richtig zu. Zwei Einsatzfahrzeuge davor, zwei dahinter. Na, wenn das keine gute Ausgangsposition für mich ist …

Die Polizei ist also nicht verdeckt vor Ort, sondern zeigt sich ganz offen. Sie wollen wohl lieber Stärke und Präsenz demonstrieren als wirklich jemanden festnehmen. Anders kann ich mir das nicht erklären.

Die ersten Pressevertreter treffen ein. Das Ganze scheint zu einer ziemlich prominenten Nummer zu werden. Von wegen, die Trauerfeier findet in aller Stille statt …

Endlich hat die bayerische Boulevardpresse mal wieder einen richtigen Skandal. Das wollen sie sich nicht entgehen lassen …

An der Trauerfeier in der kleinen Kapelle nehme ich nicht teil. Das wäre zu auffällig. Aber zweimal gehe ich dorthin, um in der Nähe Wasser für meine Gießkanne zu holen.

Die Tür steht weit offen, und die Lautsprecher übertragen die Reden.

Die Tränen machen Moritz von Rosenberg das Sprechen schwer. Diesen Auftritt hat das verlogene Stück Scheiße bestimmt lange geübt. Er stellt seine Frau als den wunderbarsten Menschen dar, den er jemals getroffen habe. Sie sei ihm vorgekommen wie ein Engel, der vom Himmel gefallen sei und dabei seine Flügel verloren hätte. Trotzdem hätte sie nie wirklich vergessen, wo sie hergekommen sei. Sie hätte in jedem Menschen, so behauptet er, nur das Gute gesehen. Kein Wunder, dass sie auf einen so üblen Burschen wie ihren ersten Ehemann, der heute als Dr. Bernhard Sommerfeldt bekannt sei, hereingefallen sei. Er habe sie benutzt, um sein übles Spiel zu treiben, als bürgerliches Aushängeschild. Sie habe neben einem Monster gelebt, ohne es zu wissen.

Interessant. Er spricht über mich, aber es berührt mich nicht wirklich. Nein, es macht mich auch nicht wütend. Ich höre es mir an, und es bestätigt nur mein Urteil: Er wird sterben. Er wird der Nächste sein.

Nachdem ich die Firma ausgeplündert hätte, sei sie mit schlechtem Gewissen und den Trümmern ihrer Existenz zurückgeblieben. Sie hätte sich gefühlt, als sei sie an allem schuld, dem Verlust der Arbeitsplätze, der riesigen Geldvernichtung. In

Wirklichkeit habe sie damit natürlich gar nichts zu tun gehabt. Er sei im Grunde nur eingesprungen, um, »ja, meine Damen und Herren, liebe Freunde, anwesende Trauergäste, so eigenartig sich das für Sie anhören mag, ich bin eingesprungen, um das Gewissen meiner Frau zu erleichtern. Um diese Last von ihr zu nehmen, und schließlich ist es ja auch gelungen, die Firma wieder zu dem zu machen, was sie einmal war: ein renommiertes, ja, ein gewinnbringendes Unternehmen, das vielen Familien Arbeitsplätze und Sicherheit gewährt. Jetzt, da sie ihr Lebensglück an meiner Seite zurückerobert hatte, kam der Mörder, um ihr auch das zu nehmen. Wir empfinden es als verabscheuungswürdig, dass die Presse die Memoiren dieses blutrünstigen Killers veröffentlicht. Es ist eine Demütigung für meine Frau und meine ganze Familie. Genau so war es auch von ihm geplant. Wir haben es mit einem Sadisten zu tun. Er liebt es, Menschen in Angst und Schrecken zu versetzen und sie zu quälen. Ich fordere hiermit im Namen meiner ganzen Familie und all unserer Freunde: Stoppen Sie die Veröffentlichung seiner kranken Gedanken! Stoppen Sie die Auslieferung des Buches. Es kann nicht sein, dass auf unsere Kosten ein Bestseller produziert wird. Sollen wir uns am Ende noch seine Verfilmung im Fernsehen ansehen?«

Da ist viel Zorn in seiner Stimme. Für Beerdigungen ungewöhnlich, klatschen Leute Beifall, und jemand ruft laut: »Bravo!« Leider kann ich nicht sehen, wer. Ich befinde mich draußen am Wasserhahn.

Von Cordula keine Spur.

Aber da ist jemand, der mir gefährlich werden könnte. Nein, nicht Ann Kathrin Klaasen. Die habe ich noch nicht gesehen. Wohl aber Holger Bloem. Er macht mit seiner großen Nikon D 3200 am offenen Grab Fotos. Typisch Bloem. Er will ein Foto, das die Leere zeigt, nicht die vielen Gesichter bei der Beerdigung.

Aber ist Holger Bloem deswegen den weiten Weg aus Ostfriesland gekommen? Oder rechnet er damit, dass ich hier gefasst werde? Soll hier der große Showdown stattfinden? Wenn sie das wirklich glauben, dann wird auch Ann Kathrin Klaasen nicht weit sein.

Es halten auch noch andere Leute Reden, aber die kriege ich nicht mehr richtig mit, weil ich mich mit meiner vollen Gießkanne zu Gräbern verziehe, die weit genug von dem für Miriam vorgesehenen entfernt sind, aber mir doch einen Blick auf den Trauermarsch ermöglichen, der sich dorthin bewegen wird.

Schon geht es los. Die von Rosenbergs führen die Truppe an. Mein ehemaliger Schwiegervater Karl-Heinz Lorenz, dem ich mal den linken Nasenflügel mit dem Einhandmesser aufgeschlitzt habe, Seite an Seite mit seinem neuen Schwiegersohn.

Der Alte hat mich mal mit einem Gewehr bedroht. Ich habe es ihm abgenommen und dabei seinen Zeigefinger am Abzug gebrochen. Der Finger steht immer noch steif ab. Möge er ihn immer an mich erinnern!

Sechs Sargträger mit schwarzen Anzügen und weißen Handschuhen schreiten keine fünfzig Meter entfernt an mir vorbei. Einer von ihnen hat ein sehr versoffenes Gesicht. Ich wette, er riecht noch nach Schnaps.

Ein anderer, ich kenne ihn nicht, aber er muss wohl ein Freund der Familie sein, weint wirklich, und ich glaube kaum, dass er es tut, weil ihm von Rosenberg dafür fünfzig Euro zusätzlich versprochen hat. Nicht, dass der Sargträger nicht dazu in der Lage wäre, nein, von Rosenberg ist zu geizig.

Ich harke das Grasstück um ein Grab ab und knie mich dann

hin. So beobachte ich aus der Froschperspektive. Holger Bloem geht mit, fotografiert aber nicht.

Ich sehe zwei der Modedesigner, diese grauenvollen Versager haben mit ihren grässlichen Entwürfen die Modefirma an den Rand des Ruins getrieben. Gleichzeitig haben sie mir nie verziehen, dass ich aus ihnen keinen neuen Karl Lagerfeld oder Wolfgang Joop gemacht habe. Sie haben ihre Niederlagen keineswegs damit in Verbindung gebracht, dass sie unverkäuflichen Mist produziert haben. Sie sahen ihre eigene Talentlosigkeit nicht, sondern haben mir ihr Versagen angelastet. Na, hoffentlich geht es ihnen unter der neuen Leitung besser. Glückliche Gesichter macht keiner von ihnen, aber das gehört sich ja auch nicht auf einer Beerdigung.

Und da ist sie: meine Mutter. Hager, schmallippig, mit strenger Frisur. Ernst, aber nicht verbittert. Sie trägt eine Art Beerdigungsdirndl, wobei sie über diese Bezeichnung sicherlich nur den Kopf schütteln würde. Das Ding wurde bestimmt in unserem Hause entworfen, und wenn nun in der Presse große Berichte erscheinen, sollen alle Leute sehen, was für tolle Klamotten wir doch herstellen. Ja, so ist sie: berechnend.

Irgendeine merkwürdige Ehrenformation nimmt am Grab Aufstellung, so, als würden die Marines ein gefallenes Mitglied ihrer Einheit beerdigen. Ich kenne die Gestalten nicht. Entweder sind es Schergen von Rosenberg oder einfach bezahlte Statisten.

Ich sehe Rosi Lang, die Sekretärin, die treue Seele, die meinem Vater genauso gedient hat wie mir und jetzt eben den von Rosenbergs und Karl-Heinz Lorenz. Sie ist für mich der einzige ehrliche Mensch in dieser ganzen kriminellen Vereinigung. Ich glaube kaum, dass sie sich jemals die Hände schmutzig gemacht hat.

Frank Weller geht mit. Er trägt eine dunkle Jeans, schwarze

Lederschuhe und ein anthrazitfarbenes Jackett. Für einen schwarzen Anzug hat es wohl nicht gereicht. Dass der Blazer so schlecht sitzt, liegt an dem Schulterholster, das er links über der Brust viel zu hoch trägt. Er will schnell ziehen können und mich nicht noch einmal laufenlassen. Er will sich nicht nachsagen lassen, dass die ostfriesische Polizei sich zu mir in Komplizenschaft befindet.

Ich sehe es seinem Gang an und seinem entschlossenen Gesicht: Ein zweites Mal wird er mich nicht entkommen lassen. Er wird nicht zögern zu schießen. Dass es mir gelungen ist, abzuhauen, hat sein Leben nicht leichter gemacht.

Er schielt zu mir rüber. Ahnt er etwas?

Noch bevor der Trauerzug am Grab angekommen ist, irritiert ein Geräusch alle. Die Hälse recken sich. Es ist ein anschwellendes Brummen, als würde ein gigantischer Bienenschwarm sich auf die Beerdigung zubewegen. Es sind aber weder Bienen noch Hornissen. Es sind Motorräder. Große, schöne Modelle. Jedes mit einem anderen Sound. BMW, Moto Guzzi, Suzuki und Yamaha. Ich bilde mir ein, die Harley von Luntrus herauszuhören.

Sie haben also Wort gehalten, meine Bikerfreunde! Sie stellen ihre Motorräder ganz in der Nähe der Polizeifahrzeuge ab und betreten in einer langen Dreierreihe den Friedhof. Sie nehmen ihre Helme ab, aber viele haben noch Kopftücher oder Stirnbänder. Einige tragen dicke Motorradbrillen. Verwegene Gestalten!

V-förmig bewegen sich die Beerdigungsgesellschaft und die Schlange der Biker auf das Grab zu. Ich bin praktisch dazwischen. Jetzt wäre ein günstiger Zeitpunkt für mich, abzuhauen, aber noch habe ich die Hoffnung nicht aufgegeben, Cordula zu sehen.

Im Trauerzug entdecke ich zwei Nonnen. Keine Ahnung, wie

Miriam Kontakt zu Nonnen gehabt haben sollte. Ob eine von ihnen Cordula ist?

Ich muss bei dem Gedanken grinsen. Der Friedhofsgärtner und die Nonne.

Eine Stimme in mir hämmert: Sie muss hier sein. Sie muss, muss, muss.

Ich habe so viel riskiert. Soll das alles umsonst sein?

Die Anwesenheit der Biker hilft mir, ein paar zivile Polizisten im Trauerzug herauszufiltern. Sie verraten sich, weil sie den Sitz ihrer Waffen überprüfen. Einer trägt sie in der rechten Jackentasche, ein anderer im Gürtel in Bauchnabelhöhe. Uniformierte Polizisten, die sich bisher zurückgehalten haben, betreten jetzt den Friedhof und gehen, Entschlossenheit mimend, auf die Biker zu.

Luntrus hebt sein Handy. Daraus plärrt Janis Joplins »Me and Bobby McGee«. Zwei andere Biker tun es ihm gleich. Ein rhythmisches Durcheinander entsteht, da jeder den Song unabhängig voneinander startet.

Die Presseleute wenden sich vom eigentlichen Trauerzug ab und fotografieren die Biker. Holger Bloem auch. Das Klicken der Kameras verschmilzt zu einer wispernden Geräuschkulisse, als würden Insektenschwärme in den Bäumen nisten.

Zeit, mich zu verziehen. Ich schultere meine Arbeitsgeräte und gehe gemessenen Schrittes zum Ausgang, hin zu meinem Fahrzeug. Im offenen Mannschaftswagen, direkt vor meinem Baumschulbulli, sitzt Kommissarin Ann Kathrin Klaasen und telefoniert aufgeregt.

»Er ist hier! Das ist eine typische Sommerfeldt-Geschichte. Er legt uns rein. Er ist unter den Bikern. Es sind hundert, vielleicht hundertzwanzig. Keine Ahnung, wie er sie aufgetrieben hat. Alle Personalien müssen festgestellt werden. Lasst euch nicht reinlegen! Er ist ein verflucht gerissener Hund. Diese Vorstellung hier hat er sich ausgedacht. Es passt zu ihm wie sein Arztkittel.«

Ich werfe meine Arbeitsmaterialien hinten auf die Ladefläche und steige in meinen Bulli. Es ist gar nicht so einfach, den Wagen rauszufahren. Sie haben mich ziemlich eng zugeparkt. Ich muss immer wieder vorwärts und rückwärts setzen, um die Polizeiwagen vor und hinter mir nicht zu rammen.

Ann Kathrin Klaasen macht einen genervten Eindruck. Sie beachtet mich überhaupt nicht. Sie ist viel zu sehr damit beschäftigt, zusätzliche Polizeikräfte herbeizuzitieren, um mich in der Menge der Biker festzunehmen.

Jetzt sitze ich fest. Vor mir, direkt neben Ann Kathrin Klaasens Mannschaftswagen, hält ein Polizeifahrzeug. Zwei Beamte steigen aus und gehen zu ihr. Die Straße ist jetzt für mich dicht.

Sie winken mir zu, als solle ich einfach nur einen Moment Geduld haben, und gleich würde die Straße wieder freigegeben. Noch hat mich keiner erkannt … hoffe ich.

Auf dem Friedhof entsteht heftiger Tumult, weil die Polizei versucht, die Biker von dem Beerdigungszug zu trennen, und die Personalien überprüfen will. Ich höre Luntrus laut rufen: »Wir haben ein Recht, von unserer Freundin Abschied zu nehmen! Wir sind unbescholtene, freiheitsliebende Bürger!«

Die Polizeibeamten werden in Diskussionen verstrickt, und ein ehemaliger Staatsanwalt zitiert Gesetzestexte. Ich sehe Urmel gestikulieren. Ein paar der Beamten kennen ihn noch. Es ist ja nicht lange her, da hat er Ermittlungsverfahren geleitet. Sie sind irritiert, hatten damals keine Ahnung, dass zwei Seelen in der Brust des ach so strengen Leitenden Oberstaatsanwalts pochen.

Die beiden Beamten, die mir den Weg versperren, steigen wieder in ihren silberblauen BMW mit schmutziggelben Längsstreifen. Ann Kathrin Klaasen steht jetzt vor dem Mannschaftswagen. Sie hat ihr Handy am Ohr. Ich habe die Scheibe heruntergelassen und höre im Weiterfahren ihre Stimme: »Dieser Typ ist unglaublich. Das alles ist eine Inszenierung, eine Ablenkung. Der spielt mit uns, als seien wir seine Schachfiguren!«

40

Die Wälder in Unterfranken sind dicht. Ein wunderbarer Unterschlupf für einen wie mich. Hier kann ich mein Fahrzeug abstellen und spazieren gehen. Aus Hubschraubern bin ich hier nicht zu entdecken. Ich müsste schon zufällig einem Förster oder Waldarbeiter begegnen. Irgendwo sind sie auch. Ich höre ihre Sägen. Doch recht weit weg.

Der Wald in Franken ist so etwas wie das Watt in Ostfriesland für mich. Sobald ich mich drin befinde, habe ich das Gefühl, Teil davon zu werden.

Nein, ich werde nicht zu einer Muschel und auch nicht zu einem Baum, so einfach ist das nicht. Ich bleibe Mensch, aber trotzdem geschieht etwas, das mir das Gefühl von Ganzheit vermittelt. Irgendwo dazuzugehören. Teil von etwas zu sein.

Mit Luntrus und seinen Leuten ging es mir so ähnlich.

Im Wald oder am Meer verliert die Zivilisation viel von ihrem Druck. Hier bin ich nicht ein Typ mit einem Personalausweis, der gejagt wird. Hier wirken ältere Kräfte. Archaische Gesetze.

Ist die Natur der Gegenentwurf zur modernen Gesellschaft? Zerstören wir deswegen so konsequent unsere eigene Lebensgrundlage? Werden auch diese Felder hier irgendwann der Braunkohleförderung weichen müssen, so wie es gerade im Hambacher Forst geschieht?

Nordrhein-Westfalen wäre jetzt wohl für mich der beste Rückzugsort. Da sind Tausende Polizisten damit beschäftigt, Baumhäuser abzubauen, damit der Wald weichen kann. Der Bund der Kriminalbeamten hat dagegen protestiert. Sie fühlen sich, als würden sie von der Politik verheizt werden. Und damit dürften sie recht haben.

Ich verfolge das Ganze im Internet mit großem Interesse. Wer sind hier die Helden? Die Umweltschützer oder die Polizisten, die jetzt dabei mithelfen müssen, genau den Wald zu zerstören, den sie selber brauchen, denn er produziert die Luft zum Atmen für sie und ihre Kinder.

Hier fühle ich mich sicher. Im Wald am Rand von Haßfurt hat Moritz von Rosenberg einen alten Hof gekauft und zu einer Villa umgebaut. Bei meinem letzten Besuch, der für den alten Lorenz nicht so gut gelaufen ist, sah das Ganze schon aus wie Fort Knox. Gesichert mit hohen Drahtzäunen und Bewegungsmeldern.

Ich wette, jetzt haben sie alles noch einmal verschärft. Sie haben Angst, denn sie wissen, dass ich wiederkommen werde, um sie mir zu holen.

Ich werde heute Nacht kommen. In der Dunkelheit. Zwischen drei und vier Uhr werde ich mich heranpirschen. Und dann ein Schlachtfest veranstalten.

Ich liege zwischen den kräftigen Wurzeln einer mächtigen Eiche und schaue durch die Blätter hoch in den Himmel. Es ist, als würde aus dem Baum heraus Ruhe in mich fließen und die Gewissheit, dass die Hektik des Alltags nichts weiter ist als eben Hektik des Alltags. Also vergänglich.

Ich muss an das Gedicht des türkischen Dichters Nazim Hikmet denken:

Leben wie ein Baum, einzeln und frei,
doch brüderlich wie ein Wald,
das ist unsere Sehnsucht.

Hier, zwischen den Wurzeln, bekomme ich Kontakt zu einer uralten Sehnsucht. Und wieder ist da eine Ahnung davon, dass alles gut werden könnte, ohne dass ich wüsste, wie. Wenn ich dem Verstand die Führung überlasse und den logischen Gedankengängen folge, kann das alles nur mit meinem Tod enden oder mit Knast bis zum Lebensende.

Ich hatte schon so viel Glück, schon so viel Unterstützung. So kann es nicht ewig weitergehen. Aber vielleicht werde ich Cordula treffen. Ich denke, sie wird hierhinkommen, um sich von Rosenberg und den alten Lorenz zu holen. Oder um mich zu treffen, wenn ich komme, um mir die beiden zu greifen.

Ich kann mir nicht vorstellen, dass sie die Beerdigung verpasst hat. Aber wer war sie? Eine der beiden Nonnen? Ist so eine Verkleidung nicht ein bisschen zu auffällig? Und wenn ja, wer zum Teufel war dann die andere Nonne?

Ich könnte versuchen, mit Cordula ein neues Leben zu beginnen, wenn uns die Flucht in ein anderes Land gelingt. Am besten nach Südamerika. Dann könnten wir dort mit neuen Papieren noch einmal ganz von vorn anfangen. Aber vielleicht bieten sich auch andere Länder an. Russland, die Ukraine.

Wenn sich die weltpolitische Lage noch weiter verschlechtert, werden die Russen sicherlich jeden Auslieferungsvertrag mit Deutschland platzen lassen.

Nun, ich bin nicht gerade Edward Snowden, aber wer weiß … Jedenfalls habe ich noch genug Geld. Das Depot in Uslar müsste noch bestehen, und da sind die Goldmünzen im Bankschließfach in Gelsenkirchen und das Honorar, das mein literarischer

Agent für meine Aufzeichnungen kassiert hat. Vielleicht kann ich ihn irgendwann abends besuchen und die Mäuse, die mir gehören, aus ihm herauskitzeln.

Wie lange schafft ein Mensch es heutzutage noch, ruhig irgendwo zu liegen und Löcher in die Luft zu starren, statt sich auf einem Handy oder Tablet durch das Internet zu klicken? Ich selbst erwische mich dabei, dass ich hier liegend nun im Internet nach mir selbst google. Wind schüttelt den Baum und Blätter fallen zu mir runter, als wolle er mich darauf aufmerksam machen, dass ich gefälligst mein Tablet weglegen soll.

Recht hat er, der Baum! Ich entschuldige mich sogar bei ihm und versuche, meinem Atem zu lauschen, den Vögeln in den Bäumen, dem Wind, wie er die Zweige biegt.

Mit der Ruhe kommt gleichzeitig ein Erschöpfungsgefühl. Auf den Bildschirm starrend hätte ich das wahrscheinlich gar nicht bemerkt. Doch jetzt werden meine Glieder schwer. Ich höre sogar die Stimme meiner Therapeutin wie beim autogenen Training: *Mein rechter Arm ist ganz schwer – mein linker Arm ist ganz schwer …* Das Letzte, was ich sehe, ist ein Eichhörnchen, das über mir mit wehendem Schwanz den Baum hochklettert. Ich weiß schon nicht mehr, ob es real ist oder bereits ein Traumbild.

Als ich erwache, fühle ich mich erfrischt, ja gesundet, als sei ich vorher krank gewesen. Ich könnte nicht sagen, wie lange ich geschlafen habe. Meine Schätzung schwankt zwischen zwanzig Minuten und drei Stunden. Es ist immer noch hell, aber ich sehe die Sonne nicht mehr. Ich müsste aufs Handy gucken, um die genaue Uhrzeit zu erfahren, aber das tue ich nicht.

Bestimmt sind sie noch beim Leichenschmaus. Vermutlich machen sie gerade Geschäfte und versuchen wieder, die Presseleute dazu zu bringen, Stimmung gegen mich zu machen, damit mein Buch nicht erscheint. Aber wenn das mit den zweihunderttausend Vorbestellungen stimmt, dann wird niemand den Verlag daran hindern können, die Bücher palettenweise auszuliefern. Es geht der Verlagsbranche im Moment nicht gerade rosig. Vielleser wie mich gibt es immer weniger.

Ich habe Hunger. Ich pflücke Beeren. Und ich esse sogar Pilze. Roh, so, wie sie am Wegrand stehen. Es macht Spaß. Ich empfinde es keineswegs als Einschränkung, mich jetzt hier im und vom Wald ernähren zu müssen.

Ich komme zu einem kleinen Teich. Ich spitze ein Holz an und baue mir einen Speer. Dann stehe ich damit ruhig im Wasser. Zunächst fliehen die Fische vor mir, doch dann kommen sie neugierig näher. Dreimal versuche ich, einen mit der Speerspitze zu erwischen, doch sie sind schneller als ich. Oder cleverer. Trotzdem kommen sie jedes Mal wieder, so, als sei ich jetzt ein anderer geworden. Weniger hinterlistig, weniger aggressiv.

Erneut geben sie mir die Chance zuzuschlagen. Und beim vierten Mal klappt es tatsächlich. Ich stoße den angespitzten Ast durch den Körper eines Barsches, der jetzt zappelnd die Flossen ausstreckt, als könne er mir so Angst machen.

Ich ziehe das Tier aus dem Wasser, und gleichzeitig frage ich mich, ob ich den Fisch jetzt wirklich grillen will. Ist das nicht ein bisschen zu viel Abenteuer? Eröffne ich ihnen damit nicht wunderbare Möglichkeiten, mich zu fangen? Ein Feuer im Wald – muss man darauf nicht aufmerksam werden?

Am Fuß der großen Eiche will ich es zunächst versuchen. Ich denke, hier wird sich der Qualm in dem groß ausgedehnten Blätterdach verflüchtigen.

Ich muss an Hasi, den Polizisten, denken, dem ich nicht mal gestatten wollte, gefesselt im Wald zu rauchen, um die Brandgefahr zu verhindern. Jetzt mache ich selbst so etwas. Ich gefährde mich, aber sicherlich auch den ganzen Wald.

Wie wäre mein Leben verlaufen, wenn ich Förster geworden wäre oder einfach ein aktiver Umweltschützer? Wenn ich jetzt im Hambacher Forst in den Baumhäusern hängen würde, statt mich hier unter einer alten Eiche zu verstecken? Um die Konfrontation mit der Staatsgewalt wäre es in beiden Fällen gegangen.

Ich sammle ein wenig kleines Holz und trockene Blätter. Ich brauche nur ein kleines Feuer, um meinen Fisch zu garen. Ich sauge den Duft tief ein.

Ich esse das heiße, weiße Fleisch mit großer Lust. Es ist an vielen Stellen noch glasig, und die Gräten lassen sich nur schwer lösen. Ich habe keinerlei Gewürze, nur den Fisch und das Feuer. Es kommt mir vor, als würde ich Jahrhunderte überwinden und sei damit bei mir selbst angekommen. Ich bin ein Jäger. Ein Fischer. Ein Krieger.

Ich habe keine Steuernummer, und es gibt auch keine Akten über mich. Prüfungen und Staatsexamen sind noch nicht erfunden. Wer heilt, hat recht.

41

Das Feuer ist gelöscht. Ich habe es sorgfältig ausgemacht, ich will nicht schuld sein, wenn dieser schöne Wald niederbrennt.

Den Fischkopf und die Gräten habe ich samt Schwanz beerdigt. Ja, beerdigt. Ich finde, der Fisch hatte das verdient. Er ist jetzt ein Teil von mir.

Es ist gar nicht so einfach, sich im Dunkeln durch den Wald zu bewegen, ohne sich zu verletzen. Die Nacht ist sternenklar, aber der Mond verschwindet oft hinter dichtem Blattwerk. Der Boden ist so dunkel, dass ich kaum sehen kann, wie meine Füße ihn berühren. Ich bewege mich tastend vorwärts, trete vorsichtig auf, und auch jetzt ist es, als würde uraltes Wissen zu mir zurückkommen. Wissen aus einer Zeit, als meine Füße mir Informationen über den Boden gegeben haben. Als hätte ich mal ein Gehirn in den Knien gehabt oder als sei zumindest unter meinen Fußsohlen und in meinen Knien altes Wissen gespeichert, das jetzt von meinem Gehirn abgerufen wird.

Zweimal ist es so stockfinster, dass ich Angst habe, gegen einen Baum zu laufen oder über Wurzeln zu stolpern, so dass ich die Taschenlampe im Handy benutzen muss, um kurz den weiteren Weg abzuleuchten. So ein Licht nachts ist sehr auffällig. Ich versuche, es zu vermeiden.

Der Rasen um die herrenhausähnliche Rosenberg-Villa ist

hell erleuchtet. Im Haus sehe ich nur oben hinter zwei Fenstern Licht. In einem Abstand von etwa fünfzig Metern zum Haus ist alles gerodet. Aus jedem Fenster hat man freie Sicht bis zum hohen Maschendrahtzaun, der auf mich so wirkt, als könne er elektrisch geladen sein.

Das alles erinnert mich sehr an das Gefängnis in Meppen, in dem ich zu Besuch war, und ich muss grinsen. Man kann sich sein Gefängnis auch selber bauen, und im Gegensatz zu mir muss von Rosenberg sogar die Wächter selbst bezahlen.

Auf Anhieb sehe ich einen Security-Mann. Aber es fühlt sich für mich so an, als seien irgendwo noch mehr. Der hier sitzt am Stahltor. Er hat das Kinn auf der Brust.

Sommerfeldt in mir spottet: *Guck dir das an! Die Security-Leute haben heutzutage nicht mehr alle eine richtige Berufsehre. Die Penner hat er wahrscheinlich preiswert gekriegt. Der Typ da ist eingenickt.*

Ich frage mich, ob von Rosenberg eine Hundephobie hat, denn ich sehe keinen Zwinger und auch keine Hunde. Dabei würde es ihm doch ähnlich sehen, abgerichtete Kampfhunde auf dem Gelände herumlaufen zu lassen.

Ich pirsche mich an den Security-Mann heran, der das Haupttor bewacht.

Wahrscheinlich, freut sich Sommerfeldt, *sind das nur so Operetten-Security-Leute, mit denen er Eindruck schinden will. Je doller jemand bewacht wird, umso wichtiger fühlt er sich oder scheint er zu sein. Die machen das bestimmt nur heute oder in den nächsten paar Tagen. Dann ist er zu geizig, sie weiterzubezahlen.*

Ich bin jetzt so nah, dass ich in den Radius eines Bewegungsmelders gerate, und sofort werde ich angeleuchtet. Die Objektive von zwei Kameras links und rechts neben dem Tor sind auf mich gerichtet. Die Kameras surren und verfolgen jeden meiner Schritte. Das ist mir egal. Sie werden sowieso wissen, dass ich die Morde begangen habe. Sollen sie mich doch ruhig dabei filmen.

Aber warum, verdammt, wird der Security-Mann nicht wach? Warum springt er nicht auf und reißt seine Pistole aus dem Holster?

Mit dem Typen stimmt etwas nicht, wenn er so einen festen Schlaf hat. Drogen, vermute ich und trete näher an ihn heran. Den auszuknocken ist fast eine unsportliche Angelegenheit. Aber ich muss sichergehen, dass er nicht gleich wach wird und Alarm schlägt.

Ich fasse ihn an. Ich habe feuchte Hände.

Scheiße! Das ist Blut. Der ist nicht eingeschlafen, dem hat jemand die Kehle durchgeschnitten.

Ich taste nach seiner Schlagader. Aus der offenen Wunde am Hals pulst Blut. Noch lebt er.

Ich versuche, die Blutung zu stoppen, aber es gelingt mir nicht. Ich fürchte, er ist unrettbar verloren.

Ich lasse ihn langsam auf den Boden sinken und tätschele sein Gesicht. »Halte durch, Kumpel«, sage ich zu ihm. Aber er wird es nicht schaffen.

Wenn man keine Rücksicht auf Security-Leute, Hunde oder Kameras nehmen muss, ist es leicht, über das Stahltor zu klettern. Ich renne Richtung Haus. In meinem Kopf hämmert Hans Fallada das große Finale: *Beeil dich, Sommerfeldt! Cordula ist schon da. Oder hast du es etwa selbst getan und weißt es wieder nicht, weil eine Person in dir, die du noch nicht kennst …*

Ich versuche, diese Gedanken in mir auszuschalten. Ich muss jetzt klar handeln. Fallada soll sich gefälligst darauf beschränken, zu beobachten, um hinterher schreiben zu können. Ich verbiete ihm geradezu, sich einzumischen. Jetzt kann uns nur Sommerfeldt heil hier rausbringen.

Neben dem Kiesweg zum Haupteingang liegt ein Schäferhund. Auch er wurde mit einem langen Schnitt durch die Kehle getötet. Das erklärt natürlich, warum ich hier kein Hundegebell höre.

Sie muss hier sein. Soll ich sie rufen? Oder wird sie das als Verrat empfinden?

Die Vordertür ist verschlossen und wirkt auf mich, als müsse ich viel Kraft und Geduld aufbringen, um sie zu knacken. Ich laufe ums Haus herum. Hinten gibt es eine große Glasfront. Scheinwerfer knallen mir ins Gesicht, dass ich fast blind werde.

Die Tür steht halboffen. Ein Bein ragt heraus in den Garten.

Ich öffne die Tür vollständig und sehe den zweiten Security-Mann in seinem Blut liegen. Er ist schon tot. Sein Blut hat einen großen schwarzen Fleck auf seinem blauen Hemd hinterlassen. Entweder hat sie ihm zusätzlich einen Kinnhaken verpasst, oder er ist unglücklich gestürzt, denn sein Mund ist offen, und die Zähne stehen schräg, wie bei einem Menschen, der versucht hat, ein künstliches Gebiss auszuspucken. Seine Zähne sind noch echt. Vermutlich ist sein Kiefer gebrochen.

Eine Alarmanlage heult los. Der Ton ist schrecklich. Ich frage mich, was der Blödsinn soll. Wer konstruiert so dämliche Alarmanlagen? Der laute Heulton hier hat doch überhaupt keinen Sinn.

Oben auf der Treppe liegt der alte Lorenz. Er trägt nur eine Schlafanzughose. Neben ihm ein Gewehr. Er muss wohl ein Geräusch gehört haben und ist dann aus seinem Zimmer gerannt. Sie hat ihn an der Treppe erwischt.

Jetzt rufe ich doch ihren Namen: »Cordula? Cordula?«

Ich komme mir blöd vor, weil ich erst zu rufen beginne, als

diese Sirene es vermutlich unmöglich macht, dass mich jemand hört.

Ich stürme die Treppe hoch, vorbei an Lorenz. Oben im Flur steht ein Fenster offen. Ich stoße jede Zimmertür auf. Keine ist abgeschlossen. Sie öffnen sich alle nach innen.

Den Leichnam von Moritz von Rosenberg, der mir erst meine Frau, dann meine Firma weggenommen hat, finde ich am Ende des Flurs in einem Schlafzimmer auf einem runden Wasserbett. Statt die Wände und die Decke zu tapezieren, wurden hier meterhohe Spiegel angebracht. So sehe ich ihn gleich mehrfach.

Er ist barfuß, trägt aber noch seine schwarze Anzughose und ein weißes Feinrippunterhemd. Er hat Schnittwunden an den Händen. Er muss sich gewehrt haben, bevor er mit einem präzisen Stich ins Herz getötet wurde.

Seine Schuhe und Socken liegen in der Nähe der Tür. Die Anzugjacke hängt lässig hingeworfen über einem Stuhl. Ein Ärmel baumelt zu Boden und berührt eine halbvolle Flasche Bourbon. Gläser sehe ich nicht.

Ich habe das Gefühl, vor einem toten Mann zu stehen, der glaubte, es endlich geschafft zu haben. Aber dann vor den Trümmern seines eigenen Tuns stand. In den letzten Tagen hat er sicherlich nur noch versucht, nach außen hin das Image zu bewahren. Innerlich war er bereits tot, bevor das Messer ihn traf.

Ja, genau so wirkt er jetzt auf mich.

Ich empfinde keine Genugtuung, auch kein Mitleid. Nein, eher Erschrecken. Erneut frage ich mich: Ist Cordula hier? Diese Morde sind doch gerade erst geschehen. Oder habe ich das gemacht?

Es riecht, als sei schon lange nicht mehr gelüftet worden. Nein, es ist nicht der metallisch-süßliche Blutgeruch. Es stinkt nach Alkohol, vollen Aschenbechern und Angstschweiß. Allerdings sehe ich nirgendwo einen Aschenbecher. Vielleicht riecht seine Kleidung einfach nach Qualm.

Ist das hier das Schlachtfest, das ich anrichten wollte? Habe ich es angerichtet? Dieser Gedanke wird übermächtig in mir, während mich diese schreckliche Sirene fast um den Verstand bringt.

Ich renne herum und suche sie. Am liebsten würde ich die Kabel durchschneiden und sie aus der Wand reißen. Aber obwohl der Ton mir durch Mark und Bein fährt, entdecke ich seine Herkunft nicht. Er ist einfach überall und betäubt mich, ja lähmt meinen Verstand.

Vermutlich ist im Krieg das Donnern der Kanonen eine der effektivsten Waffen. Der Lärm bringt die Menschen dazu, aufzugeben oder zu fliehen.

»Cordula?!«, schreie ich noch einmal mit ganzer Kraft. »Cordula!«

Oh, wie schön wäre es, sie jetzt in die Arme zu schließen. Nein, ich finde nicht gut, dass sie diese Morde begangen hat, das war mein Job. Damit wollte ich mich befreien. Aber wenn ich sie jetzt sehen würde, in die Arme schließen könnte, wäre das doch auch der Beweis, dass ich nicht komplett verrückt bin, dass ich noch vollständig Herr meiner Sinne bin, klar orientiert im Hier und Jetzt.

Wie soll sie hier rausgekommen sein? Die Morde sind doch gerade erst geschehen. Sie hätte mir praktisch auf der Treppe begegnen müssen.

»Verflucht, wer in mir hat das angerichtet?«, brülle ich alle die an, die ich kenne. Fallada. Sommerfeldt. Johannes Theissen. Er ist wohl der Einzige, der hier völlig unschuldig ist und sich verängstigt wie ein kleiner Junge in der letzten Ecke meiner Seele verkriecht. Der Kleine hält sich die Augen zu und will mit all dem nichts zu tun haben. Dabei geschieht es doch nur, um ihn endlich zu befreien.

Wehr dich!, brüllt Sommerfeldt ihn an. *Wehr dich! Zeig, dass es dich gibt, dass du genau solche Rechte hast wie alle anderen und dir nicht alles gefallen lässt! Verdammt, was bist du für ein Weichei?!*

Ich trete gegen das runde Wasserbett. Ich höre den Inhalt hin und her schwappen, und die Leiche bewegt sich jetzt, als sei sie lebendig.

Zurück im Flur halte ich mir die Ohren zu, um die Sirene nicht vollständig mein Hirn zerstören zu lassen. Ich, der nichts so sehr hasst wie Lärm, bin diesem Terror ausgeliefert. Haben die das installiert, weil sie wissen, dass es mich fertigmacht? Hatten sie die Hoffnung, wenn ich es schaffe, ihre Scheißfestung zu betreten, würde mich zumindest das Gebrüll ihrer Alarmanlage in die Flucht treiben?

Sie sind damit ziemlich nah dran an der Wahrheit.

Mein Blick fällt auf das offene Fenster. Ich stürme hin. Einerseits scheint mir ein Sprung aus dem Fenster ganz sinnvoll, um irgendwie wieder in die Stille zu kommen, andererseits muss dies der Weg sein, den Cordula, sofern sie hier war, genommen hat.

Sie ist unten hereingekommen, hat den Wächter an der Tür umgebracht, hat unten den zweiten Security-Mann am Hauseingang getötet, ist die Treppe hoch, hat ihren Rachefeldzug hier beendet und ist dann aus dem Fenster geflohen.

Warum ist sie nicht wieder zurückgelaufen? Weil sie schon hörte, dass ich unten reinkam? Hat sie etwa den Alarm ausgelöst, wissend, dass ich dann kopflos werde?

Das Fenster liegt sehr günstig. Von hier aus kommt man auf die ehemalige Scheune, den Ballsaal. Hier auf dem Dach ist es zwar immer noch tierisch laut, aber die Alarmsirene ist echt nur innen, nicht außen. Was soll das? Haben sie die wirklich als Waffe gegen mich gebaut? *Ein Lärmschutz im wahrsten Sinne des Wortes,* spottet Sommerfeldt.

Ich lege beide Hände an meine Lippen und rufe meine Cordula, wie Tarzan seine Jane.

Der Rasen bis zum Stacheldrahtzaun ist hell beleuchtet, aber ich sehe niemanden. Ich klettere vom Dach und verlasse dieses Totenhaus, ohne mein Tsukasa-Messer eingesetzt zu haben.

Statt zu fliehen, bleibe ich im Licht der Scheinwerfer stehen, ziehe mein Messer und schaue die Klinge an. Der Damaszener Stahl ist völlig rein, ohne einen Flecken Blut. Das zweite Wurfmesser trage ich an der linken Wade unter der Hose. Das muss ich nicht kontrollieren. Die Einstichwunden der Toten stammen nicht von der breiten Klinge eines Wurfmessers.

Innerlich sacke ich irgendwie zusammen. Obwohl ich es mit meinen Messern nicht getan haben kann, liegen da drin die Leichen.

Wenn Cordula es gewesen ist, warum läuft sie dann einfach vor mir weg? Wenn sie es wie eine Schnitzeljagd geplant hat, warum dann dieses Massaker? Hätte sie nicht einfach hier auf mich warten können?

Immer heftiger pocht in mir die Vermutung, dass es irgendwo tief in mir drin eine Person gibt, die viel schlimmer ist als alle anderen. Ein sehr alter, tierischer Anteil. Jemand, der keine Wurfmesser benutzt und keine edle japanische Klinge. Jemand, der das alte Spiel fortsetzen will: das Einhandmesser mit der 440er geschwärzten Stahlklinge nutzt. Jemand, der will, dass sich alles verändert und doch genau so bleibt, wie es war.

Noch einmal brülle ich ihren Namen in die Nacht: »Cordula!«

Aus dem Wald hallt es zurück.

Ich laufe einmal ums ganze Haus herum. So, wie der Lärm der Alarmsirene mich fast taub hat werden lassen, so macht mich jetzt dieses helle Licht fast blind. Mir werden hier meine Wahrnehmungsfähigkeiten genommen. Soll ich werden wie die drei Äffchen? Nichts hören, nichts sehen, nichts sagen?

Wer immer es war, hat sich mit dem Hund nicht genügend Mühe gegeben. Er ist auf den Kiesweg gekrochen. Seine Hinterbeine zucken.

Ich erlöse das Tier von seinen Schmerzen. Dann wische ich die Klinge des Tsukasa-Messers an seinem Fell ab.

»Du hattest mit all dem am wenigsten zu tun«, sage ich dem toten Schäferhund. »Das hier ist nicht dein Krieg. Wärst du besser Wolf geblieben, statt ein domestizierter Wachhund in Unterfranken zu werden.«

Ich verlasse das Schlachthaus mit aufrechtem Gang durch das geöffnete Stalltor. Davor liegt der Security-Mann. Ich drehe mich noch einmal zu dem Schlachthaus um. Wer immer das war, hat den Eindruck einer sehr guten militärischen Nahkampfausbildung hinterlassen. Das Ganze sieht nicht aus wie die Arbeit einer Sprechstundenhilfe aus Norddeich.

In meiner Erinnerung sehe ich sie vor mir sitzen, an der Rezeption meiner Praxis. Gutgelaunt trug sie ihre Speckröllchen wie Orden, hatte immer eine offene Packung Pralinen neben sich stehen und griff immer mal wieder zur Belohnung hinein.

Sie konnte schweinische Witze erzählen und lachte selbst am lautesten darüber. Sie nannte sich Arzthelferin oder Sprechstundenhilfe, fühlte sich als Mädchen für alles und ignorierte dabei völlig, dass ihr Beruf inzwischen »Medizinische Fachangestellte« heißt. Aber dieses Wort gefiel ihr nicht.

Sie war eine Weltmeisterin darin, Venen zu finden. O ja, ich glaube, viele Patienten kamen nur deswegen zu mir, weil Cordula so gut Spritzen setzen und Blut abnehmen konnte.

»Man muss die Venen nicht sehen, man muss sie ertasten«, sagte sie gern.

Sie war unglücklich verliebt in mich, und ich Trottel habe es nicht bemerkt. Dass ich ihr ein doppeltes Gehalt gezahlt habe, war für sie Bestätigung genug, dass ich sie ebenfalls liebte und nur noch nicht wusste, wie ich meine Freundin Beate loswerden sollte.

Ein Schauer läuft mir bei dem Gedanken den Rücken runter. Wenn Cordula dieses Massaker hier angerichtet hat, dann wäre sie auch in der Lage gewesen, Beate zu töten, und dafür hatte sie tausendmal mehr Gründe als für das hier.

War sie es doch nicht? War ich es?

Es kann nicht mehr lange dauern, bis die Polizei eintrudelt. Ich irre durch den Wald. Ich nehme nicht den direkten Weg zu meinem Fahrzeug. Das wäre sicherlich am klügsten, und Sommerfeldt verlangt es auch von mir, aber ich laufe einfach nur herum. Ich nutze sogar die Taschenlampe von meinem Handy. Ich gebe innerlich vor, dass ich es nur tue, um nicht zu stürzen, in Wirklichkeit leuchte ich aber gar nicht direkt vor mir auf den Weg, sondern lasse den Lichtkegel durch den Wald streifen.

Die Bäume sehen gespenstisch lebendig aus. Ja, ich weiß, ich suche immer noch Cordula.

Ich erwische ein Reh, das mich erschrocken anstarrt und eine Weile braucht, bevor es den Schock überwindet und endlich flieht.

42

Ich fühle mich wie Dr. Jekyll und Mr Hyde, nur dass ich kein Medikament einwerfen muss, um jemand anderer zu werden. Der Wechsel findet teilweise ohne meine Beteiligung statt. Dann wieder kann ich es bewusst herbeiführen, einzelne Personen in mir aufrufen.

Solange das so ist, spiele ich einfach nur eine Rolle. Den netten Hausarzt, den liebevollen Partner, den eiskalten, berechnenden Killer, den braven Sohn. Den Firmenchef, der sein Medizinstudium abgebrochen hat, um den Familienladen zu retten, aber von nichts eine Ahnung hat.

Rollen! Unser ganzes Leben besteht aus vielen verschiedenen Rollen. Und wir wechseln mehrmals täglich. Aber wenn es nicht mehr klar und bewusst geschieht, sondern einfach passiert, dann macht es Angst, dann ist es krank.

Soll ich wirklich meine Therapeutin Bärbel anrufen? Soll ich noch einmal versuchen, von ihr Hilfe zu bekommen? Sie hat so oft davon gesprochen, dass ich unschuldig sei und die Morde gar nicht begangen haben könnte, weil ich dazu gar nicht in der Lage sei, dass einige Pressevertreter gemutmaßt haben, sie sei verknallt in mich. Sie haben es nicht wörtlich geschrieben, aber es leuchtete doch zwischen den Zeilen durch, wie ein grinsend und augenzwinkernd vorgebrachter Verdacht.

Habe ich mich wirklich dafür entschieden, jetzt in die Gärtnerstadt zu fahren, um mich meiner Mutter zu stellen? Warum jetzt? Bin ich nicht viel zu aufgewühlt, viel zu durcheinander? Ich brauche alle Kraft, um ihr standzuhalten.

Oder ist es gerade gut, im Moment nicht zu wissen, wer die Oberhand hat? Kriegt sie es jetzt mit einem zu tun, der stärker ist als alle anderen? Mit einem, der ihr trotzen kann? Der endlich alles beendet?

Meine Wut auf sie wächst ins Unermessliche. Sie hat mir nur sehr wenige Rollen zugestanden, mich festgelegt auf ein paar kleine Schmalspurexistenzen. Sie hat mir das Gefühl gegeben, eine Marionette zu sein, die das Drehbuch nicht kennt, aber vor Publikum ein Stück spielt. Die Zuschauer lachen, denn sie sehen, dass der Hanswurst an Fäden hängt.

Wenn ich die Fäden durchschneide, werde ich dann zusammenbrechen und wie eine aus vielen kleinen Holzstückchen bestehende Puppe auf dem Boden liegen? Werde ich gar nicht mehr tanzen statt nach ihrer Pfeife? Werde ich unbeweglich? Brennholz?

Als ich in Bamberg ankomme, schläft die Stadt noch. Ich fahre nicht bis in unsere Straße hinein. Ich parke an einer Bushaltestelle. Hier habe ich früher oft gestanden. Man darf hier nicht parken, aber was darf man nicht alles nicht? Ich glaube kaum, dass sie mich deswegen vor Gericht stellen werden.

Der Sommerfeldt in mir lacht: *Wir wissen noch nicht genau, ob wir Sie wegen sechs Morden oder wegen zwei Dutzend vor Gericht stellen. Aber eins haben wir schon mal ganz klar auf dem Schirm: Sie haben im Parkverbot gestanden, und aus dieser Nummer lassen wir Sie nicht mehr heraus, Herr Dr. Sommerfeldt, oder wie immer Sie sich nennen. Hiermit beantrage ich lebenslänglich mit anschließender Sicherungsverwahrung.*

Würde Urmel so plädieren?

Der Sommerfeldt in mir nimmt immer mehr Raum ein. Ich freue mich, dass er die Handlungsführung übernimmt. Er ist genau der Typ, um diese Situation hier zu wuppen.

Der Johannes Theissen in mir verkriecht sich noch weiter. Je näher ich meinem Elternhaus komme, umso enger wird es ihm ums Herz. Er hat immer noch diese Sehnsucht in sich, von seiner Mutter geliebt zu werden, und weiß doch, dass er dafür nie gut genug sein wird.

Fallada findet, sie und ich sind tragische, miteinander verknüpfte Figuren, und er gibt zu bedenken, dass man eine Symbiose nicht nur durch Mord beenden kann, sondern vielleicht auch durch einfache räumliche Trennung.

Sommerfeldt grinst darüber. Seine Methode ist die sichere.

Aber zum ersten Mal spüre ich, dass auch Sommerfeldt unsicher ist. Er zeigt es nur nicht. Er spielt den Coolen. Doch er weiß genau, dass er bisher noch nie in der Lage war, einer Frau etwas Übles anzutun.

Willst du es diesmal schaffen? Kannst du wirklich dein Messer in ihr Herz rammen? Bist du dafür stark genug, Sommerfeldt? Oder muss ich dafür eine vierte, unbewusste Gestalt werden? Einer, der Abgründe in sich hat, die selbst dir, Sommerfeldt, fremd sind …

Vielleicht, wirft Fallada ein, *reicht es ja, wenn sie dich um Verzeihung bittet, wenn sie ihre Schuld eingesteht, vielleicht kann ja noch alles gut werden.*

Johannes Theissen gibt ihm mit belegter Stimme recht. Sein *Ja, ja, das wäre doch eine Möglichkeit,* klingt, als würde er, von einer schweren Krankheit niedergestreckt, im Bett liegen.

Das Baumhaus zieht mich fast magisch an. Dorthin habe ich mich manchmal geflüchtet und über mich nachgedacht und darüber, was ich alles falsch mache, wie ich es noch besser machen könnte, um meiner Mutter zu gefallen und meinen Eltern ein guter Sohn zu sein.

Oben im Baumhaus habe ich auch meine Hansrudi-Wäscher-Comics gelesen. In meinem Elternhaus waren Comics nicht denkbar. Dort wurde ich manchmal zu Sigurd oder Akim, dort lebte ich meine Heldenträume aus. Dort konnte ich stark und unabhängig sein.

Ich klettere hoch, ein bisschen in der Hoffnung, mir die alte Energie zurückholen zu können und gleichzeitig dem Haus nah zu sein, in dem ich so schreckliche Niederlagen erlitt, in dem ich so verformt wurde.

Hier oben ist es jetzt still. Ich höre nur einen Specht und das Gurren von Tauben. Ein warmer, wolkenloser Tag kündigt sich an. Selbst hier oben im Baumhaus vermisse ich den Wind. Das ist vielleicht der größte Unterschied zu Ostfriesland. Ich mag diese ständige Anwesenheit des Windes. Dieses Streicheln auf der Haut, diesen Widerstand. Der Wind gibt mir die Möglichkeit, mich selbst zu spüren, meine Haut als Abgrenzung zur Welt.

Ich sehe mich unten im Garten spielen. Es sind Erinnerungen. Sehr alte Erinnerungen. Immer dieses Gefühl, beobachtet zu werden. Immer dieses Gefühl, nicht richtig zu sein. Etwas anderes sein zu müssen als das, was ich bin. Bis ich selbst nicht mehr wusste, wer ich bin oder wer ich sein möchte.

Ich tue mir selbst leid, und das ist mir wiederum peinlich.

In dem Moment sehe ich einen Zeitungsboten auf dem Fahrrad kommen. Ich weiß noch, wie ich mich mal mit dem Zeitungsboten unterhalten habe. Es war ein netter älterer Herr, der drei Jobs gleichzeitig hatte, um sich über Wasser zu halten, wie er mir erzählte. Ich glaube, er hieß Horst.

Ich wollte ihm meine Comic-Sammlung zeigen, weil ich ihn mal auf dem Flohmarkt gesehen hatte, als er seine Comics zum

Verkauf anbot. Meine Mutter fand es aber nicht in Ordnung, dass ich mich mit »solchen Leuten« unterhielt.

»Das«, so hatte sie mir damals gesagt, »sind Menschen fünfter Klasse.«

Keine Ahnung, was sie damit meinte. Aber ich hätte nur zu gern dazugehört.

Doch das da unten ist nicht der Zeitungsbote und ganz sicher nicht Horst. Das da könnte sogar Cordula sein. Von der Figur her auf jeden Fall. Der Art zu gehen auch.

Sind die Zeitungen in ihrer Hand nur Tarnung?

Das Fahrrad stellt sie unten am Tor ab und geht in den Garten. Noch sieht es so aus, als wolle sie die Zeitung näher ans Haus bringen, statt sie außen in den Briefkasten zu stecken. Aber in mir schrillen alle Alarmglocken.

Am liebsten würde ich sie rufen. Endlich habe ich sie gefunden!

Sie hat einen gebogenen Draht dabei. Damit greift sie durch das gekippte Fenster links unten neben der Eingangstür. Es dauert nur Sekunden, und sie ist drin. Während dieser Scheißhitze ist einfach kein Haus sicher.

Im Gegensatz zu den von Rosenbergs schützt meine Mutter ihr Wohnhaus nicht sonderlich. Hier sind keine Security-Leute. Es gibt Kameras, aber die Aufzeichnungen werden nicht an die Polizei weitergeleitet. Es ist alles vorhanden, doch nicht scharf geschaltet. Es wäre ihr viel zu unangenehm, wenn andere Leute ständig in ihren Garten gucken könnten. Sie fühlt sich sicher. Unangreifbar. Trotz all der Morde um sie herum.

Von den Toten in Haßfurt kann sie noch nichts wissen. Aber ich bin überzeugt davon, dass selbst das ihre Lebenseinstellung nicht verändern würde. Es ist für sie, als könne niemand wagen, eine Frau ihres Ranges anzugreifen. In ihrer narzisstischen

Überheblichkeit hält sie sich für unantastbar, und im Grunde war sie das ja auch lange Zeit. Weder mein Vater noch ich hätten riskiert, sie wirklich zu kritisieren oder hart zu attackieren. Und ihr Personal ganz sicher nicht.

Cordula verschwindet im Haus. Einen Moment sitze ich noch ganz ruhig. Erleichtert, ja glücklich. Weiß ich doch nun, dass ich nicht verrückt bin. Es ist keine Person in mir, die ich nicht kenne und die all diese Morde begeht. Nein, es ist Cordula.

Ich bin völlig in Ordnung, weiß genau, was ich tue. Bin nicht schizophren, wie ich befürchtet hatte. Endlich traue ich mich, dieses Wort überhaupt zu denken.

Aber dann durchzuckt es mich, als sei das Baumhaus elektrisch aufgeladen. Cordula ist gekommen, um meine Mutter zu töten! Was sonst?

Soll ich eingreifen?

Muss ich eingreifen?

Ich bräuchte jetzt einfach nur ruhig hier sitzen zu bleiben und abzuwarten. Dann würde sie es für mich erledigen. Das tun, wovon ich so lange, so oft geträumt habe.

Hilft sie mir, oder nimmt sie mir etwas weg? Muss ich es tun?

Ich glaube, nie im Leben bin ich schneller vom Baumhaus herunter gewesen. Ich stürme durch den Garten und steige durch das Fenster ein, das Cordula offen gelassen hat.

Hier unten gibt es drei Nachtlichter in den Steckdosen. So etwas braucht meine Mutter im ganzen Haus. Wahrscheinlich fürchtet sie die Dunkelheit.

Solange ich denken kann, musste immer irgendwo noch ein Nachtlicht brennen, so dass sie sich nachts durchs Haus bewegen konnte, ohne die große Beleuchtung einzuschalten. Manchmal kam sie mir vor wie ein Gespenst, wenn sie im wehenden Nachtrock herumschlich.

In meinem Kinderzimmer wollte ich auch so ein Nachtlicht haben. Einen grinsenden Smiley hatte ich irgendwo aufgetrieben. Doch so etwas fand sie peinlich und ersetzte es durch kleine grüne oder rote Steckdosenlämpchen.

Ich stolpere auf der Treppe, die ich so oft hochgelaufen bin.

Meine Mutter trägt ein silbergraues seidenes Kurzarmnachthemd. Ihre Haare sind streng zu einem Knoten nach hinten gebunden. Sie hat einen stechenden, zornigen Blick. Sie sieht nicht ängstlich aus. Eher wütend. Aufgebracht. So, als könne sie gleich ein Donnerwetter loslassen.

Cordula hat ein offenes Kapuzensweatshirt an und darunter ein weißes T-Shirt. Sie hat sich nach den Morden in Haßfurt nicht umgezogen, genauso wenig wie ich. Doch verglichen mit ihr habe ich saubere Kleidung an. Cordula muss geradezu in Blut gebadet haben.

Sie steht auf der einen Seite des Bettes, meine Mutter auf der anderen. Cordula hält das schwarze Einhandmesser übers Bett, die Spitze auf meine Mutter gerichtet. Von ihrer Hand tropft Blut.

Die Laken, die zur Nachtwäsche meiner Mutter passen, sind kaum zerwühlt, obwohl sie, so wie ich die Situation deute, schon im Bett gelegen haben muss. Es ist schwülwarm hier oben, und einen Moment scheint die Welt stillzustehen.

Welch merkwürdige Gedanken einem in solchen Situationen durch den Kopf schießen … Irgendwer in mir macht mich darauf aufmerksam – ich vermute mal, es ist Hans Fallada –, dass ich zuerst meine Mutter beschrieben habe. Dann Cordula, meine ehemalige Geliebte, die gerade mehrere Morde begangen hat. Wie sehr muss meine Mutter die Aufmerksamkeit auf sich ziehen, wenn ich nicht zuerst die blutbefleckte Cordula beachte …

»Was stehst du so blöd rum?«, fragt meine Mutter streng. »Nimm der Verrückten das Messer ab!«

Cordula schiebt die Klinge noch weiter in Richtung meiner Mutter. Die weicht nicht zurück. Immer noch ist das Bett zwischen den beiden.

Cordula schielt einmal kurz zu mir. Ein Lächeln huscht über ihr Gesicht. Sie wischt sich mit dem Rücken der linken Hand über die Lippen. Jetzt klebt auch an ihrem Mund Blut.

Ich stehe unschlüssig zwischen den beiden an der Fußseite des Bettes. Cordula schneidet mit der Klinge ein paarmal durch die Luft. Ja! Man kann hören, wie Luft zerschnitten wird. Zumindest, wenn die Sinne so geschärft sind wie jetzt meine.

Kann man das wirklich, fragt Fallada vorsichtig nach, *klingt das nicht übertrieben?*

Sommerfeldt fordert ihn auf: *Halt die Fresse, Dichter! Das ist hier kein Lektoratsgespräch. Guck dir an, was hier passiert, und dann schreib es auf. Es wird dich berühmt machen.*

Was in mir passiert, ist eine Reaktion auf das, was außen geschieht. Doch ich selbst werde dadurch praktisch handlungsunfähig.

Jetzt höre ich sogar Bärbels Stimme: *Ja, das ist das große Drama, in dem du dich befindest. Du bist Frauen gegenüber wehrlos. Wenn die beiden Kerle wären, hättest du den einen längst entwaffnet und den anderen ausgeknockt. Das hat sie dir eingebrockt, deine zauberhafte Mutter! Ich wiederhole es noch mal: Frauen gegenüber bist du wehrlos, mein Lieber.*

Ich habe das Gefühl, an meinem eigenen Speichel zu ersticken. Es bildet sich immer mehr in meinem Mund, aber ich kann nicht schlucken.

Vernichtende Blicke meiner Mutter treffen mich. Schmallippig fragt sie: »Worauf wartest du noch?«

»Ich werde den Drachen für dich töten«, sagt Cordula ruhig und bewegt sich dabei von einem Fuß auf den anderen wie ein Boxer, der seine Führhand platzieren will.

Es zerreißt mich fast, aber ich kann nichts tun. Ich finde mich selbst dämlich. Ich kann doch nicht einfach zusehen …

Endlich gelingt es mir, einen klaren Satz zu formulieren: »Ich war in Haßfurt.«

»Ja«, lacht Cordula und wischt sich erneut über die Lippen. Sie spuckt aus. Ihr Speichel klatscht auf die Bettlaken.

Meine Mutter verzieht angewidert ihr Gesicht. Deshalb konnte sie bei Fußballspielen früher nie zuschauen. Wenn die jungen Männer, vom Testosteron aufgeputscht, in der Stresssituation viel Speichel entwickelten und ausspuckten, dann war das für sie so ekelhaft, als hätte man im Fernsehen im Vorabendprogramm einen Samenerguss gezeigt. Sämtliche Körperflüssigkeiten sind ihr immer noch zuwider. Sie hasst sogar ihren eigenen Schweiß.

»Ich hab's für dich getan, Liebster«, sagt Cordula, »damit wir endlich frei sind und du diesen ganzen Albtraum hinter dir lassen kannst. Jetzt erledigen wir noch diese blöde Kuh hier, und dann fangen wir gemeinsam ein neues Leben an. Ich habe uns Papiere besorgt und eine Wohnung gemietet. Es ist alles vorbereitet. Es fehlt uns nur noch ein bisschen Geld.«

»Geld habe ich«, gebe ich zu. Es klingt nicht wie ein Triumph, sondern wie ein Geständnis, als sei es verwerflich, Geld zu besitzen.

»Das dachte ich mir«, lacht Cordula. »So was hast du ja drauf. Und jetzt hilf mir, die alte Schachtel abzustechen. Oder willst du es selber tun?«

Endlich gelingt es mir, zu schlucken. Ich wäre lieber erstickt, als vor meiner Mutter auszuspucken.

»Mein Sohn würde mir nie etwas zuleide tun«, behauptet meine Mutter mit fester Stimme. »Sie haben keine Kinder, stimmt's? Sonst wüssten Sie das. Söhne begeben sich in Konkurrenz zu ihren Vätern, wollen sie besiegen. Ja, vielleicht versucht ein kleiner Ödipus sogar, seinen Vater umzubringen. Aber ganz sicher nicht seine Mutter. Söhne lieben ihre Mütter abgöttisch, so wie Töchter ihre Väter.«

Cordula springt aufs Bett. Sie kniet jetzt zwischen den Laken und greift nach meiner Mutter. Sie macht einen Schritt zurück. Cordula sticht ins Leere. Aber sie war schon immer sehr flink. Sie kommt mir vor, als hätte sie in der Zwischenzeit sogar trainiert.

Sie schneidet meiner Mutter den Weg ab, und jetzt stehen beide auf der gleichen Seite des Bettes.

»Weißt du eigentlich, was du deinem Sohn angetan hast, du egoistische kalte Ziege?«, faucht Cordula.

Ich sehe sie von hinten. Ihre Körperhaltung ist eindeutig. Jetzt wird sie den tödlichen Stich erfolgreich ausführen. Sie legt die ganze Körperspannung hinein. Die Kraft, mit der sie zusticht, kommt auch aus ihrem rechten Bein. Bein, Rücken und Arm bilden eine einzige Linie. Die Klinge wird mit hoher Geschwindigkeit und großer Kraft in meine Mutter eindringen.

Ich höre mich selber »Nein!« schreien und springe vorwärts. Ich reiße Cordula zu Boden. Wir rollen über den Bettvorleger, der die Füße meiner Mutter davor schützen soll, morgens beim Aufstehen die kalten Fliesen zu berühren. Auf die Fliesen aber hätte sie nie zugunsten eines Teppichbodens verzichtet. Fliesen lassen sich besser reinigen. Fliesen wirken kalt. Fliesen haben etwas Abweisendes. Sie liebt Fliesen, mag sie aber nicht berühren.

»Bist du verrückt?«, schreit Cordula. »Willst du nicht auch, dass endlich alles vorbei ist? Du willst doch dein Leben zurück, oder nicht? Sie haben dich fertiggemacht hier, sie haben dich geopfert! Und jetzt willst du sie retten? Und dann? War alles umsonst?«

Ich ringe mit ihr um das Messer. Sie ist deckungslos. Ja, wäre sie ein Mann, könnte ich in meiner Position einen Faustschlag präzise setzen und sie k. o. schlagen. Aber ich kann einer Frau nicht ins Gesicht hauen, ich habe so etwas noch nie getan. Ich versuche lediglich, ihr das Messer zu entwinden.

»Du wirst doch wohl mit diesem fetten kleinen Luder fertig?!«, tadelt meine Mutter mich.

Cordula kratzt mir durchs Gesicht. Ich bin jetzt auf ihr, sie liegt unter mir.

Meine Mutter tut nichts, steht nur da, sieht zu, kommentiert, ja wertet, als würde das alles hier zu ihrer Belustigung geschehen.

Ich bereue schon, dass ich überhaupt eingegriffen habe. Wahrscheinlich hat Cordula recht. Ich muss das selbst tun.

Ich darf mir das nicht wegnehmen lassen!

Cordula versucht, sich loszureißen. Ich mache etwas falsch. Ein unverzeihlicher Fehler. Ich schaue zu meiner Mutter, so als wolle ich vor ihren Augen um Gnade bitten oder mich noch einmal vollständig mit Wut aufheizen, um sie dann endgültig ins Jenseits zu befördern. Jedenfalls habe ich nicht mehr genug Aufmerksamkeit für das Messer. Und der Blick meiner Mutter trifft mich so sehr, dass alle Energie aus meinem Körper weicht. Ich fühle mich wie ein Luftballon, in den eine Nadel gestochen wird.

Ich drücke Cordulas Hand mit dem Messer nach unten. Sie hält dagegen. Als mich die Kraft schlagartig verlässt, geschieht das Unglück. Vielleicht ist es ein Unfall, vielleicht habe ich es mir selbst in die Gedärme gerammt … Ich höre Cordula kreischen: »Nicht, Liebster! Liebster!«

Die Klinge steckt in mir, oberhalb meines Bauchnabels. Der Arzt in mir zählt auf, welche inneren Organe betroffen sein können, und falls dort die Bauchschlagader verletzt wurde, habe ich nur noch wenige Minuten, bis ich verblutet bin.

Ich sehe noch, dass ich meine Hand ausstrecke und höre mich sagen: »Mama …« Ich weiß aber nicht, ob das schon eine Halluzination ist oder ob es wirklich geschieht.

Sie weicht zurück.

Ich werde ohnmächtig.

43

Der AOK-Dealer muss mich ziemlich mit Drogen vollgepumpt haben. Als ich wieder zu mir komme, sitzt Kommissarin Ann Kathrin Klaasen an meinem Bett. Aus meiner Perspektive sieht sie fast aus wie ein schwebender Engel. Die Krankenschwester Roswitha steht im Türrahmen. Sie zeigt mir den erhobenen Daumen und lächelt mich an. Dann verschwindet sie.

Ist sie ein Phantasiegebilde, oder wo bin ich? Ich bin mir nicht mal sicher, ob Ann Kathrin Klaasen echt ist. Sie hockt nur eine Armlänge von mir entfernt mit übereinandergelegten Beinen auf einem alten weißen Krankenhausstuhl.

Mit meiner pelzigen Zunge lecke ich über meine trockenen Lippen. Es fühlt sich an, als würde es knistern. Über mir hängt ein Tropf.

Ann Kathrin Klaasen, die mitgekriegt hat, dass ich wach geworden bin, sagt: »Sie befinden sich in Lingen im Gefängniskrankenhaus. Sie sind in Bamberg schwer mit dem Messer verletzt worden.«

»In Lingen? Wie bin ich denn hierhingekommen?«, frage ich, und meine Stimme hört sich für mich fremd an.

»Nach der Notoperation in Bamberg haben die Justizbehörden entschieden, es sei richtig, Sie so schnell wie möglich nach Niedersachsen zurückzubringen.«

»Wie lange ist das her?«, frage ich.

»Drei Tage«, antwortet sie.

»Was ist mit Cordula?«

»Haben Sie überhaupt eine Erinnerung an das Geschehen, Herr Sommerfeldt?«

»Ja, ich glaube sogar, eine ziemlich klare.«

»Sie haben Ihrer Mutter das Leben gerettet. Sie sind im letzten Moment gekommen.«

»Was ist mit Cordula?«, hake ich noch mal nach.

»Ich muss Ihnen leider mitteilen, dass sie sich in der Untersuchungshaft erhängt hat.«

Es tut mir weh. Es macht mich traurig. Was bin ich nur für ein Typ? Meine Geliebte, die alles für mich getan hat, hat sich umgebracht, und meine Mutter, von der ich immer nur verachtet wurde, der habe ich das Leben gerettet?

»Cordula Baumann wusste, dass sie nicht die geringste Chance hatte, jemals wieder die Freiheit zu sehen. Diesmal kann sie Ihnen die Morde nicht in die Schuhe schieben. Wir haben die Videoaufzeichnungen.« Ann Kathrin Klaasen beugt sich vor, als müsse sie sich vergewissern, dass ich ihre Worte wirklich verstehe. Sie schaut mir in die Augen. »Versuchen Sie erst gar nicht, alles auf sich zu nehmen. Sie hat die Morde in Haßfurt begangen. Sie sind erst später eingetroffen und haben versucht, den Menschen zu helfen. Ich habe mir die Aufzeichnungen mehrfach angesehen. Damit ist alles klar.«

»Wie haben Sie Cordula geschnappt? Sie hat sich doch nicht selbst gestellt …«

»Ihre Mutter hat uns gerufen. Nachdem Cordula Baumann Sie niedergestochen hatte, war sie nicht imstande, irgendetwas zu tun. Wir haben sie als weinendes Häufchen Elend, vor Ihnen kniend, gefunden. Ich habe als Kommissarin schon viel erlebt, aber das war wirklich sehr bewegend. Frau Baumann flehte Sie die ganze Zeit um Verzeihung an.«

Hinter Ann Kathrin Klaasens Rücken öffnet Schwester Roswitha noch einmal die Tür. Sie zeigt mir einen Tisch, der mit Geschenken vollgepackt ist, und macht eine einladende Geste. Ich sehe Blumen und Torten.

Ann Kathrin Klaasen registriert mit einem kurzen Blick über ihre Schulter, was los ist. »Sie sind ein sehr beliebter Gefangener und sicherlich der prominenteste, der hier jemals einsaß.«

Die Kommissarin legt ein Buch auf mein Bett. Ein blauer Umschlag mit einer roten Boje. *Totenstille im Watt.*

»Ist das …«

»Ja, das ist Ihr Roman. Überall auf Platz eins. Ihr Verlag war klug genug, ›Roman‹ darauf zu schreiben. Es ist ein literarischer Skandal. Jörg Tapper vom Café ten Cate hat das Buch noch einmal hergestellt. Aus Marzipan.«

Ann Kathrin Klaasen zeigt mir ein Foto auf ihrem Handy. »Sehen Sie, hier. Es ist das Schaufenster von ten Cate.«

Mein Buch ist in Marzipan groß ausgestellt. Daneben die Originalbuchausgabe.

»Die Leute sind ganz jeck darauf«, scherzt die Kommissarin. »Sie haben Ihr Buch wohl zum Fressen gern. Ich spiele ja auch mit. Merkwürdiges Gefühl, von sich selbst zu lesen. Da draußen warten viele Blumen und Liebesbriefe. Es gibt eine lange Liste mit Besuchsanmeldungen. Sie können nicht alle empfangen, zumindest nicht in Ihrem Zustand. Ich würde in Ruhe auswählen. Ihr Literaturagent ist besonders drängelig. Der Verlag kündigt schon den zweiten Band an, *Totentanz am Strand.*«

Ich bitte sie um ein Glas Wasser. Sie reicht es mir. Ich trinke zwei kleine Schlucke.

Langsam lichtet sich der Schleier vor meinen Augen.

Ann Kathrin Klaasen riecht an einem Brief. »Der ist von Solveig Drechsler aus Dangast. Erinnern Sie sich an sie? Sie hat mir auf Wangerooge die enttäuschte Verliebte vorgespielt, die jetzt Angst um ihr Leben hat und bereut, auf einen so brutalen Mörder hereingefallen zu sein … Nun schreibt sie wieder Liebesbriefe!«

Die Kommissarin fächelt sich mit dem Brief Luft zu.

»Wird sie Schwierigkeiten bekommen?«, frage ich. Meine Stimme klingt für mich selbst, als hätte ich eine schwere Grippe.

Ann Kathrin Klaasen schüttelt den Kopf. »Nein, wird sie nicht. Man darf lügen.«

Die Tür ist noch immer offen. Schwester Roswitha steht kokett im Türrahmen und weist erneut auf den Geschenketisch. »Soll ich«, fragt sie, »ein Stück Torte servieren?«

»Darf er das denn schon essen?«, fragt Ann Kathrin Klaasen.

»Medizinisch spricht nichts dagegen. Es wird ihm bestimmt besser bekommen als der übliche Haferschleim nach einer OP.«

»Normalerweise«, erklärt Kommissarin Klaasen mit erhobenem Zeigefinger, »ist so etwas absolut nicht möglich. Herr Tapper tauchte hier mit einer Torte für Sie auf. Außerdem Marzipanseehunde und Baumkuchen. Man kann zwar die Gefangenen mit Gebäck versorgen, aber das muss hier vor Ort gekauft werden. In dem Fall haben wir jetzt aber mal eine Ausnahme gemacht. Alles wurde durchsucht und durchleuchtet. Es befindet sich weder Metall darin noch irgendwelche Drogen.«

Ich muss grinsen. »Haben Sie Angst, dass ich in dem Zustand hier ausbreche?«

»Nein. Aber es gibt Regeln.«

Schwester Roswitha bringt die Torte und stellt sie auf meinem Beistelltischchen ab. Sie schneidet drei Stücke ab. Eins für sich, eins für Ann Kathrin Klaasen und eins für mich.

»Sanddornsahne«, kommentiert sie. »Eine Köstlichkeit.«

Ich probiere, und es ist, als würden die Lebensgeister wieder richtig in mich zurückfahren. Meine pelzige Zunge glättet sich, und die Sahne ist Balsam für meine rissigen Lippen.

»Es gibt eine Menge Anwälte, die Sie nur zu gern verteidigen würden. Sie wollen den ganzen Prozess wieder aufrollen. In den Augen der Öffentlichkeit sind Sie ein völlig unschuldiger Mann, Herr Dr. Sommerfeldt. Ich darf Sie doch weiterhin so nennen?«

Ich nicke.

»Aber wir beide wissen, dass das nicht die ganze Wahrheit ist, oder?«

Ich baggere mir ein großes Stück Torte in den Mund und genieße mit geschlossenen Augen. Dann frage ich: »Haben Sie Angst, dass ich freikomme und mich dann wieder in Norddeich als Hausarzt niederlasse?«

»Die Patienten würden Schlange stehen«, grinst sie.

»Ja, aber Sie vergessen, dass ich kein richtiger Arzt bin, und ich glaube auch, ich würde niemals eine Zulassung erhalten … egal, mit welchen Noten ich die Prüfungen bestehe.«

»Als Heilpraktiker könnte ich Sie mir auch ganz gut vorstellen«, scherzt sie.

Ich schaue Schwester Roswitha an: »Falls es erlaubt ist, können Sie den Rest der Torte gerne an die Mitgefangenen verteilen. Mit schönen Grüßen von mir.«

Sie nickt und verlässt das Zimmer. Vorsichtig schließt sie die Tür.

»Wenn Sie mich fragen«, flüstert Ann Kathrin Klaasen, »Sie sind ein faszinierender, aber hochgefährlicher Mann, Herr Dr. Sommerfeldt. Ich glaube, es gibt genug Indizien, um Ihnen den Mord an Erwin Grün nachzuweisen. Aber die Stimmung im Land spricht für Sie. Außerdem, wenn man jemanden beschuldigt, viele Morde begangen zu haben und es gibt nur bei einem einzigen Zweifel, dann zweifelt man an allen.«

Die Tür öffnet sich, und Holger Bloem steht da. »Na, das ist ja ein Bild«, sagt er, und schon hat er die Kamera wie eine Schusswaffe gehoben. Ich höre es mehrfach klicken. »Die Kommissarin und der Serienkiller in trauter Zweisamkeit bei einem Stück Kuchen.«

»Wie bist du denn hier reingekommen, und dann auch noch mit Kamera?«, fragt sie.

»Manchmal«, lacht er, »kann ich eben zaubern.«

»Wenn du die Fotos veröffentlichst, dann …« Sie macht eine Drohgebärde.

Holger Bloem winkt ab. »Das habe ich ja gar nicht vor. Aber kann ich vielleicht auch so ein Stück Kuchen haben?«

Er zieht sich einen Stuhl heran und setzt sich. Schwester Roswitha bringt ihm ein extragroßes Stück und schaut ihn geradezu verliebt an.

»Ich weiß nicht, was jetzt werden wird«, sage ich. »Aber ich werde zu dem stehen, was ich getan habe.«

Holger Bloem zuckt mit den Schultern. »Wem nutzt das noch? Cordula Baumann ist tot, und man rechnet ihr praktisch alle Morde zu. Es gibt tausend Beweise, dass …«

»Trotzdem«, sage ich. »Ich will endlich zu mir stehen. Der sein, der ich wirklich bin.«

»Dann werden Sie Ihre restlichen Tage aber im Gefängnis verbringen«, prophezeit Ann Kathrin Klaasen.

»Ja, dann werde ich zu Hans Fallada werden. Das Schreiben hat mir immer gutgetan. Ja, es hat mich befreit …«

ENDE

Gespräch zwischen Holger Bloem und Klaus-Peter Wolf über das Ende der Sommerfeldt-Trilogie

Holger Bloem: Danke, dass ich den Text vorab lesen durfte. Aber jetzt bin ich doch verunsichert. Heißt das etwa, die Sommerfeldt-Reihe ist damit beendet?

Klaus-Peter Wolf: *(lacht)* Hatten Sie auf einen vierten Teil der Trilogie gehofft?

Holger Bloem: Ja, irgendwie schon. Der Doktor ist mir doch ans Herz gewachsen.

Klaus-Peter Wolf: Und das, obwohl er Sie in »Totentanz am Strand« entführt hat?

Holger Bloem: Ja, ganz bequem fand ich es hinten im Kofferraum meines eigenen Autos nicht. Aber dann sind Sommerfeldt und ich uns doch nähergekommen. Er ist ein gefährlicher Mann, aber auch sehr interessant. Belesen, hochgebildet …

Klaus-Peter Wolf: Aber eben auch verrückt, oder?

Holger Bloem: Viele Fans lieben ihn sehr.

Klaus-Peter Wolf: Ja. Als der erste Band erschien, in dem Sommerfeldt einen Mann zur Rechenschaft zieht, der seine Frau und seinen Sohn verprügelt, hat mir eine Dame um die siebzig auf der Straße hinterhergerufen: »So einen Hausarzt hätte ich gebraucht, Herr Wolf! Zwanzig Jahre lang hat mir kein Mensch geholfen!«

Holger Bloem: Ja, geht die Reihe weiter oder nicht?

Klaus-Peter Wolf: Sie haben recht. Sommerfeldt ist eine interessante, raffinierte Figur. Er hat mich nie losgelassen. Er wird noch eine sehr große Rolle spielen, in Band fünfzehn der Ostfriesenkrimireihe. Das Buch wird den Titel »Ostfriesenzorn« tragen. *(Wolf tippt sich an die Stirn.)* Ich habe die Geschichte schon im Kopf. Papier und Füller liegen bereit.

Holger Bloem: Aber im nächsten Frühjahr, also 2020, kommt der vierzehnte Ostfriesenkrimi. Er heißt »Ostfriesenhölle« …

Klaus-Peter Wolf: Stimmt. Aber ich bin in den Planungen natürlich schon viel weiter.

Holger Bloem: Herrje, was müssen Sie alles im Kopf haben …

Klaus-Peter Wolf: Ja, deswegen laufe ich manchmal so verblödet rum und kriege den Alltag nicht geregelt, weil ich mit Ann Kathrin und Rupert hinter einem Mörder her bin.

Holger Bloem: Verstehe. Das kann einen ja auch in Anspruch nehmen. Aber zurück zu Dr. Sommerfeldt. Warum kein vierter Band, ganz aus seiner Sicht?

Klaus-Peter Wolf: Nun, als ich mit der Dr.-Sommerfeldt-Reihe begann, war dies gar nicht als Reihe geplant. Meine Romane sind ja immer Perspektivenarbeiten. Mal sieht man die Welt aus der Sicht des Täters, dann aus der Sicht des Opfers – da sieht die Welt übrigens völlig anders aus –, dann wieder erzähle ich aus der Sicht von Ann Kathrin Klaasen, von Weller oder, das macht besonders viel Spaß, aus Ruperts Sicht.

Holger Bloem: Ja, der hat einen ganz besonderen Blick auf die Realität.

Klaus-Peter Wolf: Als ich mit dem ersten Band, »Totenstille im Watt«, begann, da wollte ich eigentlich einfach einen Ostfriesenkrimi schreiben, der mit der Perspektive des Täters beginnt. Später wollte ich dann andere Perspektiven einfügen, doch ich merkte während des Schreibens, dass die Sichtweise von Dr. Bernhardt Sommerfeldt jedes Mal die spannendere, ja interessantere war. Er hatte sich als Hausarzt in Norddeich niedergelassen, und Ann Kathrin Klaasen war auch seine Patientin. Ich dachte, wenn sie ihn in der Praxis besucht, wechsle ich die Perspektive und erzähle aus ihrer Sicht weiter. Aber im Ernst – ist das spannend? Die kranke Kommissarin geht zum Arzt?

Aus seiner Sicht wiederum ist das sehr spannend. Er weiß nämlich nicht, ob sie kommt, weil sie krank ist, oder tut sie nur so, weil sie als Kommissarin kommt und etwas über ihn in Erfahrung bringen will? Ist er bereits in Verdacht geraten? Will sie ihn einkassieren?

So bin ich immer ganz bei ihm geblieben und habe die Welt aus seiner Sicht erzählt. Dabei hatte ich viele Fragen und Zweifel: Darf man das überhaupt machen? Ist so etwas in Ordnung? Wie werden die Fans das finden?

Ich habe ja einen kleinen Kreis von Leuten um mich herum, die alles, was ich geschrieben habe, kennen und mit denen ich mich berate. Meine Frau Bettina Göschl, aber auch Ulrich Maske, der Regisseur, der immer mit mir im Studio ist, wenn ich die Hörbuchfassungen einlese, meine Lektorin Andrea Diederichs. Sie war von Anfang an begeistert.

Da sind noch mehr, ich will sie nicht alle aufzählen, ich weiß nicht, ob ihnen das recht wäre. Sie alle sagten: »Mach das, Klaus-Peter.«

Holger Bloem: Gleich das erste Buch wurde ja auch ein gigantischer Erfolg mit mehr als vierhunderttausend verkauften Exemplaren in deutscher Sprache.

Klaus-Peter Wolf: Ja, das hat mich auch erst mal umgehauen. Als der erste Roman fertig war, war uns aber allen klar, dass er nicht einfach in der Ostfriesenkrimireihe erscheinen kann, denn er ist halt ästhetisch ganz anders, nur aus einer Perspektive erzählt. Wir sind die ganze Zeit im Kopf eines raffinierten Serienkillers. Deswegen haben wir diese kleine Reihe ausgegliedert. Für mich war es von Anfang an eine Trilogie.

Jetzt werde ich Sommerfeldt in die normale Ostfriesenkrimireihe integrieren. In »Ostfriesenzorn« werden wir Passagen haben, in denen er aus seiner Sicht erzählt, aber wir sehen die Welt eben auch aus der Sicht von Ann Kathrin Klaasen, Rupert, dem Opfer usw.

Holger Bloem: Da werden sich die Sommerfeldt-Fans aber freuen.

Klaus-Peter Wolf: Ja, die Figur ist noch lange nicht auserzählt, hat noch einiges Potential, und das werde ich versuchen, in »Ostfriesenzorn« zu heben.

Holger Bloem: Wir dürfen uns also schon aufs Frühjahr 2021 freuen?

Klaus-Peter Wolf: Ich denke, ja.

Holger Bloem: Viele Fans wünschen sich mehr von Rupert ... Er ist ja so etwas wie die heimliche Hauptfigur geworden. Echt Kult und hat einen eigenen Fanklub.

Klaus-Peter Wolf: Ja, das hätte ich auch nicht gedacht, als diese Figur entstand.

Holger Bloem: Es gibt ja bereits einen Kurzkrimi, »Ostfriesenfete«, mit ihm. Das sind diese wunderbaren kleinen Bücher, die in jede Hosentasche passen. Wird es denn auch mal einen Rupert-Roman geben? Ich finde, der hat auch mal ein richtig dickes Buch verdient ...

Klaus-Peter Wolf: *(schmunzelt)* Ja, viele Leserinnen und Leser freuen sich darauf und fordern das von mir. Ich habe bereits begonnen. Es schreibt sich praktisch von alleine. Es ist für mich, als würde Rupert neben mir stehen und mir seine Geschichte erzählen. Ich finde ihn so wunderbar durchschaubar, wenn er sich aufbläst. Manchmal höre ich ihn richtig denken. Wie er enttäuscht wird, hereinfällt und dann wieder staunend vor der Welt steht, fast wie ein Kind.

Holger Bloem: Können Sie sich erklären, warum so viele Menschen Rupert lieben?

Klaus-Peter Wolf: Nun, er ist nicht einfach eine peinliche Witzfigur, sondern Rupert spiegelt das Drama des modernen Mannes wider. Den Mangel an Vorbildern. Er versucht, so zu sein wie Filmhelden – Humphrey Bogart, Bruce Willis, Arnold Schwarzenegger. Aber ein Mann, der heutzutage versucht, sich so darzustellen, wird nicht zum Helden, sondern zur lächerlichen Figur. Alte Rollenklischees funktionieren nicht mehr. Es fehlen aber noch positive Rollenentwürfe. So ist Rupert auch jemand, der auf der Suche ist, der sich aber ständig verirrt.

Wenn ihm zum Beispiel in »Ostfriesenfluch« beim Junggesellinnenabschied plötzlich in den Hintern gekniffen wird, er also in ein sexualisiertes Verhalten hineingerät, in eine aufgeladene Stimmung, die ihn in eine bestimmte Rolle drängen will, dann spiele ich mit Rollenklischees. Zahlreiche Menschen empfinden das als befreiend. Lachen kann ja eine sehr befreiende Wirkung haben.

Holger Bloem: Ich danke Ihnen für dieses Gespräch und wünsche Ihnen viel Erfolg bei der weiteren Arbeit. Darf ich zum Abschluss noch eine private Frage stellen? Werde ich, der real existierende Journalist, weiterhin als literarische Figur in den Büchern leben, und werde ich die nächsten Bücher überleben?

Klaus-Peter Wolf: O ja, ich habe noch viel mit Ihnen vor. Aber bitte erwarten Sie nicht, dass ich verrate, was.

Holger Bloem: Nein, so ist es ja auch viel spannender für mich.